Рассказ о семи повешенных и другие повести

The Seven Who Were Hanged and other stories

Леонид Николаевич Андреев

Leonid Nikolaievich Andreyev

Рассказ о семи повешенных и другие повести
Copyright © JiaHu Books 2013
First Published in Great Britain in 2013 by Jiahu Books –
part of Richardson-Prachai Solutions Ltd, 34 Egerton Gate,
Milton Keynes, MK5 7HH
ISBN: 978-1-909669-65-9

A CIP catalogue record for this book is available from the
British Library
Visit us at: **jiahubooks.co.uk**

Рассказ о семи повешенных

1. В час дня, ваше превосходительство

Так как министр был человек очень тучный, склонный к
апоплексии, то со всякими предосторожностями, избегая
вызвать опасного волнения, его предупредили, что на
него готовится очень серьезное покушение. Видя, что
министр встретил известие спокойно и даже с улыбкой,
сообщили и подробности: покушение должно состояться
на следующий день, утром, когда он выедет с докладом;
несколько человек террористов, уже выданных
провокатором и теперь находящихся под неусыпным
наблюдением сыщиков, должны с бомбами и
револьверами собраться в час дня у подъезда и ждать его
выхода. Здесь их и схватят.

    — Постойте, — удивился министр, — откуда же они
знают, что я поеду в час дня с докладом, когда я сам узнал
об этом только третьего дня?

    Начальник охраны неопределенно развел руками:

    — Именно в час дня, ваше превосходительство.

    Не то удивляясь, не то одобряя действия полиции,
которая устроила все так хорошо, министр покачал
головою и хмуро улыбнулся толстыми темными губами; и
с тою же улыбкой, покорно, не желая и в дальнейшем
мешать полиции, быстро собрался и уехал ночевать в чей-
то чужой гостеприимный дворец. Также увезены были из
опасного дома, около которого соберутся завтра
бомбометатели, его жена и двое детей.

    Пока горели огни в чужом дворце и приветлизые
знакомые лица кланялись, улыбались и негодовали,
сановник испытывал чувство приятной возбужденности
— как будто ему уже дали или сейчас дадут большую и

неожиданную награду. Но люди разъехались, огни погасли, и сквозь зеркальные стекла на потолок и стены лег кружевной и призрачный свет электрических фонарей; посторонний дому, с его картинами, статуями и тишиной, входившей с улицы, сам тихий и неопределенный, он будил тревожную мысль о тщете запоров, охраны и стен. И тогда ночью, в тишине и одиночестве чужой спальни, сановнику стало невыносимо страшно.

У него было что-то с почками, и при каждом сильном волнении наливались водою и опухали его лицо, ноги и руки, и от этого он становился как будто еще крупнее, еще толще и массивнее. И теперь, горою вздутого мяса возвышаясь над придавленными пружинами кровати, он с тоскою больного человека чувствовал свое опухшее, словно чужое лицо и неотвязно думал о той жестокой судьбе, какую готовили ему люди. Он вспомнил, один за другим, все недавние ужасные случаи, когда в людей его сановного и даже еще более высокого положения бросали бомбы, и бомбы рвали на клочки тело, разбрызгивали мозг по грязным кирпичным стенам, вышибали зубы из гнезд. И от этих Воспоминаний собственное тучное больное тело, раскинувшееся на кровати, казалось уже чужим, уже испытывающим огненную силу взрыва; и чудилось, будто руки в плече отделяются от туловища, зубы выпадают, мозг разделяется на частицы, ноги немеют и лежат покорно, пальцами вверх, как у покойника. Он усиленно шевелился, дышал громко, кашлял, чтобы ничем не походить на покойника, окружал себя живым шумом звенящих пружин, шелестящего одеяла; и чтобы показать, что он совершенно жив, ни капельки не умер и далек от смерти, как всякий другой человек, — громко и отрывисто басил в тишине и одиночестве спальни:

— Молодцы! Молодцы! Молодцы!

Это он хвалил сыщиков, полицию и солдат, всех тех, кто охраняет его жизнь и так своевременно, так ловко предупредили убийство. Но шевелясь, но хваля, но усмехаясь насильственной кривой улыбкой, чтобы выразить свою насмешку над глупыми террористами-неудачниками, он все еще не верил в свое спасение, в то, что жизнь вдруг, сразу, не уйдет от него. Смерть, которую замыслили для него люди и которая была только в их мыслях, в их намерениях, как будто уже стояла тут и будет стоять, и не уйдет, пока тех не схватят, не отнимут у них бомб и не посадят их в крепкую тюрьму. Вон в том углу она стоит и не уходит — не может уйти, как послушный солдат, чьей-то волею и приказом поставленный на караул.

— В час дня, ваше превосходительство! — звучала сказанная фраза, переливалась на все голоса: то весело-насмешливая, то сердитая, то упрямая и тупая. Словно поставили в спальню сотню заведенных граммофонов, и все они, один за другим, с идиотской старательностью машины выкрикивали приказанные им слова:

— В час дня, ваше превосходительство.

И этот завтрашний «час дня», который еще так недавно ничем не отличался от других, был только спокойным движением стрелки по циферблату золотых часов, вдруг приобрел зловещую убедительность, выскочил из циферблата, стал жить отдельно, вытянулся, как огромный черный столб, всю жизнь разрезающий надвое. Как будто ни до него, ни после него не существовало никаких других часов, а он только один, наглый и самомнительный, имел право на какое-то особенное существование.

— Ну? Чего тебе надо? — сквозь зубы, сердито спросил министр.

Орали граммофоны:

— В час дня, ваше превосходительство! — И черный столб ухмылялся и кланялся.

Скрипнув зубами, министр приподнялся на постели и сел, опершись лицом на ладони, — положительно он не мог заснуть в эту отвратительную ночь.

И с ужасающей яркостью, зажимая лицо пухлыми надушенными ладонями, он представил себе, как завтра утром он вставал бы, ничего не зная, потом пил бы кофе, ничего не зная, потом одевался бы в прихожей. И ни он, ни швейцар, подававший шубу, ни лакей, приносивший кофе, не знали бы, что совершенно бессмысленно пить кофе, одевать шубу, когда через несколько мгновений все это: и шуба, и его тело, и кофе, которое в нем, будет уничтожено взрывом, взято смертью. Вот швейцар открывает стеклянную дверь… И это он, милый, добрый, ласковый швейцар, у которого голубые солдатские глаза и ордена во всю грудь, сам, своими руками открывает страшную дверь, — открывает, потому что не знает ничего. Все улыбаются, потому что ничего не знают.

— Ого! — вдруг громко сказал он и медленно отвел от лица ладони.

И, глядя в темноту, далеко перед собою, остановившимся, напряженным взглядом, так же медленно протянул руку, нащупал рожок и зажег свет. Потом встал и, не надевая туфель, босыми ногами по ковру обошел чужую незнакомую спальню, нашел еще рожок от стенной лампы и зажег. Стало светло и приятно, и только взбудораженная постель со свалившимся на пол одеялом говорила о каком-то не совсем еще прошедшем ужасе.

В ночном белье, с взлохматившейся от беспокойных движений бородою, с сердитыми глазами, сановник был похож на всякого другого сердитого старика, у которого бессонница и тяжелая одышка. Точно оголила его смерть, которую готовили для него люди, оторвала от пышности и внушительного великолепия, которые его окружали, — и трудно было поверить, что это у него так много власти, что это его тело, такое обыкновенное, простое человеческое тело, должно было погибнуть страшно, в огне и грохоте чудовищного взрыва. Не одеваясь и не чувствуя холода, он сел в первое попавшееся кресло, подпер рукою взлохмаченную бороду и сосредоточенно, в глубокой и спокойной задумчивости, уставился глазами в лепной незнакомый потолок.

Так вот в чем дело! Так вот почему он так струсил и так взволновался! Так вот почему она стоит в углу и не уходит и не может уйти!

— Дураки! — сказал он презрительно и веско.

— Дураки! — повторил он громче и слегка повернул голову к двери, чтобы слышали те, к кому это относится. А относилось это к тем, кого недавно он называл молодцами и кто в излишке усердия подробно рассказал ему о готовящемся покушении.

«Ну, конечно, — думал он глубоко, внезапно окрепшею и плавною мыслью, — ведь это теперь, когда мне рассказали, я знаю и мне страшно, а ведь тогда бы я ничего не знал и спокойно пил бы кофе. Ну, а потом, конечно, эта смерть, — но разве я так боюсь смерти? Вот у меня болят почки, и умру же я когда-нибудь, а мне не страшно, потому что ничего не знаю. А эти дураки сказали: в час дня, ваше превосходительство. И думали, дураки, что я буду радоваться, а вместо того она стала в углу и не уходит. Не уходит, потому что это моя мысль. И не смерть страшна, а знание ее; и было бы совсем невозможно жить, если бы человек мог вполне точно и определенно знать день и час, когда умрет. А эти дураки предупреждают: «В час дня, ваше превосходительство!»

Стало так легко и приятно, словно кто-то сказал ему, что он совсем бессмертен и не умрет никогда. И, снова чувствуя себя сильным и умным среди этого стада дураков, что так бессмысленно и нагло врываются в тайну грядущего, он задумался о блаженстве неведения тяжелыми мыслями старого, больного, много испытавшего человека. Ничему живому, ни человеку, ни зверю, не дано знать дня и часа своей смерти. Вот он был болен недавно, и врачи сказали ему, что умрет, что нужно сделать последние распоряжения, — а он не поверил им и действительно остался жив. А в молодости было так: запутался он в жизни и решил покончить с собой; и револьвер приготовил, и письма написал, и даже назначил час дня самоубийства, — а перед самым концом вдруг передумал. И всегда, в самое последнее мгновение может что-нибудь измениться, может явиться неожиданная случайность, и оттого никто не может про себя сказать, когда он умрет.

«В час дня, ваше превосходительство», — сказали ему эти любезные ослы, и, хотя сказали только потому, что смерть предотвращена, одно уже знание ее возможного часа наполнило его ужасом. Вполне допустимо, что когда-нибудь его и убьют, но завтра этого не будет — завтра этого не будет, — и он может спать спокойно, как бессмертный. Дураки, они не знали, какой великий закон они свернули с места, какую дыру открыли, когда сказали с этой своею идиотской любезностью: «В час дня, ваше превосходительство».

— Нет, не в час дня, ваше превосходительство, а

неизвестно когда. Неизвестно когда. Что?

— Ничего, — ответила тишина. — Ничего.

— Нет, ты говоришь что-то.

— Ничего, пустяки. Я говорю: завтра, в час дня.

И с внезапной острой тоскою в сердце он понял, что не будет ему ни сна, ни покоя, ни радости, пока не пройдет этот проклятый, черный, выхваченный из циферблата час. Только тень знания о том, о чем не должно знать ни одно живое существо, стояла там в углу, и ее было достаточно, чтобы затмить свет и нагнать на человека непроглядную тьму ужаса. Потревоженный однажды страх смерти расплывался по телу, внедрялся в кости, тянул бледную голову из каждой поры тела.

Уже не завтрашних убийц боялся он, — они исчезли, забылись, смешались с толпою враждебных лиц и явлений, окружающих его человеческую жизнь, — а чего-то внезапного и неизбежного: апоплексического удара, разрыва сердца, какой-то тоненькой глупой аорты, которая вдруг не выдержит напора крови и лопнет, как туго натянутая перчатка на пухлых пальцах.

И страшною казалась короткая, толстая шея, и невыносимо было смотреть на заплывшие короткие пальцы, чувствовать, как они коротки, как они полны смертельною влагой. И если раньше, в темноте, он должен был шевелиться, чтобы не походить на мертвеца, то теперь, в этом ярком, холодно-враждебном, страшном свете, казалось ужасным, невозможным пошевелиться, чтобы достать папиросу — позвонить кого-нибудь. Нервы напрягались. И каждый нерв казался похожим на вздыбившуюся выгнутую проволоку, на вершине которой маленькая головка с безумно вытаращенными от ужаса глазами, судорожно разинутым, задохнувшимся, безмолвным ртом. Нечем дышать.

И вдруг в темноте, среди пыли и паутины, где-то под потолком ожил электрический звонок. Маленький металлический язычок судорожно, в ужасе, бился о край звенящей чашки, замолкал — и снова трепетал в непрерывном ужасе и звоне. Это звонил из своей комнаты его превосходительство.

Забегали люди. Там и здесь, в люстрах и по стене, вспыхнули отдельные лампочки, — их мало было для света, но достаточно для того, чтобы появились тени. Всюду появились они: встали в углах, протянулись по потолку; трепетно цепляясь за каждое возвышение, прилегли к стенам; и трудно было понять, где находились раньше все эти бесчисленные уродливые, молчаливые тени, безгласные души безгласных вещей.

Что-то громко говорил густой дрожащий голос. Потом требовали доктора по телефону: сановнику было дурно. Вызвали и жену его превосходительства.

2. К смертной казни через повешение

Вышло так, как загадала полиция. Четверых террористов, трех мужчин и одну женщину, вооруженных бомбами, адскими машинами и револьверами, схватили у самого подъезда, пятую — нашли и арестовали на конспиративной квартире, хозяйкою которой она состояла. Захватили при этом много динамиту, полуснаряженных бомб и оружия. Все арестованные были очень молоды: старшему из мужчин было двадцать восемь лет, младшей из женщин всего девятнадцать. Судили их в той же крепости, куда заключили после ареста, судили быстро и глухо, как делалось в то беспощадное время.

На суде все пятеро были спокойны, но очень серьезны

и очень задумчивы: так велико было их презрение к судьям, что никому не хотелось лишней улыбкой или притворным выражением веселья подчеркнуть свою смелость. Ровно настолько были они спокойны, сколько нужно для того, чтобы оградить свою душу и великий предсмертный мрак ее от чужого, злого и враждебного взгляда. Иногда отказывались отвечать на вопросы, иногда отвечали — коротко, просто и точно, словно не судьям, а статистикам отвечали они для заполнения каких-то особенных таблиц. Трое, одна женщина и двое мужчин, назвали свои настоящие имена, двое отказались назвать их и так и остались для судей неизвестными. И ко всему, происходившему на суде, обнаруживали они то смягченное, сквозь дымку, любопытство, которое свойственно людям или очень тяжело больным, или же захваченным одною огромною, всепоглощающей мыслью. Быстро взглядывали, ловили на лету какое-нибудь слово, более интересное, чем другие, — и снова продолжали думать, с того же места, на каком остановилась мысли.

Первым от судей помещался один из назвавших себя — Сергей Головин, сын отставного полковника, сам бывший офицер. Это был совсем еще молодой, белокурый, широкоплечий юноша, такой здоровый, что ни тюрьма, ни ожидание неминуемой смерти не могли стереть краски с его щек и выражения молодой, счастливой наивности с его голубых глаз. Все время он энергично пощипывал лохматую светлую бородку, к которой еще не привык, и неотступно, щурясь и мигая, глядел в окно.

Это происходило в конце зимы, когда среди снежных бурь и тусклых морозных дней недалекая весна посылала, как предтечу, ясный, теплый солнечный день или даже один только час, но такой весенний, такой жадно молодой и сверкающий, что воробьи на улице сходили с ума от радости и точно пьянели люди. И теперь, в верхнее запыленное, с прошлого лета не протиравшееся окно было видно очень странное и красивое небо: на первый взгляд оно казалось молочно-серым, дымчатым, а когда смотреть дольше — в нем начинала проступать синева, оно начинало голубеть все глубже, все ярче, все беспредельнее. И то, что оно не открывалось все сразу, а целомудренно таилось в дымке прозрачных облаков, делало его милым, как девушку, которую любишь; и Сергей Головин глядел в небо, пощипывал бородку, щурил то один, то другой глаз с длинными пушистыми ресницами и что-то усиленно соображал. Один раз он даже быстро зашевелил пальцами и наивно сморщился от какой-то радости, — но взглянул кругом и погас, как искра, на которую наступили ногою. И почти мгновенно сквозь краску щек, почти без перехода в бледность, проступила землистая, мертвенная синева; и пушистый волос, с болью выдираясь из гнезда, сжался, как в тисках, в побелевших на кончике пальцах. Но радость жизни и весны была сильнее — и через несколько минут прежнее, молодое, наивное лицо тянулось к весеннему небу.

Туда же, в небо, смотрела молодая бледная девушка, неизвестная, по прозвищу Муся. Она была моложе Головина, но казалась старше в своей строгости, в черноте своих прямых и гордых глаз. Только очень тонкая, нежная шея да такие же тонкие девичьи руки говорили о ее возрасте, да еще то неуловимое, что есть сама молодость и что звучало так ясно в ее голосе, чистом, гармоничном, настроенном безупречно, как дорогой инструмент, в каждом простом слове, восклицании, открывающем его музыкальное содержание. Была она очень бледна, но не мертвенной бледностью, а той особенной горячей белизной, когда внутри человека как бы зажжен огромный, сильный огонь, и тело прозрачно светится, как тонкий севрский фарфор. Сидела она почти не шевелясь и только изредка незаметным движением пальцев ощупывала углубленную полоску на среднем пальце правой руки, след какого-то недавно снятого кольца. И на небо она смотрела без ласки и радостных воспоминаний, только потому, что во всей грязной казенной зале этот голубой кусочек неба был самым красивым, чистым и правдивым — ничего не выпытывал у ее глаз.

Сергея Головина судьи жалели, ее же ненавидели.

Также не шевелясь, в несколько чопорной позе, сложив руки между колен, сидел сосед ее, неизвестный по прозвищу Вернер. Если лицо можно замкнуть, как глухую дверь, то свое лицо неизвестный замкнул, как дверь железную, и замок на ней повесил железный. Смотрел он неподвижно вниз на дощатый грязный пол, и нельзя было понять: спокоен он или волнуется бесконечно, думает о чем-нибудь или слушает, что показывают перед судом сыщики. Роста он был невысокого; черты лица имел тонкие и благородные. Нежный и красивый настолько, что напоминал лунную ночь где-нибудь на юге, на берегу моря, где кипарисы и черные тени от них, он в то же время будил чувство огромной спокойной силы, непреоборимой твердости, холодного и дерзкого мужества. Самая вежливость, с какою давал он короткие и точные ответы, казалась опасною в его устах, в его полупоклоне; и если на всех других арестантский халат казался нелепым шутовством, то на нем его не было видно совсем, — так чуждо было платье человеку. И хотя у других террористов были найдены бомбы и адские машины, а у Вернера только черный револьвер, судьи считали почему-то главным его и обращались к нему с некоторой почтительностью, так же кратко и деловито.

Следующий за ним, Василий Каширин, весь состоял из одного сплошного, невыносимого ужаса смерти и такого же отчаянного желания сдержать этот ужас и не показать его судьям. С самого утра, как только повели их на суд, он начал задыхаться от учащенного биения сердца; на лбу все время капельками выступал пот, так же потны и холодны были руки, и липла к телу, связывая его движения, холодная потная рубаха. Сверхъестественным усилием воли он заставлял пальцы свои не дрожать, голос быть твердым и отчетливым, глаза спокойными. Вокруг себя он ничего не видел, голоса приносились к нему как из тумана, и в этот же туман посылал он свои отчаянные усилия — отвечать твердо, отвечать громко. Но, ответив, он тотчас забывал как и вопрос, так и ответ свой, и снова молчаливо и страшно боролся. И так явственно выступала в нем смерть, что судьи избегали смотреть на него, и трудно было определить его возраст, как у трупа, который уже начал разлагаться. По паспорту же ему было всего двадцать три года. Раз или два Вернер тихо прикасался рукою к его колену, и каждый раз он отвечал одним словом:

— Ничего.

Самое страшное было для него, когда являлось вдруг нестерпимое желание кричать — без слов, животным отчаянным криком. Тогда он тихо прикасался к Вернеру, и тот, не поднимая глаз, отвечал ему тихо:

— Ничего, Вася. Скоро кончится.

И, всех обнимая материнским заботливым оком, изнывала в тревоге пятая террористка, Таня Ковальчук. У нее никогда не было детей, она была еще очень молода и краснощека, как Сергей Головин, но казалась матерью всем этим людям: так заботливы, так бесконечно любовны были ее взгляды, улыбка, страхи. На суд она не обращала никакого внимания, как на нечто совсем постороннее, и только слушала, как отвечают другие: не дрожит ли голос, не боится ли, не дать ли воды.

На Васю она не могла смотреть от тоски и только тихонько ломала свои пухлые пальцы; на Мусю и Вернера смотрела с гордостью и почтением и лицо делала серьезное и сосредоточенное, а Сергею Головину все старалась передать свою улыбку.

«Милый, на небо смотрит. Посмотри, посмотри, голубчик — думала она про Головина. — А Вася? Что же это, Боже мой, Боже мой... Что же мне с ним делать? Сказать что-нибудь — еще хуже сделаешь: вдруг заплачет?»

И, как тихий пруд на заре, отражающий каждое бегущее облако, отражала она на пухлом, милом, добром лице своем всякое быстрое чувство, всякую мысль тех четверых. О том, что ее также судят и также повесят, она не думала совсем — была глубоко равнодушна. Это у нее на квартире открыли склад бомб и динамита; и, как ни странно, — это она встретила полицию выстрелами и ранила одного сыщика в голову.

Суд кончился часов в восемь, когда уже стемнело. Постепенно гасло перед глазами Муси и Сергея Головина синеющее небо, но не порозовело оно, не улыбнулось тихо, как в летние вечера, а замутилось, посерело, вдруг стало холодным и зимним. Головин вздохнул, потянулся, еще раза два взглянул в окно, но там стояла уже холодная ночная тьма; и, продолжая пощипывать бородку, он начал с детским любопытством разглядывать судей, солдат с ружьями, улыбнулся Тане Ковальчук. Муся же, когда небо погасло, спокойно, не опуская глаз на землю, перевела их в угол, где тихо колыхалась паутинка под незаметным напором духового отопления; и так оставалась до объявления приговора.

После приговора, простившись с защитниками во фраках и избегая их беспомощно растерянных, жалобных и виноватых глаз, обвиненные столкнулись на минуту в дверях и обменялись короткими фразами.

— Ничего, Вася. Кончится скоро все, — сказал Вернер.

— Да я, брат, ничего, — громко, спокойно и даже как будто весело ответил Каширин.

И действительно, лицо его слегка порозовело и уже не казалось лицом разлагающегося трупа.

— Чтобы черт их побрал, ведь повесили-таки, — наивно обругался Головин.

— Так и нужно было ожидать, — ответил Вернер спокойно.

— Завтра будет объявлен приговор в окончательной форме, и нас посадят вместе, — сказала Ковальчук, утешая. — До самой казни вместе будем сидеть.

Муся молчала. Потом решительно двинулась вперед.

3. Меня не надо вешать

За две недели перед тем, как судили террористов, тот же военно-окружной суд, но только в другом составе, судил и приговорил к смертной казни через повешение Ивана Янсона, крестьянина.

Этот Иван Янсон был батраком у зажиточного фермера и ничем особенным не отличался от других таких же работников-бобылей. Родом он был эстонец, из Везенберга, и постепенно, в течение нескольких лет, переходя из одной фермы в другую, придвинулся к самой столице. По-русски он говорил очень плохо, а так как хозяин его был русский, по фамилии Лазарев, и эстонцев поблизости не было, то почти все два года Янсон молчал.

По-видимому, и вообще он не был склонен к разговорчивости, и молчал не только с людьми, но и с животными: молча поил лошадь, молча запрягал ее, медленно и лениво двигаясь вокруг нее маленькими, неуверенными шажками, а когда лошадь, недовольная молчанием, начинала капризничать и заигрывать, молча бил ее кнутовищем. Бил он ее жестоко, с холодной и злой настойчивостью, и если это случалось в то время, когда он находился в тяжелом состоянии похмелья, то доходил до неистовства. Тогда до самого дома доносился хлест кнута и испуганный, дробный, полный боли, стук копыт по дощатому полу сарая. За то, что Янсон бьет лошадь, хозяин бил его самого, но исправить не мог, и так и бросил. Раз или два в месяц Янсон напивался, и происходило это обычно в те дни, когда он отвозил хозяина на большую железнодорожную станцию, где был буфет. Ссадив хозяина, он отъезжал на полверсты от станции и там, завязив в снегу в стороне от дороги сани и лошадь, пережидал отхода поезда. Сани стояли боком, почти лежали, лошадь по пузо уходила в сугроб раскоряченными ногами и изредка тянула морду вниз, чтобы лизнуть мягкого пушистого снега, а Янсон полулежал в неудобной позе на санях и как будто дремал. Развязанные наушники его облезлой меховой шапки бессильно свисали вниз, как уши у легавой собаки, и было влажно под маленьким красноватым носиком.

Потом Янсон возвращался на станцию и быстро напивался.

Назад на ферму, все десять верст, он несся вскачь. Избитая, доведенная до ужаса лошаденка скакала всеми четырьмя ногами как угорелая, сани раскатывались, наклонялись, бились о столбы, а Янсон, опустив вожжи и каждую минуту почти вылетая из саней, не то пел, не то выкрикивал что-то по-эстонски отрывистыми, слепыми фразами. А чаще даже и не пел, а молча, крепко стиснув зубы от наплыва неведомой ярости, страданий и восторга, несся вперед и был как слепой: не видел встречных, не окрикивал, не замедлял бешеного хода ни на заворотах, ни на спусках. Как он не задавил кого-нибудь, как сам не разбился насмерть в одну из таких диких поездок — оставалось непонятным.

Его уже давно следовало прогнать, как прогоняли его и с других мест, но он был дешев и другие работники бывали не лучше, и так оставался он два года. Событий в жизни Янсона не было никаких. Однажды он получил письмо по-эстонски, но так как сам был неграмотен, а другие по-эстонски не знали, то так письмо и осталось непрочитанным; и с каким-то диким, изуверским равнодушием, точно не понимая, что письмо несет вести с родины, Янсон бросил его в навоз. Попробовал еще Янсон поухаживать за стряпухой, томясь, видимо, по женщине, но успеха не имел и был грубо отвергнут и осмеян: был он маленького роста, щуплый, лицо имел веснушчатое, дряблое и сонные глазки бутылочного, грязного цвета. И неудачу свою Янсон встретил равнодушно и больше к стряпухе не приставал.

Но, мало говоря, Янсон все время к чему-то прислушивался. Слушал он и унылое снежное поле, с бугорками застывшего навоза, похожего на ряд маленьких, занесенных снегом могил, и синие нежные дали, и телеграфные гудящие столбы, и разговоры людей. Что говорило ему поле и телеграфные столбы, знал только он один, а разговоры людей были тревожны, полны слухами об убийствах, о грабежах, о поджогах. И было слышно однажды ночью, как в соседнем поселке жидко и беспомощно тренькал на кирке маленький колокол, похожий на колокольчик, и трещало пламя пожара: то какие-то приезжие ограбили богатую ферму, хозяина и жену его убили, а дом подожгли.

И на ихней ферме жили тревожно: не только ночью, но и днем спускали собак, и хозяин ночью клал возле себя ружье. Такое же ружье, но только одноствольное и старое, он хотел дать Янсону, но тот повертел ружье в руках, покачал головою и почему-то отказался. Хозяин не понял причины отказа и обругал Янсона, а причина была в том, что Янсон больше верил в силу своего финского ножа, чем этой старой ржавой штуке.

— Она меня самого убьет, — сказал Янсон, сонно смотря на хозяина стеклянными глазками.

И хозяин в отчаянии махнул рукою:

— Ну и дурак, же ты, Иван. Вот тут и поживи с такими работниками.

И вот этот самый Иван Янсон, не доверявший ружью, в один зимний вечер, когда другого работника услали на станцию, совершил весьма сложное покушение на вооруженный грабеж, на убийство и на изнасилование женщины. Сделал он это как-то удивительно просто: запер стряпуху в кухне, лениво, с видом человека, которому смертельно хочется спать, подошел сзади к хозяину и быстро, раз за разом, ударил его в спину ножом. Хозяин в беспамятстве свалился, хозяйка заметалась и завопила, а Янсон, оскалив зубы, размахивая ножом, начал разворачивать сундуки, комоды. Достал деньги, а потом точно впервые увидел хозяйку и неожиданно для себя самого кинулся к ней, чтобы изнасиловать. Но так как нож при этом он упустил, то хозяйка оказалась сильнее и не только не дала себя изнасиловать, а чуть не удушила его. А тут заворочался на полу хозяин, загремела ухватом кухарка, вышибая кухонную дверь, и Янсон убежал в поле.

Схватили его через час, когда он, сидя на корточках за углом сарая и зажигая одну за другою тухнущие спички, совершал покушение на поджог.

Через несколько дней хозяин умер от заражения крови, а Янсона, когда наступил его черед в ряду других грабителей и убийц, судили и приговорили к смертной казни. На суде он был такой же, как всегда: маленький, щуплый, веснушчатый, с стеклянными сонными глазками. Он как будто не совсем понимал значение происходящего и по виду был совершенно равнодушен: моргал белыми ресницами, тупо, без любопытства, оглядывал незнакомую важную залу и ковырял в носу жестким, заскорузлым, негнущимся пальцем. Только те, кто видал его по воскресеньям в кирке, могли бы догадаться, что он несколько принарядился: надел на шею вязаный грязно-красный шарф и кое-где примочил волосы на голове; и там, где волосы были примочены, они темнели и лежали гладко, а на другой стороне торчали светлыми и редкими вихрами — как соломинки на тощей, градом побитой ниве.

Когда был объявлен приговор: к смертной казни через повешение, Янсон вдруг заволновался. Он густо покраснел и начал завязывать и развязывать шарф, точно он душил его. Потом бестолково замахал руками и сказал, обращаясь к тому судье, который не читал приговора, и показывая пальцем на того, который читал:

— Она сказала, что меня надо вешать.

— Какая такая она? — густо, басом, спросил председатель, читавший приговор.

Все улыбнулись, пряча улыбки под усами и в бумагах, а Янсон ткнул указательным пальцем на председателя и сердито, исподлобья, ответил:

— Ты!

— Ну?

Янсон опять обратил глаза к молчащему, сдержанно улыбавшемуся судье, в котором чувствовал друга и человека к приговору совершенно не причастного, и повторил:

— Она сказала, что меня надо вешать. Меня не надо вешать.

— Уведите обвиняемого.

Но Янсон успел еще раз убедительно и веско повторить:

— Меня не надо вешать.

Он так был нелеп с своим маленьким, сердитым лицом, которому напрасно пытался придать важность, с своим протянутым пальцем, что даже конвойный солдат, нарушая правила, сказал ему вполголоса, уводя из залы

— Ну и дурак же ты, парень.

— Меня не надо вешать, — упрямо повторил Янсон.

— Вздернут за мое почтение, дрыгнуть не успеешь.

— Ну-ну, помалкивай! — сердито окрикнул другой конвойный. Но не утерпел сам и добавил: — Тоже грабитель! За что, дурак, душу человеческую загубил? Вот теперь и повиси.

— Может, помилуют? — сказал первый солдат, которому жалко стало Янсона.

— Как же! Таких миловать... Ну, буде, поговорили.

Но Янсон уже замолчал. И опять его посадили в ту камеру, в которой он уже сидел месяц и к которой успел привыкнуть, как привыкал ко всему: к побоям, к водке, к унылому снежному полю, усеянному круглыми бугорками, как кладбище. И теперь ему даже весело стало, когда он увидел свою кровать, свое окно с решеткой, и ему дали поесть — с утра он ничего не ел. Неприятно было только то, что произошло на суде, но думать об этом он не мог, не умел. И смерти через повешение не представлял совсем.

Хотя Янсон и приговорен был к смертной казни, но таких, как он, было много, и важным преступником его в тюрьме не считали. Поэтому с ним разговаривали без опаски и без уважения, как со всяким другим, кому не предстоит смерть. Точно не считали его смерти за смерть. Надзиратель, узнав о приговоре, сказал ему наставительно:

— Что, брат? Вот и повесили!

— А когда меня будут вешать? — недоверчиво спросил Янсон.

Надзиратель задумался.

— Ну, это, брат, придется тебе погодить. Пока партию не собьют. А то для одного, да еще для такого, и стараться не стоит. Тут нужен подъем.

— Ну, а когда? — настойчиво спрашивал Янсон.

Ему нисколько не было обидно, что одного его даже вешать не стоит, и он этому не поверил, счел за предлог, чтобы отсрочить казнь, а потом и совсем отменить ее. И радостно стало: смутный и страшный момент, о котором нельзя думать, отодвигался куда-то вдаль, становился сказочным и невероятным, как всякая смерть.

— Когда, когда! — рассердился надзиратель, старик тупой и угрюмый. — Это тебе не собаку вешать: отвел за сарай, раз, и готово. А ты так бы и хотел, дурак!

— А я не хочу! — вдруг весело сморщился Янсон. — Это она сказала, что меня надо вешать, а я не хочу!

И, может быть, в первый раз в своей жизни он засмеялся: скрипучим, нелепым, но страшно веселым и радостным смехом. Как будто гусь закричал: га-га-га! Надзиратель с удивлением посмотрел на него, потом нахмурился строго: эта нелепая веселость человека, которого должны казнить, оскорбляла тюрьму и самую казнь и делала их чем-то очень странным. И вдруг на одно мгновение, на самое коротенькое мгновение, старому надзирателю, всю жизнь проведшему в тюрьме, ее правила признававшему как бы за законы природы, показалась и она, и вся жизнь чем-то вроде сумасшедшего дома, причем он, надзиратель, и есть самый главный сумасшедший.

— Тьфу, чтоб тебя! — отплюнулся он. — Чего зубы скалишь, тут тебе не кабак!

— А я не хочу — га-га-га! — смеялся Янсон.

— Сатана! — сказал надзиратель, чувствуя потребность перекреститься.

Менее всего был похож на сатану этот человек с маленьким, дряблым личиком, но было в его гусином гоготанье что-то такое, что уничтожало святость и крепость тюрьмы. Посмейся он еще немного — и вот развалятся гнилостно стены, и упадут размокшие решетки, и надзиратель сам выведет арестантов за ворота: пожалуйте, господа, гуляйте себе по городу, — а может, кто и в деревню хочет? Сатана!

Но Янсон уже перестал смеяться и только щурился лукаво.

— Ну то-то! — сказал надзиратель с неопределенной угрозой и ушел, оглядываясь.

Весь этот вечер Янсон был спокоен и даже весел. Он повторял про себя сказанную фразу: меня не надо вешать, и она была такою убедительною, мудрою, неопровержимой, что ни о чем не стоило беспокоиться. О своем преступлении он давно забыл и только иногда жалел, что не удалось изнасиловать хозяйку. А скоро забыл и об этом.

Каждое утро Янсон спрашивал, когда его будут

вешать, и каждое утро надзиратель сердито отвечал:

— Успеешь еще, сатана. Посиди! — и уходил поскорее, пока не успел Янсон рассмеяться.

И от этих однообразно повторяющихся слов и от того, что каждый день начинался, проходил и кончался, как самый обыкновенный день, Янсон бесповоротно убедился, что никакой казни не будет. Очень быстро он стал забывать о суде и целыми днями валялся на койке, смутно и радостно грезя об унылых снежных полях с их бугорками, о станционном буфете, о чем-то еще более далеком и светлом. В тюрьме его хорошо кормили, и как-то очень быстро, за несколько дней, он пополнел и стал немного важничать.

«Теперь она меня и так бы полюбила, — подумал он как-то про хозяйку. — Теперь я толстый, не хуже хозяина».

И только выпить водки очень хотелось — выпить и быстро-быстро прокатиться на лошадке.

Когда террористов арестовали, весть об этом дошла до тюрьмы: и на обычный вопрос Янсона надзиратель вдруг неожиданно и дико ответил:

— Теперь скоро.

Глядел на него спокойно и важно говорил:

— Теперь скоро. Думаю так, что через недельку.

Янсон побледнел и, точно совсем засыпая, так мутен был взгляд его стеклянных глаз, спросил:

— Ты шутишь?

— То дождаться не мог, а то шутишь. У нас шуток не полагается. Это вы шутить любите, а у нас шуток не полагается, — сказал надзиратель с достоинством и ушел.

Уже к вечеру этого дня Янсон похудел. Его растянувшаяся, на время разгладившаяся кожа вдруг собралась в множество маленьких морщинок, кое-где даже обвисла как будто. Глаза сделались совсем сонными, и все движения стали так медленны и вялы, словно каждый поворот головы, Движение пальцев, шаг ногою был таким сложным и громоздким предприятием, которое раньше нужно очень долго обдумать. Ночью он лег на койку, но глаз не закрыл, и так, сонные, до утра они оставались открыты.

— Ага! — сказал надзиратель с удовольствием, увидев его на следующий день. — Тут тебе, голубчик, не кабак.

С чувством приятного удовлетворения, как ученый, опыт которого еще раз удался, он с ног до головы, внимательно и подробно оглядел осужденного: теперь все пойдет как следует. Сатана посрамлен, восстановлена святость тюрьмы и казни, — и снисходительно, даже жалея искренно, старик осведомился:

— Видеться с кем будешь или нет?

— Зачем видеться?

— Ну, проститься. Мать, например, или брат.

— Меня не надо вешать, — тихо сказал Янсон и искоса поглядел на надзирателя. — Я не хочу.

Надзиратель посмотрел — и молча махнул рукой.

К вечеру Янсон несколько успокоился. День был такой обыкновенный, так обыкновенно светило облачное зимнее небо, так обыкновенно звучали в коридоре шаги и чей-то деловой разговор, так обыкновенно, и естественно, и обычно пахли щи из кислой капусты, что он опять перестал верить в казнь. Но к ночи стало страшно. Прежде Янсон ощущал ночь просто как темноту, как особенное темное время, когда нужно спать, но теперь он почувствовал ее таинственную и грозную сущность. Чтобы не верить в смерть, нужно видеть и слышать вокруг себя обыкновенное: шаги, голоса, свет, щи из кислой капусты, а теперь все было необыкновенное, и эта тишина, и этот мрак и сами по себе были уже как будто смертью.

И чем дальше тянулась ночь, тем все страшнее становилось. С наивностью дикаря или ребенка, считающих возможным все, Янсону хотелось крикнуть солнцу: свети! И он просил, он умолял, чтобы солнце светило, но ночь неуклонно влекла над землею свои черные часы, и не было силы, которая могла бы остановить ее течение. И эта невозможность, впервые так ясно представшая слабому мозгу Янсо-на, наполнила его ужасом: еще не смея почувствовать это ясно, он уже сознал неизбежность близкой смерти и мертвеющей ногою ступил на первую ступень эшафота.

День опять успокоил его, и ночь опять напугала, и так было до той ночи, когда он и сознал и почувствовал, что смерть неизбежна и наступит через три дня, на рассвете, когда будет вставать солнце.

Он никогда не думал о том, что такое смерть, и образа для него смерть не имела, — но теперь он почувствовал ясно, увидел, ощутил, что она вошла в камеру и ищет его шаря руками. И, спасаясь, он начал бегать по камере.

Но камера была такая маленькая, что, казалось, не острые, а тупые углы в ней, и все толкают его на середину. И не за что спрятаться. И дверь заперта. И светло. Несколько раз молча ударился туловищем о стены, раз стукнулся о дверь — глухо и пусто. Наткнулся на что-то и упал лицом вниз, и тут почувствовал, что она его хватает. И, лежа на животе, прилипая к полу, прячась лицом в его темный, грязный асфальт, Янсон завопил от ужаса. Лежал и кричал во весь голос, пока не пришли. И когда уже подняли с пола, и посадили на койку, и вылили на голову холодной воды, Янсон все еще не решался открыть крепко зажмуренных глаз. Приоткроет один, увидит светлый пустой угол или чей-то сапог в пустоте и опять начнет кричать.

Но холодная вода начала действовать. Помогло и то, что дежурный надзиратель, все тот же старик, несколько раз лекарственно ударил Янсона по голове. И это ощущение жизни действительно прогнало смерть, и Янсон открыл глаза, и остальную часть ночи, с помутившимся мозгом, крепко проспал. Лежал на спине, с открытым ртом, и громко, заливисто храпел; и между неплотно закрытых век белел плоский и мертвый глаз без зрачка.

А дальше все в мире, и день, и ночь, и шаги, и голоса, и щи из кислой капусты стали для него сплошным ужасом, повергли его в состояние дикого, ни с чем не сравнимого изумления. Его слабая мысль не могла связать этих двух представлений, так чудовищно противоречащих одно другому: обычно светлого дня, запаха и вкуса капусты — и того, что через два дня, через день он должен умереть. Он ничего не думал, он даже не считал часов, а просто стоял в немом ужасе перед этим противоречием, разорвавшим его мозг на две части; и стал он ровно бледный, ни белее, ни краснее, и по виду казался спокойным. Только ничего не ел и совсем перестал спать: или всю ночь, поджав пугливо под себя ноги, сидел на табурете, или тихонько, крадучись и сонно озираясь, прогуливался по камере. Рот у него все время был полураскрыт, как бы от непрестанного величайшего удивления; и, прежде чем взять в руки какой-нибудь самый обыкновенный предмет, он долго и тупо рассматривал его и брал недоверчиво.

И когда он стал таким, и надзиратели и солдат, наблюдавший за ним в окошечко, перестали обращать на него внимание. Это было обычное для осужденных состояние, сходное, по мнению надзирателя, никогда его не испытавшего, с тем, какое бывает у убиваемой скотины, когда ее оглушат ударом обуха по лбу.

— Теперь он оглох, теперь он до самой смерти ничего не почувствует, — говорил надзиратель, вглядываясь в него опытными глазами. — Иван, слышишь? А, Иван?

— Меня не надо вешать, — тускло отозвался Янсон, и снова нижняя челюсть его отвисла.

— А ты бы не убивал, тебя бы и не повесили, — наставительно сказал старший надзиратель, еще молодой, но очень важный мужчина в орденах. — А то убить убил, а вешаться не хочешь.

— Захотел человека на дармовщинку убить. Глуп, глуп, а хитер.

— Я не хочу, — сказал Янсон.

— Что ж, милый, не хоти, дело твое, — равнодушно сказал старший. — Лучше бы, чем глупости говорить, имуществом распорядился — все что-нибудь да есть.

— Ничего у него нету. Одна рубаха да порты. Да вот еще шапка меховая — франт!

Так прошло время до четверга. А в четверг, в двенадцать часов ночи, в камеру к Янсону вошло много народу, и какой-то господин с погонами сказал:

— Ну-с, собирайтесь. Надо ехать.

Янсон, двигаясь все так же медленно и вяло, надел на себя все, что у него было, и повязал грязно-красный шарф. Глядя, как он одевается, господин в погонах, куривший папироску, сказал кому-то:

— А какой сегодня теплый день. Совсем весна.

Глазки у Янсона слипались, он совсем засыпал и ворочался так медленно и туго, что надзиратель прикрикнул:

— Ну, ну, живее. Заснул!

Вдруг Янсон остановился.

— Я не хочу, — сказал он вяло.

Его взяли под руки и повели, и он покорно зашагал, поднимая плечи. На дворе его сразу обвеяло весенним влажным воздухом, и под носиком стало мокро; несмотря на ночь, оттепель стала еще сильнее, и откуда-то звонко падали на камень частые веселые капли. И в ожидании, пока в черную без фонарей карету влезали, стуча шашками и сгибаясь, жандармы, Янсон лениво водил пальцем под мокрым носом и поправлял плохо завязанный шарф.

4. Мы, орловские

Тем же присутствием военно-окружного суда, которое судило Янсона, был приговорен к смертной казни через повешение крестьянин Орловской губернии, Елецкого уезда, Михаил Голубец, по кличке Мишка Цыганок, он же Татарин. Последним преступлением его, установленным точно, было убийство трех человек и вооруженное ограбление; а дальше уходило в загадочную глубину его темное прошлое. Были смутные намеки на участие его в целом ряде других грабежей и убийств, чувствовались позади его кровь и темный пьяный разгул. С полной откровенностью, совершенно искренно, он называл себя разбойником и с иронией относился к тем, которые по-модному величали себя «экспроприаторами». О последнем преступлении, где запирательство не вело ни к чему, он рассказывал подробно и охотно, на вопросы же о прошлом только скалил зубы и посвистывал:

— Ищи ветра в поле!

Когда ж очень приставали с расспросами, Цыганок принимал серьезный и достойный вид.

— Мы все, орловские, проломленные головы, — говорил он степенно и рассудительно. — Орел да Кромы

— первые воры. Карачев да Ливны — всем ворам дивны. А Елец — так тот всем ворам отец. Что ж тут толковать!

Цыганком его прозвали за внешность и воровские ухватки. Был он до странности черноволос, худощав, с пятнами желтого пригара на острых татарских скулах; как-то по-лошадиному выворачивал белки глаз и вечно куда-то торопился. Взгляд у него был короткий, но до жуткости прямой и полный любопытства, и вещь, на которую он коротко взглянул, точно теряла что-то, отдавала ему часть себя и становилась другою. Папиросу, на которую он взглянул, так же неприятно и трудно было взять, как будто она уже побывала в чужом рту. Какой-то вечный неугомон сидел в нем и то скручивал его, как жгут, то разбрасывал его широким снопом извивающихся искр. И воду он пил чуть ли не ведрами, как лошадь.

На все вопросы на суде он, вскакивая быстро, отвечал коротко, твердо и даже как будто с удовольствием:

— Верно!

Иногда подчеркивал:

— Вер-р-но!

И совершенно неожиданно, когда речь шла о другом, вскочил и попросил председателя:

— Дозвольте засвистать!

— Это зачем? — удивился тот.

— А как они показывают, что я давал знак товарищам, то вот. Очень интересно.

Слегка недоумевая, председатель согласился. Цыганок быстро вложил в рот четыре пальца, по два от каждой руки, свирепо выкатил глаза — и мертвый воздух судебной залы прорезал настоящий, дикий, разбойничий посвист, от которого прядают и садятся на задние ноги оглушенные лошади и бледнеет невольно человеческое лицо. И смертельная тоска того, кого убивают, и дикая радость убийцы, и грозное предостережение, и зов и тема осенней ненастной ночи, и одиночество — все было в этом пронзительном и не человеческом и не зверином вопле.

Председатель что-то закричал, потом замахал на Цыганка рукою, и тот послушно смолк. И, как артист, победоносно исполнивший трудную, но всегда успешную арию, сел, вытер о халат мокрые пальцы и самодовольно оглядел присутствующих.

— Вот разбойник! — сказал один из судей, потирая ухо.

Но другой, с широкой русской бородою и татарскими, как у Цыганка, глазами, мечтательно поглядел куда-то поверх Цыганка, улыбнулся и возразил:

— А ведь действительно интересно.

И с спокойным сердцем, без жалости и без малейшего угрызения совести судьи вынесли Цыганку смертный приговор.

— Верно! — сказал Цыганок, когда приговор был прочитан. — Во чистом поле да перекладинка. Верно!

И, обратясь к конвойному, молодецки бросил:

— Ну, идем, что ли, кислая шерсть. Да ружье крепче держи — отыму!

Солдат сурово, с опаскою взглянул на него, переглянулся с товарищем и пощупал замок у ружья. Другой сделал так же. И всю дорогу до тюрьмы солдаты точно не шли, а летели по воздуху — так, поглощенные преступником, не чувствовали они ни земли под ногами, ни времени, ни самих себя.

До казни Мишке Цыганку, как и Янсону, пришлось провести в тюрьме семнадцать дней. И все семнадцать дней пролетели для него так быстро, как один — как одна неугасающая мысль о побеге, о воле и о жизни. Неугомон, владевший Цыганком и теперь сдавленный стенами, и решетками, и мертвым окном, в которое ничего не видно, обратил всю свою ярость внутрь и жег мысль Цыганка, как разбросанный по доскам уголь. Точно в пьяном угаре, роились, сшибались и путались яркие, но незаконченные образы, неслись мимо в неудержимом ослепительном вихре, и все устремлялись к одному — к побегу, к воле, к жизни. То раздувая ноздри, как лошадь, Цыганок по целым часам нюхал воздух — ему чудилось, что пахнет коноплями и пожарным дымком, бесцветной и едкой гарью; то волчком крутился по камере, быстро ощупывая стены, постукивая пальцем, примеряясь, точа взглядом потолок, перепиливая решетки. Своею неугомонностью он измучил солдата, наблюдавшего за ним в глазок, и уже несколько раз, в отчаянии, солдат грозил стрелять; Цыганок грубо и насмешливо возражал, и только потому дело кончалось мирно, что препирательство скоро переходило в простую, мужицкую, неоскорбительную брань, при которой стрельба казалась нелепой и невозможной.

Ночи свои Цыганок спал крепко, почти не шевелясь, в неизменной, но живой неподвижности, как бездействующая временно пружина. Но, вскочив, тотчас принимался вертеться, соображать, ощупывать. Руки у него постоянно были сухие и горячие, но сердце иногда вдруг холодело: точно в грудь клали кусок нетающего льду, от которого по всему телу разбегалась мелкая сухая дрожь. И без того темный, в эти минуты Цыганок чернел, принимал оттенок синеватого чугуна. И странная привычка у него появилась: точно объевшись чего-то чрезмерно и невыносимо сладкого, он постоянно облизывал губы, чмокал и с шипением, сквозь зубы, сплевывал на пол набегающую слюну. И не договаривал слов: так быстро бежали мысли, что язык не успевал догнать их.

Однажды днем в сопровождении конвойного к нему вошел старший надзиратель. Покосился на заплеванный пол и угрюмо сказал:

— Ишь запакостил!

Цыганок быстро возразил:

— Ты вот, жирная морда, всю землю запакостил, а я тебе ничего. Зачем прилез?

Все так же угрюмо надзиратель предложил ему стать палачом. Цыганок оскалил зубы и захохотал.

— Ай не находится? Ловко! Вот и повесь, поди, ха-ха! И шея есть, и веревка есть, а вешать-то некому. Ей-Богу, ловко!

— Жив останешься зато.

— Ну еще бы: не мертвый же я тебе вешать-то буду. Сказал, дурак!

— Так как же? Тебе-то все равно: так или этак.

— А как у вас вешают? Небось втихомолку душат!

— Нет, с музыкой, — огрызнулся надзиратель.

— Ну и дурак. Конечно, надо с музыкой. Вот так! — И он запел что-то залихватское.

— Совсем ты, милый, порешился, — сказал надзиратель. — Ну, так как же, говори толком.

Цыганок оскалился:

— Какой скорый! Еще разок прийди, тогда скажу.

И в хаос ярких, но незаконченных образов, угнетавших Цыганка своею стремительностью, ворвался новый: как хорошо быть палачом в красной рубахе. Он живо представлял себе площадь, залитую народом, высокий помост, и как он, Цыганок, в красной рубахе разгуливает по нем с топориком. Солнце освещает головы, весело поблескивает на топорике, и так все весело и богато, что даже тот, кому сейчас рубить голову, тоже улыбается. А за народом видны телеги и морды лошадей — то мужики наехали из деревни; а дальше видно поле.

— Ц-ах! — чмокал Цыганок, облизываясь, и сплевывал набегавшую слюну.

И вдруг точно меховую шапку нахлобучили ему до самого рта: становилось темно и душно, и куском нетающего льду делалось сердце, посылая мелкую сухую дрожь.

Еще раза два заходил надзиратель, и, оскалив зубы, Цыганок говорил:

— Какой скорый. Еще разок зайди.

И наконец, мельком, в форточку, надзиратель крикнул:

— Проворонил свое счастье, ворона! Другого нашли!

— Ну и черт с тобой, вешай сам! — огрызнулся Цыганок. И перестал мечтать о палачестве.

Но под конец, чем ближе к казни, стремительность разорванных образов становилась невыносимою. Цыганку уже хотелось остановиться, раскорячить ноги и остановиться, но крутящийся поток уносил его, и ухватиться не за что было: все плыло кругом. И уже стал беспокойным сон: появились новые, выпуклые, тяжелые, как деревянные, раскрашенные чурки, сновидения, еще более стремительные, чем мысли. Уже не поток это был, а бесконечное падение с бесконечной горы, кружащийся полет через весь видимо красочный мир. На воле Цыганок носил одни довольно франтовские усы, а в тюрьме у него отросла короткая, черная, колючая борода, и это делало его страшным и сумасшедшим по виду. Временами Цыганок действительно забывался и совершенно бессмысленно кружился по камере, но все еще ощупывал шершавые штукатуренные стены. И воду пил, как лошадь.

Как-то к вечеру, когда зажгли огонь, Цыганок стал на четвереньки посреди камеры и завыл дрожащим волчьим воем. Был он как-то особенно серьезен при этом и выл так, будто делал важное и необходимое дело. Набирал полную грудь воздуха и медленно выпускал его в продолжительном, дрожащем вое; и внимательно, зажмурив глаза, прислушивался, как выходит. И самая дрожь в голосе казалась несколько умышленною; и не кричал он бестолково, а выводил тщательно каждую ноту в этом зверином вопле, полном несказанного ужаса и скорби.

Потом сразу оборвал вой и несколько минут, не поднимаясь с четверенек, молчал. Вдруг тихонько, в землю, забормотал:

— Голубчики, миленькие... Голубчики, миленькие, пожалейте... Голубчики!.. Миленькие!..

И тоже как будто прислушивался, как выходит. Скажет слово и прислушивается.

Потом вскочил — и целый час, не переводя духа, ругался по-матерщине.

— У, такие-сякие, туда-та-та-та! — орал он, выворачивая налившиеся кровью глаза. — Вешать так вешать, а не то... У, такие-сякие...

И белый как мел солдат, плача от тоски, от ужаса, тыкал в дверь дулом ружья и беспомощно кричал:

— Застрелю! Ей-Богу, застрелю! Слышишь!

Но стрелять не смел: в приговоренных к казни, если не было настоящего бунта, никогда не стреляли. А Цыганок скрипел зубами, бранился и плевал — его человеческий мозг, поставленный на чудовищно острую грань между жизнью и смертью, распадался на части, как комок сухой и выветрившейся глины.

Когда явились ночью в камеру, чтобы везти Цыганка

на казнь, он засуетился и как будто ожил. Во рту стало еще слаще, и слюна набиралась неудержимо, но щеки немного порозовели, и в глазах заискрилось прежнее, немного дикое лукавство. Одеваясь, он спросил чиновника:

— Кто будет вешать-то? Новый? Поди, еще руку не набил.

— Об этом вам нечего беспокоиться, — сухо ответил чиновник.

— Как же не беспокоиться, ваше благородие, вешать-то будут меня, а не вас. Вы хоть мыла-то казенного на удавочку не пожалейте.

— Хорошо, хорошо, прошу вас замолчать.

— А то он у вас тут все мыло поел, — указал Цыганок на надзирателя, — ишь как рожа-то лоснится.

— Молчать!

— Уж не пожалейте!

Цыганок захохотал, но во рту становилось все слаще, и вдруг как-то странно начали неметь ноги. Все же, выйдя на двор, он сумел крикнуть:

— Карету графа Бенгальского!

5. Поцелуй — и молчи

Приговор относительно пяти террористов был объявлен в окончательной форме и в тот же день конфирмован. Осужденным не сказали, когда будет казнь, но по тому, как делалось обычно, они знали, что их повесят в эту же ночь или, самое позднее, в следующую. И когда им предложили видеться на следующий день, то есть в четверг, с родными, они поняли, что казнь будет в пятницу на рассвете.

У Тани Ковальчук близких родных не было, а те, что и были, находились где-то в глуши, в Малороссии, и едва ли даже знали о суде и предстоящей казни; у Муси и Вернера, как неизвестных, родных совсем не предполагалось, и только двоим, Сергею Головину и Василию Каширину, предстояло свидание с родителями. И оба они с ужасом и тоскою думали об этом свидании, но не решились отказать старикам в последнем разговоре, в последнем поцелуе.

Особенно мучился предстоящим свиданием Сергей Головин. Он очень любил отца своего и мать, еще совсем недавно виделся с ними и теперь был в ужасе — что это будет такое. Самая казнь, во всей ее чудовищной необычности, в поражающем мозг безумии ее, представлялась воображению легче и казалась не такою страшною, как эти несколько минут, коротких и непонятных, стоящих как бы вне времени, как бы вне самой жизни. Как смотреть, что думать, что говорить — отказывался понять его человеческий мозг. Самое простое и обычное: взять за руку, поцеловать, сказать: «Здравствуй, отец», — казалось непостижимо ужасным в своей чудовищной, нечеловеческой, безумной лживости.

После приговора осужденных не посадили вместе, как предполагала Ковальчук, а оставили каждого в своей одиночке; и все утро, до одиннадцати часов, когда пришли родители, Сергей Головин шагал бешено по камере, щипал бородку, морщился жалко и что-то ворчал. Иногда на всем ходу останавливался, набирал полную грудь воздуха и отдувался, как человек, который слишком долго пробыл под водою. Но так он был здоров, так крепко сидела в нем молодая жизнь, что даже в эти минуты жесточайших страданий кровь играла под кожей и окрашивала щеки, и светло и наивно голубели глаза.

Произошло все, однако, гораздо лучше, чем ожидал Сергей.

Первым вошел в комнату, где происходило свидание, отец Сергея, полковник в отставке, Николай Сергеевич Головин. Был он весь ровно белый, лицо, борода, волосы и руки, как будто снежную статую обрядили в человеческое платье; и все тот же был сюртучок, старенький, но хорошо вычищенный, пахнущий бензином, с новенькими поперечными погонами; и вошел он твердо, парадно, крепкими, отчетливыми шагами. Протянул белую сухую руку и громко сказал:

— Здравствуй, Сергей!

За ним мелко шагала мать и странно улыбалась. Но тоже пожала руку и громко повторила:

— Здравствуй, Сереженька!

Поцеловала в губы — и молча села. Не бросилась, не заплакала, не закричала, не сделала чего-то ужасного, чего ожидал Сергей, — а поцеловала и молча села. И даже расправила дрожащими руками черное шелковое платье.

Сергей не знал, что всю предыдущую ночь, затворившись в своем кабинетике, полковник с напряжением всех своих сил обдумывал этот ритуал. «Не отягчить, а облегчить должны мы последнюю минуту нашему сыну», — твердо решил полковник и тщательно взвешивал каждую возможную фразу завтрашнего разговора, каждое движение. Но иногда запутывался, терял и то, что успел приготовить, и горько плакал в углу клеенчатого дивана. А утром объяснил жене, как нужно держать себя на свидании.

— Главное, поцелуй — и молчи! — учил он. — Потом можешь и говорить, несколько спустя, а когда поцелуешь, то молчи. Не говори сразу после поцелуя, понимаешь? — а то скажешь не то, что следует.

— Понимаю, Николай Сергеевич, — отвечала мать, плача.

— И не плачь. Избавь тебя Господи плакать! Да ты его убьешь, если плакать будешь, старуха!

— А зачем же ты сам плачешь?

— С вами заплачешь! Не должна плакать, слышишь?

— Хорошо, Николай Сергеевич.

На извозчике он хотел еще раз повторить наставление, но позабыл. И так и ехали они молча, согнувшись, оба седые и старые, и думали, а город весело шумел: была масленая неделя и на улицах было шумно и людно.

Сели. Полковник стал в приготовленной позе, заложив правую руку за борт сюртука. Сергей посидел одно мгновение, встретил близко морщинистое лицо матери и вскочил.

— Посиди, Сереженька, — попросила мать.

— Сядь, Сергей, — подтвердил отец.

Помолчали. Мать странно улыбалась.

— Как мы хлопотали за тебя, Сереженька.

— Напрасно это, мамочка…

Полковник твердо сказал:

— Мы должны были сделать это, Сергей, чтобы ты не думал, что родители оставили тебя.

Опять помолчали. Было страшно произнести слово, как будто каждое слово в языке потеряло свое значение и значило только одно: смерть. Сергей посмотрел на чистенький, пахнущий бензином сюртучок отца и подумал: «Теперь денщика нет, значит, он сам его чистил. Как же это я раньше не замечал, когда он чистит сюртук? Утром, должно быть». И вдруг спросил:

— А как сестра? Здорова?

— Ниночка Ничего не знает, — поспешно ответила мать.

Но полковник строго остановил ее:

— Зачем лгать? Девочка прочла в газетах. Пусть Сергей знает, что все... близкие его... в это время... думали и...

Дальше он не сумел продолжать и остановился. Вдруг лицо матери как-то сразу смялось, расплылось, заколыхалось, стало мокрым и диким. Выцветшие глаза безумно таращились, дыхание делалось все чаще и короче и громче.

— Се... Сер... Се... Се... — повторяла она, не сдвигая губ. — Се...

— Мамочка!

Полковник шагнул вперед и, весь трясясь, каждой складкой своего сюртука, каждою морщинкою лица, не понимая, как сам он ужасен в своей мертвенной белизне, в своей вымученной отчаянной твердости, заговорил жене:

— Молчи! Не мучь его! Не мучь! Не мучь! Ему умирать! Не мучь!

Испуганная, она уже молчала, а он все еще сдержанно тряс перед грудью сжатыми кулаками и твердил:

— Не мучь!

Потом отошел назад, заложил за борт сюртука дрожащую руку и громко, с выражением усиленного спокойствия, спросил белыми губами:

— Когда?

— Завтра утром, — такими же белыми губами ответил Сергей.

Мать смотрела вниз, жевала губами и как будто ничего не слышала. И, продолжая жевать, точно выронила простые и странные слова:

— Ниночка велела поцеловать тебя, Сереженька.

— Поцелуй ее от меня, — сказал Сергей.

— Хорошо. Еще Хвостовы тебе кланяются.

— Какие Хвостовы? Ах, да!

Полковник перебил:

— Ну, надо идти. Поднимайся, мать, надо.

Вдвоем они подняли ослабевшую мать.

— Простись! — приказал полковник. — Перекрести.

Она сделала все, что ей говорили. Но, крестя и целуя сына коротким поцелуем, она качала головою и твердила бессмысленно:

— Нет, это не так. Нет, не так. Нет, нет. Как же я потом? Как же я скажу? Нет, не так.

— Прощай, Сергей! — сказал отец.

Они пожали руки и крепко, но коротко поцеловались.

— Ты… — начал Сергей.

— Ну? — отрывисто спросил отец.

— Нет, не так. Нет, нет. Как же я скажу? — твердила мать, покачивая головою. Она уже опять успела сесть и вся покачивалась.

— Ты… — опять начал Сергей.

Вдруг лицо его жалко, по-ребячьи сморщилось, и глаза сразу залило слезами. Сквозь их искрящуюся грань он близко увидел белое лицо отца с такими же глазами.

— Ты, отец, благородный человек.

— Что ты! Что ты! — испугался полковник.

И вдруг, точно сломавшись, упал головою на плечо к сыну. Был он когда-то выше Сергея, а теперь стал низеньким, и пушистая, сухая голова беленьким комочком лежала на плече сына. И оба молча жадно целовали: Сергей — пушистые белые волосы, а он — арестантский халат.

— А я? — вдруг сказал громкий голос.

Оглянулись: мать стояла и, закинув голову, смотрела с гневом, почти с ненавистью.

— Что ты, мать? — крикнул полковник.

— А я? — говорила она, качая головою, с безумной

выразительностью. — Вы целуетесь, а я? Мужчины, да? А я? А я?

— Мамочка! — бросился к ней Сергей.

Тут было то, о чем нельзя и не надо рассказывать.

Последними словами полковника были:

— Благословляю тебя на смерть, Сережа. Умри храбро, как офицер.

И они ушли. Как-то ушли. Были, стояли, говорили — и вдруг ушли. Вот здесь сидела мать, вот здесь стоял отец — и вдруг как-то ушли. Вернувшись в камеру, Сергей лег на койку, лицом к стене, чтобы укрыться от солдат, и долго плакал. Потом устал от слез и крепко уснул.

К Василию Каширину пришла только мать — отец, богатый торговец, не пожелал прийти. Василий встретил старуху, шагая по комнате и дрожа от холода, хотя было тепло и даже жарко. И разговор был короткий, тяжелый.

— Не стоило вам, мамаша, приходить. Только себя и меня измучите.

— Зачем ты это, Вася! Зачем ты это сделал! Господи!

Старуха заплакала, утираясь кончиками черного шерстяного платка. И с привычкою, которая была у него и его братьев, кричать на мать, которая ничего не понимает, он остановился и, дрожа от холода, сердито заговорил:

— Ну вот! Так я и знал! Ведь вы же ничего не понимаете, мамаша! Ничего!

— Ну, ну, хорошо. Что тебе — холодно?

— Холодно... — отрезал Василий и опять зашагал, искоса, сердито глядя на мать.

— Может, простудился?

— Ах, мамаша, какая тут простуда, когда...

И безнадежно махнул рукою. Старуха хотела сказать: «А наш-то с понедельника велел блины ставить», — но испугалась и заголосила:

— Говорила я ему: ведь сын ведь, пойди, дай отпущение. Нет, уперся, старый козел...

— Ну его к черту! Какой он мне отец! Как был всю жизнь мерзавцем, так и остался.

— Васенька, это про отца-то! — Старуха вся укоризненно вытянулась.

— Про отца.

— Про родного отца!

— Какой он мне родной отец.

Было дико и нелепо. Впереди стояла смерть, а тут вырастало что-то маленькое, пустое, ненужное, и слова трещали, как пустая скорлупа орехов под ногою. И, почти плача — от тоски, от того вечного непонимания, которое стеною всю жизнь стояло между ним и близкими и теперь, в последний предсмертный час, дико таращило свои маленькие глупые глаза, Василий закричал:

— Да поймите же вы, что меня вешать будут! Вешать! Понимаете или нет? Вешать!

— А ты бы не трогал людей, тебя бы... — кричала старуха.

— Господи! Да что же это! Ведь этого даже у зверей не бывает. Сын я вам или нет?

Он заплакал и сел в угол. Заплакала и старуха в своем углу. Бессильные хоть на мгновение слиться в чувстве любви и противопоставить его ужасу грядущей смерти, плакали они холодными, не согревающими сердца слезами одиночества. Мать сказала:

— Ты вот говоришь, мать я тебе или нет, упрекаешь. А я за эти дни совсем поседела, старухой стала. А ты говоришь, упрекаешь.

— Ну хорошо, хорошо, мамаша. Простите. Идти вам надо. Братьев там поцелуйте.

— Разве я не мать? Разве мне не жалко?

Наконец ушла. Плакала горько, утираясь кончиками платка, не видела дороги. И чем дальше отходила от тюрьмы, тем горючее лились слезы. Пошла назад к тюрьме, потом заблудилась дико в городе, где родилась, выросла, состарилась. Забрела в какой-то пустынный садик с несколькими старыми, обломанными деревьями и села на мокрой оттаявшей лавочке. И вдруг поняла: его завтра будут вешать.

Старуха вскочила, хотела бежать, но вдруг крепко закружилась голова, и она упала. Ледяная дорожка обмокла, была скользкая, и старуха никак не могла подняться: вертелась, приподнималась на локтях и коленях и снова валилась на бок. Черный платок сполз с головы, открыв на затылке лысинку среди грязно-седых волос; и почему-то чудилось ей, что она пирует на свадьбе: женят сына, и она выпила вина и захмелела сильно.

— Не могу. Ей-же-Богу, не могу! — отказывалась она, мотая головою, и ползала по ледяному мокрому насту, а ей все лили вино, все лили.

И уже больно становилось сердцу от пьяного смеха, от угощений, от дикого пляса, — а ей все лили вино. Все лили.

6. Часы бегут

В крепости, где сидели осужденные террористы, находилась колокольня с старинными часами. Каждый час, каждые полчаса, каждую четверть часы вызванивали что-то тягучее, что-то печальное, медленно тающее в высоте, как отдаленный и жалобный клик перелетных птиц. Днем эта странная и печальная музыка терялась в шуме города, большой и людной улицы, проходившей возле крепости. Гудели трамваи, чокали копыта лошадей, далеко вперед кричали покачивающиеся автомобили; на масленицу из окрестностей города понаехали особенные масленичные извозчики-крестьяне, и бубенцы на шее их малорослых лошаденок наполняли воздух жужжанием. И говор стоял: немного пьяный, веселый масленичный говор; и так шла к разноголосице молодая весенняя оттепель, мутные лужи на панели, вдруг почерневшие деревья сквера. С моря широкими, влажными порывами дул теплый ветер: казалось, глазами можно было видеть, как в дружном полете уносятся в безбрежную свободную даль крохотные, свежие частички воздуха и смеются, летя.

Ночью улица затихала в одиноком свете больших электрических солнц. И тогда огромная крепость, в плоских стенах которой не было ни одного огонька, уходила в мрак и тишину, чертою молчания, неподвижности и тьмы отделяла себя от вечно живого, движущегося города. И тогда слышен становился бой часов; чуждая земле, медленно и печально рождалась и гасла в высоте странная мелодия. Снова рождалась, обманывая ухо, звенела жалобно и тихо — обрывалась — снова звенела. Как большие, прозрачные, стеклянные капли, с неведомой высоты падали в металлическую, тихо звенящую чашу часы и минуты. Или перелетные птицы летели.

В камеры, где сидели по одному осужденные, и днем и ночью приносился только один этот звон. Сквозь крышу, сквозь толщу каменных стен проникал он, колебля тишину,— уходил незаметно, чтобы снова, так же незаметно, прийти. Иногда о нем забывали и не слышали его; иногда с отчаянием ждали его, живя от звона и до звона, уже не доверяя тишине. Только для важных преступников была предназначена тюрьма, особенные в ней были правила, суровые, твердые и жесткие, как угол крепостной стены; и если в жестокости есть благородство, то была благородна глухая, мертвая, торжественно немая тишина, ловящая шорохи и легкое дыхание.

И в этой торжественной тишине, колеблемой печальным звоном убегающих минут, отделенные от всего живого, пять человек, две женщины и трое мужчин, ожидали наступления ночи, рассвета и казни, и каждый по-своему готовился к ней.

7. Смерти нет

Как во всю жизнь свою Таня Ковальчук думала только о других и никогда о себе, так и теперь только за других мучилась она и тосковала сильно. Смерть она представляла себе постольку, поскольку предстоит она, как нечто мучительное, для Сережи Головина, для Муси, для других, — ее же самой она как бы не касалась совсем.

И, вознаграждая себя за вынужденную твердость на суде, она целыми часами плакала, как умеют плакать старые женщины, знавшие много горя, или молодые, но очень жалостливые, очень добрые люди. И предположение о том, что у Сережи может не оказаться табаку, а Вернер, может быть, лишен своего привычного крепкого чаю, и это еще вдобавок к тому, что они должны умереть, мучило ее, пожалуй, не меньше, чем самая мысль о казни. Казнь — это что-то неизбежное и даже постороннее, о чем и думать не стоит, а если у человека в тюрьме, да еще перед казнью, нет табаку, это совсем невыносимо. Вспоминала, перебирала милые подробности совместного житья и замирала от страха, воображая встречу Сергея с родителями.

И особенною жалостью жалела она Мусю. Уже давно ей казалось, что Муся любит Вернера, и, хотя это была совершенная неправда, все же мечтала для них обоих о чем-то хорошем и светлом. На свободе Муся носила серебряное колечко, на котором был изображен череп, кость и терновый венец вокруг них; и часто, с болью, смотрела Таня Ковальчук на это кольцо, как на символ обреченности, и то шутя, то серьезно упрашивала Мусю снять его.

— Подари его мне, — упрашивала она.

— Нет, Танечка, не подарю. А у тебя скоро на пальце другое кольцо будет.

Почему-то, в свою очередь, о ней думали, что она непременно и в скором времени должна выйти замуж, и это обижало ее, — никакого мужа она не хотела. И, вспоминая эти полушутливые разговоры свои с Мусей и то, что Муся теперь действительно обречена, она задыхалась от слез, от материнской жалости. И всякий раз, как били часы, поднимала заплаканное лицо и прислушивалась, — как там, в тех камерах, принимают этот тягучий, настойчивый зов смерти.

А Муся была счастлива.

Заложив за спину руки в большом, не по росту, арестантском халате, делающем ее странно похожей на мужчину, на мальчика-подростка, одевшегося в чужое платье, она шагала ровно и неутомимо. Рукава халата были ей длинны, и она отвернула их, и тонкие, почти детские, исхудалые руки выходили из широких отверстий, как стебли цветка из отверстия грубого, грязного кувшина. Тонкую белую шею шерстила и натирала жесткая материя, и изредка движением обеих рук Муся высвобождала горло и осторожно нащупывала пальцем то место, где краснела и саднила раздраженная кожа.

Муся шагала — и оправдывалась перед людьми, волнуясь и краснея. И оправдывалась она в том, что ее, молоденькую, незначительную, сделавшую так мало и совсем не героиню, подвергнут той самой почетной и прекрасной смерти, какою умирали до нее настоящие герои и мученики. С непоколебимой верой в людскую доброту, в сочувствие, в любовь она представляла себе, как теперь волнуются из-за нее люди, как мучатся, как жалеют, — и ей было совестно до красноты. Точно, умирая на виселице, она совершала какую-то огромную неловкость.

Она уже просила при последнем свидании своего защитника, чтобы он достал ей яду, но вдруг спохватилась: а если он и другие подумают, что это она из рисовки или из трусости, и вместо того, чтобы умереть скромно и незаметно, наделает шуму еще больше? И торопливо добавила:

— Нет, впрочем, не надо.

И теперь она хотела только одного: объяснить людям и доказать им точно, что она не героиня, что умирать вовсе не страшно и чтобы о ней не жалели и не заботились. Объяснить им, что она вовсе не виновата в том, что ее, молоденькую, незначительную, подвергают такой смерти и поднимают из-за нее столько шуму.

Как человек, которого действительно обвиняют, Муся искала оправданий, пыталась найти хоть что-нибудь, что возвысило бы ее жертву, придало бы ей настоящую цену. Рассуждала:

— Конечно, я молоденькая и могла бы еще долго жить. Но...

И, как меркнет свеча в блеске взошедшего солнца, тусклой и темной казалась молодость и жизнь перед тем великим и лучезарным, что должно озарить ее скромную голову. Нет оправдания.

Но, быть может, то особенное, что она носит в душе —

безграничная любовь, безграничная готовность к подвигу, безграничное пренебрежение к себе? Ведь она действительно не виновата, что ей не дали сделать всего, что она могла и хотела, — убили ее на пороге храма, у подножия жертвенника.

Но если это так, если человек ценен не только по тому, что он сделал, а и по тому, что он хотел сделать, — тогда... тогда она достойна мученического венца.

«Неужели? — думает Муся стыдливо. — Неужели я достойна? Достойна того, чтобы обо мне плакали люди, волновались, обо мне, такой маленькой и незначительной?»

И несказанная радость охватывает ее. Нет ни сомнений, ни колебаний, она принята в лоно, она правомерно вступает в ряды тех светлых, что извека через костер, пытки и казни идут к высокому небу. Ясный мир и покой и безбрежное, тихо сияющее счастье. Точно отошла она уже от земли и приблизилась к неведомому солнцу правды и жизни и бесплотно парит в его свете.

«И это — смерть. Какая же это смерть?» — думает Муся блаженно.

И если бы собрались к ней в камеру со всего света ученые, философы и палачи, разложили перед нею книги, скальпели, топоры и петли и стали доказывать, что смерть существует, что человек умирает и убивается, что бессмертия нет, — они только удивили бы ее. Как бессмертия нет, когда уже сейчас она бессмертна? О каком же еще бессмертии, о какой еще смерти можно говорить, когда уже сейчас она мертва и бессмертна, жива в смерти, как была жива в жизни?

И если бы к ней в камеру, наполняя ее зловонием, внесли гроб с ее собственным разлагающимся телом и сказали:

— Смотри! Это ты!

Она посмотрела бы и ответила:

— Нет. Это не я.

И когда ее стали бы убеждать, пугая зловещим видом Разложения, что это она, — она! — Муся ответила бы с улыбкой:

— Нет. Это вы думаете, что это — я, но это — не я. Я та, с которой вы говорите, как же я могу быть этим?

— Но ты умрешь и станешь этим.

— Нет, я не умру.

— Тебя казнят. Вот петля.

— Меня казнят, но я не умру. Как могу я умереть, когда уже сейчас я — бессмертна?

И отступили бы ученые, философы и палачи, говоря с содроганием:

— Не касайтесь этого места. Это место — свято.

О чем еще думала Муся? О многом думала она — ибо нить жизни не обрывалась для нее смертью и плелась спокойно и ровно. Думала о товарищах — и о тех далеких, что с тоскою и болью переживают их казнь, и о тех близких, что вместе взойдут на эшафот. Удивлялась Василию, чего он так испугался, — он всегда был очень храбр и даже мог шутить со смертью. Так, еще утром во вторник, когда они надевали с Василием на пояса разрывные снаряды, которые через несколько часов должны были взорвать их самих, у Тани Ковальчук руки дрожали от волнения и ее пришлось отстранить, а Василий шутил, паясничал, вертелся, был так неосторожен даже, что Вернер строго сказал:

— Не нужно фамильярничать со смертью.

Чего же теперь он испугался? Но так чужд душе Муси был этот непонятный страх, что скоро она перестала думать о нем и разыскивать причину, — вдруг отчаянно захотелось увидеть Сережу Головина и о чем-то посмеяться с ним. Подумала — и еще отчаяннее захотелось увидеть Вернера и в чем-то убедить его. И, представляя, что Вернер ходит рядом с нею своею четкой, размеренной, вбивающей каблуки в землю походкой, Муся говорила ему:

— Нет, Вернер, голубчик, это все пустяки, это совсем не важно, убил ты NN или нет. Ты умный, но ты точно в свои шахматы играешь: взять одну фигуру, взять другую, тогда и выиграно. Здесь важно, Вернер, что мы сами готовы умереть. Понимаешь? Ведь эти господа что думают? Что нет ничего страшнее смерти. Сами выдумали смерть, сами ее боятся и нас пугают. Мне бы даже так хотелось: выйти одной перед целым полком солдат и начать стрелять в них из браунинга. Пусть я одна, а их тысячи, и я никого не убью. Это-то и важно, что их тысячи. Когда тысячи убивают одного, то, значит, победил этот один. Это правда, Вернер, голубчик.

Но и это было так ясно, что не хотелось доказывать дальше, — Вернер теперь и сам понял, наверное. А может, и просто не хотелось ее мысли останавливаться на одном — как легко парящей птице, которой видимы безбрежные горизонты, которой доступны весь простор, вся глубина, вся радость ласкающей и нежной синевы. Звонили часы непрестанно, колебля глухую тишину; и в этот гармоничный, отдаленно прекрасный звук вливались мысли и тоже начинали звенеть; и музыкою становились плавно скользящие образы. Словно тихою темною ночью ехала куда-то Муся по широкой и ровной дороге, и покачивались мягкие рессоры, и бубенцы звенели. Отошли все тревоги и волнения, растворилось во тьме усталое тело, и радостно-усталая мысль спокойно творила яркие образы, упивалась их красками и тихим покоем.

Вспомнила Муся трех товарищей своих, повешенных недавно, и лица их были ясны, и радостны, и близки — ближе тех уже, что в жизни. Так утром радостно думает человек о доме своих друзей, куда войдет он вечером с приветом на смеющихся устах.

Очень устала Муся ходить. Прилегла осторожно на койку и продолжала грезить с легко закрытыми глазами. Звонили часы непрестанно, колебля немую тишину, и в их звенящих берегах тихо плыли светлые поющие образы. Муся думала:

«Неужели это смерть? Боже мой, как она прекрасна! Или это жизнь? Не знаю, не знаю. Буду смотреть и слушать».

Уже давно, с первых дней заключения, начал фантазировать ее слух. Очень музыкальный, он обострялся тишиною и на фоне ее из скудных крупиц действительности, с ее шагами часовых в коридоре, звоном часов, шелестом ветра на железной крыше, скрипом фонаря, творил целые музыкальные картины. Сперва Муся боялась их, отгоняла от себя, как болезненные галлюцинации, потом поняла, что сама она здорова и никакой болезни тут нет, — и стала отдаваться им спокойно.

И теперь — вдруг совершенно ясно и отчетливо она услыхала звуки военной музыки. В изумлении она открыла глаза, приподняла голову — за окном стояла ночь, и часы звонили. «Опять, значит!» — подумала она спокойно и закрыла глаза. И как только закрыла, музыка заиграла снова. Ясно слышно, как из-за угла здания, справа, выходят солдаты, целый полк, и проходят мимо окна. Ноги равномерно отбивают такт по мерзлой земле: раз-два! раз-два! — слышно даже, как поскрипывает иногда кожа на сапоге, вдруг оскользается и тут же выправляется чья-то нога. И музыка ближе: совершенно незнакомый, но очень громкий и бодрый праздничный марш. Очевидно, в крепости какой-то праздник.

Вот оркестр прравнялся с окном, и вся камера полна веселых, ритмичных, дружно-разноголосых звуков. Одна труба, большая, медная, резко фальшивит, то запаздывает, то смешно забегает вперед — Муся видит солдатика с этой трубой, его старательную физиономию, и смеется.

Все удаляется. Замирают шаги: раз-два! раз-два! Издалека музыка еще красивее и веселее. Еще раз-другой громко и фальшиво-радостно вскрикивает медным голосом труба, и все гаснет. И снова на колокольне вызванивают часы, медленно, печально, еле-еле колебля тишину.

«Ушли!» — думает Муся с легкой грустью. Ей жаль ушедших звуков, таких веселых и смешных; жаль даже ушедших солдатиков, потому что эти старательные, с медными трубами, с поскрипывающими сапогами совсем иные, совсем не те, в кого хотела бы она стрелять из браунинга.

— Ну, еще! — просит она ласково. И приходят еще. Склоняются над нею, окружают ее прозрачным облаком и поднимают вверх, туда, где несутся перелетные птицы и кричат, как герольды. Направо, налево, вверх и вниз — кричат, как герольды. Зовут, оповещают, далеко возвещают о полете своем. Широко машут крылами, и тьма их держит, как держит их и свет; и на выпуклых грудях, разрезающих воздух, отсвечивает снизу голубым сияющий город. Все ровнее бьется сердце, все спокойнее и тише дыхание Муси. Она засыпает. Лицо устало и бледно; под глазами круги, и так тонки девичьи исхудалые руки, — а на устах улыбка. Завтра, когда будет всходить солнце, это человеческое лицо исказится нечеловеческой гримасой, зальется густою кровью мозг и вылезут из орбит остекленевшие глаза, — но сегодня она спит тихо и улыбается в великом бессмертии своем.

Заснула Муся.

А в тюрьме идет своя жизнь, глухая и чуткая, слепая и зоркая, как сама вечная тревога. Где-то ходят. Где-то шепчут. Где-то звякнуло ружье. Кажется, кто-то крикнул. А может быть, и никто не кричал — просто чудится от тишины.

Вот бесшумно отпала форточка в двери — в темном отверстии показывается темное усатое лицо. Долго и удивленно таращит на Мусю глаза — и пропадает бесшумно, как явилось.

Звонят и поют куранты — долго, мучительно. Точно на высокую гору ползут к полуночи усталые часы, и все труднее и тяжелее подъем. Обрываются, скользят, летят со стоном вниз — и вновь мучительно ползут к своей черной вершине.

Где-то ходят. Где-то шепчут. И уже впрягают коней в черные без фонарей кареты.

8. Есть и смерть, есть и жизнь

О смерти Сергей Головин никогда не думал, как о чем-то постороннем и его совершенно не касающемся. Он был крепкий, здоровый, веселый юноша, одаренный той спокойной и ясной жизнерадостностью, при которой всякая дурная, вредная для жизни мысль или чувство быстро и бесследно исчезают в организме. Как быстро заживали у него всякие порезы, раны и уколы, так и все тягостное, ранящее душу, немедленно выталкивалось наружу и уходило. И во всякое дело или даже забаву, была ли то фотография, велосипед или приготовление к террористическому акту, он вносил ту же спокойную и жизнерадостную серьезность: все в жизни весело, все в жизни важно, все нужно делать хорошо.

И все он делал хорошо: великолепно управлялся с парусом, стрелял из револьвера прекрасно; был крепок в дружбе, как и в любви, и фанатически верил в «честное слово». Свои смеялись над ним, что если сыщик, рожа, заведомый шпион даст ему честное слово, что он не сыщик, — Сергей поверит ему и пожмет товарищески руку. Один был недостаток: был уверен, что поет хорошо, тогда как слуху не имел ни малейшего, пел отвратительно и фальшивил даже в революционных песнях; и обижался, когда смеялись.

— Или вы все ослы, или я осел, — говорил он серьезно и обиженно. И так же серьезно, подумав, все решали:

— Ты осел, по голосу слышно.

Но за недостаток этот, как иногда бывает с хорошими людьми, его любили, пожалуй, даже больше, чем за достоинства.

Смерти он настолько не боялся и настолько не думал о ней, что в роковое утро, перед уходом из квартиры Тани Ковальчук, он один, как следует, с аппетитом, позавтракал: выпил два стакана чаю, наполовину разбавленного молоком, и съел целую пятикопеечную булку. Потом посмотрел с грустью на нетронутый хлеб Вернера и сказал:

— А ты что же не ешь? Ешь, подкрепиться надо.

— Не хочется.

— Ну так я съем. Ладно?

— Ну и аппетит же у тебя, Сережа.

Вместо ответа Сергей с набитым ртом, глухо и фальшиво запел:

Вихри враждебные веют над нами…

После ареста он было загрустил: сделано нехорошо, провалились, но подумал: «Есть теперь другое, что нужно сделать хорошо, — умереть», — и развеселился. И как ни странно, со второго же утра в крепости начал заниматься гимнастикой по необыкновенно рациональной системе какого-то немца Мюллера, которой увлекался: разделся голый и, к тревожному удивлению наблюдавшего часового, аккуратно проделал все предписанные восемнадцать упражнений. И то, что часовой наблюдал и, видимо, удивлялся, было ему приятно, как пропагандисту мюллеровской системы; и хотя знал, что ответа не получит, все же сказал торчащему в окошечке глазу:

— Хорошо, брат, укрепляет. Вот бы у вас в полку ввести что надо, — крикнул он убеждающе и кротко, чтобы не испугать, не подозревая, что солдат считает его просто сумасшедшим.

Страх смерти начал являться к нему постепенно и как-то толчками: точно возьмет кто и снизу, изо всей силы, подтолкнет сердце кулаком. Скорее больно, чем страшно. Потом ощущение забудется — и через несколько часов явится снова, и с каждым разом становится оно все продолжительнее и сильнее. И уже ясно начинает принимать мутные очертания какого-то большого и даже невыносимого страха.

«Неужели я боюсь? — подумал Сергей с удивлением. — Вот еще глупости!»

Боялся не он — боялось его молодое, крепкое, сильное тело, которое не удавалось обмануть ни гимнастикой немца Мюллера, ни холодными обтираниями. И чем крепче, чем свежее оно становилось после холодной воды, тем острее и невыносимее делались ощущения мгновенного страха. И именно в те минуты, когда на воле он ощущал особый подъем жизнерадостности и силы, утром, после крепкого сна и физических упражнений, — тут появлялся этот острый, как бы чужой страх. Он заметил это и подумал:

«Глупо, брат Сергей. Чтобы оно умерло легче, его надо ослабить, а не укреплять. Глупо!»

И бросил гимнастику и обтирания. А солдату в объяснение и в оправдание крикнул:

— Ты не смотри, что я бросил. Штука, брат, хорошая. Только для тех, кого вешать, не годится, а для всех других очень хорошо.

И действительно, стало как будто легче. Попробовал также поменьше есть, чтобы ослабеть еще, но, несмотря на отсутствие чистого воздуха и упражнений, аппетит был очень велик, трудно было сладить, съедал все, что приносили. Тогда начал делать так: еще не принимаясь за еду, выливал половину горячего в ушат; и это как будто помогло: появилась тупая сонливость, истома.

— Я тебе покажу! — грозил он телу, а сам с грустью, нежно водил рукою по вялым, обмякшим мускулам.

Но скоро тело привыкло и к этому режиму, и страх смерти появился снова, — правда, не такой острый, не такой огневый, но еще более нудный, похожий на тошноту. «Это оттого, что тянут долго, — подумал Сергей, — хорошо бы все это время, до казни, проспать», — и старался как можно дольше спать. Вначале удавалось, но потом, оттого ли, что переспал он, или по другой причине, появилась бессонница. И с нею пришли острые, зоркие мысли, а с ними и тоска о жизни.

«Разве я ее, дьявола, боюсь? — думал он о смерти. — Это мне жизни жалко. Великолепная вещь, что бы там ни говорили пессимисты. А что если пессимиста повесить? Ах, жалко жизни, очень жалко. И зачем борода у меня выросла? Не росла, не росла, а то вдруг выросла. И зачем?»

Покачивал головою грустно и вздыхал продолжительными тяжелыми вздохами. Молчание — и продолжительный, глубокий вздох; опять короткое молчание — и снова еще более продолжительный, тяжелый вздох.

Так было до суда и до последнего страшного свидания со стариками. Когда он проснулся в камере с ясным сознанием, что с жизнью все покончено, что впереди только несколько часов ожидания в пустоте и смерть, — стало как-то странно. Точно его оголили всего, как-то необыкновенно оголили — не только одежду с него сняли, но отодрали от него солнце, воздух, шум и свет, поступки и речи. Смерти еще нет, но нет уже и жизни, а есть что-то новое, поразительно непонятное, и не то совсем лишенное смысла, не то имеющее смысл, но такой глубокий, таинственный и нечеловеческий, что открыть его невозможно.

— Фу-ты, черт! — мучительно удивлялся Сергей. — Да что же это такое? Да где же это я? Я... какой я?

Оглядел всего себя, внимательно, с интересом, начиная от больших арестантских туфель, кончая животом, на котором оттопыривался халат. Прошелся по камере, растопырив руки и продолжая оглядывать себя, как женщина в новом платье, которое ей длинно. Повертел головою — вертится. И это, несколько страшное почему-то, есть он, Сергей Головин, и этого — не будет. И все сделалось странно.

Попробовал ходить по камере — странно, что ходит. Попробовал сидеть — странно, что сидит. Попробовал выпить воды — странно, что пьет, что глотает, что держит кружку, что есть пальцы, и эти пальцы дрожат. Поперхнулся, закашлялся и, кашляя, думал: «Как это странно, я кашляю».

«Да что я, с ума, что ли, схожу! — подумал Сергей, холодея. — Этого еще недоставало, чтобы черт их побрал!»

Потер лоб рукою, но и это было странно. И тогда, не дыша, на целые, казалось, часы он замер в неподвижности, гася всякую мысль, удерживая громкое дыхание, избегая всякого движения — ибо всякая мысль было безумие, всякое движение было безумие. Времени не стало, как бы в пространство превратилось оно, прозрачное, безвоздушное, в огромную площадь, на которой все, и земля, и жизнь, и люди; и все это видимо одним взглядом, все до самого конца, до загадочного обрыва — смерти. И не в том было мучение, что видна смерть, а в том, что сразу видны и жизнь и смерть. Святотатственною рукою была отдернута завеса, сызвека скрывающая тайну жизни и тайну смерти, и они перестали быть тайной, — но не сделались они и понятными, как истина, начертанная на неведомом языке. Не было таких понятий в его человеческом мозгу, не было таких слов на его человеческом языке, которые могли бы охватить увиденное. И слова: «мне страшно» — звучали в нем только потому, что не было иного слова, не существовало и не могло существовать понятия, соответствующего этому новому, нечеловеческому состоянию. Так было бы с человеком, если бы он, оставаясь в пределах человеческого разумения, опыта и чувств, вдруг увидел самого Бога, — увидел и не понял бы, хотя бы и знал, что это называется Бог, и содрогнулся бы неслыханными муками неслыханного непонимания.

— Вот тебе и Мюллер! — вдруг громко, с чрезвычайной убедительностью произнес он и качнул головою. И с тем неожиданным переломом в чувстве, на который так способна человеческая душа, весело и искренно захохотал. — Ах ты, Мюллер! Ах ты, мой милый Мюллер! Ах ты, мой распрекрасный немец! И все-таки — ты прав, Мюллер, а я, брат Мюллер, осел.

Быстро несколько раз прошелся по камере и к новому, величайшему удивлению наблюдавшего в глазок солдата — быстро разделся догола и весело, с крайней старательностью проделал все восемнадцать упражнений; вытягивал и растягивал свое молодое, несколько похудевшее тело, приседал, вдыхал и выдыхал воздух, становясь на носки, выбрасывал ноги и руки. И после каждого упражнения говорил с удовольствием:

— Вот это так! Вот это настоящее, брат Мюллер!

Щеки его раскраснелись, из пор выступили капельки горячего, приятного пота, и сердце стучало крепко и ровно.

— Дело в том, Мюллер, —рассуждал Сергей, выпячивая грудь так, что ясно обрисовались ребра под тонкой натянутой кожей, — дело в том, Мюллер, что есть еще девятнадцатое упражнение — подвешивание за шею в неподвижном положении. И это называется казнь. Понимаешь, Мюллер? Берут живого человека, скажем — Сергея Головина, пеленают его, как куклу, и вешают за шею, пока не умрет. Глупо это, Мюллер, но ничего не поделаешь — приходится.

Перегнулся на правый бок и повторил:

— Приходится, брат Мюллер.

9. Ужасное одиночество

Под тот же звон часов, отделенный от Сергея и Муси несколькими пустыми камерами, но одинокий столь тяжко, как если бы во всей вселенной существовал он один, в ужасе и тоске оканчивал свою жизнь несчастный Василий Каширин.

Потный, с прилипшей к телу мокрой рубахой, распустившимися, прежде курчавыми волосами, он судорожно и безнадежно метался по камере, как человек, у которого нестерпимая зубная боль. Присаживался, вновь бегал, прижимался лбом к стене, останавливался и что-то разыскивал глазами — словно искал лекарства. Он так изменился, что как будто имелись у него два разных лица, и прежнее, молодое ушло куда-то, а на место его стало новое, страшное, пришедшее из темноты.

К нему страх смерти пришел сразу и овладел им безраздельно и властно. Еще утром, идя на явную смерть, он фамильярничал с нею, а уже к вечеру, заключенный в одиночную камеру, был закружен и захлестнут волною бешеного страха. Пока он сам, своею волею, шел на опасность и смерть, пока свою смерть, хотя бы и страшную по виду, он держал в собственных руках, ему было легко и весело даже: в чувстве безбрежной свободы, смелого и твердого утверждения своей дерзкой и бесстрашной воли бесследно утопал маленький, сморщенный, словно старушечий стра-. шок. Опоясанный адской машиной, он сам как бы превратился в адскую машину, включил в себя жестокий разум динамита, присвоил себе его огненную смертоносную мощь. И, идя по улице, среди суетливых, будничных, озабоченных своими делами людей, торопливо спасающихся от извозчичьих лошадей и трамвая, он казался себе пришлецом из иного, неведомого мира, где не знают ни смерти, ни страха. И вдруг сразу резкая, дикая, ошеломляющая перемена. Он уже не идёт, куда хочет, а его везут, — куда хотят. Он уже не выбирает места, а его сажают в каменную клетку и запирают на ключ, как вещь.

Он уже не может выбрать свободно: жизнь или смерть, как все люди, а его непременно и неизбежно умертвят. За мгновение бывший воплощением воли, жизни и силы, он становится жалким образом единственного в мире бессилия, превращается в животное, ожидающее бойни, в глухую и безгласную вещь, которую можно переставлять, жечь, ломать. Что бы он ни говорил, слов его не послушают, а если станет кричать, то заткнут рот тряпкой, и будет ли он сам передвигать ногами, его отведут и повесят; и станет ли он сопротивляться, барахтаться, ляжет наземь — его осилят, поднимут, свяжут и связанного поднесут к виселице. И то, что эту машинную работу над ним исполнят люди, такие же, как и он, придает им новый, необыкновенный и зловещий вид: не то призраков, чего-то притворяющегося, явившегося только нарочно, не то механических кукол на пружине: берут, хватают, ведут, вешают, дергают за ноги. Обрезают веревку, кладут, везут, закапывают.

И с первого же дня тюрьмы люди и жизнь превратились для него в непостижимо ужасный мир призраков и механи-ческих кукол. Почти обезумев от ужаса, он старался представить, что люди имеют язык и говорят, и не мог — казались немыми; старался вспомнить их речь, смысл слов, которые они употребляют при сношениях, — и не мог. Рты раскрываются, что-то звучит, потом они расходятся, передвигая ноги, и нет ничего.

Так чувствовал бы себя человек, если бы ночью, когда он в доме один, все вещи ожили, задвигались и приобрели над ним, человеком, неограниченную власть. Вдруг стали бы его судить: шкап, стул, письменный стол и диван. Он бы кричал и метался, умолял, звал на помощь, а они что-то говорили бы по-своему между собою, потом повели его вешать: шкап, стул, письменный стол и диван. И смотрели бы на это остальные вещи.

И все стало казаться игрушечным Василию Каширину, присужденному к смертной казни через повешение: его камера, дверь с глазком, звон заведенных часов, аккуратно вылепленная крепость, и особенно та механическая кукла с ружьем, которая стучит ногами по коридору, и те другие, которые, пугая, заглядывают к нему в окошечко и молча подают еду. И то, что он испытывал, не было ужасом перед смертью; скорее смерти он даже хотел: во всей извечной загадочности и непонятности своей она была доступнее разуму, чем этот так дико и фантастично превратившийся мир. Более того: смерть как бы уничтожалась совершенно в этом безумном мире призраков и кукол, теряла свой великий и загадочный смысл, становилась также чем-то механическим и только поэтому страшным. Берут, хватают, ведут, вешают, дергают за ноги. Обрезают веревку, кладут, везут, закапывают.

Исчез из мира человек.

На суде близость товарищей привела Каширина в себя, и он снова, на мгновение, увидел людей: сидят и судят его и что-то говорят на человеческом языке, слушают и как будто понимают. Но уже на свидании с матерью он, с ужасом человека, который начинает сходить с ума и понимает это, почувствовал ярко, что эта старая женщина в черном платочке — просто искусно сделанная механическая кукла, вроде тех, которые говорят: «па-па», «мама», но только лучше сделанная. Старался говорить с нею, а сам, вздрагивая, думал:

«Господи! Да ведь это же кукла. Кукла матери. А вот та кукла солдата, а там, дома, кукла отца, а вот это кукла Василия Каширина».

Казалось, еще немного и он услышит где-то треск механизма, поскрипывание несмазанных колес. Когда мать заплакала, на один миг снова мелькнуло что-то человеческое, но при первых же ее словах исчезло, и стало любопытно и ужасно смотреть, что из глаз куклы течет вода.

Потом, в своей камере, когда ужас стал невыносим, Василий Каширин попробовал молиться. От всего того, чем под видом религии была окружена его юношеская жизнь в отцовском купеческом доме, остался один противный, горький и раздражающий осадок, и веры не было. Но когда-то, быть может, в раннем еще детстве, он услыхал три слова, и они поразили его трепетным волнением и потом на всю жизнь остались обвеянными тихой поэзией. Эти слова были: «Всех скорбящих радость».

Случалось, в тяжелые минуты он шепнет про себя, без молитвы, без определенного сознания: «Всех скорбящих радость» — и вдруг станет легче и захочется пойти к кому-то милому и жаловаться тихо:

— Наша жизнь… да разве это жизнь! Эх, милая вы моя, да разве это жизнь!

А потом вдруг и смешно станет, и захочется кучерявить волосы, выкинуть колено, подставить грудь под чьи-то удары: на, бей!

Никому, даже самым близким товарищам, он не говорил о своей «всех скорбящих радости» и даже сам как будто не знал о ней — так глубоко крылась она в душе его. И вспоминал не часто, с осторожностью.

И теперь, когда ужас неразрешимой, воочию представшей тайны с головою покрыл его, как вода в половодье прибрежную лозиночку, он захотел молиться. Хотел стать на колени, но стыдно сделалось перед солдатом, и, сложив руки у груди, тихо прошептал:

— Всех скорбящих радость!

И с тоскою, выговаривая умильно, повторил:

— Всех скорбящих радость, прийди ко мне, поддержи Ваську Каширина.

Давно еще, когда он был на первом курсе университета и покучивал еще, до знакомства с Вернером и вступления в общество, он называл себя хвастливо и жалко «Васькой Кашириным» — теперь почему-то захотелось назваться так же. Но мертво и неотзывчиво прозвучали слова:

— Всех скорбящих радость!

Всколыхнулось что-то. Будто проплыл в отдалении чей-то тихий и скорбный образ и тихо погас, не озарив предсмертной тьмы. Били заведенные часы на колокольне. Застучал чем-то, шашкой, не то ружьем, солдат в коридоре и продолжительно, с переходами, зевнул.

— Всех скорбящих радость! И ты молчишь! И ты ничего не хочешь сказать Ваське Каширину?

Улыбался умильно и ждал. Но было пусто и в душе и вокруг. И не возвращался тихий и скорбный образ. Вспоминались ненужно и мучительно восковые горящие свечи, поп в рясе, нарисованная на стене икона, и как отец, сгибаясь и разгибаясь, молится и кладет поклоны, а сам смотрит исподлобья, молится ли Васька, не занялся ли баловством. И стало еще страшнее, чем до молитвы.

Исчезло все.

Безумие тяжко наползало. Сознание погасло, как потухающий разбросанный костер, холодело, как труп только что скончавшегося человека, у которого тепло еще в сердце, а ноги и руки уже окоченели. Еще раз, кроваво вспыхнув, сказала угасающая мысль, что он, Васька

Каширин, может здесь сойти с ума, испытать муки, для которых нет названия, дойти до такого предела боли и страданий, до каких не доходило еще ни одно живое существо; что он может биться головою о стену, выколоть себе пальцем глаза, говорить и кричать, что ему угодно, уверять со слезами, что больше выносить он не может, — и ничего. Будет ничего.

И ничего наступило. Ноги, у которых свое сознание и своя жизнь, продолжали ходить и носить дрожащее мокрое тело. Руки, у которых свое сознание, тщетно пытались запахнуть расходящийся на груди халат и согреть дрожащее мокрое тело. Тело дрожало и зябло. Глаза смотрели. И это был почти что покой.

Но был ещё момент дикого ужаса. Это когда вошли люди. Он даже не подумал, что это значит — пора ехать на казнь, а просто увидел людей и испугался, почти по-детски.

— Я не буду! Я не буду! — шептал он неслышно помертвевшими губами и тихо отодвигался в глубь камеры, как в детстве, когда поднимал руку отец.

— Надо ехать.

Говорят, ходят вокруг, что-то подают. Закрыл глаза, покачался — и тяжело начал собираться. Должно быть, сознание стало возвращаться: вдруг попросил у чиновника папиросу. И тот любезно раскрыл серебряный с декадентским рисунком портсигар.

10. Стены падают

Неизвестный, по прозвищу Вернер, был человек, уставший от жизни и от борьбы. Было время, когда он очень сильно любил жизнь, наслаждался театром, литературой, общением с людьми; одаренный прекрасной памятью и твердой волей, изучил в совершенстве несколько европейских языков, мог свободно выдавать себя за немца, француза или англичанина. По-немецки он говорил обычно с баварским акцентом, но мог, при желании, говорить, как настоящий, прирожденный берлинец. Любил хорошо одеваться, имел прекрасные манеры и один из всей своей братии, без риска быть узнанным, смел появляться на великосветских балах.

Но уже давно, невидимо для товарищей, в душе его зрело темное презрение к людям; и отчаяние там было, и тяжелая, почти смертельная усталость. По природе своей скорее математик, чем поэт, он не знал до сих пор вдохновения и экстаза и минутами чувствовал себя как безумец, который ищет квадратуру круга в лужах человеческой крови. Тот враг, с которым он ежедневно боролся, не мог внушить ему уважения к себе; это была частая сеть глупости, предательства и лжи, грязных плевков, гнусных обманов. Последнее, что навсегда, казалось, уничтожило в нем желание жить, — было убийство провокатора, совершенное им по поручению организации. Убил спокойно, а когда увидел это мертвое, лживое, но теперь спокойное и все же жалкое человеческое лицо — вдруг перестал уважать себя и свое дело. Не то чтобы почувствовал раскаяние, а просто вдруг перестал ценить себя, стал для себя самого неинтересным, неважным, скучно-посторонним. Но из организации, как человек единой, нерасщепленной воли, не ушел и внешне остался тот же — только в глазах залегло что-то холодное и жуткое. И никому ничего не сказал.

Обладал он и еще одним редким свойством: как есть люди, которые никогда не знали головной боли, так он не знал, что такое страх. И когда другие боялись, относился к этому без осуждения, но и без особенного сочувствия, как к довольно распространенной болезни, которою сам, однако, ни разу не хворал. Товарищей своих, особенно Васю Каширина, он жалел; но это была холодная, почти официальная жалость, которой не чужды были, вероятно, и некоторые из судей.

Вернер понимал, что казнь не есть просто смерть, а что-то другое, — но во всяком случае решил встретить ее спокойно, как нечто постороннее: жить до конца так, как будто ничего не произошло и не произойдет. Только этим он мог выразить высшее презрение к казни и сохранить последнюю, неотторжимую свободу духа. И на суде — и этому, пожалуй, не поверили бы даже товарищи, хорошо знавшие его холодное бесстрашие и надменность, — он думал не о смерти и не о жизни: он сосредоточенно, с глубочайшей и спокойной внимательностью, разыгрывал трудную шахматную партию. Превосходный игрок в шахматы, он с первого дня заключения начал эту партию и продолжал безостановочно. И приговор, присуждавший его к смертной казни через повешение, не сдвинул ни одной фигуры на невидимой доске.

Даже то, что партии кончить ему, видимо, не придется, не остановило его; и утро последнего дня, который оставался ему на земле, он начал с того, что исправил один вчерашний не совсем удачный ход. Сжав опущенные руки между колен, он долго сидел в неподвижности; потом встал и начал ходить, размышляя. Походка у него была особенная: он несколько клонил вперед верхнюю часть туловища и крепко и четко бил землю каблуками — даже на сухой земле его шаги оставляли глубокий и приметный след. Тихо, одним дыханием, он насвистывал несложную итальянскую арийку, — это помогало думать.

Но дело в этот раз шло почему-то плохо. С неприятным чувством, что он совершил какую-то крупную, даже грубую ошибку, он несколько раз возвращался назад и проверял игру почти сначала. Ошибки не находилось, но чувство совершенной ошибки не только не уходило, а становилось все сильнее и досаднее. И вдруг явилась неожиданная и обидная мысль: не в том ли ошибка, что игрою в шахматы он хочет отвлечь свое внимание от казни и оградиться от того страха смерти, который будто бы неизбежен для осужденного?

— Нет, зачем же! — отвечал он холодно и спокойно закрыл невидимую доску. И с той же сосредоточенной внимательностью, с какою играл, будто отвечая на строгом экзамене, постарался дать отчет в ужасе и безвыходности своего положения: осмотрев камеру, стараясь не пропустить ничего, сосчитал часы, что остаются до казни, нарисовал себе приблизительную и довольно точную картину самой казни и пожал плечами.

— Ну? — ответил он кому-то полувопросом. — Вот и все. Где же страх?

Страха действительно не было. И не только не было страха, но нарастало что-то как бы противоположное ему — чувство смутной, но огромной и смелой радости. И ошибка, все еще не найденная, уже не вызывала ни досады, ни раздражения, а также говорила громко о чем-то хорошем и неожиданном, словно счел он умершим близкого дорогого друга, а друг этот оказался жив и невредим и смеется.

Вернер снова пожал плечами и попробовал свой пульс: сердце билось учащенно, но крепко и ровно, с особенной звонкой силой. Еще раз внимательно, как новичок, впервые попавший в тюрьму, оглядел стены, запоры, привинченный к полу стул и подумал:

«Отчего мне так легко, радостно и свободно? Именно свободно. Подумаю о завтрашней казни — и как будто ее нет. Посмотрю на стены — как будто нет и стен. И так свободно, словно я не в тюрьме, а только что вышел из какой-то тюрьмы, в которой сидел всю жизнь. Что это?»

Начинали дрожать руки — невиданное для Вернера явление. Все яростнее билась мысль. Словно огненные языки вспыхивали в голове — наружу хотел пробиться огонь и осветить широко еще ночную, еще темную даль. И вот пробился он наружу, и засияла широко озаренная даль.

Исчезла мутная усталость, томившая Вернера два последние года, и отпала от сердца мертвая, холодная, тяжелая змея с закрытыми глазами и мертвенно сомкнутым ртом — перед лицом смерти возвращалась, играя, прекрасная юность. И это было больше, чем прекрасная юность. С тем удивительным просветлением духа, которое в редкие минуты осеняет человека и поднимает его на высочайшие вершины созерцания, Вернер вдруг увидел и жизнь и смерть и поразился великолепием невиданного зрелища. Словно шел по узкому, как лезвие ножа, высочайшему горному хребту и на одну сторону видел жизнь, а на другую видел смерть, как два сверкающих, глубоких, прекрасных моря, сливающихся на горизонте в один безграничный широкий простор.

— Что это! Какое божественное зрелище! — медленно сказал он, приставая невольно и выпрямляясь, как в присутствии высшего существа. И, уничтожая стены, пространство и время стремительностью всепроникающего взора, он широко взглянул куда-то в глубь покидаемой жизни.

И новою предстала жизнь. Он не пытался, как прежде, запечатлеть словами увиденное, да и не было таких слов на все еще бедном, все еще скудном человеческом языке. То маленькое, грязное и злое, что будило в нем презрение к людям и порою вызывало даже отвращение к виду человеческого лица, исчезло совершенно: так для человека, поднявшегося на воздушном шаре, исчезают сор и грязь тесных улиц покинутого городка, и красотою становится безобразное.

Бессознательным движением Вернер шагнул к столу и оперся на него правой рукою. Гордый и властный от природы, никогда еще не принимал он такой гордой, свободной и властной позы, не поворачивал шеи так, не глядел так, — ибо никогда еще не был свободен и властен, как здесь, в тюрьме, на расстоянии нескольких часов от казни и смерти.

И новыми предстали люди, по-новому милыми и прелестными показались они его просветленному взору. Паря над временем, он увидел ясно, как молодо человечество, еще вчера только зверем завывавшее в лесах; и то, что казалось ужасным в людях, непростительным и гадким, вдруг стало милым, — как мило в ребенке его неумение ходить походкою взрослого, его бессвязный лепет, блистающий искрами гениальности, его смешные промахи, ошибки и жестокие ушибы.

— Милые вы мои! — вдруг неожиданно улыбнулся Вернер и сразу потерял всю внушительность своей позы, снова стал арестантом, которому и тесно, и неудобно взаперти, и скучно немного от надоевшего пытливого глаза, торчащего в плоскости двери. И странно: почти внезапно он позабыл то, что увидел только что так выпукло и ясно; и еще страннее, — даже и вспомнить не пытался. Просто сел поудобнее, без обычной сухости в положении тела, и с чужой, не вернеровской, слабой и нежной улыбкой оглядел стены и решетки. Произошло еще новое, чего никогда не бывало с Вернером: вдруг заплакал.

— Милые товарищи мои! — шептал он и плакал горько. — Милые товарищи мои!

Какими тайными путями пришел он от чувства гордой и безграничной свободы к этой нежной и страстной жалости? Он не знал и не думал об этом. И жалел ли он их, своих милых товарищей, или что-то другое, еще более высокое и страстное таили в себе его слезы, — не знало и этого его вдруг воскресшее, зазеленевшее сердце. Плакал и шептал:

— Милые товарищи мои! Милые вы, товарищи мои!

В этом горько плачущем и сквозь слезы улыбающемся человеке никто не признал бы холодного и надменного, усталого и дерзкого Вернера — ни судьи, ни товарищи, ни он сам.

11. Их везут

Перед тем как рассаживать осужденных по каретам, их всех пятерых собрали в большой холодной комнате со сводчатым потолком, похожей на канцелярию, где больше не работают, или на пустую приемную. И позволили разговаривать между собою.

Но только Таня Ковальчук сразу воспользовалась позволением. Остальные молча и крепко пожали руки, холодные, как лед, и горячие, как огонь, — и молча, стараясь не глядеть друг на друга, столпились неловкой рассеянной кучкой. Теперь, когда они были вместе, они как бы совестились того, что каждый из них испытал в одиночестве; и глядеть боялись, чтобы не увидеть и не показать того нового, особенного, немножко стыдного, что каждый чувствовал или подозревал за собою.

Но раз, другой взглянули, улыбнулись и сразу почувствовали себя непринужденно и просто, как прежде: никакой перемены не произошло, а если и произошло что-то, то так ровно легло на всех, что для каждого в отдельности стало незаметно. Все говорили и двигались странно: порывисто, толчками, или слишком медленно, или же слишком быстро; иногда захлебывались словами и многократно повторяли их, иногда же не договаривали начатой фразы или считали ее сказанной — не замечали этого. Все щурились и с любопытством, не узнавая, рассматривали обыкновенные вещи, как люди, которые ходили в очках и вдруг сняли их; все часто и резко оборачивались назад, точно все время из-за спины их кто-то окликал и что-то показывал. Но не замечали они и этого. У Муси и Тани Ковальчук щеки и уши горели; Сергей вначале был несколько бледен, но скоро оправился и стал такой, как всегда.

И только на Василия обратили внимание. Даже среди них он был необыкновенен и страшен. Вернер всколыхнулся и тихо сказал Мусе с нежным беспокойством:

— Что это, Мусечка? Неужели он того, а? Что? Надо к нему.

Василий откуда-то издали, точно не узнавая, посмотрел на Вернера и опустил глаза.

— Вася, что это у тебя с волосами, а? Да ты что? Ничего, брат, ничего, ничего, сейчас кончится. Надо держаться, надо, надо.

Василий молчал. И когда начало уже казаться, что он и совсем ничего не скажет, пришел глухой, запоздалый, страшно далекий ответ: так на многие зовыы могла бы ответить могила:

— Да я ничего. Я держусь.

И повторил.

— Я держусь.

Вернер обрадовался.

— Вот, вот. Молодец. Так, так.

Но встретил темный, отяжелевший, из глубочайшей дали устремленный взор и подумал с мгновенною тоскою; «Откуда он смотрит? Откуда он говорит?» И с глубокое нежностью, как говорят только могиле, сказал:

— Вася, ты слышишь? Я очень люблю тебя.

— И я тебя очень люблю, — ответил, тяжело ворочаясь, язык.

Вдруг Муся взяла Вернера за руку и, выражая удивление, усиленно, как актриса на сцене, сказала:

— Вернер, что с тобой? Ты сказал: люблю? Ты никогда никому не говорил: люблю. И отчего ты весь такой... светлый и мягкий? А, что?

— А, что?

И, как актер, также усиленно выражая то, что он чувствовал, Вернер крепко сжал Мусину руку:

— Да, я теперь очень люблю. Не говори другим, не надо, совестно, но я очень люблю.

Встретились их взоры и вспыхнули ярко, и все погасло кругом: так в мгновенном блеске молнии гаснут все иные огни, и бросает на землю тень само желтое, тяжелое пламя.

— Да, — сказала Муся. — Да, Вернер.

— Да, — ответил он. — Да, Муся, да!

Было понято нечто и утверждено ими непоколебимо. И, светясь взорами, Вернер всколыхнулся снова и быстро шагнул к Сергею.

— Сережа!

Но ответила Таня Ковальчук. В восторге, почти плача от материнской гордости, она неистово дергала Сергея за рукав.

— Вернер, ты послушай! Я тут о нем плачу, я убиваюсь а он — гимнастикой занимается!

— По Мюллеру? — улыбнулся Вернер.

Сергей сконфуженно нахмурился:

— Ты напрасно смеешься, Вернер. Я окончательно убедился...

Все рассмеялись. В общении друг с другом черпая крепость и силу, постепенно становились они такими, как прежде, но не замечали и этого, думали, что всё одни и те же. Вдруг Вернер оборвал смех и с чрезвычайною серьезностью сказал Сергею:

— Ты прав, Сережа. Ты совершенно прав.

— Нет, ты пойми, — обрадовался Головин. — Конечно, мы...

Но тут предложили ехать. И были так любезны, что разрешили рассесться парами, как хотят. И вообще были очень, даже до чрезмерности любезны: не то старались выказать свое человеческое отношение, не то показать, что их тут совсем нет, а все делается само собою. Но были бледны.

— Ты, Муся, с ним, — показал Вернер на Василия, стоявшего неподвижно.

— Понимаю, — кивнула Муся головою. — А ты?

— Я? Таня с Сергеем, ты с Васей... Я один. Это ничего, я ведь могу, ты знаешь.

Когда вышли во двор, влажная темнота мягко, но тепло и сильно ударила в лицо, в глаза, захватила дыхание, вдруг очищающе и нежно пронизала все вздрогнувшее тело. Трудно было поверить, что это удивительное — просто ветер весенний, теплый влажный ветер. И настоящая, удивительная весенняя ночь запахла тающим снегом, — безграничною ширью, зазвенела капелями. Хлопотливо и часто, догоняя друг друга, падали быстрые капельки и дружно чеканили звонкую песню; но вдруг собьется одна с голоса, и все запутается в веселом плеске, в торопливой неразберихе. А потом ударит твердо большая, строгая капля, и снова четко и звонко чеканится торопливая весенняя песня. И над городом, поверх крепостных крыш, стояло бледное зарево от электрических огней.

— У-ах! — широко вздохнул Сергей Головин и задержал дыхание, точно жалея выпускать из легких такой свежий и прекрасный воздух.

— Давно такая погода? — осведомился Вернер. — Совсем весна.

— Второй только день, — был предупредительный и вежливый ответ. — А то все больше морозы.

Одна за другою мягко подкатывали темные кареты, забирали по двое, уходили в темноту, туда, где качался под воротами фонарь. Серыми силуэтами окружали каждый экипаж конвойные, и подковы их лошадей чокали звонко или хлябали по мокрому снегу.

Когда Вернер, согнувшись, намеревался лезть в карету, жандарм сказал неопределенно:

— Тут с вами еще один едет.

Вернер удивился:

_ Куда? Куда же он едет? Ах, да! Еще один? Кто же это?

Солдат молчал. Действительно, в углу кареты, в темноте, прижималось что-то маленькое, неподвижное, но живое — при косом луче от фонаря блеснул открытый глаз. Усаживаясь, Вернер толкнул ногою его колено.

— Извините, товарищ.

Тот не ответил. И только, когда тронулась карета, вдруг спросил ломаным русским языком, запинаясь:

— Кто вы?

— Я Вернер, присужден к повешению за покушение на NN. А вы?

— Я — Янсон. Меня не надо вешать.

Они ехали, чтобы через два часа стать перед лицом неразгаданной великой тайны, из жизни уйти в смерть, — и знакомились. В двух плоскостях одновременно шли жизнь и смерть, и до конца, до самых смешных и нелепых мелочей оставалась жизнью жизнь.

— А что вы сделали, Янсон?

— Я хозяина резал ножом. Деньги крал.

По голосу казалось, что Янсон засыпает. В темноте Вернер нашел его вялую руку и пожал. Янсон так же вяло отобрал руку.

— Тебе страшно? — спросил Вернер.

— Я не хочу.

Они замолчали. Вернер снова нашел руку эстонца и крепко зажал между своими сухими и горячими ладонями. Лежала она неподвижно, дощечкой, но отобрать ее Янсон больше не пытался.

В карете было тесно и душно, пахло солдатским сукном, затхлостью, навозом и кожей от мокрых сапог. Молоденький жандарм, сидевший против Вернера, горячо дышал на него смешанным запахом луку и дешевого табаку. Но в какие-то щели пробивался острый и свежий воздух, и от этого в маленьком, душном, движущемся ящике весна чувствовалась еще сильнее, чем снаружи. Карета заворачивала то направо, то налево, то как будто возвращалась назад; казалось иногда, что уже целые часы они кружатся зачем-то на одном месте. Вначале сквозь опущенные густые занавески в окнах пробивался голубоватый электрический свет; потом вдруг, после одного поворота потемнело, и только по этому можно было догадаться, что они свернули на глухие окраинные улицы и приближаются к С—скому вокзалу. Иногда при крутых заворотах живое согнутое колено

Вернера дружески билось о такое же живое согнутое колено жандарма, и трудно было поверить в казнь.

— Куда мы едем? — спросил вдруг Янсон.

У него слегка кружилась голова от продолжительного верчения в темном ящике и слегка тошнило.

Вернер ответил и крепче сжал руку эстонца. Хотелось сказать что-то особенно дружеское, ласковое этому маленькому сонному человеку, и уже любил он его так, как никого в жизни.

— Милый! Тебе, кажется, неудобно сидеть. Подвигайся сюда, ко мне.

Янсон помолчал и ответил:

— Ну, спасибо. Мне хорошо. А тебя тоже будут вешать?

— Тоже! — неожиданно весело, почти со смехом ответил Вернер и как-то особенно развязно и легко махнул рукою. Точно речь шла о какой-то нелепой и вздорной шутке, которую хотят проделать над ними милые, но страшно смешливые люди.

— Жена есть? — спросил Янсон.

— Нету. Какая там жена! Я один.

— Я тоже один. Одна, — поправился Янсон, подумав.

И у Вернера начинала кружиться голова. И казалось минутами, что они едут на какой-то праздник; странно, но почти все ехавшие на казнь ощущали то же и, наряду с тоскою и ужасом, радовались смутно тому необыкновенному, что сейчас произойдет. Упивалась действительность безумием, и призраки родила смерть, сочетавшаяся с жизнью. Очень возможно, что на домах развевались флаги.

— Вот и приехали! — сказал Вернер любопытно и весело, когда карета остановилась, и выпрыгнул легко. Но с Янсоном дело затянулось: молча и как-то очень вяло он упирался и не хотел выходить. Схватится за ручку — жандарм разожмет бессильные пальцы и отдерет руку; схватится за угол, за дверь, за высокое колесо — и тотчас же, при слабом усилии со стороны жандарма, отпустит. Даже не хватался, а скорее сонно прилипал ко всякому предмету молчаливый Янсон — и отдирался легко и без усилий. Наконец встал.

Флагов не было. По-ночному был темен, пуст и безжизнен вокзал; пассажирские поезда уже не ходили, а для того поезда, который на пути безмолвно ожидал этих пассажиров, не нужно было ни ярких огней, ни суеты. И вдруг Вернеру стало скучно. Не страшно, не тоскливо, — а скучно огромной, тягучей, томительной скукой, от которой хочется куда-то уйти, лечь, закрыть крепко глаза. Вернер потянулся и продолжительно зевнул. Потянулся и быстро, несколько раз подряд зевнул и Янсон.

— Хоть бы поскорее! — сказал Вернер устало.

Янсон молчал и ежился.

Когда на безлюдной платформе, оцепленной солдатами, осужденные двигались к тускло освещенным вагонам, Вернер очутился возле Сергея Головина; и тот, показав куда-то в сторону рукою, начал говорить, и было ясно слышно только слово «фонарь», а окончание утонуло в продолжительной и усталой зевоте.

— Ты что говоришь? — спросил Вернер, отвечая также зевотой.

— Фонарь. Лампа в фонаре коптит, — сказал Сергей.

Вернер оглянулся: действительно, в фонаре сильно коптела лампа, и уже почернели вверху стекла.

— Да, коптит.

И вдруг подумал: «А какое, впрочем, мне дело, что лампа коптит, когда...» То же, очевидно, подумал и Сергей: быстро взглянул на Вернера и отвернулся. Но зевать они оба перестали.

Все до вагонов шли сами, и только Янсона пришлось вести под руки: сперва он упирался ногами и точно приклеивал подошвы к доскам платформы, потом подогнул колена и повис в руках жандармов, ноги его волоклись, как у сильно пьяного, и носки скребли дерево. И в дверь его пропихивали долго, но молча.

Двигался сам и Василий Каширин, смутно копируя движения товарищей, — все делал, как они. Но, всходя на площадку в вагоне, он оступился, и жандарм взял его за локоть, чтоб поддержать, — Василий затрясся и крикнул пронзительно, отдергивая руку:

— Ай!

— Вася, что с тобою? — рванулся к нему Вернер.

Василий молчал и трясся тяжело. Смущенный и даже огорченный жандарм объяснил:

— Я хотел их поддержать, а они...

— Пойдем, Вася, я поддержу тебя, — сказал Вернер и хотел взять его за руку. Но Василий отдернул руку опять и еще громче крикнул:

— Ай!

— Вася, это я, Вернер.

— Я знаю. Не трогай меня. Я сам.

И, продолжая трястись, сам вошел в вагон и сел в углу. Наклонившись к Мусе, Вернер тихо спросил ее, указывая глазами на Василия:

— Ну как?

— Плохо, — так же тихо ответила Муся. — Он уже умер. Вернер, скажи мне, разве есть смерть?

— Не знаю, Муся, но думаю, что нет, — ответил Вернер серьезно и вдумчиво.

— Я так и думала. А он? Я измучилась с ним в карете, я точно с мертвецом ехала.

— Не знаю, Муся. Может быть, для некоторых смерть и есть. Пока, а потом совсем не будет. Вот и для меня смерть была, а теперь ее нет.

Побледневшие несколько щеки Муси вспыхнули:

— Была, Вернер? Была?

— Была. Теперь нет. Как для тебя.

В дверях вагона послышался шум. Громко стуча каблуками, громко дыша и отплевываясь, вошел Мишка Цыганок. Метнул глазами и остановился упрямо.

— Тут местов нету, жандарм! — крикнул он утомленному, сердито глядевшему жандарму. — Ты мне давай так, чтобы свободно, а то не поеду, вешай тут на фонаре. Карету тоже дали, сукины дети, — разве это карета? Чертова требуха, а не карета!

Но вдруг наклонил голову, вытянул шею и так пошел вперед, к другим. Из растрепанной рамки волос и бороды черные глаза его глядели дико и остро, с несколько безумным выражением.

— А! Господа! — протянул он. — Вот оно что. Здравствуй, барин.

Он ткнул Вернеру руку и сел против него. И, наклонившись близко, подмигнул одним глазом и быстро провел рукою по шее.

— Тоже? А?

— Тоже! — улыбнулся Вернер.

— Да неужто всех?

— Всех.

— Ого! — оскалился Цыганок и быстро ощупал глазами всех, на мгновение дольше остановился на Мусе и

Янсоне. И снова подмигнул Вернеру:

— Министра?

— Министра. А ты?

— Я, барин, по другому делу. Куда нам до министра! Я, барин, разбойник, вот я кто. Душегуб. Ничего, барин, потеснись, не своей волей в компанию затесался. На том свете всем места хватит.

Он дико, из-под взлохматившихся волос, обвел всех одним стремительным, недоверчивым взглядом. Но все смотрели на него молча и серьезно и даже с видимым участием. Оскалился и быстро несколько раз похлопал Вернера по коленке.

— Так-то, барин! Как в песне поется: не шуми ты, мать, зеленая дубравушка.

— Зачем ты зовешь меня барином, когда мы все...

— Верно, — с удовольствием согласился Цыганок. — Какой ты барин, когда рядом со мной висеть будешь! Вот он кто барин-то, — ткнул он пальцем на молчаливого жандарма. — Э, а вот энтот-то ваш того, не хуже нашего, — указал он глазами на Василия. — Барин, а барин, боишься, а?

— Ничего, — ответил туго ворочающийся язык.

— Ну уж какой там ничего. Да ты не стыдись, тут стыдиться нечего. Это собака только хвостом виляет да зубы скалит, как ее вешать ведут, а ты ведь человек. А этот кто, лопоухий? Этот не из ваших?

Он быстро перескакивал глазами и непрестанно, с шипением сплевывал набегающую сладкую слюну. Янсон, неподвижным комочком прижавшийся в углу, слегка шевельнул крыльями своей облезлой меховой шапки, но ничего не ответил. Ответил за него Вернер:

— Хозяина зарезал.

— Господи! — удивился Цыганок. — И как таким

позволяют людей резать!

Уже давно, искоса, Цыганок приглядывался к Мусе и теперь, быстро повернувшись, резко и прямо уставился на нее.

— Барышня, а барышня! Вы что же это! И щечки розовеныше, и смеется. Гляди, она вправду смеется, — схватил он Вернера за колено цепкими, точно железными пальцами. — Гляди, гляди!

Покраснев, с несколько смущенной улыбкой, Муся также смотрела в его острые, несколько безумные, тяжело и дико вопрошающие глаза.

Все молчали.

Дробно и деловито постукивали колеса, маленькие вагончики попрыгивали по узеньким рельсам и старательно бежали. Вот на закруглении или у переезда жидко и старательно засвистел паровозик — машинист боялся кого-нибудь задавить. И дико было подумать, что в повешение людей вносится так много обычной человеческой аккуратности, старания, деловитости, что самое безумное на земле дело совершается с таким простым, разумным видом. Бежали вагоны, в них сидели люди, как всегда сидят, и ехали, как они обычно ездят; а потом будет остановка, как всегда — «поезд стоит пять минут».

И тут наступит смерть — вечность — великая тайна.

12. Их привезли

Старательно бежали вагончики.

Несколько лет подряд Сергей Головин жил с родными на даче по этой самой дороге, часто ездил днем и ночью и знал ее хорошо. И если закрыть глаза, то можно было подумать, что и теперь он возвращался домой — запоздал в городе у знакомых и возвращается с последним поездом.

— Теперь скоро, — сказал он, открыв глаза и взглянув в темное, забранное решеткой, ничего не говорящее окно.

Никто не пошевельнулся, не ответил, и только Цыганок быстро, раз за разом, сплюнул сладкую слюну. И начал бегать глазами по вагону, ощупывать окна, двери, солдат.

— Холодно, — сказал Василий Каширин тугими, точно и вправду замерзшими губами; и вышло у него это слово так: хо-а-дна.

Таня Ковальчук засуетилась.

— На платок, повяжи шею. Платок очень теплый.

— Шею? — неожиданно спросил Сергей и испугался вопроса.

Но так как и все подумали то же, то никто его не слыхал, — как будто никто ничего не сказал или все сразу сказали одно и то же слово.

— Ничего, Вася, повяжи, повяжи, теплее будет, — посоветовал Вернер, потом обернулся к Янсону и нежно спросил:

— Милый, а тебе не холодно, а?

— Вернер, может быть, он хочет курить. Товарищ, вы, быть может, хотите курить? — спросила Муся. — У нас есть.

— Хочу!

— Дай ему папиросу, Сережа, — обрадовался Вернер.

Но Сергей уже доставал папиросу. И все с любовью смотрели, как пальцы Янсона брали папиросу, как горела спичка и изо рта Янсона вышел синий дымок.

— Ну, спасибо, — сказал Янсон. — Хорошо.

— Как странно! — сказал Сергей.

— Что странно? — обернулся Вернер. — Что странно?

— Да вот: папироса.

Он держал папиросу, обыкновенную папиросу, между обыкновенных живых пальцев и бледный, с удивлением, даже как будто с ужасом смотрел на нее. И все уставились глазами на тоненькую трубочку, из конца которой крутящейся голубой ленточкой бежал дымок, относимый в сторону дыханием, и темнел, набираясь, пепел. Потухла.

— Потухла, — сказала Таня.

— Да, потухла.

— Ну и к черту! — сказал Вернер, нахмурившись и с беспокойством глядя на Янсона, у которого рука с папиросой висела, как мертвая. Вдруг Цыганок быстро повернулся, близко, лицом к лицу, наклонился к Вернеру и, выворачивая белки, как лошадь, прошептал:

— Барин, а что, если бы конвойных того... а? Попробовать?

— Не надо, — так же шепотом ответил Вернер. — Выпей до конца.

— А для ча? В драке-то оно все веселее, а? Я ему, он мне, и сам не заметил, как порешили. Будто и не помирал.

— Нет, не надо, — сказал Вернер и обернулся к Янсону: — Милый, отчего не куришь?

Вдруг дряблое лицо Янсона жалко сморщилось: словно кто-то дернул сразу за ниточку, приводящую в движение морщины, и все они перекосились. И, как сквозь сон, Янсон захныкал, без слез, сухим, почти притворным голосом:

— Я не хочу курить. Аг-ха! Аг-ха! Аг-ха! Меня не надо вешать. Аг-ха, аг-ха, аг-ха!

Около него засуетились. Таня Ковальчук, обильно плача, гладила его по рукаву и поправляла свисавшие крылья облезлой шапки:

— Родненький ты мой! Миленький, да не плачь, да родненький же ты мой! Да несчастненький же ты мой!

Муся смотрела в сторону. Цыганок поймал ее взгляд и оскалился.

— Чудак его благородие! Чай пьет, а пузо холодное, — сказал он с коротким смешком. Но у самого лицо стало иссиня-черное, как чугун, и ляскали большие желтые зубы.

Вдруг вагончики дрогнули и явственно замедлили ход. Все, кроме Янсона и Каширина, привстали и так же быстро сели опять.

— Станция! — сказал Сергей.

Как будто сразу из вагона выкачали весь воздух: так трудно стало дышать. Выросшее сердце распирало грудь, становилось поперек горла, металось безумно — кричало в ужасе своим кроваво-полным голосом. А глаза смотрели вниз на подрагивающий пол, а уши слушали, как все медленнее вертелись колеса — скользили — опять вертелись — и вдруг стали.

Поезд остановился.

Тут наступил сон. Не то чтобы было очень страшно, а призрачно, беспамятно и как-то чуждо: сам грезящий оставался в стороне, а только призрак его бестелесно двигался, говорил беззвучно, страдал без страдания. Во сне выходили из вагона, разбивались на пары, нюхали особенно свежий, лесной, весенний воздух. Во сне тупо и бессильно сопротивлялся Янсон, и молча выволакивали его из вагона.

Спустились со ступенек.

— Разве пешком? — спросил кто-то почти весело.

— Тут недалеко, — ответил другой кто-то так же весело.

Потом большой, черной, молчаливой толпою шли среди леса по плохо укатанной, мокрой и мягкой весенней дороге. Из леса, от снега перло свежим, крепким воздухом;

нога скользила, иногда проваливалась в снег, и руки невольно хватались за товарища; и, громко дыша, трудно, по цельному снегу двигались по бокам конвойные. Чей-то голос сердито сказал:

— Дороги не могли прочистить. Кувыркайся тут в снегу.

Кто-то виновато оправдывался:

— Чистили, ваше благородие. Ростепель только, ничего не поделаешь.

Сознание возвращалось, но неполно, отрывками, странными кусочками. То вдруг мысль деловито подтверждала:

«Действительно, не могли дороги прочистить».

То снова угасало все, и оставалось одно только обоняние: нестерпимо яркий запах воздуха, леса, тающего снега; то необыкновенно ясно становилось все — и лес, и ночь, и дорога, и то, что их сейчас, сию минуту повесят. Обрывками мелькал сдержанный, шепотом, разговор:

— Скоро четыре.

— Говорил: рано выезжаем.

— Светает в пять.

— Ну да, в пять. Вот и нужно было...

В темноте, на полянке, остановились. В некотором отдалении, за редкими, прозрачными по-зимнему деревьями, молчаливо двигались два фонарика: там стояли виселицы.

— Калошу потерял, — сказал Сергей Головин.

— Ну? — не понял Вернер.

— Калошу потерял. Холодно.

— А где Василий?

— Не знаю. Вон стоит.

Темный и неподвижный стоял Василий.

— А где Муся?

— Я здесь. Это ты, Вернер?

Начали оглядываться, избегая смотреть в ту сторону, где молчаливо и страшно понятно продолжали двигаться фонарики. Налево обнаженный лес как будто редел, проглядывало что-то большое, белое, плоское. И оттуда шел влажный ветер.

— Море, — сказал Сергей Головин, внюхиваясь и ловя ртом воздух. — Там море.

Муся звучно отозвалась:

— Мою любовь, широкую, как море!

— Ты что, Муся?

— Мою любовь, широкую, как море, вместить не могут жизни берега.

— Мою любовь, широкую, как море, — подчиняясь звуку голоса и словам, повторил задумчиво Сергей.

— Мою любовь, широкую, как море...— повторил Вернер и вдруг весело удивился: — Муська! Как ты еще молода!

Вдруг близко, у самого уха Вернера, послышался горячий, задыхающийся шепот Цыганка:

— Барин, а барин. Лес-то, а? Господи, что же это! А там это что, где фонарики, вешалка, что ли? Что же это, а?

Вернер взглянул: Цыганок маялся предсмертным томлением.

— Надо проститься...— сказала Таня Ковальчук.

— Погоди, еще приговор будут читать, — ответил Вернер. — А где Янсон?

Янсон лежал на снегу, и возле него с чем-то возились. Вдруг остро запахло нашатырным спиртом.

— Ну что там, доктор? Вы скоро? — спросил кто-то нетерпеливо.

— Ничего, простой обморок. Потрите ему уши снегом. Он уже отходит, можно читать.

Свет потайного фонарика упал на бумагу и белые без перчаток руки. И то и другое немного дрожало; дрожал и голос:

— Господа, может быть, приговора не читать, ведь вы его знаете? Как вы?

— Не читать, — за всех ответил Вернер, и фонарик быстро погас.

От священника также все отказались. Цыганок сказал:

— Буде, батя, дурака ломать; ты меня простишь, а они меня повесят. Ступай, откудова пришел.

И темный широкий силуэт молча и быстро отодвинулся вглубь и исчез. По-видимому, рассвет наступал: снег побелел, потемнели фигуры людей, и лес стал реже, печальнее и проще.

— Господа, идти надо по двое. В пары становитесь как хотите, но только прошу поторопиться.

Вернер указал на Янсона, который уже стоял на ногах, поддерживаемый двумя жандармами:

— Я с ним. А ты, Сережа, бери Василия. Идите вперед.

— Хорошо.

— Мы с тобою, Мусечка? — спросила Ковальчук. — Ну, поцелуемся.

Быстро перецеловались. Цыганок целовал крепко, так что чувствовались зубы; Янсон мягко и вяло, полураскрытым ртом, — впрочем, он, кажется, и не понимал, что делает. Когда Сергей Головин и Каширин уже отошли на несколько шагов, Каширин вдруг остановился и сказал громко и отчетливо, но совершенно чужим, незнакомым голосом:

— Прощайте, товарищи!

— Прощай, товарищ! — крикнули ему.

Ушли. Стало тихо. Фонарики за деревьями остановились неподвижно. Ждали вскрика, голоса, какого-нибудь шума, — но было тихо там, как и здесь, и неподвижно желтели фонарики.

— Ах, Боже мой! — дико прохрипел кто-то. Оглянулись: это в предсмертном томлении маялся Цыганок. — Вешают!

Отвернулись, и снова стало тихо. Цыганок маялся, хватая руками воздух:

— Как же это так! Господа, а? Мне-то одному, что ль? В компании-то оно веселее. Господа! Что же это?

Схватил Вернера за руку сжимающими и распадающимися, точно играющими пальцами:

— Барин, милый, хоть ты со мной, а? Сделай милость, не откажи!

Вернер, страдая, ответил:

— Не могу, милый. Я с ним.

— Ах ты, Боже мой! Одному, значит. Как же это? Господи!

Муся шагнула вперед и тихо сказала:

— Пойдемте со мной.

Цыганок отшатнулся и дико выворотил на нее белки:

— С тобою?

— Да.

— Ишь ты. Маленькая какая! А не боишься? А то уж я один лучше. Чего там!

— Нет, не боюсь.

Цыганок оскалился.

— Ишь ты! А я ведь разбойник. Не брезгаешь? А то лучше не надо. Я сердиться на тебя не буду.

Муся молчала, и в слабом озарении рассвета лицо ее казалось бледным и загадочным. Потом вдруг быстро подошла к Цыганку и, закинув руки ему за шею, крепко поцеловала его в губы. Он взял ее пальцами за плечи, отодвинул от себя, потряс — и, громко чмокая, поцеловал в губы, в нос, в глаза.

— Идем!

Вдруг ближайший солдат как-то покачнулся и разжал руки, выпустив ружье. Но не наклонился, чтобы поднять его, а постоял мгновение неподвижно, повернулся круто и, как слепой, зашагал в лес по цельному снегу.

— Куда ты? — испуганно шепнул другой. — Стой!

Но тот все так же молча и трудно лез по глубокому снегу; должно быть, наткнулся на что-нибудь, взмахнул руками и упал лицом вниз. Так и остался лежать.

— Ружье подыми, кислая шерсть! А то я подыму! — грозно сказал Цыганок. — Службы не знаешь!

Вновь хлопотливо забегали фонарики. Наступала очередь Вернера и Янсона.

— Прощай, барин! — громко сказал Цыганок. — На том свете знакомы будем, увидишь когда, не отворачивайся. Да водицы когда испить принеси — жарко мне там будет.

— Прощай.

— Я не хочу, — сказал Янсон вяло.

Но Вернер взял его за руку, и несколько шагов эстонец прошел сам; потом видно было — он остановился и упал на снег. Над ним нагнулись, подняли его и понесли, а он слабо барахтался в несущих его руках. Отчего он не кричал? Вероятно, забыл, что у него есть голос.

И вновь неподвижно остановились желтеющие фонарики.

— А я, значит, Мусечка, одна, — печально сказала Таня Ковальчук. — Вместе жили, и вот...

— Танечка, милая...

Но горячо вступился Цыганок. Держа Мусю за руку, словно боясь, что еще могут отнять, он заговорил быстро и деловито:

— Ах, барышня! Тебе одной можно, ты чистая душа, ты куда хочешь, одна можешь. Поняла? А я нет. Яко разбойника…. понимаешь? Невозможно мне одному. Ты куда, скажут, лезешь, душегуб? Я ведь и коней воровал, ей-Богу! А с нею я, как… как со младенцем, понимаешь. Не поняла?

— Поняла. Что же, идите. Дай я тебя еще поцелую, Мусечка.

— Поцелуйтесь, поцелуйтесь, — поощрительно сказал женщинам Цыганок. — Дело ваше такое, нужно проститься хорошо.

Двинулись Муся и Цыганок. Женщина шла осторожно, оскользаясь и, по привычке, поддерживая юбки; и крепко под руку, остерегая и нащупывая ногою дорогу, вел ее к смерти мужчина.

Огни остановились. Тихо и пусто было вокруг Тани Ковальчук. Молчали солдаты, все серые в бесцветном и тихом свете начинающегося дня.

— Одна я, — вдруг заговорила Таня и вздохнула. — Умер Сережа, умер и Вернер и Вася. Одна я. Солдатики, а солдатики, одна я. Одна…

Над морем всходило солнце.

Складывали в ящик трупы. Потом повезли. С вытянутыми шеями, с безумно вытаращенными глазами, с опухшим синим языком, который, как неведомый ужасный цветок, высовывался среди губ, орошенных кровавой пеной, — плыли трупы назад, по той же дороге, по которой сами, живые, пришли сюда. И так же был мягок и пахуч весенний снег, и так же свеж и крепок весенний воздух. И чернела в снегу потерянная Сергеем мокрая, стоптанная калоша.

Так люди приветствовали восходящее солнце.

Стена

Я и другой прокаженный, мы осторожно подползли к самой стене и посмотрели вверх. Отсюда гребня стены не было видно; она поднималась, прямая и гладкая, и точно разрезала небо на две половины. И наша половина неба была буро-черная, а к горизонту темно-синяя, так что нельзя было понять, где кончается черная земля и начинается небо. И, сдавленная землей и небом, задыхалась черная ночь, и глухо и тяжко стонала, и с каждым вздохом выплевывала из недр своих острый и жгучий песок, от которого мучительно горели наши язвы.

— Попробуем перелезть, — сказал мне прокаженный, и голос его был гнусавый и зловонный, такой же, как у меня. И он подставил спину, а я стал на нее, но стена была все так же высока. Как и небо, рассекала она землю, лежала на ней как толстая сытая змея, спадала в пропасть, поднималась на горы, а голову и хвост прятала за горизонтом.

— Ну, тогда сломаем ее! — предложил прокаженный.

— Сломаем! — согласился я.

Мы ударились грудями о стену, и она окрасилась кровью наших ран, но осталась глухой и неподвижной. И мы впали в отчаяние.

— Убейте нас! Убейте нас! — стонали мы и ползли, но все лица с гадливостью отворачивались от нас, и мы видели одни спины, содрогавшиеся от глубокого отвращения.

Так мы доползли до голодного. Он сидел, прислонившись к камню, и, казалось, самому граниту было больно от его острых, колючих лопаток. У него совсем не было мяса, и кости стучали при движении, и сухая кожа шуршала. Нижняя челюсть его отвисла, и из темного отверстия рта шел сухой шершавый голос:

— Я го-ло-ден.

И мы засмеялись и поползли быстрее, пока не наткнулись на четырех, которые танцевали. Они сходились и расходились, обнимали друг друга и кружились, и лица у них были бледные, измученные, без улыбки. Один заплакал, потому что устал от бесконечного танца, и просил перестать, но другой молча обнял его и закружил, и снова стал он сходиться и расходиться, и при каждом его шаге капала большая мутная слеза.

— Я хочу танцевать, — прогнусавил мой товарищ, но я увлек его дальше.

Опять перед нами была стена, а около нее двое сидели на корточках. Один через известные промежутки времени ударял об стену лбом и падал, потеряв сознание, а другой серьезно смотрел на него, щупал рукой его голову, а потом стену, и, когда тот приходил в сознание, говорил:

— Нужно еще; теперь немного осталось.

И прокаженный засмеялся.

— Это дураки, — сказал он, весело надувая щеки. — Это дураки. Они думают, что там светло. А там тоже темно, и тоже ползают прокаженные и просят: убейте нас.

— А старик? — спросил я.

— Ну, что старик? — возразил прокаженный. — Старик глупый, слепой и ничего не слышит. Кто видел дырочку, которую он проковыривал в стене? Ты видел? Я видел?

И я рассердился и больно ударил товарища по пузырям, вздувавшимся на его черепе, и закричал:

— А зачем ты сам лазил?

Он заплакал, и мы оба заплакали и поползли дальше, прося:

— Убейте нас! Убейте нас!

Но с содроганием отворачивались лица, и никто не хотел убивать нас. Красивых и сильных они убивали, а нас боялись тронуть. Такие подлые!

II

У нас не было времени, и не было ни вчера, ни сегодня, ни завтра. Ночь никогда не уходила от нас и не отдыхала за горами, чтобы прийти оттуда крепкой, ясно-черной и спокойной. Оттого она была всегда такая усталая, задыхающаяся и угрюмая. Злая она была. Случалось так, что невыносимо ей делалось слушать наши вопли и стоны, видеть наши язвы, горе и злобу, и тогда бурной яростью вскипала ее черная, глухо работающая грудь. Она рычала на нас, как плененный зверь, разум которого помутился, и гневно мигала огненными страшными глазами, озарявшими черные, бездонные пропасти, мрачную, гордо-спокойную стену и жалкую кучку дрожащих людей. Как к другу, прижимались они к стене и просили у нее защиты, а она всегда была наш враг, всегда. И ночь возмущалась нашим малодушием и трусостью, и начинала грозно хохотать, покачивая своим серым пятнистым брюхом, и старые лысые горы подхватывали этот сатанинский хохот. Гулко вторила ему мрачно развеселившаяся стена, шаловливо роняла на нас камни, а они дробили наши головы и расплющивали тела. Так веселились они, эти великаны, и перекликались, и ветер насвистывал им дикую мелодию, а мы лежали ниц и с ужасом прислушивались, как в недрах земли ворочается что-то громадное и глухо ворчит, стуча и просясь на свободу. Тогда все мы молили:

— Убей нас!

Но, умирая каждую секунду, мы были бессмертны, как

боги. Проходил порыв безумного гнева и веселья, и ночь плакала слезами раскаяния и тяжело вздыхала, харкая на нас мокрым песком, как больная. Мы с радостью прощали ее, смеялись над ней, истощенной и слабой, и становились веселы, как дети. Сладким пением казался нам вопль голодного, и с веселой завистью смотрели мы на тех четырех, которые сходились, расходились и плавно кружились в бесконечном танце. И пара за парой начинали кружиться и мы, и я, прокаженный, находил себе временную подругу. И это было так весело, так приятно! Я обнимал ее, а она смеялась, и зубки у нее были беленькие, и щечки розовенькие-розовенькие. Это было так приятно. И нельзя понять, как это случилось, но радостно оскаленные зубы начинали щелкать, поцелуи становились укусом, и с визгом, в котором еще не исчезла радость, мы начинали грызть друг друга и убивать. И она, беленькие зубки, тоже била меня по моей больной слабой голове и острыми коготками впивалась в мою грудь, добираясь до самого сердца — била меня, прокаженного, бедного, такого бедного. И это было страшнее, чем гнев самой ночи и бездушный хохот стены. И я, прокаженный, плакал и дрожал от страха, и потихоньку, тайно от всех целовал гнусные ноги стены и просил ее меня, только меня одного пропустить в тот мир, где нет безумных, убивающих друг друга. Но, такая подлая, стена не пропускала меня, и тогда я плевал на нее, бил ее кулаками и кричал:

— Смотрите на эту убийцу! Она смеется над вами.

Но голос мой был гнусав и дыхание смрадно, и никто не хотел слушать меня, прокаженного.

III

И опять ползли мы, я и другой прокаженный, и опять кругом стало шумно, и опять безмолвно кружились те четверо, отряхая пыль со своих платьев и зализывая кровавые раны. Но мы устали, нам было больно, и жизнь тяготила нас. Мой спутник сел и, равномерно ударяя по земле опухшей рукой, гнусавил быстрой скороговоркой

— Убейте нас. Убейте нас.

Резким движением мы вскочили на ноги и бросились в толпу, но она расступилась, и мы увидели одни спины. И мы кланялись спинам и просили:

— Убейте нас.

Но неподвижны и глухи были спины, как вторая стена. Это было так страшно, когда не видишь лица людей, а одни их спины, неподвижные и глухие. Но вот мой спутник покинул меня. Он увидел лицо, первое лицо, и оно было такое же, как у него, изъязвленное и ужасное. Но то было лицо женщины. И он стал улыбаться и ходил вокруг нее, выгибая шею и распространяя смрад, а она также улыбалась ему провалившимся ртом и потупляла глаза, лишенные ресниц. И они женились. И на миг все лица обернулись к ним, и широкий, раскатистый хохот потряс здоровые тела: так они были смешны, любезничая друг с другом. Смеялся и я, прокаженный; ведь глупо жениться, когда ты так некрасив и болен.

— Дурак, — сказал я насмешливо. — Что ты будешь с ней делать?

Прокаженный напыщенно улыбнулся и ответил:

— Мы будем торговать камнями, которые падают со стены.

— А дети?

— А детей мы будем убивать.

IV

Они кончили свою работу — тот, что ударялся лбом, и другой, помогавший ему, и, когда я подполз, один висел на крюке, вбитом в стену, и был еще теплый, а другой тихонько пел веселую песенку.

— Ступай, скажи голодному, — приказал я ему, и он послушно пошел, напевая.

И я видел, как голодный откачнулся от своего камня. Шатаясь, падая, задевая всех колючими локтями, то на четвереньках, то ползком он пробирался к стене, где качался повешенный, и щелкал зубами и смеялся, радостно, как ребенок. Только кусочек ноги! Но он опоздал, и другие, сильные, опередили его. Напирая один на другого, царапаясь и кусаясь, они облепили труп повешенного и грызли его ноги, и аппетитно чавкали и трещали разгрызаемыми костями. И его не пустили. Он сел на корточки, смотрел, как едят другие, и облизывался шершавым языком, и продолжительный вой несся из его большого пустого рта:

— Я го-ло-ден.

Вот было смешно: тот умер за голодного, а голодному даже куска от ноги не досталось. И я смеялся, и другой прокаженный смеялся, и жена его тут же смешливо открывала и закрывала свои лукавые глаза: щурить их она не могла, так как у нее не было ресниц.

А он выл все яростнее и громче:

— Я го-ло-ден.

И хрип исчез из его голоса, и чистым металлическим звуком, пронзительным и ясным, поднимался он вверх, ударялся о стену и, отскочив от нее, летел над темными пропастями и седыми вершинами гор.

И скоро завыли все, находившиеся у стены, а их было

так много, как саранчи, и жадны и голодны они были, как саранча, и казалось, что в нестерпимых муках взвыла сама сожженная земля, широко раскрыв свой каменный зев. Словно лес сухих деревьев, склоненных в одну сторону бушующим ветром, поднимались и протягивались к стене судорожно выпрямленные руки, тощие, жалкие, молящие, и было столько в них отчаяния, что содрогались камни и трусливо убегали седые и синие тучи. Но неподвижна и высока была стена и равнодушно отражала она вой, пластами резавший и пронзавший густой зловонный воздух.

И все глаза обратились к стене, и огнистые лучи струили они из себя. Они верили и ждали, что сейчас падет она и откроет новый мир, и в ослеплении веры уже видели, как колеблются камни, как с основания до вершины дрожит каменная змея, упитанная кровью и человеческими мозгами. Быть может, то слезы дрожали в наших глазах, а мы думали, что сама стена, и еще пронзительнее стал наш вой.

Гнев и ликование близкой победы зазвучали в нем.

V

И вот что случилось тогда. Высоко на камень встала худая, старая женщина с провалившимися сухими щеками и длинными нечесанными волосами, похожими на седую гриву старого голодного волка. Одежда ее была разорвана, обнажая желтые, костлявые плечи и тощие, отвислые груди, давшие жизнь многим и истощенные материнством. Она протянула руки к стене — и все взоры последовали за ними; она заговорила, и в голосе ее было столько муки, что стыдливо замер отчаянный вой голодного.

— Отдай мне мое дитя! — сказала женщина.

И все мы молчали и яростно улыбались, и ждали, что ответит стена. Кроваво-серым пятном выступали на стене мозги того, кого эта женщина называла «мое дитя», и мы ждали нетерпеливо, грозно, что ответит подлая убийца. И так тихо было, что мы слышали шорох туч, двигавшихся над нашими головами, и сама черная ночь замкнула стоны в своей груди и лишь с легким свистом выплевывала жгучий мелкий песок, разъедавший наши раны. И снова зазвенело суровое и горькое требование:

— Жестокая, отдай мне мое дитя!

Все грознее и яростнее становилась наша улыбка, но подлая стена молчала. И тогда из безмолвной толпы вышел красивый и суровый старик и стал рядом с женщиной.

— Отдай мне моего сына! — сказал он.

Так страшно было и весело! Спина моя ежилась от холода, и мышцы сокращались от прилива неведомой и грозной силы, а мой спутник толкал меня в бок, ляскал зубами, и смрадное дыхание шипящей, широкой волной выходило из гниющего рта.

И вот вышел из толпы еще человек и сказал:

— Отдай мне моего брата!

И еще вышел человек и сказал:

— Отдай мне мою дочь!

И вот стали выходить мужчины и женщины, старые и молодые, и простирали руки, и неумолимо звучало их горькое требование:

— Отдай мне мое дитя!

Тогда и я, прокаженный, ощутил в себе силу и смелость, и вышел вперед, и крикнул громко и грозно:

— Убийца! Отдай мне самого меня!

А она, — она молчала. Такая лживая и подлая, она

притворялась, что не слышит, и злобный смех сотряс мои изъязвленные щеки, и безумная ярость наполнила наши изболевшиеся сердца. А она все молчала, равнодушно и тупо, и тогда женщина гневно потрясла тощими, желтыми руками и бросила неумолимо:

— Так будь же проклята, ты, убившая мое дитя!

Красивый, суровый старик повторил:

— Будь проклята!

И звенящим тысячеголосым стоном повторила вся земля:

— Будь проклята! Проклята! Проклята!

VI

И глубоко вздохнула черная ночь, и, словно море, подхваченное ураганом и всей своей тяжкой ревущей громадой брошенное на скалы, всколыхнулся весь видимый мир и тысячью напряженных и яростных грудей ударил о стену. Высоко, до самых тяжело ворочавшихся туч, брызнула кровавая пена и окрасила их, и стали они огненные и страшные, и красный свет бросили вниз, туда, где гремело, рокотало и выло что-то мелкое, но чудовищно-многочисленное, черное и свирепое. С замирающим стоном, полным несказанной боли, отхлынуло оно — и непоколебимо стояла стена и молчала. Но не робко и не стыдливо молчала она,- сумрачен и грозно-покоен был взгляд ее бесформенных очей, и гордо, как царица, спускала она с плеч своих пурпуровую мантию быстро сбегающей крови, и концы ее терялись среди изуродованных трупов.

Но, умирая каждую секунду, мы были бессмертны, как боги. И снова взревел мощный поток человеческих тел и всей своей силой ударил о стену. И снова отхлынул, и так много, много раз, пока не наступила усталость, и мертвый сон, и тишина. А я, прокаженный, был у самой стены и видел, что начинает шататься она, гордая царица, и ужас падения судорогой пробегает по ее камням.

— Она падает! — закричал я. — Братья, она падает!

— Ты ошибаешься, прокаженный, — ответили мне братья. И тогда я стал просить их:

— Пусть стоит она, но разве каждый труп не есть ступень к вершине? Нас много, и жизнь наша тягостна. Устелем трупами землю; на трупы набросим новые трупы и так дойдем до вершины. И если останется только один, — он увидит новый мир.

И с веселой надеждой оглянулся я — и одни спины увидел, равнодушные, жирные, усталые. В бесконечном танце кружились те четверо, сходились и расходились, и черная ночь выплевывала мокрый песок, как больная, и несокрушимой громадой стояла стена.

— Братья! — просил я. — Братья!

Но голос мой был гнусав и дыхание смрадно, и никто не хотел слушать меня, прокаженного.

Горе!.. Горе!.. Горе!..

В тумане

В тот день с самого рассвета на улицах стоял странный, неподвижный туман. Он был легок и прозрачен, он не закрывал предметов, но всё, что проходило сквозь него, окрашивалось в тревожный темно-желтый цвет, и свежий румянец женских щёк, яркие пятна их нарядов проглядывали сквозь него, как сквозь черный вуаль: и темно и четко. К югу, где за пологом туч пряталось ноябрьское низкое солнце, небо было светло, светлее земли, а к северу оно спускалось широкой, ровно темнеющей завесой и у самой земли становилось изжелта-черным и непрозрачным, как ночью. На тяжелом фоне его темные здания казались светло-серыми, а две белые колонны у входа в какой-то сад, опустошенный осенью, были как две желтые свечи над покойником. И клумбы в этом саду были взрыты и истоптаны грубыми ногами, и на сломанных стеблях тихо умирали в тумане запоздалые болезненно-яркие цветы.

И сколько ни было людей на улицах, всё торопились, и всё были сумрачны и молчаливы. Печален и страшно тревожен был этот призрачный день, задыхавшийся в желтом тумане.

В столовой уже пробило двенадцать часов, потом коротко отбило половину первого, а в комнате Павла Рыбакова было темно, как в сумерках, и на всем лежал отраженный, исчерна-желтый отсвет. От него желтели, как старая слоновая кость, тетради и бумаги, разбросанные по столу, и нерешенная алгебраическая задача на одной из них со своими ясными цифрами и загадочными буквами смотрела так старо, так заброшенно и ненужно, как будто много скучных лет пронеслось над нею; желтело от него и лицо Павла, лежавшего на кровати. Крепкие, молодые руки его были закинуты за голову и обнажились почти до локтя; раскрытая книжка, корешком вверх, лежала на груди, и темные глаза упорно глядели в лепной раскрашенный потолок. В пестроте и грязных тонах его окраски было что-то скучное, надоедливое и безвкусное, напоминавшее о десятках людей, которые жили в этой квартире до Рыбаковых, спали, говорили, думали, делали что-то свое — и на всё наложили свою чуждую печать. И эти люди напоминали Павлу о сотнях других людей, об учителях и товарищах, о шумных и людных улицах, по которым ходят женщины, и о том — самом для него тяжелом и страшном, — о чем хочется забыть и не думать.

— Скучно… Ску-у-чно! — протяжно говорит Павел, закрывает глаза и вытягивается так, что носки сапог касаются железных прутьев кровати. Углы густых бровей его скосились, и всё лицо передернула гримаса боли и отвращения, странно исказив и обезобразив его черты; когда морщины разгладились, видно стало, что лицо его молодо и красиво. И особенно красивы были смелые очертания пухлых губ, и то, что над ними по-юношески не было усов, делало их чистыми и милыми, как у молоденькой девушки.

Но лежать с закрытыми глазами и видеть в темноте закрытых век всё то ужасное, о чем хочется забыть навсегда, было еще мучительнее, и глаза Павла с силою открылись. От их растерянного блеска в лице его появилось что-то старческое и тревожное.

— Бедный я малый! Бедный я малый! — вслух пожалел он себя и повернул глаза к окну, жадно ища света. Но его нет, и желтый сумрак настойчиво ползет в окна, разливается по комнате и так ясно ощутим, как будто его можно осязать пальцами. И снова перед глазами развернулся в высоте потолок.

Карниз потолка был лепной и изображал русское село: углом вперед стояла хата, каких никогда не бывает в действительности; рядом застыл мужик с приподнятой ногою, и палка в руках была выше его, а он сам был выше хаты; дальше кривилась малорослая церковь, а возле нее выпирала вперед огромная телега с такой маленькой лошадью, как будто это была не лошадь, а гончая собака. И морда у нее была острая, как у собаки. Потом опять в том же порядке: хата, большой мужик, церковь и огромная телега, и так кругом комнаты. И всё это было желтое на грязно-розовом фоне, уродливое и скучное, и напоминало не деревню, а чью-то печальную и лишенную смысла жизнь. Противен был мастер, который лепил деревню и не дал ей ни одного дерева.

— Хоть бы завтракать скорее! — прошептал Павел, хотя ему совсем не хотелось есть, и нетерпеливо повернулся на бок. При движении книга свалилась на пол и листы ее подвернулись, но Павел не протянул руки, чтобы поднять ее. На корешке золотом по черному было напечатано: «Бокль. История цивилизации», и это напоминало о чем-то старом, о множестве людей, которые испокон веков хотят устроить свою жизнь и не могут; о жизни, в которой всё непонятно и совершается с жестокой необходимостью, и о том печальном и давящем, как совершенное преступление, о чем не хотел думать Павел. И так захотелось света, широкого и ясного, что даже заломило в глазах. Павел вскочил, обошел валявшуюся книжку и начал дергать драпри у окна, стараясь раздвинуть их как можно шире.

— А, черт! — ругался он и отбрасывал материю, но, тяжелая, она тупо падала назад прямыми и равнодушными складками. Внезапно устав и потеряв всю энергию, Павел лениво отодвинул ее и сел на холодный подоконник.

Туман стоял, и небо за серыми крышами было желто-черное, и тень от него падала на дома и мостовую. Неделю тому назад выпал первый непрочный снег, растаял, и с тех пор на мостовой лежала липкая и серая грязь. Местами мокрые камни отражали черное небо и блестели косым и темным блеском и по ним, вздрагивая и колыхаясь, катились экипажи. Грохота наверху не было слышно, — он замирал в тумане, бессильный подняться над землею, и это бесшумное движение под черным небом, среди темных, промокших домов, казалось бесцельным и скучным. Но среди идущих и едущих были женщины, и их присутствие давало картине сокровенный и тревожный смысл. Они шли по какому-то своему делу и были, казалось, такие обыкновенные и незаметные; но Павел видел их странную и страшную обособленность: они были чужды всей остальной толпе и не растворялись в ней, но были как огоньки среди тьмы. И всё было для них: улицы, дома и люди, и всё стремилось к ним, жаждало их - и не понимало. Слово «женщина» было огненными буквами выжжено в мозгу Павла; он первым видел его на каждой развернутой странице; люди говорили тихо, но, когда встречалось слово «женщина», они как будто выкрикивали его, — и это было для Павла самое непонятное, самое фантастическое и страшное слово. Острым и подозрительным взглядом он прослеживал каждую из женщин и смотрел так, будто она вот сейчас подойдет к дому и взорвет его со всеми людьми или сделает что-нибудь еще более ужасное. Но когда он случайно наткнулся взором на хорошенькое женское личико, он весь подтянулся, сделал красивое и привлекательное лицо и приказал глазами, чтобы она обернулась, взглянула на него. Но она не обернулась, и опять в груди стало пусто, темно и страшно, как в вымершем доме, сквозь который прошла угрюмая чума, убила всё живое и досками заколотила окна.

— Ску-у-чно! — протяжно сказал Павел и отвернулся от улицы.

В столовой, рядом, давно уже ходили, разговаривали и стучали посудой. Потом всё затихло, и послышался хозяйский голос Сергея Андреича, отца Павла, горловой, снисходительный басок. При первых его округлых и приятных звуках будто пахнуло хорошими сигарами, умной книгой и чистым бельем. Но теперь в нем было что-то надтреснутое и покоробленное, словно и в гортань Сергея Андреича проник грязно-желтый, скучный туман.

— А юноша наш еще изволят почивать?

Ответа матери Павел не слыхал.

— И к обедне в училище, конечно, ходить не изволили?

Ответа опять не было слышно.

— Ну, конечно, — продолжал отец с насмешкою, — обычай устарелый и...

Окончания фразы Павел не слыхал, так как Сергей Андреич повернулся; но было сказано, вероятно, что-нибудь смешное, и Лиля звонко захохотала. Когда отец Павла имел против него какое-нибудь тайное неудовольствие, он бранил его за то, что в праздники он поздно встает и не ходит к обедне, хотя сам к религии был совершенно равнодушен и не был в церкви около двадцати лет, — с тех пор как женился. И с самого лета, когда они жили на даче, он имел что-то против Павла, и тот думал, что он догадывается. Но теперь угрюмо решил:

— Пусть его!

Взяв со стола тетрадку, он сделал вид, что читает. Но

глаза его враждебно и сторожко были направлены к столовой, как у человека, который привык скрываться и постоянно ждет нападения.

— Позовите Павла! — сказал Сергей Андреич.

— Павел! Павлуша! — позвала мать.

Павел быстро встал и, вероятно, сделал себе очень больно: он перегнулся, лицо его исказилось гримасой страдания, и руки судорожно прижались к животу. Медленно он выпрямился, стиснул зубы, от чего углы рта притянулись к подбородку, и дрожащими руками оправил куртку. Потом лицо его побледнело и потеряло всякое выражение, как у слепого, и он вышел в столовую, шагая решительно, но сохраняя в походке следы испытанной жестокой боли.

— Что делал? — коротко спросил Сергей Андреич: у них не принято было здороваться по утрам.

— Читал, — так же коротко ответил Павел.

— Что?

— Бокля.

— То-то, Бокля, — сказал Сергей Андреич, с угрозою, через пенсне, глядя на сына.

— А что? — решительно и вызывающе ответил Павел и посмотрел отцу прямо в глаза.

Тот помолчал и многозначительно бросил:

— Ничего.

Тут вмешалась Лилечка, которой стало жаль брата:

— Павля, ты вечером будешь дома?

Павел молчал.

— Кто не отвечает, когда его спрашивают, тот обыкновенно называется невежей. Как ваше мнение на этот счет, Павел Сергеевич? — спросил отец.

— Охота тебе, Сергей Андреич! — вмешалась мать. — Ешь, а то котлеты простынут. Какая ужасная погода, хоть огни зажигай! И не знаю, как я поеду.

— Буду... — ответил Павел Лилечке, а Сергей Андреич поправил пенсне и сказал:

— Меланхолии этой я не выношу, мировой скорби... Порядочный мальчик должен быть бодр и весел.

— Нельзя, чтобы всегда было весело, — ответила Лилечка, которой всегда было весело.

— Я не требую, чтобы люди насильно веселились. Ты отчего не ешь? Тебя спрашиваю, Павел!

— Не хочу.

— Отчего не хочешь?

— Аппетита нет.

— А вчера где вечером был? Шатался?

— Дома был.

— То-то, дома!

— А где же мне быть? — дерзко спросил Павел.

Сергей Андреич ответил с ядовитою вежливостью:

— Откуда же мне знать всё места, — он подчеркнул слово «места», — которые изволит посещать Павел Сергеевич? Павел Сергеевич взрослый; у Павла Сергеевича скоро усы вырастут; Павел Сергеевич, может, и водку пьет, — почем я знаю?

Завтрак продолжался молча, и всё, на что падал свет из окна, казалось желтым и странно угрюмым. Сергей Андреич внимательно и испытующе глядел в лицо Павла и думал: «И под глазами круги... Но неужели это правда, и он близок с женщинами — такой мальчишка?»

Этот странный и мучительный вопрос, продумать который до конца у Сергея Андреича не хватает силы, явился недавно, летом, и он живо помнит, как это произошло, и никогда не забудет. За маленьким сарайчиком, где была густая трава и белая березка бросала прохладную синюю тень, он случайно увидел надорванный и скомканный листок бумаги. Было в этом листке что-то особенное и тревожное: так рвут и комкают бумаги, которые возбуждают ненависть и гнев, и Сергей Андреич поднял ее, расправил и посмотрел. Это был рисунок. Сперва он не понял, улыбнулся и подумал: «Это Павлов рисунок! Славно он рисует!» Потом повернул бумагу боком и ясно различил безобразно-циничную и грязную картинку.

— Что за гадость! — сказал он сердито и бросил бумажку.

Минут через десять он вернулся за нею, понес ее к себе в кабинет и долго рассматривал, стараясь решить едкую и мучительную загадку: рисовал ли это Павел, или кто-нибудь другой? Он не мог допустить, чтобы такую грязную, пошлую вещь мог нарисовать Павел и, рисуя, знать всё то развратное и мерзкое, что в ней было. В смелости линий видна была опытная и развращенная рука, без колебаний подходившая к самому сокровенному, о чем неиспорченным людям стыдно думать; в старательности, с какой рисунок исправлялся резинкой и подцвечивался красным карандашом, была наивность глубокого и бессознательного падения. Сергей Андреич смотрел и не верил, чтобы его Павел, его умный и развитой мальчик, всё мысли которого он знает, мог своею-рукою, загорелою рукою крепкого и чистого юноши, рисовать такую гадость и знать и понимать всё то, что он рисует. И так как очень было страшно думать, что это сделал Павел, то решил, что это кто-нибудь другой; но бумажку спрятал. И когда увидел Павла, соскочившего с велосипеда, веселого, живого, еще полного чистых запахов полей, по которым он носился, - он еще раз решил, что это не Павел сделал, и обрадовался.

Но радость скоро прошла, и уже через полчаса Сергей

Андреич смотрел на Павла и думал: кто этот чужой и незнакомый юноша, странно высокий, странно похожий на мужчину? Он говорит грубым и мужественным голосом, много и жадно ест, спокойно и независимо наливает в стакан вино и покровительственно шутит с Лилей. Он называется Павлом, и лицо у него Павла, и смех у него Павла, и когда он обгрыз сейчас верхнюю корку хлеба, то обгрыз ее, как Павел, — но Павла в нем нет.

— А сколько тебе лет, Павел? — спросил Сергей Андреич. Павел засмеялся.

— Старик уже я, папаша! Скоро восемнадцать.

— Ну, делегат еще до восемнадцати, -поправила мать. — Еще только шестого декабря будет восемнадцать.

— А усов нет! — сказала Лиля.

И всё стали шутить, что у Павла нет усов, и он притворялся, что плачет; а после обеда налепил на губу ваты и говорил старческим голосом:

— А где моя старуха?

И ходил как расслабленный. И тут еще Лиля заметила, что Павел что-то особенно весел; после чего Павел нахмурился, снял усы и ушел в свою комнату. И с тех пор Сергей Андреич искал прежнего милого, хорошо знакомого мальчика, натыкался на что-то новое и загадочное и мучительно недоумевал.

И еще новое узнал он тогда в Павле: то, что сын его постоянно переживает какие-то настроения: один день бывает весел и шаловлив, а то по целым часам хмурится, становится раздражителен и несносен, и хоть и сдерживается, но видно, что страдает от каких-то неведомых причин. И было очень тяжело и неприятно видеть, что близкий человек печален, и не знать причин, и от этого близкий человек становился далеким и чужим. Уже по одному тому, как входил Павел, как он без аппетита пил чай, крошил пальцами хлеб, а сам смотрел в сторону, на соседний лес, отец чувствовал его дурное настроение и возмущался. И ему хотелось, чтобы Павел заметил это и понял, какую неприятность делает он отцу своим дурным настроением; но Павел не замечал и, кончив чай, уходил.

— Куда ты? — спрашивал Сергей Андреич.

— В лес.

— Опять в лес! — сердито замечал отец.

Павел слегка удивлялся:

— А что? Ведь я каждый день в лес хожу.

Отец молча отвертывался, а Павел уходил, и по его широкой, спокойно колышущейся спине видно было, что он даже не задумался о том, почему сердится отец, и совсем забыл о его существовании.

И уже давно Сергей Андреич хотел решительно и откровенно поговорить с Павлом, но слишком мучителен был предстоящий разговор, и он откладывал его со дня на день. А с переездом в город Павел стал особенно мрачен и нервен, и Сергей Андреич боялся за себя, что не сумеет говорить достаточно спокойно и внушительно. Но в этот день, за долгим и скучным завтраком, решил, что сегодня же поговорит. «Быть может, он просто влюблен, как влюблены бывают всё эти мальчишки и девчонки, — успокаивал он себя. — Вон и Лилька влюблена в какого-то Авдеева; а я и не помню, какой он. Кажется, гимназист».

— Лиля! Авдеев сегодня будет? — спросил Сергей Андреич с усиленным, подчеркнутым равнодушием.

Лиля испуганно взмахнула длинными ресницами, выронила из рук грушу и прошептала:

— Ах!.. — Потом полезла под стол за грушей, и когда вернулась оттуда, то была вся красная, и даже голос ее был как будто красный. — Тинов будет, Поспелов будет... и

Авдеев тоже будет.

В комнате Павла стало немного светлее, и лепная деревня на потолке выступила резче и глядела с тупым и наивным самодовольством. Павел сердито отвернулся и взял книжку, но скоро положил ее к себе на грудь и стал думать о том, что сказала Лилечка: гимназистки придут. Это значит, что придет и Катя Реймер — всегда серьезная, всегда задумчивая, всегда искренняя Катя Реймер. Эта мысль была как огонь, на который упало его сердце, и со стоном он быстро повернулся и уткнулся лицом в подушку. Потом, так же быстро приняв прежнее положение, он сдернул с глаз две едкие слезинки и уставился в потолок, но уже не видел ни большого мужика с большой палкой, ни огромной телеги. Он вспомнил дачу и темную июльскую ночь.

Темная была эта ночь, и звезды дрожали в синей бездне неба, и снизу гасила их, подымаясь из-за горизонта, черная туча. И в лесу, где он лежал за кустами, было так темно, что он не видел своей руки, и порой ему чудилось, что и самого его нет, а есть только молчаливая и глухая тьма. Далеко во все стороны расстилался мир, и был он бесконечный и темный, и всем одиноким и скорбным сердцем чувствовал Павел его неизмеримую и чуждую громаду. Он лежал и ждал, когда по тропинке пройдет Катя Реймер с Лилечкой и другими веселыми и беззаботными людьми, которые живут в том, чуждом для него мире и чужды для него. Он не пошел с ними, так как любил Катю Реймер чистой, красивой и печальной любовью, и она не знала об этой любви и никогда не могла разделить ее. И ему хотелось быть одному и возле Кати, чтобы глубже почувствовать ее далекую прелесть и всю глубину своего горя и одиночества. И он лежал в кустах, на земле, чужой всем людям и посторонний для жизни, которая со всею своею красотою, песнями и радостью проходила мимо него, — проходила в эту июльскую темную ночь.

Он долго лежал, и тьма стала гуще и чернее, когда далеко впереди послышались голоса, смех, хрустение сучков под ногами, и ясно стало, что идет много молодого и веселого народа. И всё это надвигалось толпою веселых звуков и стало совсем близко.

— Ох, батюшки! — говорила Катя Реймер густым и звучным контральто. — Да тут голову расшибешь. Тинов, светите!

Из тьмы пропищал странный и смешной голос полишинеля:

— Спички потерял, Катерина Эдуардовна!

Среди смеха прозвучал другой голос, молодой и сдержанный бас:

— Позвольте, Катерина Эдуардовна, я посвечу!

Катя Реймер ответила, и голос ее был серьезный и изменившийся:

— Пожалуйста, Николай Петрович!

Спичка сверкнула и секунду горела ярким, белым светом, выделяя из мрака только державшую ее руку, как будто последняя висела в воздухе. Потом стало еще темнее, и всё со смехом и шутками двинулись вперед.

— Давайте вашу руку, Катерина Эдуардовна! — прозвучал тот же молодой, сдержанный бас.

Минута тишины, пока Катя Реймер давала свою руку, и затем твердые мужские шаги и рядом с ними скромный шелест платья. И тот же голос тихо и нежно спросил:

— Отчего вы так грустны, Катерина Эдуардовна?

Ответа Павел не слыхал. Идущие повернулись к нему спиною; голоса сразу стали глуше, вспыхнули еще раз, как умирающее пламя костра, и потухли. И когда казалось, что

116

ничего уже нет, кроме глухого мрака и молчания, с неожиданной звонкостью прозвучал женский смех, такой ясный, невинный и странно-лукавый, как будто засмеялся не человек, а молодая темная береза или кто-то, прячущийся в ее ветвях. И точно разбегающийся шепот шмыгнул по лесу, и всё выжидающе смолкло, когда мужской голос, как золото, мягкий, блестящий и звонкий, запел высоко и страстно:

— Ты мне сказала: да — я люблю тебя!..

Так ослепительно-ярок, так полон живой силы был этот голос, что зашевелился, казалось, лес, и что-то сверкающее, как светляки в пляске, мелькнуло в глазах Павла. И снова те же слова, и звенели они слитно, как стон, как крик, как глубокий неразделимый вздох.

— Ты мне сказала: да — я люблю тебя!..

И еще и еще, с безумной настойчивостью, повторял певец всё ту же короткую и долгую фразу, точно вонзал ее во тьму. Казалось, он не мог остановиться; и с каждым повторением жгучий призыв становился сильнее и неудержимее; уже беспощадность звучала в нем — бледнело чье-то лицо, и счастье так похоже становилось на смертельную тоску.

Минута черного молчания — далекий, тихо сверкающий, загадочный, как зарница, женский смех, — и стихло всё, и тяжелая тьма словно придавила идущих. Стало мертвенно-тихо и пусто, как в пустом пространстве, на тысячу верст над землей. Жизнь прошла мимо со всеми ее песнями, любовью и красотой — прошла в эту июльскую темную ночь.

Павел поднялся из-за кустов и тихо прошептал:

— Отчего вы так грустны, Катерина Эдуардовна? — и тихие слезы навернулись на его глазах.

— Отчего вы так грустны, Катерина Эдуардовна? —

повторял он и без цели шел вперед, во тьму крепчавшей ночи. Раз он совсем близко коснулся дерева и остановился в недоумении. Потом обвил шершавый ствол рукою, прижался к нему лицом, как к другу, и замер в тихом отчаянии, которому не дано слез и бешеного крика. Потом тихо отшатнулся от дерева, которое его приютило, и пошел дальше.

— Отчего вы так грустны, Катерина Эдуардовна? — повторял он, как жалобную песню, как тихую молитву отчаяния, и вся душа его билась и плакала в этих звуках. Грозный сумрак охватывал ее, и, полная великой любви, она молилась о чем-то светлом, чего не знала сама, и оттого так горяча была ее молитва.

Уже не было в лесу покоя и тишины: дыхание бури колыхнуло воздух, и сдержанно зароктали вершины, и сухим смешком побежал по листьям ветер. Когда Павел вышел на опушку, ветер чуть не сорвал с него шапку и властно ударил его в лицо холодом, свежестью и запахом ржи. Было величественно и грозно. Сзади черной и глухо стонущей массой вздымался лес, а впереди тяжелая и черная, как мрак, принявший формы, надвигалась грозовая туча. И под нею расстилалось поле ржи, и было оно совсем белое, и оттого, что оно было такое белое среди тьмы, когда ниоткуда не падало света, рождался непонятный и мистический страх. А когда вспыхивала молния и облака вырисовывались тонкой встревоженной грудою теней, на поле от края до края ложился широкий золотисто-красный огонь, и колосья бежали, склонив головы, как испуганное стадо, — бежали в эту июльскую грозную ночь.

Павел поднялся на высокий вал, распростер руки и точно звал к себе на грудь и ветер, и черную тучу, и всё небо, такое прекрасное в своем огненном гневе. И ветер кружился по его лицу, точно ощупывая его, и со свистом врывался в гущу податливых листьев; а туча вспыхивала и грохотала, и, низко склонившись, бежали колосья.

— Ну, иди! Иди! — кричал Павел, а ветер подхватил его слова и свирепо втискивал их обратно в его горло, и среди грохота неба не слышно было этих мятежных и молитвенных слов, с которыми маленький человек обращался к великому неизвестному.

Это было летом, в июльскую темную ночь. Павел глядел в потолок, улыбался умиленною и гордою улыбкой, и на глазах его выступили слезы.

— Какой я стал плакса! — прошептал он, качая головой, и наивно, по-детски вытер пальцами глаза.

С надеждою обернулся он к окнам, но оттуда угрюмо и скучно смотрел грязный городской туман, и всё было от него желтое: потолок, стены и измятая подушка. И вспугнутые им чистые образы прошлого заколыхались, посерели и провалились куда-то в черную яму, толкаясь и стеная.

— Отчего вы так грустны? — говорил Павел, как заклинание, как мольбу о пощаде; но бессильна она была перед новыми, еще смутными, но уже знакомыми и страшными образами. Как гнилой туман над ржавым болотом, поднимались они из этой черной ямы, и разбуженная память властно вызывала всё новые и новые картины.

— Не хочу! Не хочу! — шептал Павел и метался и корчился от боли.

Опять дачу увидел он, но только был день — странный, нехороший и жуткий. Было знойно, и солнце светило, и пахло откуда-то тревожною гарью; а он прятался в прибрежных кустах и, дрожа от страха, смотрел в бинокль, как купаются женщины. И ярко-розовые пятна их тел увидел он, и голубое небо, казавшееся красным, и себя, бледного, с трясущимися руками и испачканными в земле коленями. Потом каменный город увидел он и снова женщин, равнодушных, усталых, с наглыми и холодными глазами. В глубину прошлого уходила вереница их раскрашенных и бледных лиц, и мелькали среди них усатые мужские физиономии, бутылки пива и недопитые стаканы, и в каком-то чаду кружились, танцуя, освещенные тени, и назойливо бренчал рояль, выбрасывая тоскливые, назойливые звуки польки.

— Не хочу! — тихо, уже сдаваясь, шептал Павел.

А воспоминания врезались в его душу, как острый нож в живое мясо. И всё были женщины, их тела, лишенные души, отвратительные, как липкая грязь задних дворов, и странно-обаятельные в своей нескрываемой грязи и доступности. И всюду они были. Они были в циничных, едких, как купорос, разговорах и бессмысленных анекдотах, которые он слышал от других и сам рассказывал так мастерски; они были в рисунках, которые он рисовал и показывал со смехом товарищам; они были в одиноких мыслях и сновидениях, тяжелых, как кошмар, и притягательных, как он.

И, как живая, как то, что никогда не может быть забыто, встала перед ним ночь — угарная, чадная ночь. В эту ночь, два года тому назад, он отдал свое чистое тело и свои первые чистые поцелуи развратной и бесстыдной женщине. Ее звали Луиза; она была одета в гусарский костюм и постоянно жаловалась, что у нее лопаются рейтузы. Павел почти не помнит, как он был с нею, и помнит хорошо только свой дом, куда он вернулся поздно, незадолго до рассвета. Дом был темен и тих; в столовой стоял приготовленный для него ужин, и толстая котлета была покрыта слоем белого застывшего жира. От пива его мучила тошнота, и когда он лег, лепной потолок, скудно озаренный свечой, заколыхался, завертелся и поплыл. Он несколько раз выходил, пошатываясь, стараясь не шуметь и цепляясь за стулья, и пол под непривычными босыми ногами был страшно холодный и скользкий, и от этого необычайного холода становилось особенно ясно, что давно уже ночь и всё тихо спят, а он один ходит и мучится болью, чуждою всему этому чистому и хорошему дому.

Павел с ненавистью оглядел свою комнату и противный лепной потолок и, покорный перед нахлынувшими воспоминаниями, отдался их страшной власти.

Он вспомнил Петрова, красивого и самоуверенного юношу, который совершенно спокойно и без страсти говорил о продажных женщинах и учил товарищей:

— Я никогда не позволю себе целовать продажную женщину. Целовать можно только тех, кого любишь и уважаешь, но не эту дрянь.

— А если она тебя целует? — спрашивал Павел.

— Пусть!.. Я отвертываюсь.

Павел горько и печально улыбался. Он не умел поступать так, как Петров, и целовал этих женщин. Его губы касались их холодного тела, и было однажды, — и это страшно вспомнить, — он, со странным вызовом самому себе, целовал вялую руку, пахнувшую духами и пивом. Он целовал, точно казнил себя; он целовал, точно губы его могли произвести чудо и превратить продажную женщину в чистую, прекрасную, достойную великой любви, жаждою которой сгорало его сердце. А она сказала:

— Какой вы лизун!

И от нее он заболел. Заболел постыдною и грязною болезнью, о которой люди говорят тайком, глумливым шепотом, прячась за закрытыми дверьми, болезнью, о которой нельзя подумать без ужаса и отвращения к себе.

Павел вскочил с постели и подошел к столу. Там он передвигал бумаги, тетради, раскрывал их, опять закрывал, и руки его дрожали. А глаза его боком, напряженно, вглядывались в то место стола, где заперты были и сверху тщательно заложены бумагами принадлежности для лечения.

«Если б у меня был револьвер, я сейчас же застрелился бы. Вот в это место...» — подумал он и приложил палец к левому боку, где билось сердце.

И, сосредоточенно глядя перед собою, думая о том, у кого из товарищей можно достать оружие, он дошел до измятой постели и лег. Потом он задумался о том, сумеет ли он попасть в сердце, и, раскрыв куртку и рубашку, стал с интересом разглядывать молодую, еще не окрепшую грудь.

— Павел, отвори! — услыхал он за дверью голос Лилечки.

Испуганно вздрогнув, как он пугался теперь всякого неожиданного звука и крика, Павел быстро оправился и нехотя открыл задвижку.

— Чего тебе? — хмуро спросил он.

— Так, поцеловать тебя. Зачем ты постоянно запираешься? Боишься, что украдут?

Павел лег на постель, и Лилечка, сделав безуспешную попытку присесть около него, сказала:

— Подвинься! Какой злой: не хочет сестренке места дать.

Павел молча подвинулся.

— А мне сегодня скучно, — сказала Лилечка, — так, что-то нехорошо. Должно быть, от погоды: я люблю солнце, а это такая гадость. Кусаться от злости хочется.

И, осторожно гладя его по стриженой и колючей голове, она заглянула ему нежно в глаза и спросила:

— Павля! Отчего ты стал такой грустный?

Павел отвел глаза и бросил сумрачный ответ:

— Я никогда веселым и не был.

— Нет, Павля, ведь я же знаю. Это ты с тех пор, как мы с дачи переехали. От всех прячешься, никогда не посмеешься. Танцевать перестал.

— Глупое занятие...

— А прежде танцевал! Ты хорошо мазурку танцуешь, лучше всех; но и остальное тоже хорошо. Павля, скажи, отчего это, а? Скажи, голубчик, милый, славный, хороший!

И она поцеловала его в щеку, около покрасневшего уха.

— Не трогай меня!.. Отойди!.. — и, поведя плечами, тихо добавил: — Я грязный...

Лилечка засмеялась и, щекоча за ухом, сказала:

— Ты чистенький, Павля! Помнишь, как мы с тобою вместе в ванне купались? Ты был беленький, как поросеночек, такой чистенький-чисте-е-нький!

— Отойди, Лилечка! Пожалуйста! Ради Бога!

— Не отойду, пока ты не станешь веселый. У тебя около уха маленькие бачки. Я сейчас только увидела. Дай, я поцелую их!

— Отойди, Лиля! Не трогай меня! Говорю я тебе, — глухо говорил Павел, пряча лицо, — я гря... грязный... Грязный! — тяжело выдохнул он мучительное слово и весь, с головы до ног, содрогнулся от мгновенно пронесшегося и сдержанного рыдания.

— Что с тобою, Павля, родной? — испугалась Лилечка. — Хочешь, я папу позову?

Павел глухо, но спокойно ответил:

— Нет, не надо. Ничего со мною. Голова немного

болит.

Лилечка недоверчиво и нежно гладила стриженый и крутой затылок и задумчиво смотрела на него. Потом сказала безразличным тоном:

— А вчера о тебе Катя Реймер спрашивала.

После некоторого молчания Павел, не обертываясь, спросил:

— Что спрашивала?

— Да так, вообще: как ты живешь, что делаешь, почему никогда не придешь к ним. Ведь они тебя звали?

— Очень ей нужно…

— Нет, Павля, не говори! Ты ее не знаешь. Она очень умная и развитая и интересуется тобою. Ты думаешь, она только танцы любит, а она много читает и кружок для чтения хочет устроить. Она постоянно говорит мне: «Какой умный твой брат».

— Она кокетка… и дрянь.

Лилечка вспыхнула, гневно оттолкнула Павла и встала.

— Сам ты дурной, если так говоришь.

— Дурной? Да. Что же из этого? — вызывающе сказал Павел, злыми и блестящими глазами глядя на сестру.

— То, что не смеешь так говорить! Не смеешь! — крикнула Лилечка, вся красная, с такими же злыми и блестящими глазами.

— Нет, ведь я дурной! — настаивал Павел.

— Грубый, несносный, всем отравляешь жизнь… Эгоист!

— А она дрянь, твоя Кать… Катя. И всё вы дрянь, шушера!

У Лилечки сверкнули слезы. Взявшись за ручку двери, она подавила дрожь в голосе и сказала:

— Мне жалко было тебя, и оттого я пришла. А ты не

стоишь этого. И никогда больше я к тебе не приду. Слышишь, Павел?

Крутой затылок оставался неподвижен. Лиля гневно кивнула ему головою и вышла.

Выражая на лице полное презрение, точно в дверь вышло что-то нечистое, Павел тщательно закрыл задвижку и прошелся по комнате. Ему было легче, что он обругал и Катю и Лилечку и сказал, какие они всё: дрянь и шушера. И, осторожно прохаживаясь, он стал размышлять о том, какие всё женщины дурные, эгоистичные и ограниченные существа. Вот Лиля. Она не могла понять, что он несчастен, и оттого так говорит, и обругала его, как торговка. Она влюблена в Авдеева, а третьего дня был у них Петров, и она поругалась с горничной, потом с матерью за то, что не могли найти ее красной ленточки. И Катя Реймер такая же: она задумчивая, серьезная, она интересуется им, Павлом, и говорит, что он умный; а придет к ним тот же Петров, и она наденет для него голубенькую ленточку, будет причесываться перед зеркалом и делать красивое лицо. И всё это для Петрова; а Петров — самоуверенный пошляк и тупица, и это известно всей гимназии.

Она чистенькая и только догадывается, но не позволяет себе думать о том, что существуют развратные женщины и болезни — страшные, позорные болезни, от которых человек становится несчастным и отвратительным самому себе и стреляется из револьвера, такой молодой и хороший! А сама она летом на кругу носила платье декольте, и когда ходит под ручку, то близко-близко прижимается. Быть может, она уже целовалась с кем-нибудь...

Павел сжал кулаки и сквозь зубы прошептал:

— Какая гадость!

Наверное, целовалась... Павел не осмеливается даже взглянуть на нее, а она целовалась, и, вернее всего, с Петровым, — он самоуверенный и наглый. А потом когда-нибудь она отдаст ему и свое тело, и с ним будут делать то же, что делают с продажными женщинами. Какая мерзость! Какая подлая жизнь, в которой нет ничего светлого, к чему мог бы обратиться взгляд, отуманенный печалью и тоскою! Почем знать, быть может, и теперь, уже теперь, у Кати есть... любовник.

— Не может быть! — крикнул Павел, а кто-то внутри его спокойно и злорадно продолжал, и слова его были ужасны:

«Да, есть, какой-нибудь кучер или лакей. Известны случаи, когда у таких чистых девушек были любовники лакеи, и никто не знал этого, и всё считали их чистыми; а они ночью бегали на свидание, босыми ногами, по страшно холодному полу. Потом выходили замуж и обманывали. Это бывает, — он читал. У Реймеров есть лакей, черный и красивый малый...»

Павел резко поворачивается и начинает ходить в другую сторону.

Или Петров... Она вышла к нему на свидание, а Петров — он наглый и смелый — сказал ей: «Тут холодно, — поедемте куда-нибудь в тепло!..» И она поехала.

Дальше Павел думать не может. Он стоит у окна и словно давится желтым отвратительным туманом, который угрюмо и властно ползет в комнату, как бесформенная желтобрюхая гадина. Павла душат злоба и отчаяние, и всё же ему легче, что он не один дурной, а все дурные, весь мир. И не такой страшной и постыдной кажется его болезнь. «Это ничего, — думает он, — Петров был два раза болен, Самойлов даже три раза, Шмидт, Померанцев уже вылечились, и я вылечусь».

— Буду такой, как и они, и всё будет хорошо, — решил он.

Павел попробовал задвижку, подошел к столу и взялся за ручку ящика; но тут ему представились всё эти глубоко запрятанные инструменты, склянки с мутною жидкостью и желтыми противными ярлыками, и то, как он покупал их в аптеке, сгорая от стыда, а провизор отвертывался от него, точно и ему было стыдно; и как он был у доктора, человека с благородным и необыкновенно чистым лицом, так что странно даже было, что такой чистый человек принужден постоянно иметь дело с нечистыми и отвратительными болезнями. И протянутая рука Павла упала, и он подумал:

— Пусть!.. Я не стану лечиться. Лучше я умру...

Он лег, и перед глазами его стояли склянки с желтыми ярлыками, и от них понятно стало, что всё дурное, что он думал о Кате Реймер, — скверная и гадкая ложь, такая отвратительная и грязная, как и болезнь его. И стыдно и страшно ему было, что он мог так думать о той, которую он любил и перед которой недостоин стоять на коленях; мог думать и радоваться своим грязным мыслям, и находить их правдивыми, и в их грязи черпать странную и ужасную гордость. И ему страшно стало самого себя.

«Неужели это я, и эти руки — мои?» — думал он и разглядывал свою руку, еще сохранившую летний загар и у кисти испачканную чернилами.

И всё стало непонятно и ужасно, как во сне. Он как будто первый раз увидел и комнату свою, и лепной потолок, и свои сапоги, упершиеся в прутья постели. Они были франтовские, с узкими и длинными носками, и Павел пошевелил большим пальцем, чтобы убедиться, что в них заключена его нога, а не чужая. И тут убедился, что это он, Павел Рыбаков, и понял, что он погибший человек, для которого нет надежды. Это он думал так грязно о Кате Реймер; это у него постыдная болезнь; это он умрет скоро-скоро, и над ним будут плакать.

— Прости меня, Катя! — прошептал он бледными пересохшими губами.

И он почувствовал грязь, которая обволакивает его и проникает насквозь. Он начал чувствовать ее с тех пор, как заболел. Каждую пятницу Павел бывает в бане, два раза в неделю меняет белье, и всё на нем новое, дорогое и незаношенное; но кажется, будто весь он с головою лежит в каких-то зловонных помоях, и когда идет, то от него остается в воздухе зловонный след. Каждое маленькое пятнышко, оказавшееся на куртке, он рассматривает с испугом и странным интересом, и очень часто у него начинают чесаться то плечи, то голова, а белье будто прилипает к телу. И иногда это бывает за обедом, на людях, и тогда он сознает себя таким ужасающе одиноким, как прокаженный на своем гноище.

Так же грязны и мысли его, и кажется, что, если бы вскрыть его череп и достать оттуда мозг, он был бы грязный, как тряпка, как те мозги животных, что валяются на бойнях, в грязи и навозе. И всё женщины, усталые, раскрашенные, с холодными и наглыми глазами! Они преследуют его на улице, и он боится выходить на улицу, особенно вечером, когда город кишит этими женщинами, как разложившееся мясо червями; они входят в его голову, как в свою грязную комнату, и он не может отогнать их. Когда он спит и бессилен управлять своими чувствами и желаниями, они огненными призраками вырастают из глубины его существа; когда он бодрствует, какая-то страшная сила берет его в свои железные руки и, ослепленного, изменившегося, непохожего на самого себя, бросает в грязные объятия грязных женщин.

«Это оттого, что я развратник, — с спокойным отчаянием подумал Павел. - Да недолго им быть, — скоро застрелюсь. Повидаю сегодня Катю Реймер и застрелюсь. Или нет: я только из своей комнаты послушаю ее голос, а когда меня будут звать — не выйду».

Тяжело волоча ноги, как больной, Павел подошел к окну. Что-то темное, жуткое и безнадежное, как осеннее небо, глядело оттуда, и казалось, что не будет ему конца, и всегда было оно, и нет нигде на свете ни радости, ни чистого и светлого покоя.

— Хоть бы света! — говорит Павел с тоскою и, как последнюю надежду, вспоминает дневник. Он также далеко спрятан и не раскрывался с тех пор, как Павел заболел: когда мысли грязны и человек не любит себя, своей радости и своего горя — ему не о чем писать в дневнике. Осторожно и нежно, как больное дитя, Павел берет дневник и ложится с ним на кровать. Тетрадь красиво переплетена, и обрез бумаги золотой; сама белая, чистая, и на всех исписанных страницах нет ни одного грязного пятна; Павел осторожно и почтительно перелистывает ее, и от блестящих, туго гнущихся страниц пахнет весною, лесом, солнечным светом и любовью.

Тут рассуждения о жизни, такие серьезные и решительные, с таким множеством умных иностранных слов, что Павлу кажется, будто не он писал их, а кто-то пожилой и страшно умный; тут первый трепет скептической мысли, первые чистые сомнения и вопросы, обращенные к Богу: где ты, о Господи? Тут сладкая грусть неудовлетворенной и неразделенной любви и решение быть гордым, благородным и любить Катю Реймер всю долгую жизнь, до самой могилы. Тут грозный и страшный вопрос о цели и смысле бытия и чистосердечный ответ, от которого веет весною и солнечным блеском: нужно жить, чтобы любить людей, которые так несчастны. И ни слова о тех женщинах. Только изредка, как отражения черной тучи на зеленой и смеющейся земле, — короткие, подчеркнутые и односложные заметки: тяжело. Павел знает их тайный и печальный смысл, обегает их глазами и быстро перевертывает страницу, которая опозорена ими.

И всё время Павлу казалось, что это писал не он, а другой какой-то человек, хороший и умный; он умер теперь, этот человек, и оттого так многозначительно всё им написанное, и оттого так жаль читать его.

И тихая жалость к умершему человеку наполнила его сердце; и первый раз за много дней Павел почувствовал себя дома, на своей постели, одного, а не на улице, среди тысяч враждебных и чуждых жизней.

Уже темнело, и погас странный, желтоватый отблеск; окутанная туманом, неслышно вырастала долгая осенняя ночь, и, точно испуганные, сближались дома и люди. Бледным, равнодушным светом загорелись уличные фонари, и был их свет холоден и печален; кое-где в домах вспыхнули окна теплым огнем, и каждый такой дом, где светилось хоть одно окно, точно озарялся приветливой и ласковой улыбкой и становился, большой, черный и ласковый, как старый друг.

Всё так же катились, колыхаясь, экипажи и торопливо двигались прохожие, но теперь как будто у каждого из них была цель: скорее прийти туда, где тепло, и ласковый свет, и ласковые люди. Павел закрыл глаза, и ему живо представилось то, что он видел перед отъездом с дачи, когда один, вечером, он ходил гулять: молчаливые осенние сумерки, вместе с пушистым дождем падающие с неба, и длинное, прямое шоссе. Своими концами оно утопало в ровной мгле и говорило о чем-то бесконечном, как жизнь; и по шоссе, навстречу Павлу, быстро двигались два жестянщика, запряженные в маленькую повозку. Повозка слабо погромыхивала; жестянщики напирали грудью и быстро шли, в такт помахивая головами; а далеко перед ними, почти на горизонте, светлой и яркой точкой блистал огонек. Одну минуту они были возле Павла; и, когда он обернулся, чтобы поглядеть им вслед, шоссе было безлюдно и темно, как будто никогда не проходили здесь люди, запряженные в тележку.

Павел видел шоссе и сумерки, и это было всё, что наполняло его мысли. Это была минута затишья, когда мятежная, взволнованная душа, истощенная попытками выбиться из железного круга противоречий, легко и неслышно выскользнула из него и поднялась высоко. Это был покой, и тишина, и отрешение от жизни, что-то такое хорошее и грустное, чего нельзя передать человеческою речью. Больше получаса сидел Павел в кресле, почти не двигаясь; в комнате стало темно, и светлые пятна от фонарей и еще от чего-то заиграли на потолке; а он всё сидел, и лицо его в темноте казалось бледным и непохожим на обычное.

— Павел, отвори! — послышался голос отца.

Павел вскочил, и от быстрого движения та же острая и резкая боль захватила ему дыхание. Перегнувшись, прижав похолодевшие руки к запавшему животу, он стиснул зубы и мысленно ответил: «Сейчас», — так как заговорить не мог.

— Павлуша, ты спишь?

Павел открыл. Сергей Андреич вошел, немного смущенно, немного нерешительно, но в то же время властно, как входят отцы, которые сознают свое право — когда угодно войти в комнату сына, но вместе с тем желают быть джентльменами и строго чтут неприкосновенность чужого жилища.

— Что, брат, спал? — мягко спросил Сергей Андреич и неловко в темноте похлопал Павла по плечу.

— Нет, так… дремал, — неохотно, но так же мягко ответил Павел, еще полный тихим покоем и неясными грезами. Он понял, что отец пришел к нему мириться, и подумал:

«К чему всё это?»

— Зажги, пожалуйста, лампу! — попросил отец. — Только и спасения от тумана, когда огни зажгут. Весь день сегодня нервничаю.

«Извиняется…» — подумал Павел, снимая стекло и зажигая спичку.

Сергей Андреич сел в кресло у стола, поправил абажур, и, заметив тетрадку с надписью: «Дневник», деликатно отложил ее в сторону и даже прикрыл бумагой. Павел молча наблюдал за движениями отца и ждал.

— Дай-ка спичечку! — попросил Сергей Андреич, доставая папиросу. Спички у него были в кармане, но ему хотелось доставить сыну удовольствие услужить ему.

Он закурил, взглянул на черный переплет Бокля и начал:

— Я радикально не согласен с Толстым и другими опростителями, которые бесплодно воюют с цивилизацией и требуют, чтобы мы вновь ходили на четвереньках. Но нельзя не согласиться, что оборотная сторона цивилизации внушает весьма, — он поднял руку и опустил ее, — весьма серьезные опасения. Так, если мы посмотрим на то, что делается теперь хотя бы в той же прекрасной Франции…

Сергей Андреич был умный и хороший человек и думал всё то, что думали умные и хорошие люди его страны и его времени, учившиеся в одних и тех же школах

132

и читавшие одни и те же хорошие книги, газеты и журналы. Он был инспектором страхового общества «Феникс» и часто уезжал из столицы по его делам; а когда бывал дома, то ему едва хватало времени повидаться с многочисленными знакомыми, побывать в театре, на выставках и ознакомиться с книжными новостями. При всем том он улучал время побыть с детьми, особенно с Павлом, развитию которого, как развитию мальчика, придавал особенное значение. Кроме того, с Лилей он не знал, о чем говорить, и за это больше ласкал ее. Павла он не ласкал, как мальчика, но зато говорил с ним, как с взрослым, как с хорошим знакомым, с тою только разницей, что никогда не посвящал разговора житейским пустякам, а старался направить его на серьезные темы. Поэтому он считал себя хорошим отцом, и когда начинал разговаривать с Павлом, то чувствовал себя как профессор на кафедре. И ему и Павлу это очень нравилось. Даже об успехах Павла в училище он не решался расспрашивать подробно, так как боялся, что это нарушит гармонию их отношений и придаст им низменный характер крика, брани и упреков. Своих редких вспышек он долго стыдился и оправдывал их темпераментом. Он знал всё мысли Павла, его взгляды, его слагающиеся убеждения и думал, что знает всего Павла. И он был очень удивлен и огорчен, когда вдруг оказалось, что Павел — не в этих убеждениях и взглядах, а где-то вне их, в каких-то загадочных настроениях, в каких-то омерзительных рисунках, о происхождении которых необходимо требовать отчета. Рано или поздно — но необходимо.

И теперь он говорил очень умно и хорошо о том, что культура улучшает частичные формы жизни, но в целом оставляет какой-то диссонанс, какое-то пустое и темное место, которое всё чувствуют, но не умеют назвать, — но была в его речи неуверенность и неровность, как у профессора, который не уверен во внимании своей аудитории и чувствует ее тревожное и далекое от лекции настроение. И нечто другое было в его речи: что-то подкрадывающееся, скользящее и беспокойно пытающее. Он чаще обыкновенного обращался к Павлу:

— Как ты думаешь, Павел? Согласен ли ты, Павел?

И необыкновенно радовался, когда Павел выражал согласие. Он точно нащупывал что-то своими белыми и пухлыми пальцами, которые двигались в такт его речи и угрожающе тянулись к Павлу; к чему-то осторожно и хитро подкрадывался, и те слова, которые он говорил, были словно широкая маскарадная одежда, за которой чувствуется очертание других, еще неведомых и страшных слов. Павел понимал это и со смутным страхом глядел на спокойно блестевшее пенсне, на обручальное кольцо на толстом пальце, на покачивающуюся ногу в блестящем сапоге. Страх нарастал, и Павел уже чувствовал, уже знал, о чем заговорит сейчас отец, и сердце билось у него тихо, но звонко, как будто грудь была пустая. Широкая одежда колыхалась и спадала, и жестокие слова судорожно рвались из-под нее. Вот отец кончил говорить об алкоголиках и закурил папиросу слегка дрожащею рукою.

«Сейчас!» — подумал Павел и весь сжался, как сжимается в своей клетке черный ворон с подбитым крылом, к которому протянулась сквозь дверцу чья-то огромная растопыренная рука.

Сергей Андреич тяжело передохнул и начал:

— Но есть, Павел, нечто более страшное, чем алкоголизм...

«Сейчас!» — подумал Павел.

— ...более ужасное, нежели смертоубийственные

войны, более опустошительное, нежели чума и холера...

«Сейчас! Сейчас!» — думал Павел, сжимаясь и чувствуя всё свое тело, как оно чувствуется в ледяной воде.

— ...это разврат! Тебе, Павел, приходилось читать специальные книги по этому интересному вопросу?

«Застрелюсь!..» — быстро подумал Павел, а вслух спокойно и с приличным интересом сказал:

— Специальных нет, но вообще-то да, кое-что встречалось. Меня, папа, очень интересует этот вопрос.

— Да?.. — Пенсне Сергея Андреича блеснуло. — Да, это страшный вопрос, и я убежден, Павел, что участь всего культурного человечества зависит от того или иного решения его. Действительно... Вырождение целых поколений, даже целых стран; психические расстройства со всеми ужасами безумия и маразма... Так вот... И наконец бесчисленные болезни, разрушающие тело и даже душу. Ты, Павел, даже представить себе не можешь, что это за скверная штука такая болезнь. Один мой товарищ по университету — он пошел потом в военно-юридическую академию, некто Скворцов, Александр Петрович, — заболел, будучи на втором курсе, и даже несерьезно заболел, но так испугался, что вылил на себя бутылку керосину и зажег. Насилу спасли.

— Он теперь жив, папа?

— Конечно, жив, но страшно обезображен. Так вот... Профессор Берг в своем капитальном труде приводит поразительные статистические данные...

Они сидели и разговаривали спокойно, как два хороших знакомых, попавших на очень интересную тему. Павел выражал на лице изумление и ужас, вставлял вопросы и изредка восклицал: «Черт знает, что такое! Да неужели твоя статистика не врет?» И внутри его было так мертвенно-спокойно, как будто не живое сердце билось в его груди, как будто не кровь переливалась в его венах, а весь он был выкован из одного куска холодного и безучастного железа. То, что он думал сам о грозном значении своей болезни и своего падения, грозно подтверждалось книгами, в которые он верил, умными иностранными словами и цифрами, непоколебимыми и твердыми, как смерть. Кто-то большой, умный и всезнающий говорит со стороны об его гибели, и в спокойном бесстрастии его слов было что-то фатальное, не оставлявшее надежд жалкому человеку.

Был весел и Сергей Андреич: смеялся, закруглял слова и жесты, самодовольно помахивал рукою — и со смятением чувствовал, что в правде его слов таится страшная и неуловимая ложь. С подавляемою злобою он поглядывал на развалившегося Павла, и ему страшно хотелось, чтобы это был не хороший знакомый, с которым так легко говорится, а сын; чтобы были слезы, был крик, были упреки, но не эта спокойная и фальшивая беседа. Сын опять ускользал от него, и не к чему было придраться, чтобы накричать на него, затопать ногами, даже, быть может, ударить его, но найти что-то нужное, без чего нельзя жить. «Это полезно, то, что я говорю: я предостерегаю его», — успокаивал себя Сергей Андреич; но рука его с жадным нетерпением тянулась к боковому карману, где в бумажнике, рядом с пятидесятирублевой бумажкой, лежал смятый и расправленный рисунок. «Сейчас спрошу, и всё кончится», — думал он.

Но тут вошла мать Павла, полная, красивая женщина, с напудренным лицом и глазами, как у Лилечки: серыми и наивными. Она только что приехала, и щеки и нос ее от холода краснели.

— Ужасная погода! — сказала она. — Опять туман,

ничего не видно. Ефим чуть не сбил кого-то на углу.

— Так ты говоришь, семьдесят процентов? — спрашивал Павел отца.

— Да, семьдесят два процента. Ну, как у Соколовых? — спросил Сергей Андреич жену.

— Ничего, как всегда. Скучают. Анечка слегка больна. Завтра вечером хотят к нам. Анатолий Иванович приехал, тебе кланяется.

Она довольно оглядела их веселые лица, дружественные позы и потрепала сына по щеке; а он, как всегда, поймал на лету ее руку и поцеловал. Он любил мать, когда видел ее; а когда ее не было, то совершенно забывал об ее существовании. И так относились к ней всё, родные и знакомые, и если бы она умерла, то всё поплакали бы о ней и тотчас бы забыли — всю забыли, начиная с красивого лица, кончая именем. И писем она никогда не получала.

— Болтали? — весело оглядывала она отца и сына. — Ну я очень рада. А то как неприятно, когда отец с сыном дуются. Точно «отцы и дети». И обедню ему простил?

— Это от тумана... — улыбнулись Сергей Андреич и Павел.

— Да, ужасная погода! Точно всё облака свалились на землю. Я говорю Ефиму: «Пожалуйста, тише!» Он говорит: «Хорошо, барыня», — и гонит. Где же Лилечка? Лилечка! Зовите ее обедать! Господа отцы и дети, в столовую!

Сергей Андреич попросил:

— Одну минуту. Мы сейчас.

— Да ведь уже семь...

— Да, да. Подавайте! Мы сейчас.

Юлия Петровна вышла, и Сергей Андреич сделал шаг к сыну. Так же невольно Павел шагнул вперед и угрюмо спросил:

— Что?

Теперь они стояли друг против друга, открыто и прямо, и всё, что говорилось раньше, куда-то ушло, чтобы больше не вернуться: профессор Берг, статистика, семьдесят два процента.

— Павел!.. Павлуша! Мне Лилечка сказала, что ты чем-то расстроен. И вообще я замечаю, что ты в последнее время изменился. Нет ли у тебя неприятностей в училище?

— Нет. Ничего со мною.

Сергею Андреичу хотелось сказать: «Сын мой!» — но показалось неловко и искусственно, и он сказал:

— Мой друг!..

Павел молчал и, заложив руки в карманы, глядел в сторону. Сергей Андреич покраснел, дрожащею рукою поправил пенсне и вынул бумажник. Брезгливо, двумя пальцами он вытащил смятый и расправленный рисунок и молча протянул его к Павлу.

— Что это? — спросил Павел.

— Посмотри!

Через плечо, не вынимая рук из карманов, Павел взглянул. Бумажка плясала в пухлой и белой руке Сергея Андреича, но Павел узнал ее и весь мгновенно загорелся страшным ощущением стыда. В ушах его что-то загрохотало, как тысячи камней, падающих с горы; глаза его точно опалил огонь, и он не мог ни отвести взгляда от лица Сергея Андреича, ни закрыть глаза.

— Это ты? — откуда-то издалека спросил отец.

И с внезапной злобой Павел гордо и открыто ответил:

— Я!..

Сергей Андреич выпустил из пальцев рисунок, и, колыхаясь углами, он тихо опустился на пол. Потом отец повернулся и быстро вышел, и в столовой послышался его громкий и удаляющийся голос: «Обедайте без меня! Мне необходимо съездить по делу». А Павел подошел к умывальнику и начал лить воду на руки и лицо, не чувствуя ни холода, ни воды.

— Замучили! — шептал он, задыхаясь, пока высокая струя била в глаза и рот.

После обеда, часов в восемь, к Лилечке пришли гимназистки, и Павел слышал из своей комнаты, как они пили в столовой чай. Их было много; они смеялись, и их звонкие, молодые голоса звенели друг о друга, как крылья играющих стрекоз, и было похоже не на комнату в осенний ненастный вечер, а на зеленый луг, когда солнце смотрит на него с полуденного июльского неба. И басисто, как майские жуки, гудели гимназисты. Павел чутко прислушивался к голосам, но среди них не было полнозвучного и искреннего голоса Кати Реймер, и он всё ждал и вздрагивал, когда заговаривал кто-нибудь новый, только что пришедший. Он молил ее прийти, и раз случилось, что он совсем ясно услыхал ее голос: «Вот и я!..» — и чуть не заплакал от радости; но голос смешался с другими и, как ни напрягал он слух, больше не повторялся. Потом в столовой стихло, и глухо заговорила прислуга, а из залы принеслись звуки рояля. Плавные и легкие, как танец, но странно скорбные и печальные, они кружились над головою Павла, как тихие голоса из какого-то чужого, прекрасного и навеки покинутого мира.

Вбежала Лилечка, розовая от танцев. Чистый лоб ее был влажен, и глаза сияли, и складки коричневсго форменного платья будто сохраняли еще следы ритмических колыханий.

— Павля! Я не сержусь на тебя! — сказала она и быстро горячими губами поцеловала его, обдав волною такого же горячего и чистого дыхания. — Пойдэм танцевать! Скорее!

— Не хочется.

— Жаль только, что не всё пришли: Кати нет, Лидочки нет, и Поспелов изволил уйти в театр. Пойдем, Павля, скорее.

— Я никогда не буду танцевать.

— Глупости! Пойдем скорее! Приходи, — я буду ждать.

У дверей ей стало жаль брата, она вернулась, еще раз поцеловала его и, успокоенная, выбежала.

— Скорей, Павля! Скорей!

Павел закрыл дверь и крупными шагами заходил по комнате.

— Не пришла! — говорил он громко. — Не пришла! — повторял он, кружась по комнате. — Не пришла!

В дверь постучали, и послышался самоуверенный и наглый голос Петрова:

— Павел! Отвори!

Павел притаился и задержал дыхание.

— Павел, будет глупить! Отвори! Меня Елизавета Сергеевна послала.

Павел молчал. Петров стукнул еще раз и спокойно сказал:

— Ни у свинья же ты, братец! И молодо-зелено... Катеньки нет, он и раскис. Дурак!

И Петров смеет говорить своими нечистыми устами: «Катенька!»

Выждав минуту, когда в зале снова заиграли, Павел осторожно выглянул в пустую столовую, прошел ее и возле ванной, где висело кучею ненужное платье, отыскал свою старенькую летнюю шинель. Потом быстро прошел кухню и по черной лестнице спустился во двор, а оттуда на улицу.

Сразу стало так сыро, холодно и неуютно, как будто

Павел спустился на дно обширного погреба, где воздух неподвижен и тяжел и по скользким высоким стенам ползают мокрицы. И неожиданным казалось, что в этом свинцовом, пахнущем гнилью тумане продолжает течь какая-то своя, неугомонная и бойкая жизнь; она в грохоте невидимых экипажей и в огромных, расплывающихся светлых шарах, в центре которых тускло и ровно горят фонари, она в торопливых, бесформенных контурах, похожих на смытые чернильные пятна на серой бумаге, которые вырастают из тумана и опять уходят в него, и часто чувствуются только по тому странному ощущению, которое безошибочно свидетельствует о близком присутствии человека. Кто-то невидимый быстро толкнул Павла и не извинился; задев его локтем, прошла какая-то женщина и близко заглянула ему в лицо. Павел вздрогнул и злобно отшатнулся.

В пустынном переулке, против дома Кати Реймер, он остановился. Он часто ходил сюда и теперь пришел, чтобы показать, как он несчастен и одинок, и как подло поступила Катя Реймер, которая не пришла в минуту смертельной тоски и смертельного ужаса. Сквозь туман слабо просвечивали окна, и в их мутном взляде была дикая и злая насмешка, будто сидящий за пиршественным столом оплывшими от сытости глазами смотрел на голодного и лениво улыбался. И, захлебываясь гнилым туманом, дрожа от холода в своем стареньком пальтишке, Павел с голодною ненавистью упивался этим взглядом. Он ясно видел Катю Реймер: как она, чистая и невинная, сидит среди чистых людей и улыбается, и читает хорошую книгу, ничего не знает об улице, в грязи и холоде которой стоит погибающий человек. Она чистая и подлая в своей чистоте; она, быть может, мечтает сейчас о каком-нибудь благородном герое, и если бы вошел к ней Павел и сказал:

«Я грязен, я болен, я развратен, и оттого я несчастен, я умираю; поддержи меня!» — она брезгливо отвернулась бы и сказала: «Ступай! Мне жаль тебя, но ты противен мне. Ступай!» И она заплакала бы; чистая и добрая, она заплакала бы... прогоняя. И милостынею своих чистых слез и гордого сожаления она убила бы того, кто просил ее о человеческой любви, которая не оглядывается и не боится грязи.

— Я ненавижу тебя! — шептало странное, бесформенное пятно человека, охваченного туманом и вырванного им из живого мира. — Я ненавижу тебя!

Кто-то прошел мимо Павла, не заметив его. Павел испуганно прижался к мокрой стене и сдвинулся только после того, как шаги умолкли.

— Ненавижу!..

Как в вате, задыхается в тумане голос. Бесформенное пятно человека медленно удаляется, сверкнула около фонаря металлическая пуговица, и всё растаяло, как будто никогда и не было его, а был только мутный и холодный туман.

Нева безнадежно стыла под тяжелым туманом и была молчалива, как мертвая; ни свистка парохода, ни всплеска воды не доносилось с ее широкой и темной поверхности. Павел сел на одной из полукруглых скамеек и прижался спиною к влажному и спокойно-холодному граниту. Его прохватила дрожь, и застывшие пальцы почти не сгибались, и руки онемели в кисти и в локте; но ему было противно идти домой: в музыке и в чуждом веселье было что-то напоминавшее Катю Реймер, нелепое и обидное, как улыбка случайного прохожего на чужих похоронах. В нескольких шагах от Павла в тумане смутно проплывали тени людей; у одного около головы было маленькое огненное пятнышко, очевидно, папироса; на другом, едва видимом, были, вероятно, твердые кожаные калоши и при каждом его шаге стучали: чек-чек! И долго было слышно, как он идет.

Одна тень в нерешительности остановилась; у нее была огромная, не по росту, голова, уродливых и фантастических очертаний, и, когда она двинулась к Павлу, ему стало жутко. Вблизи это оказалось большой шляпой с белыми загнутыми перьями, какие бывают на погребальных колесницах, а сама тень — обыкновенной женщиной. Как и Павел, она дрожала от холода и тщетно прятала большие руки в карманчики драповой короткой кофты; пока она стояла, она была невысокого роста, а когда села возле Павла, то стала почти на голову выше его.

— Молодой красавец, одолжите папироску! — попросила она.

— Извините, молодая красавица, я не курю, — развязно и возбужденно ответил Павел.

Женщина крикливо хихикнула, ляскнула от холода зубами и дыхнула на Павла запахом вина.

— Пойдемте ко мне, — сказала женщина, и голос у нее был крикливый, как и смех. — Пойдемте! Водочкой меня угостите!

Что-то широкое, клубящееся, быстрое, как падение с горы, открылось теперь перед Павлом, какие-то желтые огни среди колеблющегося мрака, какое-то обещание странного веселья, безумия и слез. А снаружи его пронизывал сырой туман, и локти коченели. И с вежливостью, в которой были вызов, насмешка и слезы смертельного отчаяния, он сказал:

— О божественная! Вы так хотите моих страстных ласк?

Женщине показалось обидно; она сердито

143

отвернулась, лязгнула зубами и замолчала, гневно поджав тонкие губы. Ее выгнали из портерной за то, что она не стала пить кислого пива и плеснула из стакана в сидельца; высокие калоши пробились на носках и протекали, и от всего от этого ей хотелось обижаться и кого-нибудь бранить. Павел сбоку видел ее сердитый профиль с коротким носом и широким, мясистым подбородком, и улыбался. Она была как раз как те женщины, что преследовали его, и ему было смешно, и какое-то странное чувство сближало его с ней. И ему нравилось, что она сердится.

Женщина повернулась и резко бросила:

— Ну? Идти так идти, — какого дьявола!

И Павел со смехом ответил:

— Вы правы, сударыня: какого дьявола! Какого дьявола нам с вами не пойти, не выпить водки и не предаться изысканным наслаждениям?

Женщина высвободила руку из карманчика и немного сердито, немного дружески хлопнула его по плечу:

— Мели Емеля — твоя неделя! Ну, я пойду впереди, а вы сзади.

— Почему? — удивился Павел. — Почему сзади, а не рядом с вами, божественная... — он немного запнулся: — Катя?

— Меня зовут Манечкой. Оттого, что рядом для вас стыдно.

Павел подхватил ее за руку и повлек, и плечо женщины неловко забилось об его грудь. Она смеялась и шла не в ногу, и теперь видно было, что она слегка пьяна. У ворот одного дома она высвободила руку и, взяв у Павла рубль, пошла добывать у дворника водки.

— Вы же поскорее, Катенька! — попросил Павел, теряя глазами ее контур в черном и мглистом отверстии ворот. Издалека донеслось:

— Манечка, а не Катя!

Горел фонарь, и к его холодному, влажному столбу прижался щекою Павел и закрыл глаза. Лицо его было неподвижно, как у слепого, и внутри было так спокойно и тихо, как на кладбище. Такая минута бывает у приговоренного к смерти, когда уже завязаны глаза, и смолк вокруг него звук суетливых шагов по звонкому дереву, и в грозном молчании уже открылась наполовину великая тайна смерти. И, как зловещая дробь барабанов, глухо и далеко прозвучал голос:

— Вот вы где? А я вас искала-искала... За кого ни хвачусь, всё не тот. Уж думала, что вы ушли, и сама хотела уйтить.

Павел напрягся, что-то сбросил с себя и выбросил веселый и громкий вопрос:

— А водочки-то? Самое главное, водочки! Ибо что такое мы с вами, Катенька, без водочки?

— А как вас звать-то? Хотела по имени покликать, да вы не сказали.

— Меня зовут, Катечка, немного странно: Процентом меня зовут. Процент. Вы можете звать меня Процентик. Так выходит ласковее, и наши интимные отношения это допускают, — говорил Павел, увлекая женщину.

— Такого имени нету. Так только собак зовут.

— Что вы, Катечка! Меня даже отец так зовет: Процентик, Процентик! Клянусь вам профессором Бергом и святой статистикой!

Двигался туман и огни, и опять о грудь Павла бились плечи женщины и перед глазами болталось большое загнутое перо, какие бывают на погребальных колесницах; потом что-то черное, гнилое, скверно пахнущее охватило их, и качались какие-то ступеньки, вверх и опять вниз. В одном месте Павел чуть не упал, и женщина поддержала его. Потом какая-то душная комната, в которой сильно пахло сапожным товаром и кислыми щами, горела лампада, и за ситцевой занавеской кто-то отрывисто и сердито храпел.

— Тише! — шептала женщина, ведя Павла за руку. — Тут хозяин спит, дьявол, сапожник, пропащая душа!

И Павлу было страшно этого сапожника, который где-то за занавеской храпел так отрывисто и сердито, и он осторожно шагал тяжелыми мокрыми калошами. Потом сразу глубокая тьма, звук снимаемого стекла и сразу яркий, ослепительный свет маленькой лампочки, висевшей на стене. Внизу под лампою был столик, и на нем лежали: гребешок с тонкими волосами, запутавшимися между зубьями, засохшие куски хлеба, облепленный хлебным мякишем большой нож и глубокая тарелка, на дне которой, в слое желтого подсолнечного масла, лежали кружки картофеля и крошеный лук. И к этому столику приковалось всё внимание Павла.

— Вот и дома! — сказала Манечка. — Раздевайтесь!

Они сидели, смеялись и пили, и Павел одною рукою обнимал полуголую женщину: у самых глаз его было толстое, белое плечо с полоской грязноватой рубашки и сломанной пуговицей, и он жадно целовал его, присасываясь влажными и горячими губами. Потом целовал лицо и, странно, не мог ни рассмотреть его как следует, ни запомнить. Пока смотрел на него, оно казалось давно знакомым и известным, до каждой черточки, до маленького прыщика на виске; но когда отвертывался, то сразу и совершенно забывал, будто не хотела душа принимать этого образа и с силою выталкивала его.

— Одно скажу, — говорила женщина, стараясь снять с картошки прилипший к ней длинный волос и изредка равнодушно целуя Павла в щеку маслянистыми губами, — одно скажу: кислого пива пить я не стану. Давай, кому хочешь, а я не стану. Стерва я, это верно, а кислого пива лакать не стану. И всем скажу открыто, хоть под барабаном: не стану!

— Давайте петь, Катечка! — просил Павел.

— А если тебе не нравится, что я тебе в харю выплеснула, то пожалуйте в участок, а бить себя я не позволю. Характер у меня гордый, и таких-то, как ты, может, тысячу видала, да и то не испугалась, — обращалась женщина к обидевшему ее сидельцу.

— Бросьте, Катечка, забудьте! — упрашивал Павел. — Я верю, вы горды, как испанская королева, и прекрасно. Давайте петь! Хорошие песни, хорошие песни!

— И не Катечка я, а Манечка. А петь нельзя: хозяин у меня дьявол, сапожник, пропащая душа, — не велит.

— Всё равно, Катечка ли, Манечка ли. Ей-Богу, всё равно, — это говорю тебе я, Павел Рыбаков, пьяница и развратник. Ведь ты меня любишь, моя гордая королева?

— Люблю. Только я не позволю называть меня Катечкой, — упрямо твердила женщина.

— Ну вот! — качнул головою Павел. — Будем петь! Будем петь хорошие песни, какие поют они. Эх, хорошую я знаю песню! Но ее так петь нельзя. Закрой глаза, Катенька, ты закрой глаза, закрой их и вообрази, будто ты в лесу, и темная-темная ночь…

— Не люблю я в лесу. Про какой ты мне лес говоришь? Говори так, а не про лес! Ну его к черту! Давай выпьем лучше, и не расстраивай ты меня, — не люблю я этого… — угрюмо говорила Манечка, наливая и расплескивая водку.

У нее, очевидно, была одышка, и дышала она тяжело и трудно, как будто плыла по глубокой воде. И губы у нее стали тоньше и слегка посинели.

— Темная-темная ночь! — продолжал Павел с закрытыми глазами. — И будто идут, и ты идешь, и кто-то красиво поет... Постой, как это? «Ты мне сказала: да, — я люблю тебя!...» Нет, не могу я, не умею петь.

— Не ори, хозяина разбудишь. Какого дьявола!

— Нет, не умею я петь. Не умею! — с отчаянием сказал Павел и взялся за голову.

Огненные ленты свивались и развивались перед его закрытыми глазами, клубились в причудливых и страшных узорах, и было широко, как в поле, и душно, как на дне узкой и глубокой ямы. Манечка через плечо презрительно смотрела на него и говорила:

— Пей, какого дьявола!

— Да, я люблю тебя... Да, я люблю тебя... Нет, не умею!

Он широко открыл глаза и скрытым огнем их опалил лицо женщины.

— Ведь есть же у тебя сердце? Ведь есть, Катечка? Ну так дай мне твою руку! Дай! — Он улыбнулся сквозь навернувшиеся слезы и горячими губами припал к враждебно сопротивлявшейся руке.

— Перестань дурить! — гневно сказала женщина и выдернула руку. — Расстроился, слюнтяй! Спать так спать, а не то!..

— Катечка! Катечка! — шептал он умоляюще, и слезы мешали ему видеть сонное и злое лицо, которое с отвращением уставилось на него. — Катечка, голубка моя миленькая, пожалей меня, пожалуйста! Я так несчастен, и ничего, ничего нет у меня. Господи, да пожалей же ты меня, Катечка!

Женщина резко оттолкнула его и, шатаясь, встала.

— Убирайся к дьяволу! — крикнула она, задыхаясь. — Ненавижу!.. Нализался как сапожник и ломается... Катечка! Катечка! — передразнила она, поджимая тонкие синеватые губы. — Знаю я, какую тебе Катечку нужно. Ну и убирайся к ней! Лижется, а сам: Катечка, Катечка! У-у, мальчишка, щенок, кукольное рыло! Тебя к женщине подпускать не стоит, а тоже: Катечка, Катечка!

Павел, опустив голову и покачивая ею, что-то шептал, и стриженый затылок его тихо вздрагивал.

— Слышишь, что ли? — крикнула женщина.

Павел взглянул на нее мокрыми и незрячими глазами и снова закачался с равномерностью человека, у которого болят зубы, — вправо, влево. Презрительно фыркнув, женщина подошла к кровати и стала оправлять ее. На ходу с нее соскочила бумазейная полосатая юбка, и она ногами отбросила ее.

— Катечка! Катечка! — говорила она, сердито комкая подушку. — Ну и иди к Катечке! А меня крестили Манечкой, и таких щенков, как ты, я, может, тысячу видала, да и то не испугалась. Эка! Думает, рубль дал, так я ему всякие фокусы показывать буду. У меня, может, у самой три рубля в шкатулке лежат. Ну иди спать, что ли!

Она легла поверх одеяла и с ненавистью глядела на Павла, на его стриженый и крутой затылок, вздрагивавший от плача.

— Ух! Надоели вы мне всё, черти поганые! Измучили вы меня! Чего ревешь? Маменьки боишься? — говорила она с ленивою и злою насмешкою. — Драть мальчика будут? Боишься, а сладенькое любишь. Любишь... Да. Знаю я вас, Процентов, дьяволов. Свое имя назвать-то стыдно, он и выдумывает. Процент! Чисто собака. А к Катечке своей сопливой пойдет, так уж, конечно, Васечкой велит звать: Васечка, душечка! А он ей: Катечка, ангелочек! Знаю я, хорош мальчик! Тоже — ручку позвольте поцеловать, а как этой самой ручкой да тебе по харе! Не смейся, щенок, не смейся!

Павел молчал и тихо вздрагивал.

— Ну иди, что ли, спать, тебе говорю! А то прогоню, Бог свят, прогоню! Мне двух целковых не жалко, а издеваться над собой я не позволю. Слышишь, раздевайся! Думает, два рубля дал, так всю женщину и купил. Эка, царь какой выискался.

Павел медленно расстегнул куртку и стал снимать.

— Не понимаешь ты… — тихо и не глядя, проронил он.

— Вот как! — злобно крикнула женщина. — Такая дура, что ничего и понять не могу! А если я к тебе подойду да по харе дам?

Из-за перегородки хриплый и раздраженный бас грозно окрикнул:

— Машка! Опять, сатана, за свое взялась? Не колобродь, а то живо у меня!..

— Тише ты, дрянь! — прошептал Павел, бледнея.

— Я дрянь? — сипела женщина, приподнимаясь.

— Ну ладно, ладно, ложись! — примирительно сказал Павел, не сводя горящих глаз с ее голого тела. — Я сейчас, сейчас…

— Я дрянь? — повторяла женщина, и задыхалась, и брызгала слюною.

— Ну будет, будет! — упрашивал Павел. Пальцы его дрожали и не находили пуговиц; он видел только тело — то страшное и непонятное в своей власти тело женщины, которое он видел в жгучих сновидениях своих, которое было отвратительно до страстного желания топтать его ногами и обаятельно, как вода в луже для жаждущего. — Ну будет! — повторил он. — Я пошутил…

— Убирайся вон! — решительно заявила женщина, отмахиваясь рукою. — Вон! Вон! Щенок!

Они встретились взорами, и взоры их пылали

открытой ненавистью, такой жгучей, такой глубокой, так полно исчерпывающей их больные души, как будто не в случайной встрече сошлись они, а всю жизнь были врагами, всю жизнь искали друг друга и нашли — и в дикой радости боятся поверить себе, что нашли. И Павлу стало страшно. Он опустил глаза и пролепетал:

— Послушай же, Манечка. Пойми же наконец!..

— Ага! — обрадовалась женщина, оскалив широкие белые зубы. — Ага! Теперь Манечка стала! Вон! Вон!

Она соскочила с постели и, шатаясь, показывая Павлу свой толстый, волосатый затылок, начала поднимать его куртку.

— Вон! Вон!

— Слышишь ты, дьявол! — крикнул бешено Павел.

И тут произошло что-то неожиданное и дикое: пьяная и полуголая женщина, красная от гнева, бросила куртку, размахнулась и ударила Павла по щеке. Павел схватил ее за рубашку, разорвал, и оба они клубком покатились по полу. Они катались, сшибая стулья и волоча за собою сдернутое одеяло, и казались странным и слитным существом, у которого четыре руки и четыре ноги, бешено цеплявшиеся и душившие друг друга. Острые ногти царапали лицо Павла и вдавливались в глаза; одну секунду он видел над собой разъяренное лицо с дикими глазами, и оно было красно, как кровь; и со всею силою он сжимал чье-то горло. В следующую секунду он оторвался от женщины и вскочил на ноги.

— Собака! — крикнул он, вытирая окровавленное лицо. А в дверь уже ломились, и кто-то вопил:

— Отворите! Дьяволы, анафемы!

Но женщина опять сзади накинулась на Павла, сбила его с ног, и они снова завертелись и закружились по полу, молча, задыхаясь, бессильные кричать от бешеной ярости.

Они поднялись, упали и опять поднялись. Павел повалил женщину на стол, и под тяжелым телом ее хрустнула тарелка, а возле руки Павла звякнул длинный нож, облепленный хлебным мякишем. Левою рукою Павел схватил его, едва удержал и боком куда-то сунул. И тонкое лезвие согнулось. Он вторично сунул нож, и руки женщины дрогнули и сразу обмякли, как тряпки. Почти выбросив глаза из орбит, она закричала в лицо Павлу хрипло и пронзительно, всё время на одной ноте, как кричат животные, когда их убивают:

— А-а-а-а!

— Молчи! — прохрипел Павел, и еще раз сунул куда-то нож, и еще. При каждом ударе женщина дергалась, как игрушечный клоун на нитке, и шире открывала рот с широкими и белыми зубами, среди которых вздувались пузырьки кровавой пены. Она уже молчала, но Павлу всё еще слышался ее пронзительный, ужасный вой, и он хрипел:

— Молчи!

И, переложив нож из левой руки, мокрой и скользкой, в правую, ударил сверху раз, и еще раз.

— Молчи!

Тело грузно свалилось со стола и грузно стукнулось волосатым затылком. Павел наклонился и посмотрел на него: голый высокий живот еще вздымался, и Павел ткнул в него ножом, как в пузырь, из которого нужно выпустить воздух. Потом Павел выпрямился и с ножом в руке, весь красный, как мясник, с разорванною в драке губою, обернулся к двери.

Он смутно ожидал крика, шума, бешеных возгласов, гнева и мести, — и странное безмолвие поразило его. Ни звука не было, ни вздоха, ни шороха. В часах качался маятник, и не было слышно его движения; с острия ножа спадали на пол густые капли крови, — и они должны были звучать и не звучали. Как будто внезапно оборвались и умерли всё звуки в мире и всё его живые голоса. И что-то загадочное и страшное происходило с закрытою дверью. Она безмолвно надувалась, как только что проколотый живот, дрожала в безмолвной агонии и опадала. И снова надувалась она, опадала с замирающей дрожью, и с каждым разом темная щель вверху становилась шире и зловещее.

Непостижимый ужас был в этом немом и грозном натиске, — ужас и страшная сила, будто весь чуждый, непонятный и злой мир безмолвно и бешено ломился в тонкие двери.

Торопливо и сосредоточенно Павел отбросил с груди липкие лохмотья рубашки и ударил себя ножом в бок, против сердца. Несколько секунд он стоял еще на ногах и большими блестящими глазами смотрел на судорожно вздувавшуюся дверь. Потом он согнулся, присел на корточки, как для чехарды, и повалился...

В ту ночь, до самого рассвета, задыхался в свинцовом тумане холодный город. Безлюдны и молчаливы были его глубокие улицы, и в саду, опустошенном осенью, тихо умирали на сломанных стеблях одинокие, печальные цветы.

Бездна

Уже кончался день, а они двое все шли, все говорили и не замечали ни времени, ни дороги. Впереди, на пологом холме, темнела небольшая роща, и сквозь ветви деревьев красным раскаленным углем пылало солнце, зажигало воздух и весь его превращало в огненную золотистую пыль. Так близко и так ярко было солнце, что все кругом словно исчезало, а оно только одно оставалось, окрашивало дорогу и ровняло ее. Глазам идущих стало больно, они повернули назад, и сразу перед ними все потухло, стало спокойным и ясным, маленьким и отчетливым. Где-то далеко, за версту или больше, красный закат выхватил высокий ствол сосны, и он горел среди зелени, как свеча в темной комнате; багровым налетом покрылась впереди дорога, на которой теперь каждый камень отбрасывал длинную черную тень, да золотисто-красным ореолом светились волоса девушки, пронизанные солнечными лучами. Один тонкий вьющийся волос отделился от других и вился и колебался в воздухе, как золотая паутинка.

И то, что впереди стало темно, не прервало и не изменило их разговора. Такой же ясный, задушевный и тихий, он лился спокойным потоком и был все об одном: о силе, красоте и бессмертии любви. Оба они были очень молоды: девушке было всего семнадцать лет, Немовецкому на четыре года больше, и оба они были в ученической форме: она в скромном коричневом платье гимназистки, он в красивой форме студента-технолога. И как и речь, все у них было молодое, красивое и чистое: стройные, гибкие фигуры, словно пронизанные воздухом и родные ему, легкая упругая поступь и свежие голоса, даже в простых словах звучавшие задумчивой нежностью, так, как звенит ручей в тихую весеннюю ночь, когда не весь еще снег сошел с темных полей.

Они шли, сворачивали там, где сворачивала незнакомая дорога, и две длинные, постепенно утончающиеся тени, смешные от маленьких головок, то раздельно двигались впереди, то сбоку сливались в одну узкую и длинную, как тень тополя, полосу. Но они не видели теней и говорили, и, говоря, он не сводил глаз с ее красивого лица, на котором розовый закат точно оставил часть своих нежных красок, а она смотрела вниз, на тропинку, отталкивала зонтиком маленькие камешки и следила, как из-под темного платья равномерно выдвигался то один, то другой острый кончик маленькой ботинки.

Дорогу пересекла канава с пыльными, обвалившимися от ходьбы краями, и они на миг остановились. Зиночка подняла голову, обвела вокруг затуманенным взглядом и спросила:

— Вы знаете, где мы? Я здесь ни разу не была.

Он внимательно оглядел местность.

— Да, знаю. Там, за этим бугром, город. Давайте руку, я вам помогу.

Он протянул руку, нерабочую руку, тонкую и белую, как у женщины. Зиночке было весело, ей хотелось перепрыгнуть канаву самой, побежать, крикнуть: «Догоняйте!»- но она сдержалась, слегка, с важной благодарностью наклонила голову и немного боязливо протянула руку, сохранившую еще нежную припухлость детской руки. А ему хотелось до боли сжать эту трепетную ручку, но он также сдержался, с полупоклоном, почтительно принял ее и скромно отвернулся, когда у всходившей девушки слегка приоткрылась нога.

И снова они шли и говорили, но головы их были

полны ощущением на минуту сблизившихся рук. Она еще чувствовала сухой жар его ладони и крепких пальцев; ей было приятно и немного совестно, а он ощущал покорную мягкость ее крохотной ручки и видел черный силуэт ноги и маленькую туфлю, наивно и нежно обнимавшую ее. И было что-то острое, беспокойное в этом немеркнущем представлении узкой полоски белых юбок и стройной ноги, и несознаваемым усилием воли он потушил его. И тогда ему стало весело, и сердцу его было так широко и свободно в груди, что захотелось петь, тянуться руками к небу и крикнуть: «Бегите, я буду вас догонять»,- эту древнюю формулу первобытной любви среди лесов и гремящих водопадов.

И от всех этих желаний к горлу подступали слезы.

Длинные, смешные тени исчезали, и дорожная пыль стала серой и холодной, но они не заметили этого и говорили. Оба они прочли много хороших книг, и светлые образы людей, любивших, страдавших и погибавших за чистую любовь, носились перед их глазами. В памяти воскресали отрывки неведомо когда прочитанных стихов, в одежду звучной гармонии и сладкой грусти облекавших любовь.

— Вы не помните, откуда это?- спрашивал Немовецкий, припоминая:-«...и со мною снова та, кого люблю,- от которой скрыл я, не сказав ни слова, всю тоску, всю нежность, всю любовь мою...»

— Нет,- ответила Зиночка и задумчиво повторила:

«Всю тоску, всю нежность, всю любовь мою...»

— Всю любовь мою,- невольным эхом откликнулся Немовецкий.

И снова они вспоминали. Вспоминали чистых, как белые лилии, девушек, надевавших черную монашескую одежду, одиноко тоскующих в парке, засыпанном осенней листвой, счастливых в своем несчастье; они вспоминали и мужчин, гордых, энергичных, но страдающих и просящих о любви и чутком женском сострадании. Печальны были вызванные образы, но в их печали светлее и чище являлась любовь. Огромным, как мир, ясным, как солнце, и дивно-красивым вырастала она перед их глазами, и не было ничего могущественнее ее и краше.

— Вы могли бы умереть за того, кого любите?- спросила Зиночка, смотря на свою полудетскую руку.

— Да, мог бы,- решительно ответил Немовецкий, открыто и искренно глядя на нее.- А вы?

— Да, и я,- она задумалась.- Ведь это такое счастье: умереть за любимого человека. Мне очень хотелось бы.

Их глаза встретились, ясные, спокойные, и что-то хорошее послали друг другу, и губы улыбнулись. Зиночка остановилась.

— Постойте,- сказала она.- У вас на тужурке нитка.

И доверчиво она подняла руку к его плечу и осторожно, двумя пальцами сняла нитку.

— Вот!- сказала она и, став серьезной, спросила:- Отчего вы такой бледный и худой? Вы много занимаетесь, да? Не утомляйте себя, не надо.

— У вас глаза голубые, а в них светлые точечки, как искорки,- ответил он, рассматривая ее глаза.

— А у вас черные. Нет, карие, теплые. И в них...

Зиночка не договорила, что в них, и отвернулась. Лицо ее медленно краснело, глаза стали смущенные и робкие, а губы невольно улыбались. И, не ожидая улыбающегося и чем-то довольного Немовецкого, она тронулась вперед, но скоро остановилась.

— Смотрите, солнце зашло!- с грустным изумлением воскликнула она.

— Да, зашло,- с внезапной, острой грустью отозвался

он.

Свет погас, тени умерли, и все кругом стало бледным, немым и безжизненным. Оттуда, где раньше сверкало раскаленное солнце, бесшумно ползли вверх темные груды облаков и шаг за шагом пожирали светло-голубое пространство. Тучи клубились, сталкивались, медленно и тяжко меняли очертания разбуженных чудовищ и неохотно подвигались вперед, точно их самих, против их воли, гнала какая-то неумолимая, страшная сила. Оторвавшись от других, одиноко металось светлое волокнистое облачко, слабое и испуганное.

Щеки Зиночки побледнели, губы стали красными, почти кровавыми, зрачок неприметно расширился, затемнив глаза, и она тихо прошептала:

— Мне страшно. Тут так тихо. Мы заблудились?

Немовецкий сдвинул густые брови и пытливо оглядел местность.

Без солнца, под свежим дыханием близкой ночи, она казалась неприветливой и холодной; во все стороны раскидывалось серое поле с низенькой, словно притоптанной травой, глинистыми оврагами, буграми и ямами. Ям было много, глубоких, отвесных и маленьких, поросших ползучей травой; в них уже бесшумно залегала на ночь молчаливая тьма; и то, что здесь были люди, что-то делали, а теперь их нет, делало местность еще более пустынной и печальной. Там и здесь, как сгустки лилового холодного тумана, вставали рощи и перелески и точно выжидали, что скажут им заброшенные ямы.

Немовецкий подавил поднимавшееся в нем тяжелое и смутное чувство тревоги и сказал:

— Нет, мы не заблудились. Я знаю дорогу. Сперва полем, а потом через тот лесок. Вы боитесь?

Она храбро улыбнулась и ответила:

— Нет. Теперь нет. Но нужно скорее домой — пить чай.

Быстро и решительно они двинулись вперед, но скоро замедлили шаги. Они не глядели по сторонам, но чувствовали угрюмую враждебность изрытого поля, окружавшего их тысячью тусклых неподвижных глаз, и это чувство сближало их и бросало к воспоминаниям детства. И воспоминания были светлые, озаренные солнцем, зеленой листвой, любовью и смехом. Как будто это была не жизнь, а широкая, мягкая песня, и звуками в ней были они сами, две маленькие нотки: одна звонкая и чистая, как звенящий хрусталь, другая немного глуше, но ярче — как колокольчик.

Показались люди — две женщины, сидевшие на краю глубокой глиняной ямы; одна сидела, заложив ногу за ногу, и пристально смотрела вниз; головной платок приподнялся, открывая космы путаных волос; спина горбилась и встягивала вверх грязную кофту с крупными, как яблоки, цветами и распустившимися завязками. На проходящих она не взглянула. Другая женщина полулежала возле, закинув голову. Лицо у нее было грубое, широкое, с мужскими чертами, и под глазами на выдавшихся скулах горели по два красных кирпичных пятна, похожих на свежие ссадины. Она была еще грязнее, чем первая, и смотрела на идущих прямо и просто. Когда они прошли, она запела густым, мужским голосом:

Для тебя одного, мой любезный,
Я, как цвет ароматный, цвела…

— Варька, слышишь?- обратилась она к молчаливой подруге и, не получив ответа, громко и грубо захохотала.

Немовецкий знал таких женщин, грязных даже тогда, когда на них было богатое и красивое платье, привык к ним, и теперь они скользнули по его взгляду и, не оставив следа, исчезли. Но Зиночка, почти коснувшаяся их своим коричневым скромным платьем, почувствовала что-то враждебное, жалкое и злое, на миг вошедшее в ее душу. Но через несколько минут впечатление изгладилось, как тень облака, быстро бегущая по золотистому лугу, и когда мимо них, обгоняя, прошли двое: мужчина в картузе и пиджаке, но босиком, и такая же грязная женщина, она увидела их, но не почувствовала. Не отдавая себе отчета, она долго еще следила за женщиной, и ее немного удивило, почему у нее такое тонкое платье, как-то липко, точно мокрое, обхватывающее ноги, и подол с широкой полосой жирной грязи, въевшейся в материю. Что-то тревожное, больное и страшно безнадежное было в трепыхании этого тонкого и грязного подола.

И снова они шли и говорили, а за ними двигалась, нехотя, темная туча и бросала прозрачную, осторожно прилегающую тень. На распертых боках тучи тускло просвечивали желтые, медные пятна и светлыми, бесшумно клубящимися дорогами скрывались за ее тяжелой массой. И тьма сгущалась так незаметно и вкрадчиво, что трудно было в нее поверить, и казалось, что все еще это день, но день тяжело больной и тихо умирающий. Теперь они говорили о тех страшных чувствах и мыслях, которые посещают человека ночью, когда он не спит, и ни звуки, ни речи не мешают ему, и то, как тьма широкое и многоглазое, что есть жизнь, плотно прижимается к самому его лицу.

— Вы представляете себе бесконечность?- спросила Зиночка, прикладывая ко лбу пухлую ручку и крепко зажмуривая глаза.

— Нет. Бесконечность... Нет,- ответил Немовецкий, также закрывая глаза.

— А я иногда вижу ее. Первый раз я увидела, когда была еще маленькая. Это как будто телеги. Стоит одна телега, другая, третья, и так далеко, без конца, все телеги, телеги... Страшно,- она вздрогнула.

— Но почему телеги?- улыбнулся Немовецкий, хотя ему было неприятно.

— Не знаю. Телеги. Одна, другая... без конца.

Тьма вкрадчиво густела, и туча уже прошла над их головами и спереди точно заглядывала в их побледневшие, опущенные лица. И все чаще вырастали темные фигуры оборванных грязных женщин, словно их выбрасывали на поверхность глубокие, неизвестно зачем выкопанные ямы, и тревожно трепыхались их мокрые подолы. То в одиночку, то по две, по три появлялись они, и голоса их звучали громко и странно-одиноко в замершем воздухе.

— Кто эти женщины? Откуда их столько?- спрашивала Зиночка боязливо и тихо. Немовецкий знал, кто эти женщины, и ему было страшно, что они попали в такую дурную и опасную местность, но спокойно ответил:

— Не знаю. Так. Не нужно о них говорить. Вот сейчас пройдем этот лесок, а там будет застава и город. Жаль, что мы так поздно вышли.

Ей стало смешно, что он говорит: поздно, когда они вышли в четыре часа, и она взглянула на него и улыбнулась. Но брови его не расходились, и она предложила, успокаивая и утешая:

— Пойдемте скорее. Мне хочется чаю. Да и лес уже близко.

— Пойдемте.

Когда они вошли в лес и деревья молчаливо сошлись вершинами над их головами, стало очень темно, но уютно и спокойно.

— Давайте руку,- предложил Немовецкий.

Она нерешительно подала руку, и легкое

прикосновение точно разогнало тьму. Руки их были неподвижны и не прижимались, и Зиночка даже немного отодвигалась от спутника, но все их сознание сосредоточилось на ощущении этого маленького местечка в теле, где соприкасались руки. И опять хотелось говорить о красоте и таинственной силе любви, но говорить так, чтобы не нарушать молчания, говорить не словами, а взглядами. И они думали, что нужно взглянуть, и хотели, но не решались.

— А вот опять люди!- весело сказала Зиночка.

На поляне, где было светлее, сидели около опорожненной бутылки три человека и молча, выжидательно смотрели на подходящих. Один, бритый, как актер, засмеялся и свистнул так, как будто это значило:

— Ого!

Сердце у Немовецкого упало и замерло в страшной тревоге, но, будто подталкиваемый сзади, он шел прямо на сидящих, около которых проходила тропинка. Те ждали, и три пары глаз темнели неподвижно и страшно. И смутно желая расположить к себе этих мрачных, оборванных людей, в молчании которых чувствовалась угроза, указать на свою беспомощность и разбудить в них сочувствие, он спросил:

— Где пройти к заставе? Здесь?

Но они не ответили. Бритый свистнул что-то неопределенное и насмешливое, а другие двое молчали и смотрели с тяжелой, зловещей пристальностью. Они были пьяны, злы, и им хотелось любви и разрушения. Краснощекий, оплывший, приподнялся на локти, потом нерешительно, как медведь, оперся на лапы и встал, тяжело вздохнув. Товарищи мельком взглянули на него и опять с той же пристальностью уставились на Зиночку.

— Мне страшно,- одними губами сказала она.

Не слыша слов, Немовецкий понял ее по тяжести опершейся руки. И, стараясь сохранить вид спокойствия, но чувствуя роковую неотвратимость того, что сейчас случится, он зашагал ровно и твердо. И три пары глаз приблизились, сверкнули и остались за спиной. «Нужно бежать,- подумал Немовецкий и сам ответил:- Нет, нельзя бежать».

— Совсем дохляк парень, даже обидно,- сказал третий из сидевших, лысый, с редкой рыжей бородой.- А девочка хорошенькая, дай Бог всякому.

Все трое как-то неохотно засмеялись.

— Барин, погоди на два слова!- густо, басом сказал высокий и поглядел на товарищей.

Те приподнялись.

Немовецкий шел не оглядываясь.

— Нужно погодить, когда просят,- сказал рыжий.- А то ведь и по шее можно.

— Тебе говорят!- гаркнул высокий и в два прыжка нагнал идущих.

Массивная рука опустилась на плечо Немовецкого и покачнула его, и, обернувшись, он возле самого лица встретил круглые, выпуклые и страшные глаза. Они были так близко, точно он смотрел на них сквозь увеличительное стекло и ясно различал красные жилки на белке и желтоватый гной на ресницах. И, выпустив немую руку Зиночки, он полез в карман и забормотал:

— Денег!.. Нате денег. Я с удовольствием.

Выпуклые глаза все более круглились и светлели. И когда Немовецкий отвел от них свои глаза, высокий немного отступил назад и без размаху, снизу, ударил Немовецкого в подбородок. Голова Немовецкго откачнулась, зубы лязгнули, фуражка опустилась на лоб и свалилась, и, взмахнув руками, он упал навзничь. Молча, без крика, повернулась Зиночка и бросилась бежать, сразу приняв всю быстроту, на какую была способна. Бритый крикнул долго и странно:

— А-а-а!..

И с криком погнался за ней.

Немовецкий, шатаясь, вскочил, но не успел еще выпрямиться, как снова был сбит с ног ударом в затылок. Тех было двое, а он один, слабый и не привыкший к борьбе, но он долго боролся, царапался ногтями, как дерущаяся женщина, всхлипывал от бессознательного отчаяния и кусался. Когда он совсем ослабел, его подняли и понесли; он упирался, но в голове шумело, он переставал понимать, что с ним делается, и бессильно обвисал в несущих руках. Последнее, что он увидел,- это кусок рыжей бороды, почти попадавшей ему в рот, а за ней темноту леса и светлую кофточку бегущей девушки. Она бежала молча и быстро, так, как бегала на днях, когда играли в горелки — а за ней мелкими шажками, настигая, несся бритый. А потом Немовецкий ощутил вокруг себя пустоту, с замиранием сердца понесся куда-то вниз, грохнул всем телом, ударившись о землю,- и потерял сознание.

Высокий и рыжий, бросившие Немовецкого в ров, постояли немного, прислушиваясь к тому, что происходило на дне рва. Но лица их и глаза были обращены в сторону, где осталась Зиночка. Оттуда послышался высокий, придушенный женский крик и тотчас замер. И высокий сердито воскликнул:

— Мерзавец!- и прямиком, ломая сучья, как медведь, побежал.

— И я! И я!- тоненьким голоском кричал рыжий, пускаясь за ним вслед. Он был слабосилен и запыхался; в борьбе ему ушибли коленку, и ему было обидно, что мысль о девушке пришла ему первому, а достанется она ему последнему. Он приостановился, потер рукой коленку, высморкался, приставив палец к носу, и снова побежал, жалобно крича:

— И я! И я!

Темная туча уже расползлась по всему небу, и наступила темная, тихая ночь. В темноте скоро исчезла коротенькая фигура рыжего, но долго еще слышался неровный топот его ног, шорох раздвигаемых деревьев и дребезжащий, жалобный крик:

— И я! Братцы, и я!

В рот Немовецкому набралась земля и скрипела на зубах. И первое, самое сильное, что он почувствовал, придя в сознание, был густой и спокойный запах земли. Голова была тупая, словно налитая тусклым свинцом, так что трудно было ворочать; все тело ныло, и сильно болело плечо, но ничего не было ни переломано, ни разбито. Немовецкий сел и долго смотрел вверх, ничего не думая и не вспоминая. Прямо над ним свешивался куст с черными широкими листьями, и сквозь них проглядывало очистившееся небо. Туча прошла, не бросив ни одной капли дождя и сделав воздух сухим и легким, и высоко, на середину неба, поднялся разрезанный месяц с прозрачным, тающим краем. Он доживал последние ночи и светил холодно, печально и одиноко. Небольшие клочки облаков быстро пронеслись в вышине, где продолжал, очевидно, дуть сильный ветер, но не закрывали месяца, а осторожно обходили его. В одиночестве месяца, в осторожности высоких, светлых облаков, в дуновении неощутимого внизу ветра чувствовалась таинственная глубина парящей над землею ночи.

Немовецкий вспомнил все, что произошло, и не

поверил. Все случившееся было страшно и непохоже на правду, которая не может быть такой ужасной, и сам он, сидящий среди ночи и смотрящий откуда-то снизу на перевернутый месяц и бегущие облака, был также странен и непохож на настоящего. И он подумал, что это обыкновенный страшный сон, очень страшный и дурной. И эти женщины, которых они так много встречали, были также сном.

— Не может быть,- сказал он утвердительно и слабо качнул тяжелой головой.- Не может быть.

Он протянул руку и стал искать фуражку, чтобы идти, но фуражки не было. И то, что ее не было, сразу сделало все ясным; и он понял, что происшедшее не сон, а ужасная правда. В следующую минуту, замирая от ужаса, он уже карабкался вверх, обрывался вместе с осыпавшейся землей и снова карабкался и хватался за гибкие ветви куста.

Вылезши, он побежал прямо, не рассуждая и не выбирая направления, и долго бежал и кружился между деревьями. Так же внезапно, не рассуждая, он побежал в другую сторону, и опять ветви царапали его лицо, и опять все стало похоже на сон. И Немовецкому казалось, что когда-то с ним уже было нечто подобное: тьма, невидимые ветви, царапающие лицо, и он бежит, закрыв глаза, и думает, что все это сон. Немовецкий остановился, потом сел в неудобной и непривычной позе человека, сидящего прямо на земле, без возвышения. И опять он подумал о фуражке и сказал:

— Это я. Нужно убить себя. Нужно убить себя, если даже это сон.

Он вскочил и снова побежал, но опомнился и пошел медленно, смутно рисуя себе то место, где на них напали. В лесу было совсем темно, но иногда прорывался бледный месячный луч и обманывал, освещая белые стволы, и лес казался полным неподвижных и почему-то молчащих людей. И это уже было когда-то, и это походило на сон.

— Зинаида Николаевна!- звал Немовецкий и громко выговаривал первое слово, но тихо второе, как будто теряя вместе со звуком надежду, что кто-нибудь отзовется.

И никто не отзывался.

Потом он попал на тропинку, узнал ее и дошел до поляны. И тут опять и уже совсем он понял, что все это правда, и в ужасе заметался, крича:

— Зинаида Николаевна! Это я! Я!

Никто не откликался, и, повернувшись лицом туда, где должен был находиться город, Немовецкий раздельно выкрикнул:

— По-мо-ги-те!..

И снова заметался, что-то шепча, обшаривая кусты, когда перед самыми его ногами всплыло белое мутное пятно, похожее на застывшее пятно слабого света. Это лежала Зиночка.

— Господи! Что же это?- с сухими глазами, но голосом рыдающего человека сказал Немовецкий и, став на колени, прикоснулся к лежащей.

Рука его попала на обнаженное тело, гладкое, упругое, холодное, но не мертвое, и с содроганием Немовецкий отдернул ее.

— Милая моя, голубочка моя, это я,- шептал он, ища в темноте ее лицо.

И снова, в другом направлении он протянул руку и опять наткнулся на голое тело, и так, куда он ни протягивал ее, он всюду встречал это голое женское тело, гладкое, упругое, как будто теплевшее под прикасающейся рукой. Иногда он отдергивал руку быстро,

167

но иногда задерживал, и как сам он, без фуражки, оборванный, казался себе ненастоящим, так и с этим обнаженным телом он не мог связать представления о Зиночке. И то, что произошло здесь, что делали люди с этим безгласным женским телом, представилось ему во всей омерзительной ясности — и какой-то странной, говорливой силой отозвалось во всех его членах. Потянувшись так, что хрустнули суставы, он тупо уставился на белое пятно и нахмурил брови, как думающий человек. Ужас перед случившимся застывал в нем, свертывался в комок и лежал в душе, как что-то постороннее и бессильное.

— Господи, что же это?- повторил он, но звук был неправдивый, как будто нарочно.

Он нащупал сердце: оно билось слабо, но ровно, и когда он нагнулся к самому лицу, он ощутил слабое дыхание, словно Зиночка не была в глубоком обмороке, а просто спала. И он тихо позвал ее:

— Зиночка, это я.

И тут же почувствовал, что будет почему-то хорошо, если она еще долго не проснется. Затаив дыхание и быстро оглянувшись кругом, он осторожно погладил ее по щеке и поцеловал сперва в закрытые глаза, потом в губы, мягко раздавшиеся под крепким поцелуем. Его испугало, что она может проснуться, и он откачнулся и замер. Но тело было немо и неподвижно, и в его беспомощности и доступности было что-то жалкое и раздражающее, неотразимо влекущее к себе. С глубокой нежностью и воровской, пугливой осторожностью Немовецкий старался набросать на нее обрывки ее платья, и двойное ощущение материи и голого тела было остро, как нож, и непостижимо, как безумие. Он был защитником и тем, кто нападает, и он искал помощи у окружающего леса и тьмы, но лес и тьма не давали ее. Здесь было пиршество зверей, и, внезапно отброшенный по ту сторону человеческой, понятной и простой жизни, он обонял жгучее сладострастие, разлитое в воздухе, и расширял ноздри.

— Это я! Я!- бессмысленно повторял он, не понимая окружающего и весь полный воспоминанием о том, как он увидел когда-то белую полоску юбки, черный силуэт ноги и нежно обнимавшую ее туфлю. И, прислушиваясь к дыханию Зиночки, не сводя глаз с того места, где было ее лицо, он подвинул руку. Прислушался и подвинул еще.

— Что же это?- громко и отчаянно вскрикнул он и вскочил, ужасаясь самого себя.

На одну секунду в его глазах блеснуло лицо Зиночки и исчезло. Он старался понять, что это тело — Зиночка, с которой он шел сегодня и которая говорила о бесконечности, и не мог; он старался почувствовать ужас происшедшего, но ужас был слишком велик, если думать, что все это правда, и не появлялся.

— Зинаида Николаевна!- крикнул он, умоляя.- Зачем же это? Зинаида Николаевна?

Но безгласным оставалось измученное тело, и с бессвязными речами Немовецкий опустился на колени. Он умолял, грозил, говорил, что убьет себя, и тормошил лежащую, прижимая ее к себе и почти впиваясь ногтями. Потеплевшее тело мягко поддавалось его усилиям, послушно следуя за его движениями, и все это было так страшно, непонятно и дико, что Немовецкий снова вскочил и отрывисто крикнул:

— Помогите!- И звук был лживый, как будто нарочно.

И снова он набросился на несопротивлявшееся тело, целуя, плача, чувствуя перед собой какую-то бездну, темную, страшную, притягивающую. Немовецкого не было. Немовецкий оставался где-то позади, а тот, что был теперь, с страстной жестокостью мял горячее податливое тело и говорил, улыбаясь хитрой усмешкой безумного:

— Отзовись! Или ты не хочешь? Я люблю тебя, люблю тебя.

С той же хитрой усмешкой он приблизил расширившиеся глаза к самому лицу Зиночки и шептал:

— Я люблю тебя. Ты не хочешь говорить, но ты улыбаешься, я это вижу. Я люблю тебя, люблю, люблю.

Он крепче прижал к себе мягкое, безвольное тело, своей безжизненной податливостью будившее дикую страсть, ломал руки и беззвучно шептал, сохранив от человека одну способность лгать:

— Я люблю тебя. Мы никому не скажем, и никто не узнает. И я женюсь на тебе, завтра, когда хочешь. Я люблю тебя. Я поцелую тебя, и ты мне ответишь — хорошо? Зиночка...

И с силой он прижался к ее губам, чувствуя, как зубы вдавливаются в тело, и в боли и крепости поцелуя теряя последние проблески мысли. Ему показалось, что губы девушки дрогнули. На один миг сверкающий огненный ужас озарил его мысли, открыв перед ним черную бездну.

И черная бездна поглотила его.

Красный смех

Отрывки из найденной рукописи

Отрывок первый

... безумие и ужас.

Впервые я почувствовал это, когда мы шли по энской дороге — шли десять часов непрерывно, не останавливаясь, не замедляя хода, не подбирая упавших и оставляя их неприятелю, который сплошными массами двигался сзади нас и через три-четыре часа стирал следы наших ног своими ногами. Стоял зной. Не знаю, сколько было градусов: сорок, пятьдесят или больше; знаю только, что он был непрерывен, безнадежно-ровен и глубок. Солнце было так огромно, так огненно и страшно, как будто земля приблизилась к нему и скоро сгорит в этом беспощадном огне. И не смотрели глаза. Маленький, сузившийся зрачок, маленький, как зернышко мака, тщетно искал тьмы под сенью закрытых век: солнце пронизывало тонкую оболочку и кровавым светом входило в измученный мозг. Но все-таки так было лучше, и я долго, быть может, несколько часов, шел с закрытыми глазами, слыша, как движется вокруг меня толпа: тяжелый и неровный топот ног, людских и лошадиных, скрежет железных колес, раздавливающих мелкий камень, чье-то тяжелое, надорванное дыхание и сухое чмяканье запекшимися губами. Но слов я не слыхал. Все молчали, как будто двигалась армия немых, и, когда кто-нибудь падал, он падал молча, и другие натыкались на его тело, падали, молча поднимались и, не оглядываясь, шли дальше — как будто эти немые были также глухи и слепы. Я сам несколько раз натыкался и падал, и тогда невольно открывал глаза, — и то, что я видел, казалось диким вымыслом, тяжелым бредом обезумевшей земли. Раскаленный воздух дрожал, и беззвучно, точно готовые потечь, дрожали камни; и дальние ряды людей на завороте, орудия и лошади отделились от земли и беззвучно студенисто колыхались — точно не живые люди это шли, а армия бесплотных теней. Огромное, близкое, страшное солнце на каждом стволе ружья, на каждой металлической бляхе зажгло тысячи маленьких ослепительных солнц, и они отовсюду, с боков и снизу забирались в глаза, огненно-белые, острые, как концы добела раскаленных штыков. А иссушающий, палящий жар проникал в самую глубину тела, в кости, в мозг, и чудилось порою, что на плечах покачивается не голова, а какой-то странный и необыкновенный шар, тяжелый и легкий, чужой и страшный.

И тогда — и тогда внезапно я вспомнил дом: уголок комнаты, клочок голубых обоев и запыленный нетронутый графин с водою на моем столике — на моем столике, у которого одна ножка короче двух других и под нее подложен свернутый кусочек бумаги. А в соседней комнате, и я их не вижу, будто бы находятся жена моя и сын. Если бы я мог кричать, я закричал бы — так необыкновенен был этот простой и мирный образ, этот клочок голубых обоев и запыленный, нетронутый графин.

Знаю, что я остановился, подняв руки, но кто-то сзади толкнул меня; я быстро зашагал вперед, раздвигая толпу, куда-то торопясь, уже не чувствуя ни жара, ни усталости. И я долго шел так сквозь бесконечные молчаливые ряды, мимо красных, обожженных затылков, почти касаясь бессильно опущенных горячих штыков, когда мысль о том, что же я делаю, куда иду так торопливо, - остановила меря. Так же торопливо повернул в сторону, пробился на простор, перелез какой-то овраг и озабоченно сел на камень, как будто этот шершавый, горячий камень был целью всех моих стремлений.

И тут впервые я почувствовал это. Я ясно увидел, что эти люди, молчаливо шагающие в солнечном блеске, омертвевшие от усталости и зноя, качающиеся и падающие, что это безумные. Они не знают, куда они идут, они не знают, зачем это солнце, они ничего не знают. У них не голова на плечах, а странные и страшные шары. Вот один, как и я, торопливо пробирается сквозь ряды и падает; вот другой, третий. Вот поднялась над толпою голова лошади с красными безумными глазами и широко оскаленным ртом, только намекающим на какой-то страшный и необыкновенный крик, поднялась, упала, и в этом месте на минуту сгущается народ, приостанавливается, слышны хриплые, глухие голоса, короткий выстрел, и потом снова молчаливое, бесконечное движение. Уже час сижу я на этом камне, а мимо меня все идут, и все так же дрожит земля, и воздух, и дальние призрачные ряды. Меня снова пронизывает иссушающий зной, и я уже не помню того, что представилось мне на секунду, а мимо меня все идут, идут, и я не понимаю, кто это. Час тому назад я был один на этом камне, а теперь уже собралась вокруг меня кучка серых людей: одни лежат и неподвижны, быть может, умерли; другие сидят и остолбенело смотрят на проходящих, как и я. У одних есть ружья, и они похожи на солдат; другие раздеты почти догола, и кожа на теле так багрово-красна, что на нее не хочется смотреть. Недалеко от меня лежит кто-то голый спиной кверху. По тому, как равнодушно уперся он лицом в острый и горячий камень, по белизне ладони опрокинутой руки видно, что он мертв, но спина его красна, точно у живого, и только легкий желтоватый налет, как в копченом мясе, говорит о смерти.

Мне хочется отодвинуться от него, но нет сил, и, покачиваясь, я смотрю на бесконечно идущие, призрачные покачивающиеся ряды. По состоянию моей головы я знаю, что и у меня сейчас будет солнечный удар, но жду этого спокойно, как во сне, где смерть является только этапом на пути чудесных и запутанных видений.

И я вижу, как из толпы выделяется солдат и решительно направляется в нашу сторону. На минуту он пропадает во рву, а когда вылезает оттуда и снова идет, шаги его нетверды, и что-то последнее чувствуется в его попытках собрать свое разбрасывающееся тело. Он идет так прямо на меня, что сквозь тяжелую дрему, охватившую мозг, я пугаюсь и спрашиваю:

— Чего тебе?

Он останавливается, как будто ждал только слова, и стоит огромный, бородатый, с разорванным воротом. Ружья у него нет, штаны держатся на одной пуговице, и сквозь прореху видно белое тело. Руки и ноги его разбросаны, и он, видимо, старается собрать их, но не может: сведет руки, и они тотчас распадутся.

— Ты что? Ты лучше сядь, — говорю я.

Но он стоит, безуспешно подбираясь, молчит и смотрит на меня. И я невольно поднимаюсь с камня и, шатаясь, смотрю в его глаза — и вижу в них бездну ужаса и безумия. У всех зрачки сужены — а у него расплылись они во весь глаз; какое море огня должен видеть он сквозь эти огромные черные окна! Быть может, мне показалось, быть может, в его взгляде была только смерть, - но нет, я не ошибаюсь: в этих черных, бездонных зрачках, обведенных узеньким оранжевым кружком, как у птиц, было больше, чем смерть, больше, чем ужас смерти.

— Уходи! — кричу я, отступая. — Уходи!

И как будто он ждал только слова — он падает на

меня, сбивая меня с ног, все такой же огромный, разбросанный и безгласный. Я с содроганием освобождаю придавленные ноги, вскакиваю и хочу бежать — куда-то в сторону от людей, в солнечную, безлюдную, дрожащую даль, когда слева, на вершине, бухает выстрел и за ним немедленно, как эхо, два других. Где-то над головою, с радостным, многоголосым визгом, криком и воем проносится граната.

Нас обошли!

Нет уже более смертоносной жары, ни этого страха, ни усталости. Мысли мои ясны, представления отчетливы и резки; когда, запыхавшись, я подбегаю к выстраивающимся рядам, я вижу просветлевшие, как будто радостные лица, слышу хриплые, но громкие голоса, приказания, шутки. Солнце точно взобралось выше, чтобы не мешать, потускнело, притихло — и снова с радостным визгом, как ведьма, резнула воздух граната.

Я подошел.

Отрывок второй

… почти все лошади и прислуга. На восьмой батарее так же. На нашей, двенадцатой, к концу третьего дня осталось только три орудия — остальные подбиты, — шесть человек прислуги и один офицер я. Уже двадцать часов мы не спали и ничего не ели, трое суток сатанинский грохот и визг окутывал нас тучей безумия, отделял нас от земли, от неба, от своих, — и мы, живые, бродили — как лунатики. Мертвые, те лежали спокойно, а мы двигались, делали свое дело, говорили и даже смеялись, и были — как лунатики. Движения наши были уверенны и быстры, приказания ясны, исполнение точно — но если бы внезапно спросить каждого, кто он, он едва ли бы нашел ответ в затемненном мозгу. Как во сне, все

175

лица казались давно знакомыми, и все, что происходило, казалось также давно знакомым, понятным, уже бывшим когда-то; а когда я начинал пристально вглядываться в какое-нибудь лицо или в орудие или слушал грохот — все поражало меня своей новизною и бесконечной загадочностью. Ночь наступала незаметно, и не успевали мы увидеть ее и изумиться, откуда она взялась, как уже снова горело над нами солнце. И только от приходивших на батарею мы узнавали, что бой вступает в третьи сутки, и тотчас же забывали об этом: нам чудилось, что это идет все один бесконечный, безначальный день, то темный, то яркий, но одинаково непонятный, одинаково слепой. И никто из нас не боялся смерти, так как никто не понимал, что такое смерть.

На третью или на четвертую ночь, я не помню, на одну минуту я прилег за бруствером, и, как только закрыл глаза, в них вступил тот же знакомый и необыкновенный образ: клочок голубых обоев и нетронутый запыленный графин на моем столике. А в соседней комнате, — и я их не вижу — находятся будто бы жена моя сын. Но только теперь на столе горела лампа с зеленым колпаком, значит, был вечер или ночь. Образ остановился неподвижно, и я долго и очень спокойно, очень внимательно рассматривал, как играет огонь в хрустале графина, разглядывал обои и думал, почему не спит сын: уже ночь, и ему пора спать. Потом опять разглядывал обои, все эти завитки, серебристые цветы, какие-то решетки и трубы, — я никогда не думал, что так хорошо знаю свою комнату. Иногда я открывал глаза и видел черное небо с какими-то красивыми огнистыми полосами, и снова закрывал их, и снова разглядывал обои, блестящий графин, и думал, почему не спит сын: уже ночь, и ему надо спать. Раз недалеко от м. йня разорвалась граната, колыхнув чем-то

176

мои ноги, и кто-то крикнул громко, громче самого взрыва, и я подумал: «Кто-то убит!» — но не поднялся и не оторвал глаз от голубеньких обоев и графина.

Потом я встал, ходил, распоряжался, глядел в лица, наводил прицел, а сам все думал: отчего не спит сын? Раз спросил об этом у ездового, и он долго и подробно объяснял мне что-то, и оба мы кивали головами. И он смеялся, а левая бровь у него дергалась, и глаз хитро подмаргивал на кого-то сзади. А сзади видны были подошвы чьих-то ног и больше ничего.

В это время было уже светло, и вдруг — капнул дождь. Дождь — как у нас, самые обыкновенные капельки воды. Он был так неожидан и неуместен, и мы все так испугались промокнуть, что бросили орудия, перестали стрелять и начали прятаться куда попало. Ездовой, с которым мы только что говорили, полез под лафет и прикорнул там, хотя его могли каждую минуту задавить, толстый фейерверкер стал зачем-то раздевать убитого, а я заметался по батарее и что-то искал — не то плащ, не то зонтик. И сразу на всем огромном пространстве, где капнул дождь из набежавшей тучи, наступила необыкновенная тишина. Запоздало взвизгнула и разорвалась шрапнель, и тихо стало — так тихо, что слышно было, как сопит толстый фейерверкер и стукают по камню и по орудиям капельки дождя. И этот тихий и дробный стук, напоминающий осень, и запах взмоченной земли, и тишина — точно разорвали на мгновение кровавый и дикий кошмар, и, когда я взглянул на мокрое, блестящее от воды орудие, оно неожиданно и странно напомнило что-то милое, тихое, не то детство мое, не то первую любовь. Но вдалеке особенно громко прозвучал первый выстрел, и исчезло очарование мгновенной тишины; с тою же внезапностью, с какою люди прятались, они начали вылезать из-под своих прикрытий; на кого-то закричал толстый фейерверкер; грохнуло орудие, за ним второе, снова кровавый неразрывный туман заволок измученные мозги. И никто не заметил, когда прекратился дождь; помню только, что с убитого фейерверкера, с его толстого, обрюзгшего желтого лица скатывалась вода, вероятно, дождь продолжался довольно долго...

... Передо мною стоял молоденький вольноопределяющийся и докладывал, держа руку к козырьку, что генерал просит нас удержаться только два часа, а там подойдет подкрепление. Я думал о том, почему не спит мой сын, и отвечал, что могу продержаться сколько угодно. Но тут меня почему-то заинтересовало его лицо, вероятно, своею необыкновенной и поразительной бледностью. Я ничего не видел белее этого лица: даже у мертвых больше краски в лице, чем на этом молоденьком, безусом. Должно быть, по дороге к нам он сильно перепугался и не мог оправиться; и руку у козырька он держал затем, чтобы этим привычным и простым движением отогнать сумасшедший страх.

— Вы боитесь? — спросил я, трогая его за локоть. Но локоть был как деревянный, а сам он тихонько улыбался и молчал. Вернее, дергались в улыбке только его губы, а в глазах были только молодость и страх — и больше ничего.

— Вы боитесь? — повторил я ласково.

Губы его дергались, силясь выговорить слово, и в то же мгновение произошло что-то непонятное, чудовищное, сверхъестественное. В правую щеку мне дунуло теплым ветром, сильно качнуло меня — и только, а перед моими глазами на месте бледного лица было что-то короткое, тупое, красное, и оттуда лила кровь, словно из откупоренной бутылки, как их рисуют на плохих вывесках. И в этом коротком, красном, текущем продолжалась еще какая-то улыбка, беззубый смех — красный смех.

Я узнал его, этот красный смех. Я искал и нашел его, этот красный смех. Теперь я понял, что было во всех этих изуродованных, разорванных, странных телах. Это был красный смех. Он в небе, он в солнце, и скоро он разольется по всей земле, этот красный смех!

А они, отчетливо и спокойно как лунатики...

Отрывок третий

... безумие и ужас.

Рассказывают, что в нашей и неприятельской армии появилось много душевнобольных. У нас уже открыто четыре психиатрических покоя. Когда я был в штабе, адъютант показывал мне...

Отрывок четвёртый

... обвивались, как змеи. Он видел, как проволока, обрубленная с одного конца, резнула воздух и обвила, трех солдат. Колючки рвали мундиры, вонзались в тело, и солдаты с криком бешено кружились, и двое волокли за собою третьего, который был уже мертв. Потом остался в живых один, и он отпихивал от себя двух мертвецов, а те волоклись, кружились, переваливались один через другого и через него, — и вдруг сразу все стали неподвижны.

Он говорил, что у одной этой загородки погибло не менее двух тысяч человек. Пока они рубили проволоку и путались в ее змеиных извивах, их осыпали непрерывным дождем пуль и картечи. Он уверяет, что было очень страшно и что эта атака кончилась бы паническим бегством, если. бы знали, в каком направлении бежать. Но десять или двенадцать непрерывных рядов проволоки и борьба с нею, целый лабиринт волчьих ям, с набитыми на дне кольями так закружили головы, что положительно нельзя было определить направления.

Одни, точно сослепу, обрывались в глубокие воронкообразные ямы и повисали животами на острых кольях, дергаясь и танцуя, как игрушечные паяцы; их придавливали новые тела, и скоро вся яма до краев превращалась в копошащуюся груду окровавленных живых и мертвых тел. Отовсюду снизу тянулись руки, и пальцы на них судорожно сокращались, хватая все, и кто попадал в эту западню, тот уже не мог выбраться назад: сотни пальцев, крепких и слепых, как клешни, сжимали ноги, цеплялись за одежду, валили человека на себя, вонзались в глаза и душили. Многие, как пьяные, бежали прямо на проволоку, повисали на ней и начинали кричать, пока пуля не кончала с ними.

Вообще все показались ему похожими на пьяных: некоторые страшно ругались, другие хохотали, когда проволока схватывала их за руку или за ногу, и тут же умирали. Он сам, хотя с утра ничего не пил и не ел, чувствовал себя очень странно: голова кружилась, и страх минутами сменялся диким восторгом — восторгом страха. Когда кто-то рядом с ним запел, он подхватил песню, и скоро составился целый, очень дружный хор. Он не помнит, что пели, но что-то очень веселое, плясовое. Да, они пели — и все кругом было красно от крови. Само небо казалось красным, и можно было подумать, что во вселенной произошла какая-то катастрофа, какая-то странная перемена и исчезновение цветов: исчезли голубой и зеленый и другие привычные и тихие цвета, а солнце загорелось красным бенгальским огнем.

— Красный смех, — сказал я.

Но он не понял.

— Да, и хохотали. Я уже говорил тебе. Как пьяные. Может быть, даже и плясали, что-то было. По крайней мере, движения тех трех походили на пляску.

Он ясно помнит: когда его ранили в грудь навылет и он упал, еще некоторое время, до потери сознания, он подрыгивал ногами, как будто кому подтанцовывал. И теперь он вспоминает об этой атаке со странным чувством: отчасти со страхом, отчасти как будто с желанием еще раз испытать то же самое.

— И опять пулю в грудь? — спросил я.

— Ну вот: не каждый же раз пулю. А хорошо бы, товарищ, получить орден за храбрость.

Он лежал на спине, желтый, остроносый, с выступающими скулами и провалившимися глазами, — лежал, похожий на мертвеца, и мечтал об ордене. У него уже начался гнойник, был сильный жар, и через три дня его должны будут свалить в яму, к мертвым, а он лежал, улыбался мечтательно и говорил об ордене.

— А матери послал телеграмму? — спросил я.

Он испуганно, но сурово и злобно взглянул на меня и не ответил. И я замолчал, и слышно стало, как стонут и бредят раненые. Но, когда я поднялся уходить, он сжал мою руку своею горячею, но все еще сильною рукою и растерянно и тоскливо впился в меня провалившимися горящими глазами.

— Что же это такое, а? Что же это? — пугливо и настойчиво спрашивал он, дергая мою руку.

— Что?

— Да вообще... все это. Ведь она ждет меня? Не могу же я. Отечество - разве ей втолкуешь, что такое отечество?

— Красный смех, — ответил я.

— Ах! Ты все шутишь, а я серьезно. Необходимо объяснить, а разве ей объяснишь? Если бы ты знал, что она пишет! Что она пишет! И ты не знаешь, у нее слова — седые. А ты... — Он с любопытством посмотрел на мою голову, ткнул пальцем и, неожиданно засмеявшись, сказал: — А ты полысел. Ты заметил?

— Тут нет зеркал.

— Тут много седых и лысых. Послушай, дай мне зеркало. Дай! Я чувствую, как из головы идут белые волосы. Дай зеркало!

У него начинался бред, он плакал и кричал, и я ушел из лазарета.

В этот вечер мы устроили себе праздник — печальный и странный праздник, на котором среди гостей присутствовали тени умерших. Мы решили собраться вечером и попить чаю, как дома, как на пикнике, и мы достали самовар, и достали даже лимон и стаканы, и устроились под деревом — как дома, как на пикнике. По одному, по два, потри собирались товарищи и подходили шумно, с разговорами, с шуткой, полные веселого ожидания, но скоро умолкали, избегая смотреть друг на друга, ибо что-то странное было в этом сборище уцелевших людей. Оборванные, грязные, почесывающиеся, как в жестокой чесотке, заросшие волосами, худые и истощенные, потерявшие знакомое и привычное обличье, мы точно сейчас только, за самоваром, увидели друг друга — увидели и испугались. Я тщетно искал в этой толпе растерянных людей знакомые лица и не мог найти. Эти люди, беспокойные, торопливые, с толчкообразными движениями, вздрагивающие при каждом стуке, постоянно ищущие чего-то позади себя, старающиеся избытком жестикуляции заполнить ту загадочную пустоту, куда им страшно заглянуть, — были новые, чужие люди, которых я не знал. И голоса звучали по-иному, отрывисто, толчками, с трудом выговаривая слова и легко, по ничтожному поводу, переходя в крик или бессмысленный, неудержимый смех. И все было чужое. Дерево было чужое, и закат чужой, и вода чужая, с особым запахом и вкусом, как будто вместе с умершими мы оставили землю и перешли в какой-то другой мир — мир таинственных явлений и зловещих пасмурных теней. Закат был желтый, холодный; над ним тяжело висели черные, ничем не освещенные, неподвижные тучи, и земля под ним была черна, и наши лица в этом зловещем свете были желты, как лица мертвецов. Мы все смотрели на самовар, а он потух, отразил на боках своих желтизну и угрозу заката и тоже стал чужой, мертвый и непонятный.

— Где мы? — спросил кто-то, и в голосе его были тревога и страх.

Кто-то вздохнул. Кто-то судорожно хрустнул пальцами, кто-то засмеялся, кто-то вскочил и быстро заходил вокруг стола. Теперь часто можно было встретить этих быстро расхаживающих, почти бегающих людей, иногда странно молчаливых, иногда странно бормотавших что-то.

— На войне, — ответил тот, что смеялся, и снова захохотал глухим, длительным смехом, точно он давился чем-то.

— Чего он хохочет? — возмутился кто-то. — Послушайте, перестаньте!

Тот еще раз подавился, хихикнул и послушно смолк. Темнело, туча наседала на землю, и мы с трудом различали желтые, призрачные лица друг друга. Кто-то спросил:

— А где же Ботик?

«Ботик» — так звали мы товарища, маленького

офицера в больших непромокаемых сапогах.

— Он сейчас был здесь. Ботик, где вы?

— Ботик, не прячьтесь! Мы слышим, как пахнет вашими сапогами.

Все засмеялись, и, перебивая смех, из темноты прозвучал грубый негодующий голос:

— Перестаньте, как не стыдно. Ботик убит сегодня утром на разведке.

— Он только сейчас был здесь. Это ошибка.

— Вам показалось. Эй, за самоваром, скорей отрежьте мне лимона.

— И мне! И мне!

— Лимон весь.

— Что же это, господа, — с тоскою, почти плача, прозвучал тихий и обиженный голос. — А я только ради лимона и пришел.

Тот снова захохотал глухо и длительно, и никто не стал его останавливать. Но скоро умолк. Хихикнул еще раз и замолчал. Кто-то сказал:

— Завтра наступление.

И несколько голосов раздраженно крикнули:

— Оставьте! Какое там наступление!

— Вы же сами знаете...

— Оставьте. Разве нельзя говорить о другом. Что же это!

Закат погас. Туча поднялась, и как будто стало светлее, и лица стали знакомые, и тот, что кружился вокруг нас, успокоился и сел.

— Как-то теперь дома? — неопределенно спросил он, и в голосе его слышна была виноватая в чем-то улыбка.

И снова стало страшно, и непонятно, и чуждо все — до ужаса, почти до потери сознания. И мы все сразу заговорили, закричали, засуетились, двигая стаканами, трогая друг друга за плечи, за руки, за колена — и сразу замолчали, уступая непонятному.

— Дома? — закричал кто-то из темноты. Голос его был хрипл от волнения, от испуга, от злобы и дрожал. И некоторые слова у него не выходили, как будто он разучился их говорить. — Дома? Какой дом, разве где-нибудь есть дома? Не перебивайте меня, «иначе я начну стрелять. Дома я каждый день брал ванны — понимаете, ванны с водой с водой по самые края. А теперь я не каждый день умываюсь, и на голове у меня струпья, какая-то парша, и все тело чешется, и по телу ползают, ползают... Я с ума схожу от грязи, а вы говорите — дом! Я как скот, я презираю себя, я не узнаю себя, и смерть вовсе не так страшна. Вы мне мозг разрываете вашими шрапнелями, мозг! Куда бы ни стреляли, мне все попадает в мозг, — вы говорите — дом. Какой дом? Улица, окна, люди, а я не пошел бы теперь на улицу — мне стыдно. Вы принесли самовар, а мне на него стыдно было смотреть. На самовар.

Тот снова засмеялся. Кто-то крикнул:

— Это черт знает что. Я пойду домой.

— Вы не понимаете, что такое дом!..

— Домой? Слушайте: он хочет домой!

Поднялся общий смех и жуткий крик — и снова все замолчали, уступая непонятному. И тут не я один, а все мы, сколько нас ни было, почувствовали это. Оно шло на нас с этих темных, загадочных и чуждых полей; оно поднималась из глухих черных ущелий, где, быть может, еще умирают забытые и затерянные среди камней, оно лилось с этого чуждого, невиданного неба. Молча, теряя сознание от ужаса, стояли мы вокруг потухшего самовара, а с неба на нас пристально и молча глядела огромная бесформенная тень, поднявшаяся над миром. Внезапно, совсем близко от нас, вероятно, у полкового командира, заиграла музыка, и бешено-веселые, громкие звуки точно вспыхнули среди ночи и тишины. С бешеным весельем и вызовом играла она, торопливая, нестройная, слишком громкая, слишком веселая, и видно было, что и те, кто играет, и те, кто слушает, видят так же, как мы, эту огромную бесформенную тень, поднявшуюся над миром.

А тот в оркестре, что играл на трубе, уже носил, видимо, в себе, в своем мозгу, в своих ушах, эту огромную молчаливую тень. Отрывистый и ломаный звук метался, и прыгал, и бежал куда-то в сторону от других - одинокий, дрожащий от ужаса, безумный. И остальные звуки точно оглядывались на него; так неловко, спотыкаясь, падая и поднимаясь, бежали они разорванной толпою, слишком громкие, слишком веселые, слишком близкие к черным ущельям, где еще умирали, быть может, забытые и потерянные среди камней люди.

И долго стояли мы вокруг потухшего самовара и молчали.

Отрывок пятый

... я уже спал, когда доктор разбудил меня осторожными толчками. Я вскрикнул, просыпаясь и вскакивая, как вскрикивали мы все, когда нас будили, и бросился к выходу из палатки. Но доктор крепко держал меня за руку и извинялся:

— Я вас испугал, простите. И знаю, что вы хотите, спать...

— Пять суток... — пробормотал я, засыпая, и заснул и спал, казалось мне, долго, когда доктор вновь заговорил, осторожно поталкивая меня в бока и ноги.

— Но очень нужно. Голубчик, пожалуйста, так нужно.

Мне все кажется... Я не могу. Мне все кажется, что там еще остались раненые...

— Какие раненые? Вы же весь день их возили. Оставьте меня в покое. Это нечестно, я пять суток не спал!

— Голубчик, не сердитесь, — бормотал доктор, неловко надевая фуражку мне на голову. — Все спят, нельзя добудиться. Я достал паровоз и семь вагонов, но нам нужны люди. Я ведь понимаю... Я сам боюсь заснуть. Не помню, когда я спал. Кажется, у меня начинаются галлюцинации. Голубчик, спустите ножки, ну, одну ножку, ну, так, так...

Доктор был бледен и покачивался, и заметно было, что если он только приляжет — он заснет на несколько суток кряду. И подо мною подгибались ноги, и я уверен, что я заснул, пока мы шли, — так внезапно и неожиданно, неизвестно откуда, вырос перед нами ряд черных силуэтов паровоз и вагоны. Возле них медленно и молча бродили какие-то люди, едва видимые в потемках. Ни на паровозе, ни в вагонах не было ни одного фонаря, и только от закрытого поддувала на полотно ложился красноватый неяркий свет.

— Что это? — спросил я, отступая.

— Ведь мы же едем. Вы забыли? Мы едем, — бормотал доктор.

Ночь была холодная, и он дрожал от холода, и, глядя на него, я почувствовал во всем теле ту же частую щекочущую дрожь.

— Черт вас знает! — закричал я громко. — Не могли вы взять другого...

— Тише, пожалуйста, тише! — Доктор схватил меня за руку.

Кто-то из темноты сказал:

— Теперь дай залп из всех орудий, так никто не

шевельнется. Они тоже спят. Можно подойти и всех сонных перевязать. Я сейчас прошел мимо самого часового. Он посмотрел на меня и ничего не сказал, не шевельнулся. Тоже спит, вероятно. И как только он не упадет.

Говоривший зевнул, и одежда его зашуршала: видимо, он потягивался. Я лег грудью на край вагона, чтобы влезть, — и сон тотчас же охватил меня. Кто-то приподнял меня сзади и положил, а я почему-то отпихивал его ногами - и опять заснул, и точно во сне слышал обрывки разговора:

— На седьмой версте.

— А фонари забыли?

— Нет, он не пойдет.

— Сюда давай. Осади немного. Так.

Вагоны дергались на месте, что-то постукивало. И постепенно от всех этих звуков и оттого, что я лег удобно и спокойно, сон стал покидать меня. А доктор заснул, и, когда я взял его руку, она была как у мертвого: вялая и тяжелая. Поезд уже двигался медленно и осторожно, слегка вздрагивая и точно нащупывая дорогу. Студент-санитар зажег в фонаре свечу, осветил стены и черную дыру дверей и сказал сердито:

— Какого черта! Очень мы сейчас им нужны. А его вы разбудите, пока не разоспался. Тогда ничего не сделаешь, я по себе знаю.

Мы растолкали доктора, и он сел, недоуменно поводя глазами. Хотел опять завалиться, но мы не дали.

— Хорошо бы сейчас водки хлебнуть, — сказал студент.

Мы хлебнули по глотку коньяку, и сон прошел совсем. Большой и черный четырехугольник дверей стал розоветь, покраснел — где-то за холмами показалось огромное молчаливое зарево, как будто среди ночи всходило солнце.

— Это далеко. Верст за двадцать.

— Мне холодно, — сказал доктор, ляскнув зубами.

Студент выглянул за дверь и рукой поманил меня. Я посмотрел: в разных местах горизонта, молчаливой цепью, стояли такие же неподвижные зарева, как будто десятки солнц всходили одновременно. И уже не было так темно. Дальние холмы густо чернели, отчетливо вырезая ломаную и волнистую линию, а вблизи все было залито красным тихим светом, молчаливым и неподвижным. Я взглянул на студента: лицо его было окрашено в тот же красный призрачный цвет крови, превратившейся в воздух и свет.

— Много раненых? — спросил я.

Он махнул рукой.

— Много сумасшедших. Больше, чем раненых.

— Настоящих?

— А то каких же?

Он смотрел на меня, и в его глазах было то же остановившееся, Дикое, полное холодного ужаса, как и у того солдата, что умер от солнечного удара.

— Перестаньте, — сказал я, отворачиваясь.

— Доктор тоже сумасшедший. Вы посмотрите-ка на него.

Доктор не слышал. Он сидел, поджав ноги, как сидят турки, и раскачивался, и беззвучно двигал губами и концами пальцев. И во взгляде у него было то же остановившееся, остолбенелое, тупо пораженное.

— Мне холодно, — сказал он и улыбнулся.

— Ну вас всех к черту! — закричал я, отходя в угол вагона. — Зачем вы меня позвали?

Никто не ответил. Студент глядел на молчаливое,

разраставшееся зарево, и его затылок с вьющимися волосами был молодой, и когда я глядел на него, мне почему-то все представлялась тонкая женская рука, которая ворошит эти волосы. И это представление было так неприятно, что я начал ненавидеть студента и не мог смотреть на него без отвращения.

— Вам сколько лет? — спросил я, но он не обернулся и не ответил.

Доктор покачивался.

— Мне холодно.

— Когда я подумаю, — сказал студент, не оборачиваясь, — когда я подумаю, что есть где-то улицы, дома, университет...

Он оборвал, точно сказал все, и замолчал. Поезд почти внезапно остановился, так что я ударился о стену, и послышались голоса. Мы выскочили.

Перед самым паровозом на полотне лежало что-то, небольшой комок, из которого торчала нога.

— Раненый?

— Нет, убитый. Голова оторвана. Только, как хотите, а я зажгу передний фонарь. А то еще задавишь.

Комок с торчавшей ногой сбросили в сторону; нога на миг задралась кверху, будто он хотел бежать по воздуху, и все скрылось в черной канаве. Фонарь загорелся, и паровоз сразу почернел.

— Послушайте! — с тихим ужасом прошептал кто-то.

Как мы не слышали раньше! Отовсюду — места нельзя было точно определить- приносился ровный, поскребывающий стон, удивительно спокойный в своей широте и даже как будто равнодушный. Мы слышали много и криков и стонов, но это не было похоже ни на что из слышанного. На смутной красноватой поверхности глаз не мог уловить ничего, и оттого казалось, что это стонет сама земля или небо, озаренное невсходящим солнцем.

— Пятая верста, — сказал машинист.

— Это оттуда, — показал доктор рукой вперед.

Студент вздрогнул и медленно обернулся к нам:

— Что же это? Ведь этого же нельзя слышать!

— Двигаемся!

Мы пошли пешком впереди паровоза, и от нас на полотно легла сплошная длинная тень, и была она не черная, а смутно-красная от тихого, неподвижного света, который молчаливо стоял в разных концах черного неба. И с каждым нашим шагом зловеще нарастал этот дикий, неслыханный стон, не имевший видимого источника, — как будто стонал красный воздух, как будто стонали земля я небо. В своей непрерывности и странном равнодушии он напоминал минутами трещание кузнечиков на лугу — ровное и жаркое трещание кузнечиков на летнем лугу. И все чаще и чаще стали встречаться трупы. Мы бегло осматривали их и сбрасывали с полотна — эти равнодушные, спокойные, вялые трупы, оставлявшие на месте лежания своего темные маслянистые пятна всосавшейся крови, и сперва считали их, а потом сбились и перестали. Было их много — слишком много для этой зловещей ночи, дышавшей холодом и стонавшей каждою частицей своего существа.

— Что же это! — кричал доктор и грозил кому-то кулаком. — Вы - слушайте...

Приближалась шестая верста, и стоны делались определеннее, резче, и уже чувствовались перекошенные рты, издающие эти голоса. Мы трепетно всматривались в розовую мглу, обманчивую в своем призрачном свете, когда почти рядом, у полотна, внизу кто-то громко застонал призывным, плачущим стоном. Мы сейчас же нашли его, этого раненого, у которого на лице были одни только глаза — так велики показались они, когда на лицо его пал свет фонаря. Он перестал стонать и только поочередно переводил глаза на каждого из нас и на наши фонари, и в его взгляде была безумная радость оттого, что он видит людей и огни, и безумный страх, что сейчас все это исчезнет, как видение. Быть может, ему уже не раз грезились наклонившиеся люди с фонарями и исчезали в кровавом и смутном кошмаре.

Мы тронулись дальше и почти тотчас наткнулись на двух раненых; один лежал на полотне, другой стонал в канаве. Когда их подбирали, доктор, дрожа от злости, сказал мне:

— Ну что? — И отвернулся. Через несколько шагов мы встретили легкораненого, который шел сам, поддерживая одну руку другой. Он двигался, закинув голову, прямо на нас и точно не заметил, когда мы расступились, давая ему дорогу. Кажется, он не видал нас. У паровоза он на миг остановился, обогнул его и пошел вдоль вагонов.

— Ты бы сел! — крикнул доктор, но он не ответил.

Это были первые, ужаснувшие нас. А потом все чаще они стали попадаться на полотне и около него, и все поле, залитое неподвижным красным отсветом пожаров, закопошилось, точно живое, загорелось громкими криками, воплями, проклятиями и стонами. Эти темные бугорки копошились и ползали, как сонные раки, выпущенные из корзины, раскоряченные, странные, едва ли похожие на людей в своих оборванных, смутных движениях и тяжелой неподвижности. Одни были безгласны и послушны, другие стонали, выли, ругались и ненавидели нас, спасавших их, так страстно, как будто мы создали и эту кровавую равнодушную ночь, и одиночество их среди ночи и трупов, и эти страшные раны. Уже не хватало места в вагонах, и вся одежда наша стала мокра от крови, как будто долго стояли мы под кровавым дождем, а раненых все несли, и все так же дико копошилось ожившее поле.

Некоторые подползали сами, иные подходили, шатаясь и падая. Один солдат почти подбежал к нам. У него было размозжено лицо, и остался один только глаз, горевший дико и страшно, и был он почти голый, как из бани. Толкнув меня, он нащупал глазом доктора и быстро левою рукою схватил его за грудь.

— Я тебе в морду дам! — крикнул он и, тряся доктора, длительно и едко прибавил циничное ругательство. — Я тебе в морду дам! Сволочи!

Доктор вырвался и, наступая на солдата, захлебываясь, закричал:

— Я тебя под суд отдам, негодяй! В карцер! Ты мне мешаешь работать! Негодяй! Животное!

Их растащили, но долго еще солдат выкрикивал:

— Сволочи! Я в морду дам!

Я уже терял силы и отошел к стороне покурить и отдохнуть. От насохшей крови руки оделись точно в черные перчатки, и с трудом сгибались пальцы, теряя папиросы и спички. И когда я закурил, табачный дым показался мне таким новым и странным, совсем особенного вкуса, которого я не ощущал ни раньше, ни позже. Тут подошел ко мне студент-санитар, тот, что ехал сюда, но мне показалось, что я виделся с ним несколько лет назад, и я никогда не мог вспомнить, где. Шагал он твердо, точно маршировал, и глядел сквозь меня куда-то дальше и выше.

— А они спят, — сказал он как будто бы совершенно спокойно.

Я вспылил, точно упрек касался меня.

— Вы забываете, что они десять дней дрались, как

львы.

— А они спят, — повторил он, глядя сквозь меня и выше. Потом наклонился ко мне и, грозя пальцем, все так же сухо и спокойно продолжал:

— Я вам скажу. Я вам скажу.

— Что?

Он все ниже наклонялся ко мне, многозначительно грозил пальцем и повторял точно законченную мысль:

— Я вам скажу. Я вам скажу. Передайте им.

И, все так же строго глядя на меня и еще раз погрозив пальцем, он вынул револьвер и выстрелил себе в висок. И это нисколько не удивило и не испугало меня. Переложив папиросу в левую руку, я попробовал пальцем рану и пошел к вагонам.

— Студент-то застрелился. Кажется, еще жив, — сказал я доктору.

Тот схватил себя за голову и простонал:

— А, черт его!.. Ведь нет же у нас места. Вон тот сейчас тоже застрелится. И даю вам честное слово, — он закричал сердито и угрожающе. — Я тоже! Да! И прошу вас — извольте идти пешком. Мест нету. Можете жаловаться, если угодно.

И все продолжая кричать, он отвернулся, а я подошел к тому, который сейчас застрелится. Это был санитар, тоже, кажется, студент. Он стоял, упершись лбом в стенку вагона, и плечо его вздрагивало от рыданий.

— Перестаньте, — сказал я, коснувшись вздрагивающего плеча.

Но он не повернулся, не ответил и плакал. И затылок у него был молодой, как у того, и тоже страшный, и стоял он, нелепо раскорячившись, как пьяный, у которого рвота; и шея у него была в крови — должно быть, хватался руками.

194

— Ну? — сказал я нетерпеливо.

Он откачнулся от вагона и, опустив голову, стариковски сгорбившись, пошел куда-то в темноту, прочь от всех нас. Не знаю почему, и я пошел за ним, и мы долго шли, все куда-то в сторону, прочь от вагонов. Кажется, он плакал; и мне стало скучно и захотелось плакать самому.

— Стойте! — крикнул я, остановившись.

Но он шел, тяжело передвигая ноги, сгорбившись, похожий на старика, со своими узкими плечами и шаркающей походкой. И скоро пропал он в красноватой мгле, казавшейся светом и ничего не освещавшей. А я остался один.

Налево, уже далеко от меня, проплыл ряд неярких огоньков — это ушел поезд. Я был один среди мертвых и умирающих. Сколько их еще осталось? Возле меня все было неподвижно и мертво, а дальше поле копошилось, как живое, - или мне это казалось оттого, что я один. Но стон не утихал. Он стлался по земле — тонкий, безнадежный, похожий на детский плач или на визг тысячи заброшенных и замерзающих щенят. Как острая, бесконечная ледяная игла входил он в мозг и медленно двигался взад и вперед, взад и вперед...

Отрывок шестой

... это были наши. Среди той странной спутанности движений, которая в последний месяц преследовала обе армии, нашу и неприятельскую, ломая все приказы и планы, мы были уверены, что на нас надвигается неприятель, именно четвертый корпус. И уже все готово было к атаке, когда кто-то в бинокль ясно различил наши мундиры, а через десять минут догадка превратилась в спокойную и счастливую уверенность: это были наши. И они, видимо, узнали нас: они подвигались к нам совершенно спокойно; в этом покойном движении чувствовалась та же, как и у нас, счастливая улыбка неожиданной встречи.

И когда они начали стрелять, мы некоторое время не могли понять, что это значит, и еще улыбались — под целым градом шрапнелей и пуль, осыпавших нас и сразу выхвативших сотни человек. Кто-то крикнул об ошибке, и — я твердо помню это — мы все увидели, что это неприятель, и что форма эта его, а не наша, и немедленно ответили огнем. Минут, вероятно, через пятнадцать по начале этого странного боя мне оторвало обе ноги, и опомнился я уже в лазарете, после ампутации.

Я спросил, чем кончился бой, но мне дали уклончивый успокоительный ответ, из которого я понял, что мы разбиты; а потом меня, безногого, охватила радость, что меня теперь отправят домой. что я все-таки жив — жив - надолго, навсегда. И только через неделю я узнал некоторые подробности, вновь толкнувшие меня к сомнениям и новому, еще не испытанному страху.

Да, кажется, это были наши — и нашей гранатой, пущенной из нашей пушки нашим солдатом, оторвало мне ноги. И никто не мог объяснить, как это случилось. Что-то произошло, что-то затемнило взоры, и два полка одной армии, стоя в версте один против другого, целый час взаимно истребляли друг друга, в полной уверенности, что имеют дело с неприятелем. И вспоминали об этом случае неохотно, полусловами, и — это удивительнее всего чувствовалось, что многие из говоривших до сих пор не сознают ошибки. Вернее, они признают ее, подумают, что она была позднее, а в начале они действительно имели дело с врагом, куда-то скрывшимся при всеобщем переполохе и подставившим нас под свои же снаряды.

Некоторые открыто говорили об этом, давая точные объяснения, которые казались им правдоподобными и ясными. Я сам до сих пор не могу вполне уверенно сказать, как началось это странное недоразумение, так как одинаково ясно видел сперва нашу, красную форму, а потом их, оранжевую. И как-то очень скоро все забыли об этом случае, так забыли, что говорили о нем как о настоящем сражении, и в этом смысле были написаны и посланы многие, вполне искренние корреспонденции; я их читал уже дома. К нам, раненным в этом бою, отношение было вначале несколько странное — нас как будто меньше жалели, чем других раненых, но скоро и это сгладилось. И только новые случаи, подобные описанному, да то, что в неприятельской армии два отряда действительно перебили друг друга почти поголовно, дойдя ночью до рукопашной схватки, дает мне право думать, что тут была ошибка.

Наш доктор, тот, что произвел ампутацию, сухой, костлявый старик, провонявший йодоформом, табачным дымом и карболкой, вечно чему-то улыбавшийся сквозь изжелта-седые, редкие усы, сказал мне, прищурив глаза

— Счастье ваше, что вы едете домой. Тут что-то неладно.

— Что такое?

— Да так. Неладно. В наше время было попроще.

Он был участником последней европейской войны, бывшей почти четверть века назад, и часто с удовольствием вспоминал ее. А этой не понимал и, как я заметил, боялся.

— Да, неладно, — вздохнул он и нахмурился, скрывшись в облаке табачного дыма, — Я сам бы уехал отсюда, если бы можно было.

И, наклонившись ко мне, прошептал сквозь желтые,

закопченные усы::

— Скоро наступит такой момент, когда уже никто отсюда не уедет. Да. Ни я, никто.

И в близких старых глазах его я увидел то же остановившееся, тупо пораженное. И что-то ужасное, нестерпимое, похожее на падение тысячи зданий, мелькнуло в моей голове, и, холодея от ужаса, я прошептал:

— Красный смех.

И он был первый, кто понял меня. Он поспешно закивал головою и подтвердил:

— Да. Красный смех.

Совсем близко подсев ко мне и озираясь по сторонам, он зашептал учащенно, по-стариковски двигая острой седенькой бородкой:

— Вы скоро уедете, и вам я скажу. Вы видели когда-нибудь драку в сумасшедшем доме? Нет? А я видел. И они дрались, как здоровые. Понимаете, как здоровые!

Он несколько раз многозначительно повторил эту фразу.

— Так что же? — так же ропотом и испуганно спросил я.

— Ничего. Как здоровые!

— Красный смех, — сказал я.

— Их разлили водой.

Я вспомнил дождь, который так напугал нас, и рассердился:

— Вы с ума сошли, доктор!

— Не больше, чем вы. Во всяком случае, не больше.

Он охватил руками острые старческие колени и захихикал, и, косясь на меня через плечо, еще храня на сухих губах отзвуки этого неожиданного и тяжелого смеха, он несколько раз лукаво подмигнул мне, как будто мы с ним только двое знали что-то очень смешное, чего не знает никто. Потом с торжественностью профессора магии, показывающего фокусы, он высоко поднял руку, плавно опустил ее и осторожнее двумя пальцами коснулся того места одеяла, под которым находились бы мои ноги, если бы их не отрезали.

— А это вы понимаете? — таинственно спросил он.

Потом так же торжественно и многозначительно обвел рукою ряды кроватей, на которых лежали раненые, и повторил:

— А это вы можете объяснить?

— Раненые, — сказал я. — Раненые.

— Раненые, — как эхо, повторил он. — Раненые. Без ног, без рук, с прорванными животами, размолотой грудью, вырванными глазами. Вы это понимаете? Очень рад. Значит, вы поймете и это?..

С гибкостью, неожиданною для его возраста, он перекинулся вниз и стал на руки, балансируя в воздухе ногами. Белый балахон завернулся вниз, лицо налилось кровью и, упорно смотря на меня странным перевернутым взглядом, он с трудом бросал отрывистые слова:

— А это... вы также... понимаете?

— Перестаньте, — испуганно зашептал я. — А то я закричу.

Он перевернулся, принял естественное положение, сел снова у моей кровати и, отдуваясь, наставительно заметил:

— И никто этого не понимает.

— Вчера опять стреляли.

— И вчера стреляли. И третьего дня стреляли, — утвердительно мотнул он головой.

— Я хочу домой! — с тоскою сказал я. — Доктор,

милый, я хочу домой. Я не могу здесь оставаться. Я перестаю верить, что есть дом, где так хорошо.

Он думал, у меня нет ног. Я так любил ездить на велосипеде, ходить, бегать, а теперь у меня нет ног. На правой ноге я качал сына, и он смеялся, а теперь... Будьте вы прокляты! Зачем я поеду! Мне только тридцать лет... Будьте вы прокляты!

И я рыдал, рыдал, вспоминая о милых ногах моих, моих быстрых, сильных ногах. Кто отнял их у меня, кто смел их отнять!

— Слушайте, — сказал доктор, глядя в сторону. — Вчера я видел: к нам пришел сумасшедший солдат. Неприятельский солдат. Он был раздет почти догола, избит, исцарапан и голоден, как животное; он весь зарос волосами, как заросли и мы все, и был похож на дикаря, на первобытного человека, на обезьяну. Он размахивал руками, кривлялся, пел и кричал и лез драться. Его накормили и выгнали назад — в поле. Куда же их девать? Дни и ночи оборванными, зловещими призраками бродят они по холмам взад и вперед, и во всех направлениях, без дороги, без цели, без пристанища. Размахивают руками, хохочут, кричат и. поют, и когда встречаются, то вступают в драку, а быть может, не видят друг друга и проходят мимо. Чем они питаются? Вероятно, ничем, а быть может, трупами, вместе со зверями, вместе с этими толстыми, отъевшимися одичалыми собаками, которые целые ночи дерутся на холмах и визжат. По ночам, как птицы, разбуженные бурей, как уродливые мотыльки, они собираются на огонь, и стоит развести костер от холода, чтобы через полчаса около него вырос десяток крикливых, оборванных, диких силуэтов, похожих на озябших обезьян. В них стреляют иногда по ошибке, иногда нарочно, выведенные из терпения их бестолковым, пугающим криком...

— Я хочу домой! — кричал я, затыкая уши.

И, словно сквозь вату, глухо и призрачно долбили мой измученный мозг новые ужасные слова:

— ... Их много. Они умирают сотнями в пропастях, в волчьих ямах, приготовленных для здоровых и умных, на остатках колючей проволоки и кольев; они вмешиваются в правильные, разумные сражения и дерутся, как герои всегда впереди, всегда бесстрашные; но часто бьют своих. Они мне нравятся. Сейчас я только еще схожу с ума и оттого сижу и разговариваю с вами, а когда разум окончательно покинет меня, я выйду в поле — я выйду в поле, я кликну клич - я кликну клич, я соберу вокруг себя этих храбрецов, этих рыцарей без страха, и объявлю войну всему миру. Веселой толпой, с музыкой и песнями, мы войдем в города и села, и где мы пройдем, там все будет красно, там все будет кружиться и плясать, как огонь. Те, кто не умер, присоединятся к нам, и наша храбрая армия будет расти, как лавина, и очистит весь этот мир. Кто сказал, что нельзя убивать, жечь и грабить?..

Он уже кричал, этот сумасшедший доктор, и криком своим точно разбудил заснувшую боль тех, у кого были изорваны груди и животы, и вырваны глаза, и обрублены ноги. Широким, скребущим, плачущим стоном наполнилась палата, и отовсюду к нам повернулись бледные, желтые, изможденные лица, иные без глаз, иные в таком чудовищном уродстве, как будто из ада вернулись они. И они стонали и слушали, и в открытую дверь осторожно заглядывала черная бесформенная тень, поднявшаяся над миром, и сумасшедший старик кричал, простирая руки: — Кто сказал что нельзя убивать, жечь и грабить? Мы будем убивать, и грабить, и жечь. Веселая, беспечная ватага храбрецов — мы разрушим все: их здания, их университеты и музеи; веселые ребята, полные огненного смеха, — мы попляшем на развалинах. Отечеством нашим я объявлю сумасшедший дом; врагами нашими и сумасшедшими — всех тех, кто еще не сошел с ума; и когда, великий, непобедимый, радостный, я воцарюсь над миром, единым его владыкою и господином, — какой веселый смех огласит вселенную!

— Красный смех! — закричал я, перебивая. — Спасите! Опять я слышу красный смех!

— Друзья! — продолжал доктор, обращаясь к стонущим, изуродованным теням. — Друзья! У нас будет красная луна и красное солнце, и у зверей будет красная веселая шерсть, и мы сдерем кожу с тех, кто слишком бел, кто слишком бел… Вы не пробовали пить кровь? Она немного липкая, она немного теплая, но она красная, и у нее такой веселый красный смех!..

Отрывок седьмой

… это было безбожно, это было беззаконно. Красный Крест уважается всем миром, как святыня, и они видели, что это идет поезд не с солдатами, а с безвредными ранеными, и они должны были предупредить о заложенной мине. Несчастные люди, они уже грезили о доме…

Отрывок восьмой

… вокруг самовара, вокруг настоящего самовара, из которого пар валил, как из паровоза, — даже стекло в лампе немного затуманилось: так сильно шел пар. И чашечки были те же, синие снаружи и белые внутри, очень красивые чашечки, которые подарили нам еще на свадьбе. Сестра жены подарила — она очень славная и добрая женщина.

— Неужели все целы? — недоверчиво спросил я, мешая сахар в стакане серебряной чистой ложечкой.

— Одну разбили, — сказала жена рассеянно: она в это время держала отвернутым кран, и оттуда красиво и легко бежала горячая вода.

Я засмеялся.

— Чего ты? — спросил брат.

— Так. Ну, отвезите-ка меня еще разок в кабинетик. Потрудитесь для героя! Побездельничали без меня, теперь баста, я вас подтяну, — и я в шутку, конечно, запел: „Мы храбро на врагов, на бой, друзья, спешим...“

Они поняли шутку и тоже улыбнулись, только жена не подняла лица: она перетирала чашечки чистым вышитым полотенцем. В кабинете я снова увидел голубенькие обои, лампу с зеленым колпаком и столик, на котором стоял графин с водою. И он был немного запылен.

— Налейте-ка мне водицы отсюда, — весело приказал я.

— Ты же сейчас пил чай.

— Ничего, ничего, налейте. А ты, — сказал я жене, возьми сынишку и посиди немножко в той комнате. Пожалуйста.

И маленькими глотками, наслаждаясь, я пил воду, а в соседней комнате сидели жена и сын, и я их не видел.

— Так, хорошо. Теперь идите сюда. Но отчего он так поздно не ложится спать?

— Он рад, что ты вернулся. Милый, пойди к отцу.

Но ребенок заплакал и спрятался у матери в ногах.

— Отчего он плачет? — с недоумением спросил я и оглянулся кругом. - Отчего вы все так бледны, и молчите, и ходите за мною, как тени?

Брат громко засмеялся и сказал:

— Мы не молчим.

И сестра повторила:

— Мы все время разговариваем.

— Я похлопочу об ужине, — сказала мать и торопливо вышла.

— Да, вы молчите, — с неожиданной уверенностью повторил я. — С самого утра я не слышу от вас слова, я только один болтаю, смеюсь, радуюсь. Разве вы не рады мне? И почему вы все избегаете смотреть на меня, разве я так переменился? Да, так переменился. Я и зеркал не вижу. Вы их убрали? Дайте сюда зеркало.

— Сейчас я принесу, — ответила жена и долго не возвращалась, и зеркальце принесла горничная. Я посмотрел в него, и — я уже видел себя в вагоне, на вокзале — это было то же лицо, немного постаревшее, но самое обыкновенное. И они, кажется, ожидали почему-то, что я вскрикну и упаду в обморок, — так обрадовались они, когда я спокойно спросил:

— Что же тут необыкновенного?

Все громче смеясь, сестра поспешно вышла, а брат сказал уверенно и спокойно:

— Да. Ты мало изменился. Полысел немного.

— Поблагодари и за то, что голова осталась, — равнодушно ответил я. - Но куда они все убегают: то одна, то другая. Повози-ка меня еще по комнатам. Какое удобное кресло, совершенно бесшумное. Сколько заплатили? А я уж не пожалею денег: куплю себе такие ноги, лучше… Велосипед!

Он висел на стене, совсем еще новый, только с опавшими без воздуха шинами. На шине заднего колеса присох кусочек грязи — от последнего раза, когда я катался. Брат молчал и не двигал кресла, и я понял это молчание и эту нерешительность.

— В нашем полку только четыре офицера осталось в живых, — угрюмо сказал я. — Я очень счастлив... А его возьми себе, завтра возьми.

— Хорошо, я возьму, — покорно согласился брат. — Да, ты счастлив. У нас полгорода в трауре. А ноги это, право...

— Конечно. Я не почтальон.

Брат внезапно остановился и спросил:

— А отчего у тебя трясется голова?

— Пустяки. Это пройдет, доктор сказал!

— И руки тоже?

— Да, да. И руки. Все пройдет. Вези, пожалуйста, мне надоело стоять.

Они расстроили меня, эти недовольные люди, но радость снова вернулась ко мне, когда мне стали приготовлять постель — настоящую постель, на красивой кровати, на кровати, которую я купил перед свадьбой, четыре года тому назад. Постлали чистую простыню, потом взбили подушки, завернули одеяло — а я смотрел на эту торжественную церемонию, и в глазах у меня стояли слезы от смеха.

— А теперь раздень-ка меня и положи, — сказал я жене. — Как хорошо!

— Сейчас, милый.

— Поскорее!

— Сейчас, милый.

— Да что же ты?

— Сейчас, милый.

Она стояла за моею спиною, у туалета, и я тщетно поворачивал голову, чтобы увидеть ее. И вдруг она закричала, так закричала, как кричат только на войне:

— Что же это! — И бросилась ко мне, обняла, упала

около меня, пряча голову у отрезанных ног, с ужасом отстраняясь от них и снова припадая, целуя эти обрезки и плача.

— Какой ты был! Ведь тебе только тридцать лет. Молодой, красивый был. Что же это! Как жестоки люди. Зачем это? Кому это нужно было? Ты, мой кроткий, мой жалкий, мой милый, милый...

И тут на крик прибежали все они, и мать, и сестра, и нянька, и все они плакали, говорили что-то, валялись у моих ноги и так плакали. А на пороге стоял брат, бледный, совсем белый, с трясущейся челюстью, и визгливо кричал:

— Я тут с вами с ума сойду. С ума сойду!

А мать ползала у кресла и уже не кричала, а хрипела только и билась головой о колеса. И чистенькая, со взбитыми подушками, с завернутым одеялом, стояла кровать, та самая, которую я купил четыре года назад — перед свадьбой...

Отрывок девятый

... Я сидел в ванне с горячей водой, а брат беспокойно вертелся по маленькой комнате, присаживаясь, снова вставая, хватая в руки мыло, простыню, близко поднося их к близоруким глазам и снова кладя обратно. Потом стал лицом к стене и, ковыряя пальцем штукатурку, горячо продолжал:

— Сам посуди: ведь нельзя же безнаказанно десятки и сотни лет учить жалости, уму, логике — давать сознание. Главное — сознание. Можно стать безжалостным, потерять чувствительность, привыкнуть к виду крови, и слез, и страданий — как вот мясники, или некоторые доктора, или военные; но как возможно, познавши истину, отказаться от нее? По моему мнению, этого нельзя. С детства меня учили не мучить животных, быть жалостливым; тому же учили меня все книги, какие я прочел, и мне мучительно жаль тех, кто страдает на вашей проклятой войне. Но вот проходит время, и я начинаю привыкать ко всем этим смертям, страданиям, крови; я чувствую, что. и в обыденной жизни я менее чувствителен, менее отзывчив и отвечаю только на самые сильные возбуждения, — но к самому факту войны я не могу привыкнуть, мой ум отказывается понять и объяснить то, что в основе своей безумно. Миллион людей, собравшись в одно место и стараясь придать правильность своим действиям, убивают друг друга, и всем одинаково больно, и все одинаково несчастны — что же это такое, ведь это сумасшествие?

Брат обернулся и вопросительно уставился на меня своими близорукими, немного наивными глазами.

— Красный смех, — весело сказал я, плескаясь.

— И я скажу тебе правду. — Брат доверчиво положил холодную руку на мое плечо, но как будто испугался, что оно голое и мокрое, и быстро отдернул ее. — Я скажу тебе правду: я очень боюсь сойти с ума. Я не могу понять, что это такое происходит. Я не могу понять, и это ужасно. Если бы кто-нибудь мог объяснить мне, но никто не может. Ты был на войне, ты видел — объясни мне.

— Убирайся к черту! — шутливо ответил я, плескаясь.

— Вот и ты тоже, — печально сказал брат. — Никто не в силах мне помочь. Это ужасно. И я перестаю понимать, что можно, чего нельзя, что разумно, а что безумно. Если сейчас я возьму тебя за горло, сперва тихонько, как будто ласкаясь, а потом покрепче, и удушу — что это будет!

— Ты говоришь вздор. Никто этого не делает.

Брат потер холодные руки, тихо улыбнулся и продолжал:

— Когда ты был еще там, бывали ночи, в которые я не спал, не мог заснуть, и тогда ко мне приходили странные мысли: взять топор и пойти убить всех: маму, сестру, прислугу, нашу собаку. Конечно, это были только мысли, и я никогда не сделаю.

— Надеюсь, — улыбнулся я, плескаясь.

— Вот тоже я боюсь ножей, всего острого, блестящего: мне кажется, что если я возьму в руки нож, то непременно кого-нибудь зарежу. Ведь правда, почему не зарезать, если нож острый?

— Основание достаточное. Какой ты, брат, чудак! Пусти-ка еще горяченькой водицы.

Брат отвернул кран, впустил воды и продолжал:

— Вот тоже я боюсь толпы, людей, когда их соберется много. Когда вечером я услышу на улице шум, громкий крик, то я вздрагиваю и думаю, что это уже началась... резня. Когда несколько человек стоит друг против друга и я не слышу, о чем они разговаривают, мне начинает казаться, что сейчас они закричат, бросятся один на другого и начнется убийство, и ты знаешь, - таинственно наклонился он к моему уху, — газеты полны сообщениями об убийствах, о каких-то странных убийствах. Это пустяки, что много людей и много умов, — у человечества один разум, и он начинает мутиться. Попробуй мою голову, какая она горячая. В ней огонь. А иногда становится она холодной, и все в ней замерзает, коченеет, превращается в страшный омертвелый лед. Я должен сойти с ума, не смейся, брат: я должен сойти с ума... Уже четверть часа, тебе пора выходить из ванны.

— Немножечко еще. Минуточку.

Мне так хорошо было сидеть в ванне, как прежде, и слушать знакомый голос, не вдумываясь в слова, и видеть все знакомое, простое, обыкновенное: медный, слегка позеленевший кран, стены с знакомым рисунком, принадлежности к фотографии, в порядке разложенные на полках. Я снова буду заниматься фотографией, снимать простые и тихие виды и сына: как он ходит, как он смеется и шалит. Этим можно заниматься и без ног. И снова буду писать об умных книгах, о новых успехах человеческой мысли, о красоте и мире.

— Го-го-го! — загрохотал я, плескаясь.

— Что с тобой? — испугался брат и побледнел.

— Так. Весело, что я дома.

Он. улыбнулся мне, как ребенок, как младшему, хотя я был на три года старше его, и задумался — как взрослый, как старик, у которого большие, тяжелые и старые мысли.

— Куда уйти? — сказал он, пожав плечами. — Каждый день, приблизительно в один час, газеты замыкают ток, и все человечество вздрагивает. Эта одновременность ощущений, мыслей, страданий и ужаса лишает меня опоры, и я - как щепка на волне, как пылинка в вихре. Меня с силою отрывает от обычного, и каждое утро бывает один страшный момент, когда я вишу в воздухе над черной пропастью безумия. И я упаду в нее, я должен в нее упасть. Ты еще не все знаешь, брат. Ты не читаешь газет, много от тебя скрывают — ты еще не все знаешь, брат.

И то, что он сказал, я счел немного мрачной шуткой это было участью всех тех, кто в безумии своем становится близок безумию войны и предостерегал нас. Я счел это шуткой — как будто забыл я в этот момент, плескаясь в горячей воде, все то, что видел я там.

— Ну и пусть себе скрывают, а мне надо вылезать из ванны, - легкомысленно сказал я, и брат улыбнулся и позвал слугу, и вдвоем они вынули меня и одели. Потом я пил душистый чай из моего рубчатого стакана и думал, что жить можно и без ног, а потом меня отвезли в кабинет к моему столу, и я приготовился работать.

До войны я занимался в журнале обзором иностранных литератур, и теперь возле меня, на расстоянии руки, лежала груда этих милых, прекрасных книг в желтых, синих, коричневых обложках. Моя радость была так велика, наслаждение так глубоко, что я не решался начать чтение и только перебирал книги, нежно лаская их рукою. Я чувствовал, что по лицу моему расплывается улыбка, вероятно, очень глупая улыбка, но я не мог удержать ее, любуясь шрифтами, виньетками, строгой и прекрасной простотой рисунка. Как много во всем этом ума и чувства красоты! Скольким людям надо было работать, искать, как много нужно было вложить таланта и вкуса, чтобы создать хоть вот эту букву, такую простую и изящную, такую умную, такую гармоничную и красноречивую в своих переплетающихся черточках.

— А теперь надо работать, — серьезно, с уважением к труду, сказал я.

И я взял перо, чтобы сделать заголовок, — и, как лягушка, привязанная на нитке, зашлепала по бумаге моя рука. Перо тыкалось в бумагу, скрипело, дергалось, неудержимо скользило в сторону и выводило безобразные линии, оборванные, кривые, лишенные смысла. И я не вскрикнул, и я не пошевельнулся — я похолодел и замер в сознании приближающейся страшной истины; а рука прыгала по ярко освещенной бумаге, и каждый палец в ней трясся в таком безнадежном, живом, безумном ужасе, как будто они, эти пальцы, были еще там, на войне, и видели зарево и кровь, и слышали стоны и вопли несказанной боли. Они отделились от меня, они жили, они стали ушами и глазами, эти безумно трепещущие. пальцы; и, холодея, не имея силы вскрикнуть и пошевельнуться, я следил за их дикой пляской по чистому, ярко-белому листу.

И тихо было. Они думали, что я работаю, и закрыли все двери, чтобы не помешать звуком, — один, лишенный возможности двигаться, сидел я в комнате и послушно глядел, как дрожат руки.

— Это ничего, — громко сказал я, и в тишине и одиночестве кабинета голос прозвучал хрипло и нехорошо, как голос сумасшедшего. — Это ничего. Я буду диктовать. Ведь был же слеп Мильтон, когда писал свой «Возвращенный рай». Я могу мыслить — это главное, это все. И я стал сочинять длинную, умную фразу о слепом Мильтоне, но слова путались, выпадали, как из дурного набора, и, когда я подходил к концу фразы, я уже забывал ее начало. Я хотел вспомнить тогда, с чего это началось, почему я сочиняю эту странную, бессмысленную фразу о каком-то Мильтоне, — и не мог.

— «Возвращенный рай», «Возвращенный рай», твердил я и не понимал, что это значит.

И тут я сообразил, что вообще много я забываю, что я стал страшно рассеян и путаю знакомые лица, что даже в простом разговоре я теряю слова, а иногда, и зная слово, не могу никак понять его значения. Мне ясно представился теперешний мой день: какой-то странный, короткий, обрубленный, как мои ноги, с пустыми, загадочными местами — длинными часами потери сознания или бесчувствия,

Я хотел позвать жену, но забыл, как ее зовут, — это уже не удивило и не испугало меня. Тихонько я прошептал:

— Жена!

Нескладное, непривычное в обращении слово тихо прозвучало и замерло, не вызвав ответа. И тихо было. Они боялись неосторожным звуком помешать моей работе, и тихо было — настоящий кабинет ученого, уютный, тихий, располагающий к созерцанию и творчеству. «Милые, как они заботятся обо мне!» — подумал я, умиленный.

… И вдохновение, святое вдохновение осенило меня. Солнце зажглось в моей голове, и горячие творческие лучи его брызнули на весь мир, роняя цветы и песни. И всю ночь я писал, не зная усталости, свободно паря на крыльях могучего, святого вдохновения. Я писал великое, я писал бессмертное — цветы и песни. Цветы и песни…

Отрывок десятый

… к счастью, он умер на прошлой неделе, в пятницу. Повторяю, это большое счастье для брата. Безногий калека, весь трясущийся, с разбитою душой, в своем безумном экстазе творчества он был страшен и жалок. С той самой ночи целых два месяца он писал, не вставая с кресла, отказываясь от пищи, плача и ругаясь, когда мы на короткое время увозили его от стола. С необыкновенною быстротой он водил сухим пером по бумаге, отбрасывая листки один за другим, и все писал, писал. Он лишился сна, и только два раза удалось нам уложить его на несколько часов в постель, благодаря сильному приему наркотика, а потом уже и наркоз не в силах был одолеть его творческого безумного экстаза. По его требованию, окна весь день были завешены и горела лампа, создавая иллюзию ночи, и он курил папиросу за папиросой и писал. По-видимому, он был счастлив, и мне никогда не приходилось видеть у здоровых людей такого вдохновенного лица — лица пророка или великого поэта. Он сильно исхудал, до восковой прозрачности трупа или подвижника, и совершенно поседел; и начал он свою безумную работу еще сравнительно молодым, а кончил ее — стариком. Иногда он торопился писать больше обыкновенного, перо тыкалось в бумагу и ломалось, но он не замечал этого; в такие минуты его нельзя было трогать, так как, при малейшем прикосновении, с ним делался припадок, слезы, хохот; минутами, — очень редко, он блаженно отдыхал и благосклонно беседовал со мною, каждый раз предлагая одни и те же вопросы: кто я, как меня зовут и давно ли я занимаюсь литературой.

А потом снисходительно рассказывал, всегда в одних и тех же словах, как он смешно испугался, что потерял память и не может работать, и как он. блистательно тут же опроверг это сумасшедшее предположение, начав свой великий, бессмертный труд о цветах и песнях.

— Конечно, я не рассчитываю на признание современников, — гордо и вместе с тем скромно говорил он, кладя дрожащую руку на груду пустых листков, — но будущее, но будущее поймет мою идею.

О войне он не вспоминал ни разу и ни разу не вспомнил о жене и сыне; призрачная бесконечная работа поглощала его внимание так безраздельно, что едва ли он сознавал что-нибудь, кроме нее. В его присутствии можно было ходить, разговаривать, и он этого не замечал, и ни на мгновение лицо его не теряло выражения страшной напряженности и вдохновения. В безмолвии ночей, когда все спали и он один неутомимо плел бесконечную нить безумия, он казался страшен, и только один я да еще мать решались подходить к нему. Однажды я попробовал дать ему, вместо сухого пера, карандаш, думая, что, быть может, он действительно что-нибудь пишет, но на бумаге остались только безобразные линии, оборванные, кривые, лишенные смысла.

И умер он ночью, за работой. Я хорошо знал брата, и

сумасшествие его не явилось для меня неожиданностью: страстная мечта о работе, сквозившая еще в его письмах с войны, составлявшая содержание всей его жизни по возвращении, неминуемо должна была столкнуться с бессилием его утомленного, измученного мозга и вызвать катастрофу. И думаю, что мне довольно точно удалось восстановить всю последовательность ощущений, приведших его к концу в ту роковую ночь. Вообще, все, что я здесь записал о войне, взято мною со слов покойного брата, часто очень сбивчивых и бессвязных; только некоторые отдельные картины так неизгладимо и глубоко вонзились в его мозг, что я мог привести их почти дословно, как он рассказывал.

Я его любил, и смерть его лежит на мне, как камень, и давит мозг своей бессмысленностью. К тому непонятному, что окутывает мою голову, как паутиной, она прибавила еще одну петлю и крепко затянула ее. Вся наша семья уехала в деревню, к родственникам, и я один во всем доме — в этом особнячке, который так любил брат. Прислугу рассчитали, иногда дворник из соседнего дома по утрам приходит топить печи, а в остальное время я один, и похож на муху, которую захлопнули между двумя рамами окна, мечусь и расшибаюсь о какую-то прозрачную, но непреодолимую преграду. И я чувствую, я знаю, что из этого дома мне не уйти. Теперь, когда я один, война безраздельно владеет мною и стоит, как непостижимая загадка, как страшный дух, которого я не могу облечь плотью. Я даю ей всевозможные образы: безглавого скелета на коне, какой-то бесформенной тени, родившейся в тучах и бесшумно обнявшей землю, но ни один образ не дает мне ответа и не исчерпывает того холодного, постоянного отупелого ужаса, который владеет мною.

Я не понимаю войны и должен сойти с ума, как брат, как сотни людей, которых привозят оттуда. И это не страшит меня. Потеря рассудка мне кажется почетной, как гибель часового на своем посту. Но ожидание, но это медленное и неуклонное приближение безумия, это мгновенное чувство чего-то огромного, падающего в пропасть, эта невыносимая боль терзаемой мысли... Мое сердце онемело, оно умерло, и нет ему новой жизни, но мысль — еще живая, еще борющаяся, когда-то сильная, как Самсон, а теперь беззащитная и слабая, как дитя, — мне жаль ее, мою бедную мысль. Минутами я перестаю выносить пытку этих железных обручей, сдавливающих мозг; мне хочется неудержимо выбежать на улицу, на площадь, где народ, и крикнуть:

— Сейчас прекратите войну, или...

Но какое «или»? Разве есть слова, которые могли бы вернуть их к разуму, слова, на которые не нашлось бы других таких же громких и лживых слов? Или стать перед ними на колени и заплакать? Но ведь сотни тысяч слезами оглашают мир, а разве это хоть что-нибудь дает? Или на их глазах убить себя? Убить! Тысячи умирают ежедневно и разве это хоть что-нибудь дает?

И когда я так чувствую свое бессилие, мною овладевает бешенство - бешенство войны, которую я ненавижу. Мне хочется, как тому доктору, сжечь их дома, с их сокровищами, с их женами и детьми, отравить воду, которую они пьют; поднять всех мертвых из гробов и бросить трупы в их нечистые жилища, на их постели. Пусть спят с ними, как с женами, как с любовницами своими!

О, если б я был дьявол! Весь ужас, которым дышит ад, я переселил бы на их землю; я стал бы владыкою их снов, и, когда, с улыбкой засыпая, они крестили бы своих детей, я встал бы перед ними, черный…

Да, я должен сойти с ума, но только бы скорее. Только бы скорее…

Отрывок одиннадцатый

… пленных, кучку дрожащих, испуганных людей. Когда их вывели из вагона, толпа рявкнула — рявкнула, как один огромный злобный пес, у которого цепь коротка и непрочна. Рявкнула и замолчала, тяжело дыша, — а они шли тесной кучкой, заложив руки в карманы, заискивающе улыбаясь бледными губами, и ноги их ступали так, как будто сейчас сзади под колено их должны ударить длинною палкой. Но один шел несколько в стороне, спокойный, серьезный, без улыбки, и, когда я встретился с его черными глазами, я прочел в них откровенную и голую ненависть. Я ясно увидел, что он меня презирает и ждет от меня всего: если я сейчас стану убивать его, безоружного, то он не вскрикнет, не станет защищаться, оправдываться, он ждет от меня всего.

Я побежал вместе с толпою, чтобы еще раз встретиться с ним глазами, и это удалось мне, когда они входили уже в дом. Он вошел последним, пропуская мимо себя товарищей, и еще раз взглянул на меня. И тут я увидел в его черных, больших, без зрачка глазах такую муку, такую бездну ужаса и безумия, как будто я заглянул в самую несчастную душу на свете.

— Кто этот, с глазами? — спросил я у конвойного.

— Офицер. Сумасшедший. Их много таких.

— Как его зовут?

— Молчит, не называется. И свои его не знают. Так, приблудный какой-то. Его уж раз вынули из петли, да что!.. -. Конвойный махнул рукою и скрылся за дверью.

И вот теперь, вечером, я думаю о нем. Он один среди врагов, которых он считает способными на все, и свои не знают его. Он молчит и терпеливо ждет, когда может уйти из мира совсем. Я не верю, что он сумасшедший, и он не трус: он один держался с достоинством в кучке этих дрожащих, испуганных людей, которых он тоже, по-видимому, не считает своими. Что он думает? Какая глубина отчаяния должна быть в душе этого человека, который, умирая, не хочет назвать своего имени. Зачем имя? Он кончил с жизнью и с людьми, он понял настоящую их цену, и их вокруг него нет, ни своих, ни чужих, как бы они ни кричали, ни бесновались и ни угрожали. Я расспрашивал о нем: он взят в последнем страшном бою, резне, где погибло несколько десятков тысяч людей, и он не сопротивлялся, когда его брали: он был почему-то безоружен, и, когда не заметивший этого солдат ударил его шашкой, он не встал с места и не поднял руки, чтоб защищаться. Но рана оказалась, к несчастью для него, легкой.

А быть может, он действительно сумасшедший? Солдат сказал: их много таких…

Отрывок двенадцатый

… начинается… Когда вчера ночью я вошел в кабинет брата, он сидел в своем кресле у стола, заваленного книгами. Галлюцинация тотчас исчезла, как только я зажег свечу, но я долго не решался сесть в кресло, где сидел он. Было страшно вначале — пустые комнаты, в которых постоянно слышатся какие-то шорохи и трески, создают эту жуть, — но потом мне даже понравилось: лучше он, чем кто-нибудь другой. Все-таки во весь этот вечер я не вставал с кресла: казалось, если я встану, он тотчас сядет на свое место. И ушел я из комнаты очень быстро, не оглядываясь. Нужно бы во всех комнатах зажигать огонь — да стоит ли? Будет, пожалуй, хуже, если я что-нибудь увижу при свете, — так все-таки остается сомнение.

Сегодня я вошел со свечой, и никого в кресле не было. Очевидно, просто тень мелькнула. Опять я был на вокзале — теперь я каждое утро хожу туда — и видел целый вагон с нашими сумасшедшими. Его не стали открывать и перевели на какой-то другой путь, но в окна я успел рассмотреть несколько лиц. Они ужасны. Особенно одно. Чрезмерно вытянутое, желтое как лимон, с открытым черным ртом и неподвижными глазами, оно до того походило на маску ужаса, что я не мог оторваться от него. А оно смотрело на меня, все целиком смотрело, и было неподвижно — и так и уплыло вместе с двинувшимся вагоном, не дрогнув, не переводя взора. Вот если бы оно представилось мне сейчас в тех темных дверях, я, пожалуй, и не выдержал бы. Я спрашивал: двадцать два человека привезли. Зараза растет. Газеты что-то замалчивают, но, кажется, и у нас в городе не совсем хорошо. Появились какие-то черные, наглухо закрытые кареты — в один день, сегодня, я насчитал их шесть в разных концах города. В одной из таких, вероятно, поеду и я.

А газеты ежедневно требуют новых войск и новой крови, и я все менее понимаю, что это значит. Вчера я читал одну очень подозрительную статью, где доказывается, что среди народа много шпионов, предателей и изменников, что нужно быть осторожным и внимательным и что гнев народа сам найдет виновных. Каких виновных, в чем? Когда я ехал с вокзала в трамвае, я слышал странный разговор, вероятно, по этому поводу:

— Их нужно вешать без суда, — сказал один, испытующе оглядев всех и меня. — Изменников нужно вешать, да.

— Без жалости, — подтвердил другой. — Довольно их жалели.

Я выскочил из вагона. Ведь все плачут от войны, и они сами плачут, — что же это значит? Какой-то кровавый туман обволакивает землю, застилая взоры, и я начинаю думать, что действительно приближается момент мировой катастрофы. Красный смех, который видел брат. Безумие идет оттуда, от тех кровавых порыжелых полей, и я чувствую в воздухе его холодное дыхание. Я крепкий и сильный человек, у меня нет тех разлагающих тело болезней, которые влекут за собою и разложение мозга, но я вижу, как зараза охватывает меня, и уже половина моих мыслей не принадлежит мне. Это хуже чумы и ее ужасов. От чумы все-таки можно было куда-то спрятаться, принять какие-то там меры, а как спрятаться от всепроникающей мысли, не знающей расстояний и преград?

Днем я еще могу бороться, а ночью я становлюсь, как и все, рабом моих снов; и сны мои ужасны и безумны…

Отрывок тринадцатый

… повсеместные побоища, бессмысленные и кровавые. Малейший толчок вызывает дикую расправу, и в ход пускаются ножи, камни, поленья, и становится безразличным, кого убивать, — красная кровь просится наружу и течет так охотно и обильно.

Их было шестеро, этих крестьян, и их вели три солдата с заряженными ружьями. В своем особенном крестьянском платье, простом и первобытном, напоминающем дикаря, со своими особенными лицами, точно сделанными из глины и украшенными свалявшейся шерстью вместо волос, на улицах богатого города, под конвоем дисциплинированных солдат, они походили на рабов древнего мира. Их вели на войну, и они шли, повинуясь штыкам, такие же невинные и тупые, как волы, ведомые на бойню. Впереди шел юноша, высокий, безбородый, с длинной гусиною шеей, на которой неподвижно сидела маленькая голова. Он весь наклонился вперед, как хворостина, и смотрел вниз перед собою с такою пристальностью, как будто взор его проникал в самую глубину земли. Последним шел приземистый, бородатый, уж пожилой; он не хотел сопротивляться, и в глазах его не было мысли, но земля притягивала его ноги, впивалась в них, не пускала — и он шел, откинувшись назад, как против сильного ветра. И при каждом шаге солдат сзади толкал его прикладом ружья, и одна нога, отклеившись, судорожно перебрасывалась вперед, а другая крепко прилипала к земле. Лица солдат были тоскливы и злобны, и, видимо, уже давно они шли так — чувствовались усталость и равнодушие в том, как они несли ружья, как они шагали враздробь, по-мужичьи, носками внутрь. Как будто бессмысленное, длительное и молчаливое сопротивление крестьян замутило их дисциплинированные ум, и они перестали понимать, куда идут и зачем.

— Куда вы их ведете? — спросил я крайнего солдата. Тот вздрогнул, взглянул на меня, и в его остром блеснувшем взгляде я так ясно почувствовал штык, как будто он находился уже в груди моей.

— Отойди! — сказал солдат. — Отойди, а не то...

Тот, пожилой, воспользовался минутой и убежал легкой трусцою он отбежал к решетке бульвара и присел на корточки, как будто прятался. Настоящее животное не могло бы поступить так глупо, так безумно. Но солдат рассвирепел. Я видел, как он подошел вплотную, нагнулся и, перебросив ружье в левую руку, правой чмякнул по чему-то мягкому и плоскому. И еще. Собирался народ. Послышался смех, крики...

Отрывок четырнадцатый

... повсеместные побоища, бессмысленные и кровавые. Малейший толчок вызывает дикую расправу, и в ход пускаются ножи, камни, поленья, и становится безразличным, кого убивать, — красная кровь просится наружу и течет так охотно и обильно.

Их было шестеро, этих крестьян, и их вели три солдата с заряженными ружьями. В своем особенном крестьянском платье, простом и первобытном, напоминающем дикаря, со своими особенными лицами, точно сделанными из глины и украшенными свалявшейся шерстью вместо волос, на улицах богатого города, под конвоем дисциплинированных солдат, они походили на рабов древнего мира. Их вели на войну, и они шли, повинуясь штыкам, такие же невинные и тупые, как волы, ведомые на бойню. Впереди шел юноша, высокий, безбородый, с длинной гусиною шеей, на которой неподвижно сидела маленькая голова. Он весь наклонился вперед, как хворостина, и смотрел вниз перед собою с такою пристальностью, как будто взор его проникал в самую глубину земли. Последним шел приземистый, бородатый, уж пожилой; он не хотел сопротивляться, и в глазах его не было мысли, но земля притягивала его ноги, впивалась в них, не пускала — и он шел, откинувшись назад, как против сильного ветра. И при каждом шаге солдат сзади толкал его прикладом ружья, и одна нога, отклеившись, судорожно перебрасывалась вперед, а другая крепко прилипала к земле. Лица солдат были тоскливы и злобны, и, видимо, уже давно они шли так — чувствовались усталость и равнодушие в том, как они несли ружья, как они шагали враздробь, по-мужичьи, носками внутрь. Как будто бессмысленное, длительное и молчаливое сопротивление крестьян замутило их дисциплинированные ум, и они перестали понимать, куда идут и зачем.

— Куда вы их ведете? — спросил я крайнего солдата. Тот вздрогнул, взглянул на меня, и в его остром блеснувшем взгляде я так ясно почувствовал штык, как будто он находился уже в груди моей.

— Отойди! — сказал солдат. — Отойди, а не то...

Тот, пожилой, воспользовался минутой и убежал легкой трусцою он отбежал к решетке бульвара и присел на корточки, как будто прятался. Настоящее животное не могло бы поступить так глупо, так безумно. Но солдат рассвирепел. Я видел, как он подошел вплотную, нагнулся и, перебросив ружье в левую руку, правой чмякнул по чему-то мягкому и плоскому. И еще. Собирался народ. Послышался смех, крики...

... в одиннадцатом ряду партера. Справа и слева ко мне тесно прижимались чьи-то руки, и далеко кругом в полутьме торчали неподвижные головы, слегка освещенные красным со сцены. И постепенно мною овладевал ужас от этой массы людей, заключенных в тесное пространство. Каждый из них молчал и слушал то, что на сцене, а может быть, думал что-нибудь свое, но оттого, что их было много, в молчании своем они были слышнее громких голосов актеров. Они кашляли, сморкались, шумели одеждой и ногами, и я слышал ясно их глубокое, неровное дыхание, согревавшее воздух. Они были страшны, так как каждый из них мог стать трупом, и у всех у них были безумные головы. В спокойствии этих расчесанных затылков, твердо опирающихся на белые, крепкие воротнички, я чувствовал ураган безумия, готовый разразиться каждую секунду.

У меня похолодели руки, когда я подумал, как их много, как они страшны и как я далек от выхода. Они спокойны, а если крикнуть — «пожар!»... И с ужасом я ощутил жуткое, страстное желание, о котором я не могу вспомнить без того, чтобы руки мои снова не похолодели и не покрылись потом. Кто мне мешает крикнуть — привстать, обернуться назад и крикнуть:

— Пожар! Спасайтесь, пожар!

Судорога безумия охватит их спокойные члены. Они вскочат, они заорут, они завоют, как животные, они забудут, что у них есть жены, сестры и матери, они начнут метаться, точно пораженные внезапной слепотой, и в безумии своем будут душить друг друга этими белыми пальцами, от которых пахнет духами. Пустят яркий свет, и кто-то бледный со сцены будет кричать, что все спокойно и пожара нет, и дико-весело заиграет дрожащая, обрывающаяся музыка — а они не будут слышать ничего — они будут душить, топтать ногами, бить женщин по головам, по этим хитрым, замысловатым прическам. Они будут отрывать друг у друга уши, отгрызать носы, они изорвут одежду до голого тела и не будут стыдиться, так как они безумны. Их чувствительные, нежные, красивые, обожаемые женщины будут визжать и биться, беспомощные, у их ног, обнимая колени, все еще доверяя их благородству, — а они будут злобно бить их в красивое, поднятое лицо и рваться к выходу. Ибо они всегда убийцы, и их спокойствие, их благородство — спокойствие сытого зверя, чувствующего себя в безопасности.

И когда наполовину они сделаются трупами и дрожащей, оборванной кучкой устыдившихся зверей соберутся у выхода, улыбаясь лживой улыбкой, — я выйду на сцену и скажу им со смехом:

— Это все потому, что вы убили моего брата.

Должно быть, я громко прошептал что-нибудь, потому что мой сосед справа сердито завозился на месте и сказал:

— Тише! Вы мешаете слушать.

Мне стало весело и захотелось пошутить. Сделав предостерегающее суровое лицо, я наклонился к нему.

— Что такое? — спросил он недоверчиво. — Зачем так смотрите?

— Тише, умоляю вас, — прошептал я одними губами. — Вы слышите, как пахнет гарью. В театре пожар.

Он имел достаточно силы и благоразумия, чтобы не вскрикнуть. Лицо его побелело, и глаза почти повисли на щеках, огромные, как бычачьи пузыри, но он не вскрикнул. Он тихонько поднялся, даже не поблагодарив меня, и пошел к выходу, покачиваясь и судорожно замедляя шаги. Он боялся, что другие догадаются о пожаре и не дадут уйти ему, единственному достойному спасения и жизни.

Мне стало противно, и я тоже ушел из театра, да и не хотелось мне слишком рано открыть свое инкогнито. На улице я взглянул в ту сторону неба, где была война, там все было спокойно, и ночные желтые от огней облака ползли медленно и спокойно. «Быть может, все это сон и никакой войны нет?» - подумал я, обманутый спокойствием неба и города.

Но из-за угла выскочил мальчишка, радостно крича:

— Громовое сражение. Огромные потери. Купите

телеграмму — ночную телеграмму!

У фонаря я прочел ее. Четыре тысячи трупов. В театре было, вероятно, не более тысячи человек. И всю дорогу я думал: четыре тысячи трупов.

Теперь мне страшно приходить в мой опустелый дом. Когда я еще только вкладываю ключ и смотрю на немые, плоские двери, я уже чувствую все его темные пустые комнаты, по которым пойдет сейчас, озираясь, человек в шляпе. Я хорошо знаю дорогу, но уже на лестнице начинаю жечь спички и жгу их, пока найду свечу. В кабинет брата я теперь не хожу, и он заперт на ключ — со всем, что в нем есть. И сплю я в столовой, куда перебрался совсем: тут спокойнее, и воздух как будто хранит еще следы разговоров, и смеха, и веселого звона посуды. Иногда я ясно слышу скрипение сухого пера; и когда ложусь в постель...

Отрывок пятнадцатый

... этот нелепый и страшный сон. Точно с мозга моего сняли костяную покрышку, и, беззащитный, обнаженный, он покорно и жадно впитывает в себя все ужасы этих кровавых и безумных дней. Я лежу, сжавшись в комок, и весь помещаюсь на двух аршинах пространства, а мысль моя обнимает мир. Глазами всех людей я смотрю и ушами их слушаю; я умираю с убитыми; с теми, кто ранен и забыт, я тоскую и плачу, и когда из чьего-нибудь тела бежит кровь, я чувствую боль ран и страдаю. И то, чего не было и что далеко, я вижу так же ясно, как то, что было и что близко, и нет предела страданиям обнаженного мозга.

Эти дети, эти маленькие, еще невинные дети. Я видел их на улице, когда они играли в войну и бегали друг за другом, и кто-то уж плакал тоненьким детским голосом и что-то дрогнуло во мне от ужаса и отвращения. И я ушел домой, и ночь настала, — и в огненных грезах, похожих на пожар среди ночи, эти маленькие еще невинные дети превратились в полчище детей-убийц.

Что-то зловещее горело широким и красным огнем, и в дыму копошились чудовищные уродцы-дети с головами взрослых убийц. Они прыгали легко и подвижно, как играющие козлята, и дышали тяжело, словно больные. Их рты походили на пасти жаб или лягушек и раскрывались судорожно и широко; за прозрачною кожей их голых тел угрюмо бежала красная кровь — и они убивали друг друга, играя. Они были страшнее всего, что я видел, потому что они были маленькие и могли проникнуть всюду.

Я смотрел из окна, и один маленький увидел меня, улыбнулся и взглядом попросился ко мне.

— Я хочу к тебе, — сказал он.

— Ты убьешь меня.

— Я хочу к тебе, — сказал он и побледнел внезапно и странно, и начал царапаться вверх по белой стене, как крыса, совсем как голодная крыса. Он обрывался и пищал, и так быстро мелькал по стене, что я не мог уследить за его порывистыми, внезапными движениями.

«Он может пролезть под дверью», — с ужасом подумал я, и, точно отгадав мою мысль, он стал узенький и длинный и быстро, виляя кончиком хвоста, вполз в темную щель под дверью парадного хода. Но я успел спрятаться под одеяло и слышал, как он, маленький, ищет меня по темным комнатам, осторожно ступая крохотными босыми ногами. Очень" медленно, останавливаясь, он приближался к моей комнате и вошел; и долго я ничего не слыхал, ни движения, ни шороха, как будто возле моей постели не было никого. И вот под чьей-то маленькой рукой начал приподниматься край одеяла, и холодный воздух комнаты коснулся лица моего и груди. Я держал одеяло крепко, но оно упорно отставало со всех сторон; и вот ногам моим сразу стало так холодно, как будто они окунулись в воду. Теперь они лежали беззащитными в холодной темноте комнаты, и он смотрел на них.

На дворе, за стенами дома, залаяла собака и смолкла, и я слышал, как забренчала она цепью, убираясь в конуру. А он смотрел на мои голые ноги и молчал; но я знал, что он здесь, знал по тому нестерпимому ужасу, который, как смерть, оковывал меня каменной, могильной неподвижностью. Если бы я мог крикнуть, я разбудил бы город, весь мир разбудил бы я; но голос умер во мне, и, не шевелясь, покорно я ощущал движение по моему телу маленьких холодных рук, подбиравшихся к горлу.

— Я не могу! — простонал я, задыхаясь, и проснулся на одно мгновение, и увидел зоркую темноту ночи, таинственную и живую, и снова, кажется, заснул...

— Успокойся! — сказал мне брат, присаживаясь на кровать, и кровать скрипнула: так был он тяжел, мертвый. — Успокойся, ты видишь это во сне. Это тебе показалось, что тебя душат, а ты крепко спишь в темных комнатах, где нет никого, а я сижу в моем кабинете и пишу. Никто из вас не понял, о чем я пишу, и вы осмеяли меня, как безумца, но теперь я скажу тебе правду. Я пишу о красном смехе. Ты видишь его?

Что-то огромное, красное, кровавое стояло надо мною и беззубо смеялось.

— Это красный смех. Когда земля сходит с ума, она начинает так смеяться. Ты ведь знаешь, земля сошла с ума. На ней нет ни цветов, ни песен, она стала круглая, гладкая и красная, как голова, с которой содрали кожу. Ты видишь ее?

— Да, вижу. Она смеется.

— Посмотри, что делается у нее с мозгом. Он красный, как кровавая каша, и запутался.

— Она кричит.

— Ей больно. У нее нет ни цветов, ни песен. Теперь давай я лягу на тебя.

— Мне тяжело, мне страшно.

— Мы, мертвые, ложимся на живых. Тепло тебе?

— Тепло.

— Хорошо тебе?

— Я умираю.

— Проснись и крикни. Проснись и крикни. Я ухожу...

Отрывок шестнадцатый

... уже восьмой день продолжается сражение. Оно началось в прошлую пятницу, и прошли суббота, воскресенье, понедельник, вторник, среда, четверг, и вновь наступила пятница и прошла — а оно все продолжается. Обе армии, сотни тысяч людей стоят друг против друга, не отступая, непрерывно посылают разрывные грохочущие снаряды; и каждую минуту живые люди превращаются в трупы. От грохота, от непрерывного колебания воздуха дрогнуло само небо и собрало над головой их черные тучи и грозу а они стоят друг против друга, не отступая, и убивают. Если человек не поспит трое суток, он становится болен и плохо помнит, а они не спят уже неделю, и они все сумасшедшие. От этого им не больно, от этого они не отступают и будут драться, пока не перебьют всех. Сообщают, что у некоторых частей не хватило снарядов и там люди дрались камнями, руками, грызлись, как собаки. Если остатки этих людей вернутся домой, у них будут клыки, как у волков, — но они не вернутся: они сошли с ума и перебьют всех. Они сошли с ума. В голове их все перевернулось, и они ничего не понимают: если их резко и быстро . повернуть, они начинают стрелять в своих, думая, что бьют неприятеля.

Странные слухи… Странные слухи, которые передают шепотом, бледнея от ужаса и диких предчувствий. Брат, брат, слушай, что рассказывают о красном смехе! Будто бы появились призрачные отряды, полчища теней, во всем подобных живым. По ночам, когда обезумевшие люди на минуту забываются сном, или в разгаре дневного боя, когда самый ясный день становится призраком, они являются внезапно и стреляют из призрачных пушек, наполняя воздух призрачным гулом, и люди, живые, но безумные люди, пораженные внезапностью, бьются насмерть против призрачного врага, сходят с ума от ужаса, седеют мгновенно и умирают. Призраки исчезают внезапно, как появились, и наступает тишина, а на земле валяются новые изуродованные трупы — кто их убил? Ты знаешь, брат: кто их убил?

Когда после двух сражений наступает затишье и враги далеко, вдруг, темною ночью, раздается одинокий испуганный выстрел. И все вскакивают, и все стреляют в темноту, и стреляют долго, целыми часами в безмолвную, безответную темноту. Кого видят они там? Кто, страшный, являет им свой молчаливый образ, дышащий ужасом и безумием? Ты знаешь, брат, и я знаю, а люди еще не знают, но уже чувствуют они и спрашивают, бледнея: отчего так много сумасшедших — ведь прежде никогда не было так много сумасшедших?

— Ведь прежде никогда не было так много сумасшедших! — говорят они, бледнея, и им хочется верить, что теперь, как прежде, и что это мировое насилие над разумом не коснется их слабого умишка.

— Ведь дрались же люди и прежде и всегда, и ничего не было такого? Борьба — закон жизни, — говорят они уверенно и спокойно, а сами бледнеют, а сами ищут глазами врача, а сами кричат торопливо: — Воды, скорей стакан воды!

Они охотно стали бы идиотами, эти люди, чтобы только не слышать, как колышется их разум, как в непосильной борьбе с бессмыслицей изнемогает их рассудок. В эти дни, когда там непрестанно из людей делают трупы, я нигде не мог найти покоя и бегал по людям, и много слышал этих разговоров, и много видел этих притворно улыбающихся лиц, уверявших, что война далеко и не касается их. Но еще больше я встретил голого, правдивого ужаса, и безнадежных горьких слез, и исступленных криков отчаяния, когда сам великий разум в напряжении всех своих сил выкрикивал из человека последнюю мольбу, последнее свое проклятие:

— Когда же кончится эта безумная бойня!

У одних знакомых, где я не был давно, быть может, несколько лет, я неожиданно встретил сумасшедшего офицера, возвращенного с войны. Он был мой товарищ по школе, но я не узнал его; но его не узнала и мать, которая его родила. Если бы он год провалялся в могиле, он вернулся бы более похожим на себя, чем теперь. Он поседел и совсем белый; черты лица его мало изменились, но он молчит и слушает что-то — и от этого на лице его лежит грозная печать такой отдаленности, такой чуждости всему, что с ним страшно заговорить. Как рассказали родным, он сошел с ума так: они стояли в резерве, когда соседний полк пошел в штыковую атаку. Люди бежали и кричали «ура» так громко, что почти заглушали выстрелы, — и вдруг прекратились выстрелы, — и вдруг прекратилось «ура», — и вдруг наступила могильная тишина: это они добежали, и начался штыковой бой. И этой тишины не выдержал его рассудок.

Теперь он спокоен, пока при нем говорят, производят шум, кричат, и он тогда прислушивается и ждет; но стоит наступить минутной тишине — он хватается за голову, бежит на стену, на мебель и бьется в припадке, похожем на падучую. У него много родных, они чередуются вокруг него и окружают его шумом; но остаются ночи, долгие безмолвные ночи, — и тут взялся за дело его отец, тоже седой и тоже немного сумасшедший. Он увешал его комнату громко тикающими часами, бьющими почти непрерывно в разное время, и теперь приспособляет какое-то колесо, похожее на непрерывную трещотку. Все они не теряют надежды, что он выздоровеет, так как ему всего двадцать семь лет, и сейчас у них даже весело. Его одевают очень чисто — не в военное платье, - занимаются его наружностью, и со своими белыми волосами и молодым еще лицом, задумчивый, внимательный, благородный в медленных, усталых движениях, он даже красив.

Когда мне рассказали все, я подошел и поцеловал его руку, бледную, вялую руку, которая никогда уже больше не поднимется для удара, — и никого это особенно не удивило. Только молоденькая сестра его улыбнулась мне глазами и потом так ухаживала за мной, как будто я был ее жених и она любила меня больше всех на свете. Так ухаживала, что я чуть не рассказал ей о своих темных и пустых комнатах, в которых я хуже, чем один, — подлое сердце, никогда не теряющее надежды... И устроила так, что мы остались вдвоем.

— Какой вы бледный, и под глазами круги, — сказала она ласково. — Вы больны? Вам жалко своего брата?

— Мне жалко всех. И я нездоров немного.

— Я знаю, почему вы поцеловали его руку. Они этого не поняли. За то, что он сумасшедший, да?

— За то, что он сумасшедший, да.

Она задумалась и стала похожа на брата — только очень молоденькая.

— А мне, — она остановилась и покраснела, но не опустила глаз, — а мне позволите поцеловать вашу руку?

Я стал перед ней на колени и сказал:

— Благословите меня.

Она слегка побледнела, отстранилась и одними губами прошептала:

— Я не верю.

— И я также.

На секунду ее руки коснулись моей головы, и эта секунда прошла.

— Ты знаешь, — сказала она, — я еду туда.

— Поезжай. Но ты не выдержишь.

— Не знаю. Но им нужно, как тебе, как брату. Они не виноваты. Ты будешь помнить меня?

— Да. А ты?

— Я буду помнить. Прощай!

— Прощай навсегда!

И я стал спокоен, и мне сделалось легко, как будто я уже пережил самое страшное, что есть в смерти и безумии. И в первый раз вчера я спокойно, без страха вошел в свой дом и открыл кабинет брата и долго сидел за его столом. И когда ночью, внезапно проснувшись, как от толчка, я услыхал скрип сухого пера по бумаге, я не испугался и подумал чуть не с улыбкой:

«Работай, брат, работай! Твое перо — оно обмокнуто в живую человеческую кровь. Пусть кажутся твои листки пустыми — своей зловещей пустотой они больше говорят о войне и разуме, чем все написанное умнейшими людьми. Работай, брат, работай!» ... А сегодня утром я прочел, это сражение продолжается, и снова овладела мною жуткая тревога и чувство чего-то падающего в мозгу. Оно идет, оно близко — оно уже на пороге этих пустых и светлых комнат. Помни, помни же обо мне, моя милая девушка: я схожу с ума. Тридцать тысяч убитых. Тридцать тысяч убитых...

Отрывок семнадцатый

... в городе какое-то побоище. Слухи темны и страшны...

Отрывок восемнадцатый

Сегодня утром, просматривая в газете бесконечный список убитых, я встретил знакомую фамилию: убит жених моей сестры, офицер, призванный на военную службу вместе с покойным братом. А через час почтальон отдал мне письмо, адресованное на имя брата, и на конверте я узнал почерк убитого: мертвый писал к мертвому. Но это все же лучше того случая, когда мертвый пишет к живому; мне показывали мать, которая целый месяц получала письма от сына после того, как в газетах прочла о его страшной смерти — он был разорван снарядом. Он был нежный сын, и каждое письмо его было полно ласковых слов, утешений, молодой и наивной надежды на какое-то счастье. Он был мертв и каждый день с сатанинской аккуратностью писал о жизни, и мать перестала верить в его смерть — и, когда прошел без письма один, другой и третий день и наступило бесконечное молчание смерти, она взяла обеими руками старый большой револьвер сына и выстрелила себе в грудь. Кажется, она осталась жива, — не знаю, не слыхал.

Я долго рассматривал конверт и думал: он держал его в руках, он где-то покупал его, давал деньги, и денщик ходил куда-то в лавку, он заклеивал его и потом, быть может, сам опустил в ящик. Пришло в движение колесо того сложного механизма, который называется почтой, и письмо поплыло мимо лесов, полей и городов, переходя из рук в руки, но неуклонно стремясь к своей цели. Он надевал сапоги в то последнее утро — а оно плыло; он был убит — а оно плыло; он был брошен в яму и завален трупами и землей а оно плыло мимо лесов, полей и городов, живой призрак в сером штемпелеванном конверте. И теперь я держу его в руках...

Вот содержание письма. Оно написано карандашом на клочках и не окончено: что-то помешало.

«... Только теперь я понял великую радость войны, это древнее первичное наслаждение убивать людей — умных, хитрых, лукавых, неизмеримо более интересных, чем самые хищные звери. Вечно отнимать жизнь — это так же хорошо, как играть в лаун-теннис и звездами. Бедный друг, как жаль, что ты не с нами и принужден скучать в пресноте повседневщины. В атмосфере смерти ты нашел бы то, к чему вечно стремился своим беспокойным, благородным сердцем. Кровавый пир — в этом несколько избитом сравнении кроется сама правда. Мы бродим по колена в крови, и голова кружится от этого красного вина, как называют его в шутку мои славные ребята. Пить кровь врага вовсе не такой глупый обычай, как думаем мы: они знали, что делали...»

«Воронье кричит. Ты слышишь: воронье кричит. Откуда их столько? От них чернеет небо. Они сидят рядом с нами, потерявшие страх, они провожают нас всюду и всегда мы под ними, как под черным кружевным зонтиком, как под движущимся деревом с черными листьями. Один подошел к самому лицу моему и хотел клюнуть он думал, должно быть, что я мертвый. Воронье кричит, и это немного беспокоит меня. Откуда их столько? ... Вчера мы перерезали сонных. Мы крались тихонько, едва ступая ногами, как на дрохв, мы ползли так хитро и осторожно, что не шевельнули ни одного трупа, не согнали пи одного ворона. Как тени, крались мы, и ночь укрывала нас. Я сам снял часового: повалил его и задушил руками, чтобы не было крика. Понимаешь: малейший крик — и все пропало бы. Но он не крикнул. Он, кажется, не успел даже догадаться, что его убивают».

«Они все спали у тлеющих костров, спали спокойно, как дома на своих постелях. Мы резали их больше часу и только некоторые успели проснуться, прежде чем принять удар. Визжали и, конечно, просили пощады. Грызлись. Один откусил у меня палец на левой руке, которой я неосторожно придержал его за голову. Он отгрыз мне палец, а я начисто отвернул ему голову; как ты думаешь, мы квиты? Как они все не проснулись! Слышно было, как хрустят кости и рубится мясо. Потом мы раздели их догола и поделили их ризы между собой. Мой друг, не сердись за шутку. С твоей щепетильностью ты скажешь, что это припахивает мародерством, но ведь мы сами почти голы, совсем поизносились. Я уже давно ношу какую-то бабью кофту и больше похож на..., чем на офицера победоносной армии».

«Кстати: ты, кажется, женат, и тебе не совсем удобно читать такие вещи. Но... ты понимаешь? Женщины. Черт возьми, я молод и жажду любви! Постой, это у тебя была невеста? Это ты показывал мне карточку какой-то девочки и говорил, что это невеста, и там было написано что-то печальное, такое печальное, такое грустное. И плакал ты. Это давно было, я смутно помню, на войне не до нежностей. И плакал ты. О чем ты плакал? Что было написано там такое печальное, такое грустное, как цветочек? И плакал ты, все плакал, плакал... Как не стыдно офицеру плакать!»

«Воронье кричит. Ты слышишь, друг: воронье кричит. Чего надо ему?..»

Дальше карандашные строчки стерлись, и подписи нельзя было разобрать.

И странно: ни малейшей жалости не вызвал во мне погибший. Я очень ясно представлял себе его лицо, в котором все было мягко и нежно, как у женщины: окраска щек, ясность и утренняя свежесть глаз, бородка такая пушистая и нежная, что ею могла бы, кажется, украситься и женщине. Он любил книги, цветы и музыку, боялся всего грубого и писал стихи — брат, как критик, уверял, что очень хорошие стихи. И со всем, что я знал и помнил, я не мог связать ни этого кричащего воронья, ни кровавой резни, ни смерти. .... Воронье кричит...

И вдруг на один безумный, несказанный счастливый миг мне ясно стало, что все это ложь и никакой войны нет. Нет ни убитых, ни трупов, ни этого ужаса пошатнувшейся беспомощной мысли. Я сплю на спине, и мне грезится страшный сон, как в детстве: и эти молчаливые жуткие комнаты, опустошенные смертью и страхом, и сам я с каким-то диким письмом в руках. Брат жив, и все они сидят за чаем, и слышно, как звенит посуда. ... Воронье кричит...

Нет, это правда. Несчастная земля, ведь это правда. Воронье кричит. Это не выдумка праздного писаки, ищущего дешевых эффектов, безумца, потерявшего разум. Воронье кричит. Где мой брат? Он был кроткий и благородный и никому не желал зла. Где он? Я вас спрашиваю, проклятые убийцы! Перед всем миром спрашиваю я вас, проклятые убийцы, воронье, сидящее на падали, несчастные слабоумные звери! Вы звери! За что убили вы моего брата? Если бы у вас было лицо, я дал бы вам пощечину, но у вас нет лица, у вас морда хищного зверя. Вы притворяетесь людьми, но под перчатками я вижу когти, под шляпою - приплюснутый череп зверя; за вашей умной речью я слышу потаенное безумие, бряцающее ржавыми цепями. И всею силою моей скорби, моей тоски, моих опозоренных мыслей я проклинаю вас, несчастные слабоумные звери!

Отрывок последний

… от вас мы ждем обновления жизни!

Кричал оратор, с трудом удерживаясь на столбике, балансируя руками и колебля знамя, на котором ломалась в складках крупная надпись: «Долой войну!»

— Вы молодые, вы, жизнь которых еще впереди, сохраните себя и будущие поколения от этого ужаса, от этого безумия. Нет сил выносить, кровь заливает глаза. Небо валится на головы, земля расступается под ногами. Добрые люди…

Толпа загадочно гудела, и голос говорившего минутами терялся в этом живом и грозном шуме.

— Пусть я сумасшедший, но я говорю правду. У меня отец и брат гниют там, как падаль. Разведите костры, накопайте ям и уничтожьте, похороните оружие. Разрушьте казармы и снимите с людей эту блестящую одежду безумия, сорвите ее. Нет сил выносить… Люди умирают…

Его ударил и сшиб со столбика кто-то высокий; знамя поднялось еще раз и упало. Я не успел рассмотреть лица ударившего, так как тотчас все превратилось в кошмар.

Все задвигалось, завыло; в воздухе понеслись камни, поленья, над головами поднялись кулаки, кого-то бившие. Толпа, как живая ревущая волна, подняла меня, отнесла на несколько шагов и с силою ударила о забор, потом отнесла назад и куда-то в сторону и, наконец, притиснула к высокому штабелю дров, наклонившемуся вперед и грозившему завалиться на головы. Что-то сухо и часто затрещало и защелкало по бревнам; мгновенное затишье — и снова рев, огромный, широкозевный, страшный в своей стихийности. И опять сухая и частая трескотня, и кто-то возле меня упал, и из красной дыры на месте глаза полилась кровь. И тяжелое полено, крутясь в воздухе, концом ударило меня по лицу, я упал и полез куда-то между топочущих ног и выбрался на свободное пространство. Потом я перелезал какие-то заборы, обломав себе все ногти, взбирался на штабеля дров; один рассыпался подо мною, и я упал вместе с водопадом стукающихся поленьев; из какого-то замкнутого четырехугольника я насилу выбрался а сзади меня, настигая, все грохотало, ревело, выло и трещало. Где-то звонил колокол; что-то рухнуло, как будто упал пятиэтажный дом. Сумерки точно остановились, не пуская ночи, и в той стороне рев и выстрелы словно окрасились красным светом и отогнали тьму. Спрыгнув с последнего забора, я очутился в каком-то узеньком кривом переулке, похожем на коридор между двух глухих стен, и побежал и бежал долго, но переулок оказался без выхода; его перегораживал забор, и за ним снова чернели штабеля дров и леса. И опять я лазил по этим подвижным зыбким громадам, проваливался в какие-то колодцы, где было тихо и пахло сырым деревом, и снова выбирался наружу и не смел оглянуться назад: я и так знал, что делается там, по красноватому смутному налету, легшему на черные бревна и сделавшему их похожими на убитых великанов. Кровь с разбитого лица перестала течь, и оно онемело и стало чужим, как гипсовая маска; и боль почти совсем утихла. Кажется, в одном из черных провалов, куда я свалился, со мною сделалось дурно, и я потерял сознание, но не знаю, было ли это действительно, или мне показалось, так как вспоминаю я себя только бегущим.

Потом я долго метался по незнакомым улицам, на которых не было фонарей, среди черных, точно вымерших домов, и никак не мог выбраться из их немого лабиринта. Нужно было остановиться и оглядеться вокруг себя, чтобы определить направление, но этого нельзя было сделать: за мною по пятам несся еще далекий, но все настигающий грохот и вой; иногда, на внезапном повороте, он ударял меня в лицо, красный, закутанный в клубы багрового крутящегося дыма, и тогда я поворачивал назад и метался до тех пор, пока он снова не становился за моей спиной. На одном углу я увидел полосу света, погасшего при моем приближении: это поспешно закрывали какой-то магазин. В широкую щель я еще увидел кусочек прилавка и какую-то кадку, и сразу все оделось молчаливой, притаившейся мглой. Невдалеке от магазина я встретил человека, бежавшего мне навстречу, и в темноте мы чуть не столкнулись и остановились в двух шагах друг от друга. Не знаю, кто был он: я видел только темный насторожившийся силуэт.

— Ты откуда? — спросил он.

— Оттуда.

— А куда ты бежишь?

— Домой.

— А! Домой?

Он помолчал и внезапно набросился на меня, стараясь повалить меня на землю, и его холодные пальцы жадно нащупывали мое горло, но путались в одежде. Я укусил его за руку, вырвался и побежал, и он долго гнался за мной по пустынным улицам, громко стуча сапогами. Потом отстал — должно быть, ему было больно от укуса.

Не знаю, как я попал на свою улицу. На ней также не было фонарей, и дома стояли без одного огня, как мертвые, и я пробежал бы ее, не узнавая, если бы не поднял случайно глаз и не увидел своего дома. Но я долго колебался: самый дом, в котором я жил столько лет, казался мне чужим на этой странной, мертвой улице, будившей печальное и необыкновенное эхо моего громкого дыхания. Потом меня охватил внезапный бешеный испуг при мысли, что я потерял ключ, падая, и насилу я нашел его, хотя он был тут же, в наружном кармане. И когда я щелкнул замком, эхо повторило звук так громко и необыкновенно, как будто сразу открылись двери на всей улице во всех мертвых домах.

Сперва я спрятался в подвале, но скоро стало страшно и скучно, и перед глазами что-то начало мелькать, и я потихоньку пробрался в комнаты. В темноте ощупью я запер все двери и, после некоторого размышления, хотел загородить их мебелью, но звук передвигаемого дерева был страшно громок в пустых комнатах и напугал меня.

«Буду так ждать смерти. Ведь все равно», — решил я.

В умывальнике была еще вода, очень теплая, и я ощупью умылся и вытер лицо простыней. Там, где лицо было разбито, очень саднило и щипало, и мне захотелось взглянуть на себя в зеркало. Я зажег спичку — и при ее неровном, слабо разгорающемся свете на меня взглянуло из темноты что-то настолько безобразное и страшное, что я поспешно бросил спичку на пол. Кажется, был переломлен нос.

«Теперь все равно, — подумал я. — Никому это не

нужно».

Мне стало весело. Со странными ужимками и гримасами, как будто я был в театре и представлял вора, я отправился к буфету и начал искать остатков пищи. Я ясно сознавал неуместность всех этих ужимок, но мне так нравилось. И ел я все с теми же гримасами, притворяясь, что я очень жаден.

Но тишина и тьма пугали меня. Я открыл форточку, выходившую во двор, и стал слушать. Вначале, вероятно, оттого, что езда прекратилась, мне. показалось, совершенно тихо. И выстрелов не было. Но я скоро ясно различил отдаленный гул голосов, крики, трески чего-то падающего и хохот. Звуки заметно увеличивались в силе. Я посмотрел на небо: оно было багровое и быстро бежало. И сарай против меня, и мостовая на дворе, и конура собаки были окрашены, в тот же красноватый цвет. Тихонько я позвал из окна собаку:

— Нептун!

Но в конуре ничто не шевельнулось, а возле я рассмотрел в багровом свете поблескивающий обрывок цепи. Отдаленный крик и треск чего-то падающего все росли, и я закрыл форточку.

«Идут сюда!» — подумал я и начал искать, где бы спрятаться. Я открывал печи, щупал камин, отворял шкапы, но все это не годилось. Я обошел все комнаты, кроме кабинета, куда я не хотел заглядывать. Я знал, что он сидит в своем кресле против стола, заваленного книгами, н сейчас это было бы мне неприятно.

Постепенно мне начало казаться, что я хожу не один: вокруг меня в темноте двигались молча какие-то люди. Они почти касались меня, и один раз чье-то дыхание оледенило мой затылок.

— Кто тут? — шепотом спросил я, но никто не

ответил.

А когда я снова пошел, они двинулись за мною, молчаливые и страшные. Я знал, что это мне кажется оттого, что я болен и у меня, видимо, начинается жар, но не мог преодолеть страха, от которого все тело начинало дрожать, как в ознобе. Я пощупал голову: она была горячая, как огонь.

«Пойду лучше туда, — подумал я. — Он все-таки свой».

Он сидел в своем кресле перед столом, заваленным книгами, и не исчез, как тогда, но остался. Сквозь опущенные драпри в комнату пробивался красноватый свет, но ничего не освещал, и он был едва виден. Я сел в стороне от него на диване и начал ждать. В комнате было тихо, а оттуда приносился ровный гул, трещание чего-то падающего и отдельные крики. И они приближались. И багровый свет становился все сильнее, и я уже видел в кресле его: черный, чугунный профиль, очерченный узкой красною полосой.

— Брат! — сказал я.

Но он молчал, неподвижный и черный, как памятник. В соседней комнате хрустнула половица — н вдруг сразу стало так необыкновенно тихо, как бывает только там, где много мертвых. Все звуки замерли, и сам багровый свет приобрел неуловимый оттенок мертвенности и тишины, стал неподвижный и слегка тусклый. Я подумал, что от брата идет такая тишина, и сказал ему об этом.

— Нет, это не от меня, — ответил он. — Посмотри в окно.

Я отдернул драпри и отшатнулся.

— Так вот что! — сказал я.

— Позови мою жену: она этого еще не видала, — приказал брат.

Она сидела в столовой и что-то шила, и, увидев мое лицо, послушно поднялась, воткнула иглу в шитье и пошла за мной. Я отдернул занавеси во всех окнах, и в широкие отверстия влился багровый свет, но почему-то не сделал комнаты светлее: она осталась так же темна, и только окна неподвижно горели красными большими четырехугольниками.

Мы подошли к окну. От самой стены дома до карниза начиналось ровное огненно-красное небо, без туч, без звезд, без солнца, и уходило за горизонт. А внизу под ним лежало такое же ровное темно-красное поле, и было покрыто оно трупами. Все трупы были голы и ногами обращены к нам, так что мы видели только ступни ног и треугольники подбородков. И было тихо, — очевидно, все умерли, и на бесконечном поле не было забытых.

— Их становится больше, — сказал брат.

Он также стоял у окна, и все были тут: мать, сестра и все, кто жил в этом доме. Их лиц не было видно, и я узнавал их только по голосу.

— Это кажется, — сказала сестра.

— Нет, правда. Ты посмотри.

Правда, трупов стало как будто больше. Мы внимательно искали причину и увидели: рядом с одним мертвецом, где раньше было свободное место, вдруг появился труп: по-видимому, их выбрасывала земля. И все свободные промежутки быстро заполнялись, и скоро вся земля просветлела от бледно-розовых тел, лежавших рядами, голыми ступнями к нам. И в комнате посветлело бледно-розовым мертвым светом.

— Смотрите, им не хватает места, — сказал брат.

Мать ответила:

— Один уже здесь.

Мы оглянулись: сзади нас на полу лежало голое

бледно-розовое тело с закинутой головой. И. сейчас же возле него появилось другое и третье. И одно за другим выбрасывала их земля, и скоро правильные ряды бледно-розовых мертвых тел заполнили все комнаты.

— Они и в детской, — сказала няня. — Я видела.

— Нужно уйти, — сказала сестра.

— Да ведь нет прохода, — отозвался брат. — Смотрите.

Правда, голыми ногами они уже касались нас и лежали плотно рукою к руке. И вот они пошевельнулись и дрогнули, и приподнялись все теми же правильными рядами: это из земли выходили новые мертвецы и поднимали их кверху.

— Они нас задушат! — сказал я. — Спасемтесь в окно.

— Туда нельзя! — крикнул брат. — Туда нельзя. Взгляни, что там! ... За окном в багровом и неподвижном свете стоял сам Красный смех.

8 ноября 1904 г.

Губернатор

I

Уже пятнадцать дней прошло со времени события, а он все думал о нем — как будто само время потеряло силу над памятью и вещами или совсем остановилось, подобно испорченным часам. О чем бы он ни начинал размышлять — о самом чужом, о самом далеком,— уже через несколько минут испуганная мысль стояла перед событием и бессильно колотилась о него, как о тюремную стену, высокую, глухую и безответную. И какими странными путями шла эта мысль: подумает он о своем давнем путешествии по Италии, полном солнца, молодости и песен, вспомнит какого-нибудь итальянского нищего — и сразу станет перед ним толпа рабочих, выстрелы, запах пороха, кровь. Или пахнёт на него духами, и он вспомнит сейчас же свой платок, который тоже надушен и которым он подал знак, чтобы стреляли. В первое время эта связь между представлениями была логичной и понятной и оттого не особенно беспокойной, хотя и надоедливой; но вскоре случилось так, что все стало напоминать событие — неожиданно, нелепо, и потому особенно больно, как удар из-за угла. Засмеется он, услышит точно со стороны свой генеральский смех и вдруг возмутительно ясно увидит какого-нибудь убитого — хотя он тогда и не думал смеяться, да и никто не смеялся. И услышит ли он звяканье ласточек в вечернем небе, взглянет ли на стул, самый обыкновенный дубовый стул, протянет ли руку к хлебу — все вызывает перед ним один и тот же неумирающий образ: взмах белого платка, выстрелы, кровь. Точно он жил в комнате, где тысячи дверей, и какую бы он ни пробовал открыть, за каждой встречает его один и тот же неподвижный образ: взмах белого платка, выстрелы, кровь.

Сам по себе факт был очень прост, хотя и печален: рабочие с пригородного завода, уже три недели бастовавшие, всею своею массою в несколько тысяч человек, с женами, стариками и детьми, пришли к нему с требованиями, которых он, как губернатор, осуществить не мог, и повели себя крайне вызывающе и дерзко: кричали, оскорбляли должностных лиц, а одна женщина, имевшая вид сумасшедшей, дернула его самого за рукав с такой силой, что лопнул шов у плеча. Потом, когда свитские увели его на балкон,— он все еще хотел сговориться с толпой и успокоить ее,— рабочие стали бросать камни, разбили несколько стекол в губернаторском доме и ранили полицеймейстера. Тогда он разгневался и махнул платком.

Толпа была так возбуждена, что залп пришлось повторить, и убитых было много — сорок семь человек; из них девять женщин и трое детей, почему-то всё девочек. Раненых было еще больше. Вопреки настояниям окружающих, подчиняясь чувству какого-то странного, неудержимого и мучительного любопытства, он поехал смотреть убитых, сваленных в пожарном сарае третьей полицейской части. Конечно, не нужно было ездить; но, как у человека, сделавшего быстрый, неосторожный и бесцельный выстрел, была у него потребность догнать пулю и схватить ее руками, и казалось, что если он сам посмотрит на убитых, то что-то изменится к лучшему.

В длинном сарае было темно и прохладно, и убитые, под полосою серого брезента, лежали двумя правильными рядами, как на какой-то необыкновенной выставке: вероятно, к приезду губернатора подготовились и убитых уложили В наилучшем порядке, плечом к плечу, лицом вверх. Брезент закрывал только голову и верхнюю часть туловища, ноги, точно для счета, оставались на виду — неподвижные ноги, одни в стоптанных, рваных сапогах и ботинках, другие голые и грязные, странно белеющие сквозь грязь и загар. Дети и женщины были положены особо, в сторонке; и в этом опять-таки чувствовалось желание сделать как можно более удобным обозрение трупов и их подсчет. И было тихо — слишком тихо для такого множества людей, и вошедшие живые не могли разогнать тишины. За дощатой тонкой перегородкой возился около лошади конюх; видимо, и он не подозревал, что за стеною есть кто-нибудь, кроме мертвых, потому что говорил лошади спокойно и сердечно:

— Тпрру, дьявол! Стой, когда говорят.

Губернатор взглянул на ряды ног, уходивших в темноту, и сдержанным басом, почти шепотом сказал:

— Однако много!

Из-за спины его выдвинулся помощник пристава, очень молодой, с безусым, угреватым лицом и, козыряя, громко доложил:

— Тридцать пять мужчин, девять женщин и трое детей, ваше превосходительство.

Губернатор сердито поморщился, и помощник пристава, козырнув, вновь пропал за его спиной. Ему еще хотелось, чтобы губернатор обратил внимание на дорожку между трупов, которая была тщательно прометена и слегка присыпана песком, но губернатор не заметил, хотя внимательно смотрел вниз.

— Детей трое?

— Трое, ваше превосходительство. Прикажете снять брезент?

Губернатор молчал.

— Тут есть разные лица, ваше превосходительство,—

почтительно настаивал помощник пристава и, приняв молчание за согласие и внезапно перейдя на громкий шепот, распорядился: — Иванов, Сидорчук, живо, за тот конец, ну-ну!

С тихим шуршанием пополз грязно-серый брезент, и одно за другим выплыли белые пятна лиц, бородатых и старых, молодых и безбородых, все разных, но объединенных между собою тем страшным сходством, какое придает смерть. Ран и крови почти не видно было, они остались где-то под одеждой, и только у одного глаз, выбитый пулей, неестественно и глубоко чернел и плакал чем-то черным, похожим в темноте на деготь. Большинство смотрело совершенно одинаковым белым взглядом; некоторые жмурились, так же одинаково, и один закрывал рукою лицо, точно от сильного света; и помощник пристава страдальчески взглянул на этого мертвеца, нарушившего порядок. Губернатор знал наверное, что эти именно лица были сегодня в толпе, в ближайших к нему рядах, и на многих он, наверное, смотрел, когда разговаривал с ними,— но теперь не мог узнать никого. То новое и общее, что придала им смерть, делало их совершенно особенными. Они лежали мертвенно-неподвижно, прилипая к земле, как гипсовые фигуры, у которых один бок срезан плоско для устойчивости, и в эту неподвижность не верилось, как в обман. Они молчали, и в это молчание не верилось, как и в неподвижность; и так выжидающе-внимательны они были, что даже неловко было говорить в их присутствии. Если бы вдруг, сразу, окаменел город со всеми людьми, которые идут и едут, остановилось солнце, замерла листва и замерло все,— он, вероятно, имел бы такой же странный характер незавершенного стремления, внимательного ожидания и загадочной готовности к чему-то.

— Осмелюсь спросить, прикажете заказать гробы, ваше превосходительство, или же в братскую могилу? — громко, не догадываясь, спросил помощник пристава; важность события, переполох допускали, казалось ему, некоторую почтительную фамильярность. И он был молод.

— Какую братскую могилу? — невнимательно спросил губернатор.

— Это, ваше превосходительство, роется такая большая яма...

Губернатор резко повернулся и пошел к выходу; когда он садился в коляску, он слышал еще громкий скрип ржавых петель: то запирали мертвых.

На следующее утро, побуждаемый все тем же мучительным любопытством и желанием продолжить, не давать совершиться, не давать окончиться тому, что уже совершилось и окончилось, он посетил в городской больнице раненых. Мертвые — те глядели на него, а от этих он не мог дождаться взгляда; и в этом упорстве, с каким отводились от него взоры, он почувствовал бесповоротность совершившегося. Кончено, что-то огромное кончено, и больше не за чем и некуда протягивать руки.

И вот с этого мгновения для него как будто остановилось время и наступило то, чему он не мог прибрать имени и объяснения. Это не было раскаяние,— он сознавал себя правым; это не было и жалостью, тем мягким и нежным чувством, которое исторгает слезы и одевает сердце мягким и теплым покровом. Он спокойно, как о фигурах из папье-маше, думал об убитых, даже о детях; сломанными куклами казались они, и не мог он почувствовать их боли и страданий. Но он не мог не думать о них, он продолжал видеть их ясно — эти фигурки из папье-маше, эти сломанные куклы — ив этом была страшная загадка, что-то похожее на чародейство, о котором рассказывают няньки. И для всех людей со времени события прошло четыре — пять — семь дней, а для него как будто и часа одного не прошло, и он все там, в этих выстрелах, в этом взмахе белого платка, в этом ощущении чего-то бесповоротно совершающегося — бесповоротно совершившегося.

И он уверен, что скоро успокоился бы и позабыл то, о чем нет смысла помнить и думать, если бы окружающие меньше обращали на него внимания. Но в их обращении, в их взглядах и жестах, в почтительно участливых речах, обращенных точно к неизлечимо больному, звучит твердая уверенность, что он думает, не может не думать о происшедшем. Полицеймейстер через день успокоительно докладывает, что вот еще два-три раненых выздоровели и выписались из больницы; жена, Мария Петровна, каждое утро пробует губами его голову, не горячая ли,— как будто он ребенок, а убитые — зеленое, которого он перекушал. Какой вздор! А через неделю после события приехал с визитом сам преосвященный Мисаил, и после первых фраз ясно стало, что он заботится о том же, о чем и все, и хочет успокоить его христианскую совесть. Рабочих назвал злодеями, его — умиротворителем, и — хитрый! — не привел ни одного заезженного и выдохшегося текста, зная хорошо, что губернатор не особый охотник до поповского красноречия. И противен и жалок показался ему этот старик, бесцельно лгавший перед своим Богом.

Во время разговора архиерей обыкновенно подставлял собеседнику ухо; и, покраснев от гнева,— он сам чувствовал, как горячо стало его глазам,— губернатор сложил губы трубой и гулко загрохотал в наклоненное к нему бескровное, мягкое ухо, покрытое седеньким пушком:

— Злодеи-то — злодеи. А я бы, ваше преосвященство, будь я на вашем месте, отслужил бы панихиду по убиенным.

Архиерей отстранил ухо, развел над животом сухими, как гусиные лапы, руками и, склонив голову, кротко сказал:

— На всяком месте свои терния. Я вот на вашем месте, ваше превосходительство, совсем и стрелять-то бы не стал, дабы не утруждать духовенство панихидами, да ведь что же поделаешь: злодеи!

Потом он любезно преподал благословение и, шурша шелком, поплыл к выходу, и вид имел такой, будто кланяется всему, мимо чего проходит, и все благословляет. В прихожей он долго и любовно возился с глубокими, как корабли, калошами и с одеванием, поворачивал ухо то направо, то налево; а губернатору, который с отвращением, из необходимой вежливости, помогал ему облачаться, твердил с убедительной ласковостью:

— Не утруждайте себя, ваше превосходительство, не утруждайте.

Из этого опять-таки выходило, что губернатор неизлечимо больной человек, которому вредно всякое усилие.

В тот же день приехал из Петербурга в недельный отпуск сын-офицер, и хотя сам он не придавал никакого значения своему необычному приезду, был шутлив и весел, но чувствовалось, что привлекла его сюда все та же непонятная забота о губернаторе. О событии он отозвался очень легко и передал, что в Петербурге восхищаются мужеством и твердостью Петра Ильича, но настойчиво советовал вытребовать сотню казаков и вообще принять меры.

— Какие меры? — удивился хмуро губернатор, но толку добиться не мог.

Тем более удивительны были все эти заботы, что в городе с того самого дня царило полное спокойствие. Рабочие тогда же приступили к работам; прошли спокойно и похороны, хотя полицеймейстер чего-то опасался и держал всю полицию наготове; ни из чего не видно было, чтобы и впредь могло повториться что-либо подобное событию 17 августа. Наконец из Петербурга, на свое правдивое донесение о происшедшем, он получил высокое и лестное одобрение,— казалось бы, что этим все должно закончиться и перейти в прошлое.

Но оно не переходит в прошлое. Точно вырвавшись из-под власти времени и смерти, оно неподвижно стоит в мозгу — этот труп прошедших событий, лишенный погребения. Каждый вечер он настойчиво зарывает его в могилу; проходит ночь, наступает утро — и снова перед ним, заслоняя собою мир, все собою начиная и все кончая, неподвижно стоит окаменевший, изваянный образ: взмах белого платка, выстрелы, кровь.

II

Губернатор давно закончил прием, собирается ехать к себе на дачу и ждет чиновника особых поручений Козлова, который поехал кое за какими покупками для губернаторши. Он сидит в кабинете за бумагами, но не работает и думает. Потом встает и, заложив руки в карманы черных с красными лампасами штанов, закинув седую голову назад, ходит по комнате крупными, твердыми, военными шагами. Останавливается у окна и, слегка растопырив большие, толстые пальцы, внушительно и громко говорит:

— Но в чем же дело?

И чувствует, что, пока он думал, он был просто человек, как всякий другой, Петр Ильич, а с первым же звуком голоса, с этим жестом он сразу стал губернатором, генерал-майором, его превосходительством. Становится неприятно, мысли разбиваются и бегут; и резко, по-губернаторски, дернув левым погоном, он отходит от окна и снова меряет комнату. «Так — ходят — губернаторы», — думает он нелепо, в такт крупным и твердым шагам, и садится опять, стараясь не шевелиться, чтобы каким-нибудь неосторожным движением снова не вызвать в себе губернаторского. Звонит.

— Не приезжал?

— Никак нет, ваше превосходительство.

И пока лакей, почтительно изогнувшись, мягко излагает титул, он внезапно вспоминает: «Ах, да, ведь там побиты стекла, а я еще не смотрел. До сих пор еще не смотрел».

— Когда приедет, скажи, я буду в зале. Рамы в высоких окнах делились по-старинному на восемь частей, и это придавало им характер унылой казенщины, сходство с сиротским судом или тюремной канцелярией. В трех ближайших к балкону окнах стекла были вставлены заново, но были грязны и хранили мучнистые следы ладоней и пальцев: очевидно, никому из многочисленной и ленивой челяди в голову не пришло, что их нужно помыть, что нужно уничтожить всякие следы происшедшего. И всегда так: скажешь — сделают, а не скажешь — сами никогда не пошевельнут пальцем.

— Сегодня же вымыть. Безобразие!

— Слушаю, ваше превосходительство.

Захотелось выйти на балкон, но неудобно было привлекать на себя внимание проходящих, и сквозь мутное стекло он стал разглядывать площадь, на которой тогда бесновалась толпа, трещали выстрелы и сорок семь беспокойных людей превратились в спокойные трупы. Рядом, нога к ноге, плечо к плечу — как на каком-то парадном смотру, на который глядеть снизу.

Спокойно. Перед самым окном стоял тополь с ободранною мочалившеюся корою, уже окрашенной осенью, а за ним, спокойная и сонная, лежала под солнцем площадь. По ней почти не бывало езды, и круглые камешки лежали ровно, как бусинки, и кое-где проглядывала между ними зеленая травка, густея в ложбинах и канаве. Безлюдная, глухая, немного наивная была площадь, но оттого ли, что он смотрел сквозь мутные и грязные стекла, все казалось скучным, бестолковым, изнывающим в чувстве тупой и безнадежной тошноты. И хотя до ночи было далеко, все это — и ободранный тополь и ровные камешки, по которым никто не ездит, — точно умоляло ночь прийти скорее и мраком своим погасить их ненужную жизнь.

— Не приезжал?

— Никак нет, ваше превосходительство.

— Когда приедет, проси сюда.

По-видимому, зала оклеивалась при старом губернаторе, а быть может, и еще раньше — так грязны и закопчены были дорогие тисненые обои; и от медных отдушников в замаскированной обоями печи тянулись черно-желтые потоки, как из неаккуратного старческого рта. Зимою, при народе, при вечернем освещении все это не замечалось, а теперь лезло в глаза своим нарядным убожеством и мутило. Вот картина: какой-то итальянский лунный пейзаж — висит он криво, и никто этого не замечает, и кажется, что всегда висел он так, и при старом губернаторе, и при том, который был еще раньше. Мебель тоже дорогая, но просиженная, потертая, пропитанная пылью, — похоже вообще на номер в дорогой гостинице, где сам хозяин давно умер от удара, а дело ведут неряшливые, вечно ссорящиеся между собою наследники. И ничего не было своего: даже альбом с карточками был чужой, казенный или кем-то здесь позабытый: вместо лиц друзей и близких шли виды города — семинария и окружной суд, — четыре незнакомые чиновника, два сидят и два стоят над ними — какой-то выцветший архиерей — и круглая дыра до самого переплета.

— Какая мерзость! — громко сказал губернатор и брезгливо бросил альбом.

Рассматривал карточки он стоя и, повернувшись на каблуках, дернув погоном, сердито зашагал прямыми твердыми шагами: «Так ходят губернаторы. Так ходят — губернаторы».

Так ходил по этой казенной квартире и прежний губернатор, и тот, что был до него, и другие, неизвестные. Откуда-то являлись, ходили твердыми и прямыми шагами, а над ними боком висел итальянский пейзаж, устраивали приемы, даже танцы, а потом куда-то исчезали. Быть может, тоже в кого-нибудь стреляли — что-то в этом роде было при третьем до него губернаторе.

По безлюдной площади прошел маляр, весь измазанный краской, с ведром и кистью — и опять никого. С ободранного тополя внезапно оторвался желтый дырявый лист и, кружась, поплыл книзу — и сразу вихрем в голове закружились: взмах белого платка, выстрелы, кровь. Встают ненужные подробности: как он приготовлял платок для сигнала. Он заранее вынул его из кармана и, зажав в маленький твердый комок, держал в правой руке; потом осторожно расправил его и быстро махнул, но не вверх, а вперед, словно бросал что. Словно бросал пули. И вот тут он перешагнул через что-то, через какой-то высокий, невидимый порог, и железная дверь с громким скрипом железных петель захлопнулась сзади — и нет возврата.

— Ах, это вы, Лев Андреевич! Наконец-то, я вас заждался.

— Простите, Петр Ильич, но в этом дрянном городишке ничего не достанешь.

— Ну, едем, едем. Да, послушайте! — Губернатор остановился и раздраженно, сделав рот трубой, заговорил. — Почему это во всех наших присутственных местах такая грязь? Возьмите нашу канцелярию. Или был как-то я в жандармском управлении — так ведь это что же такое! Ведь это же кабак, конюшня. Сидят люди в чистых мундирах, а кругом на аршин грязи.

— Денег нет.

— Вздор! Отговорки! А это, — губернатор широко обвел рукою, — вы взгляните, что же это такое. Это же мерзость.

— Петр Ильич! Да кто же вам мешает переделать по-своему. Ведь уж сколько раз я предлагал это Марии Петровне, и ее превосходительство вполне разделяет...

Уже на ходу губернатор отрывисто бросил:

— Не стоит.

Чиновник сочувственно взглянул на его широкую спину, жилистую шею, двумя колонками подпирающую череп, и, вкладывая в голос беззаботность, сказал:

— Да, кстати. Встретил сейчас Судака, говорит, что вчера последнего раненого выписали. Самого тяжелого, почти никакой надежды не было, что поправится. Удивительно живучий народ.

Судаком в губернаторском домашнем кругу назывался полицеймейстер — за свои вытаращенные бесцветные глаза, длинный рост и узкую рыбью спину.

Губернатор не ответил. На подъезде его сразу охватило осенней свежестью и солнечным теплом — как будто существовали они отдельно, и свежесть и тепло, и чувствовались также порознь. И небо было милое: нежное, далекое, неожиданное и прелестно голубое. Хорошо теперь на даче!

Он уже сидел в коляске, сторонясь, чтобы дать место влезавшему с левой стороны чиновнику, когда мимо подъезда, согнувшись, прошел какой-то человек. Снимая для поклона картуз, он закрыл локтем лицо, и губернатор увидел только его курчавый, белокурый затылок и загорелую, молодую шею и заметил, что шагает он осторожно и неслышно, как босой, шагает и горбится и прячется в себя и спина его словно смотрит назад. «Какой неприятный и странный человек», — подумал губернатор. То же подумали, видимо, два господина, поспешно усаживавшиеся впереди коляски на извозчика: привычным и согласным движением они заглянули прохожему в лицо, ничего подозрительного не нашли и понеслись впереди губернатора. Извозчик у них был лихач, на резинах, колеса подпрыгивали, и кузов пролетки колыхался, и сидели они наклонившись вперед, для быстроты, и скоро далеко ушли, чтобы не пылить губернатору.

— Кто эти двое? — спросил он чиновника, искоса подозрительно глядя на него, и тот равнодушно ответил:

— Агенты.

— А зачем это? — так же отрывисто спросил губернатор.

— Не знаю, — уклончиво ответил Лев Андреевич. —

Судак все старается.

При повороте на Дворянскую улицу блеснул на солнце лаком сапог и молодцевато козырнул безусый помощник пристава, тот, что демонстрировал трупы, а когда проезжали мимо части, из раскрытых ворот вынеслись на лошадях два стражника и громко захлопали копытами по пыли. Лица у них были полны готовности, и смотрели они оба не отрываясь в спину губернатора. Чиновник сделал вид, что не заметил их, а губернатор хмуро взглянул на чиновника и задумался, сложив на коленях руки в белых перчатках.

Дорога на дачу шла через окраину города, по Канатной улице, где в полуразвалившихся лачугах и частью в двухэтажных кирпичных домах казенной стройки жили заводские с семьями и всякая городская беднота. Губернатору хотелось кому-нибудь ласково поклониться, но улица была пуста, как ночью, и даже не видно было детей. Один мальчишка мелькнул на заборе, в красных листьях рябины — и быстро скользнул вниз, за забор, притаившись, очевидно, у широкой щели. Летом попадались на Канатной куры и грязные поджарые поросята, привязанные к колышкам, но теперь не было и их, — очевидно, трехнедельная голодовка подобрала все. Непосредственно ничто не напоминало события, но в пустынности улицы, равнодушной к проезду губернатора, была тяжелая, сосредоточенная дума опущенных глаз, и в прозрачном воздухе чудился легкий запах ладана.

— Послушайте, — вскрикнул губернатор, хватая чиновника за колено. — Ведь этот человек…

— Какой человек?

Губернатор не ответил. Он крепко сжимал колено и всем лицом смотрел на чиновника — словно в запертом и заколоченном доме сразу распахнулись все двери и окна.

Потом сдвинув брови в толстую, старчески мясистую складку, он медленно, всем широким туловищем обернулся назад и внимательно посмотрел на дорогу. Хлопали копытами по пыли стражники, и безлюдная, одной стороной утонувшая в черной тени, на другой ярко освещенная солнцем, таилась в глубокой думе улица. Сбежавшись в кучу, как испуганное грозою стадо, жались друг к другу домишки с дырявыми крышами, переломанными коньками, выпертыми вперед, как стариковские подбородки, окнами. Потом пустырь, остатки забора, забитый колодец, с опустившейся вокруг землею — и огромные липы за высокой полуразобранной огорожей, большой барский дом, какими-то судьбами попавший в это захолустье, давно уже не жилой, дряхлый, с закрытыми ставнями и заржавевшей от времени железной дощечкой: «Сей дом продается». Дальше опять домишки и три подряд голые, кирпичные корпуса без орнаментов, с редкими ввалившимися окнами. Они еще новы; видна засохшая известь, и не заделаны углубления, на которых держались подмостки, — но уже безнадежно грязны, запущены. На тюрьму они похожи, и жизнь в них должна быть такая же тоскливая, безнадежная, замкнутая, как в тюрьме.

Вот и выезд в поле и последний домишко — без одного деревца вокруг, без забора; весь он остро наклонился вперед, и стена и крыша, как будто кто сильною ладонью ударил его в спину, и ни в окнах, ни около — ни одного человека.

— А трудно будет вам, Петр Ильич, ездить здесь осенью. Здесь ведь, наверное, грязь невылазная.

Губернатор смотрел в сторону и молчал. И лицо его медленно закрывалось — как будто вновь по одному закрывали все окна и двери в глухом заколоченном доме.

III

Было много веселых игр, смеха и песен — на следующее утро уезжал в Петербург сын Петра Ильича, офицер, и знакомые собрались проводить его. На зеленых лужайках и прогалинах, под золотом и багрянцем листьев, в изумрудной прозрачности освещенных лесных далей, рассыпались такими же гармоничными и яркими пятнами красивые платья женщин и мундиры военных. Когда погасла кровавая, почти зимняя заря и по небу зачертили падающие звезды, пускали фейерверк — громко трескающиеся ракеты, огненные фонтаны, колеса. Удушливый дым ползал под старыми, строгими деревьями, и, когда зажгли красный бенгальский огонь, фигуры бегающих людей превратились в какие-то уродливые, судорожно мечущиеся тени.

Полицеймейстер Судак, сильно выпивший за обедом, благосклонно глядел на всю эту веселую суматоху, остроумно козырял дамам и был счастлив. И когда из дымной темноты рядом с ним послышался голос губернатора, ему захотелось поцеловать его в плечо, осторожно обнять за губернаторскую талию — сделать что-нибудь такое, что выражало бы преданность, любовь и удовольствие. Но вместо этого он приложил руку к левой стороне мундира, бросил в траву только что закуренную папиросу и сказал:

— Ах, ваше превосходительство, какой волшебный праздник!

— Послушайте, Илиодор Васильевич, — перебил губернатор сдержанным басом, — зачем вы посылаете каких-то агентов? К чему это?

— Злодеи злоумышляют на вашу священную жизнь, ваше превосходительство, — с чувством сказал Судак, прижимая обе руки к мундиру. — И помимо прочегс, я обязан…

Треск лопающихся бураков, смех и испуганные крики заглушили его слова; потом посыпался дождь голубых, зеленых и красных огней, выделив из дымного мрака пуговицы и погоны губернатора.

— Я знаю это, Илиодор Васильевич, то есть догадываюсь. Но не думаю, чтобы было серьезно.

— Очень даже серьезно, ваше превосходительство. Весь город трубит, даже удивительно, до чего трубит. Я уже троих в части выдержал, да не те попались.

Новый взрыв выстрелов и веселых криков прервал его речь, а когда шум улегся, губернатора уже не было.

После ужина был веселый и шумный разъезд, и заправлял им молодой помощник пристава. Все: и фейерверк, на который смотрел он из кустов, и экипажи, и люди казались ему чрезвычайно красивыми, и собственный молодой голос поражал его своею силою и звучностью. Судак был совсем пьян, острил, хохотал и даже пел марсельезу, первые слова:

Allons, enfants de la patrie,
Le jour de gloire est arrive!

Наконец уехали.

— Что ты все хмуришься, милый папа? — сказал офицер и с покровительственной лаской положил руку на плечо Петра Ильича.

В семье губернатора любили, а губернаторша даже немного боялась его, но почему-то с некоторого времени его считали очень старым и слегка презирали за это.

— Вздор! Я ничего, — нерешительно ответил Петр Ильич. Ему и хотелось поговорить с сыном, и боялся он этого. разговора, так как давно уже разошелся с ним во взглядах. Но теперь эта именно рознь могла оказаться полезной. — Дело в том, видишь ли, — продолжал он, конфузясь, — что меня смущает этот случай, ну, с рабочими.

Он открыто взглянул на сына; тот ответил удивленным взглядом и снял с плеча руку.

— Но ведь ты же получил одобрение из Петербурга?

— Да, конечно, и я очень счастлив, но… Алеша! — С неуклюжей ласковостью пожилого и важного человека он заглянул в красивые глаза сына. — Ведь они же не турки? Они свои, русские, всё Иваны да тезки — Петры, а я по ним, как по туркам? А? Как же это?

— Они бунтовщики.

— Алеша! ведь на них кресты, а я, — он поднял палец, — по крестам!

— Насколько мне известно, ты никогда, папа, не придавал особенного значения религии. При чем тут кресты? Это хорошо для какого-нибудь приказа по полку, что ли, а…

— Конечно, конечно, — торопливо согласился губернатор, — не в крестах тут дело. А я о том, что свои. Понимаешь, Алеша, свои. Будь я немец, Август Карлович Шлиппе-Детмольд, а то ведь Петр, да еще Ильич.

Офицер становился все суше.

— Ты что-то путаешь, папа. При чем тут оказались немцы? Наконец, если хочешь, немцы тоже стреляли в немцев, французы во французов, и так далее. Отчего же русским не стрелять в русских? Как государственный деятель ты должен понимать, что в государстве прежде всего порядок, и кто бы ни нарушал его, безразлично. Нарушь его я, — и ты должен был бы стрелять в меня, как в турка.

— Это верно! — кивнул головой губернатор и заходил по комнате. — Это верно. И остановился.

— Да ведь с голоду, Алеша! Если бы ты их видел.

— Зензивеевские мужики тоже с голоду бунтовали, а это не помешало тебе великолепно их выдрать.

— Одно дело выдрать, а другое... Этот дурак разложил их в ряд, как дичь, и я взглянул на их ноги и подумал: никогда эти ноги не будут ходить... Ты не хочешь понять меня, Алексей. Палач — тоже государственная необходимость, но быть им...

— Что ты говоришь, отец!

— Я знаю, я чувствую это: меня убьют. Я не боюсь смерти, — губернатор закинул седую голову и строго взглянул на сына, — но знаю: меня убьют. Я все не понимал, я все думал: но в чем же дело? — Он растопырил большие толстые пальцы и быстро сжал их в кулак. — Но теперь понимаю: меня убьют. Ты не смейся, ты еще молод, но сегодня я почувствовал смерть вот тут, в голове. В голове.

— Папа, я прошу тебя, выпиши казаков, потребуй денег на охрану. Тебе дадут. Я прошу тебя, как сын, и я прошу тебя от имени России, которой нужна твоя жизнь.

— А кто же убьет меня, как не Россия? И против кого я выпишу казаков? Против России — во имя России? И разве могут спасти казаки, и агенты, и стражники человека, у которого смерть вот тут, во лбу. Ты сегодня немного выпил за ужином, Алеша, но ты трезв, и ты поймешь: я чувствую смерть. Еще там, в сарае, я почувствовал ее, но не знал, что это такое. Это вздор, что я тебе говорил о крестах и о русских, и не в этом дело. Ты видишь платок?

Он быстро вынул из кармана платок, расправил его и, как фокусник, показал Алексею Петровичу.

— Вот. Смотри!

Он быстро махнул платком вперед, так что волна

душистого воздуха дошла до неподвижно сидевшего офицера.

— Вот. Вы новые, вы академики, вы ни во что не верите, а я верю в старый закон: кровь за кровь. Увидишь!

— Так выходи в отставку, уезжай куда-нибудь. Он точно ждал этого предложения и не удивился.

— Нет. Ни за что! — твердо ответил он. — Ты сам понимаешь, что это было бы бегство. Вздор! Ни за что!

— Прости, папа, но ведь это же получается такая бессмыслица, — офицер прижал красивую голову к плечу и развел руками, — ведь это же я не знаю, что такое. Мама охает, ты толкуешь о какой-то смерти — ну из-за чего это? Как не стыдно, папа. Я всегда знал тебя за благоразумного, твердого человека, а теперь ты точно ребенок или нервная женщина. Прости, но я не понимаю этого.

Он сам не был нервен и не был похож на женщину, этот молодой, красивый офицер с розовыми, гладко выбритыми щеками и спокойными, уверенными движениями человека, который не только уважает, но даже чтит себя. Когда он бывал в народе, он чувствовал себя так, как будто он совершенно один и других людей возле него нет; и нужно было быть очень значительным человеком, особой не ниже генерала, чтобы он ощутил его присутствие и испытал то легкое стеснение, чувство самоограничения, какое обычно испытывается на людях. Он любил и умел плавать; и, купаясь летом на Неве, в общей купальне, он так спокойно, внимательно и сосредоточенно изучал свое тело, точно никого здесь не было. Однажды в этой же купальне появился китаец, и все с любопытством рассматривали его — одни искоса, другие открыто, не стесняясь; и только он один даже не взглянул на него, так как считал себя и интереснее и важнее китайца. Все в мире для него было ясно и просто, все делилось без остатка, и он знал, что с казаками во всяком случае лучше, чем без казаков.

И в упреках его звучало искреннее негодование, смягчаемое только вежливостью да боязнью задеть стариковское самолюбие... То, что происходило с его отцом, хотя и не было для него полною неожиданностью, — он всегда знал отца за фантазера, — но возмущало его, как что-то грубое, варварское, атавистическое. Кресты, кровь за кровь, Петры да Иваны — как все это нелепо!

«Однако плохой ты губернатор, хотя тебя и похвалили», — медленно подумал он, провожая красивыми глазами шагавшего отца.

— Так как же, папа? Ты обижаешься на меня?

— Нет, — просто ответил губернатор. — Я благодарен тебе за твое чувство, и ты хорошо сделаешь, если успокоишь мать. Я же совершенно спокоен и только высказал тебе свои соображения. По-твоему — так, по-моему — иначе, а там увидим. Однако иди спать, тебе пора.

— Мне еще не хочется. Не пройдемся ли немного по саду?

— Хорошо.

Их сразу охватила тьма, и они исчезли друг для друга — только голоса да изредка прикосновение нарушали чувство странной, всеобъемлющей пустоты. Но звезд было много, и горели они ярко, и скоро Алексей Петрович там, где деревья были реже, стал различать возле себя высокий и грузный силуэт отца. От темноты, от воздуха, от звезд он почувствовал нежность к этому темному, едва видимому, и снова повторил свои успокоительные объяснения.

— Да. Да, — отрывисто отвечал Петр Ильич, и

непонятно было, соглашается он или нет.

— Как темно, однако! — сказал Алексей Петрович, останавливаясь; они вошли в глубину аллеи, и дальше ничего нельзя было разобрать в сплошном мраке. — Ты бы, папа, фонари, что ли, велел поставить!

— Незачем фонари. А вот ты скажи...

Оба они стояли неподвижно, и шороха шагов не слышно было, и всеобъемлющая пустота царила безраздельно и властно.

— Ну что? — нетерпеливо спросил Алексей Петрович.

— Говорит тебе что-нибудь эта темнота?

«Опять фантазии», — подумал офицер и наставительно заметил:

— Она говорит, что тебе одному здесь не следует ходить. За любым деревом может кто-нибудь сидеть и подстерегать!

— Подстерегать! Вот и мне она говорит то же. Вообрази, что здесь за каждым деревом сидят люди — невидимые люди — и подстерегают. Их много — сорок семь, сколько было убитых, — и они сидят, слушают, что я говорю, и подстерегают.

Офицеру стало неприятно. Он оглянулся кругом, ничего не увидел, кроме мрака, и сделал шаг, чтобы идти.

— Охота себя расстраивать! — недовольно заметил он.

— Нет, погоди! — И от легкого прикосновения пальцев офицер вздрогнул. — Вообрази, что и там, в городе, и везде, куда бы я ни пошел, меня подстерегают. Иду я, идет какой-то человек и меня подстерегает. Или сажусь я в коляску, а мимо проходит человек и кланяется — он меня подстерегает.

Тьма становилась зловещей, и голос, когда не видно было человека, звучал странно и чуждо.

— Довольно, папа, идем!

Офицер быстро, не ожидая отца, зашагал.

— Вот то-то! — с неожиданной шутливостью сказал Петр Ильич знакомым басом. — А ты не веришь мне. Я тебе говорю — вот она, во лбу.

Когда блеснул свет из окна, он показался так далек и недоступен, что офицеру захотелось побежать к нему. Впервые он нашел изъян в своей храбрости и мелькнуло что-то вроде легкого чувства уважения к отцу, который так свободно и легко обращался с темнотой. Но и страх и уважение исчезли, как только попал он в освещенные керосином комнаты, и было только досадно на отца, который не слушается голоса благоразумия и из старческого упрямства отказывается от казаков.

IV

Зимою и летом губернатор вставал в семь часов, обливался холодной водой, пил молоко и затем во всякую погоду совершал двухчасовую пешую прогулку. Еще в молодости он бросил курить, почти ничего не пил и при своих пятидесяти шести годах и седой голове был юношески здоров и свеж. Зубы у него были крепкие, ровные, только слегка желтоватые, как у старой лошади, глаза слегка подпухшие, но блестящие, и большой стариковски мясистый нос с красною вдавленною полоскою от очков. Пенсне он не носил, а когда писал или читал, надевал золотые, сильно увеличивающие очки.

На даче он много возился с землей. Цветов и всей садовой искусственной красоты он не любил, но устроил хорошие парники и даже оранжерею, где выращивал персики. Но со дня события он только раз заглянул в оранжерею и поспешно ушел — было что-то милое, близкое в распаренном влажном воздухе и оттого особенно больное. И большую часть дня, когда не ездил в город, проводил в аллеях огромного, в пятнадцать десятин парка, меряя их прямыми, твердыми шагами.

Размышлять он не умел. Мыслей к нему приходило много, и иногда очень живых и интересных, но не сплетались они в одну крепкую, длинную нить, а бродили в голове, словно коровы без пастуха. И случалось, что по целым часам шагал он, глубоко и сурово задумавшись, ничего вокруг не видя и не слыша — и потом не мог вспомнить, о чем думал. Вставали глухие намеки на какую-то большую, важную, иногда печальную, иногда веселую работу души, но в чем она заключалась, он узнать не мог. И только менявшееся настроение, то угрюмое, всему враждебное, то веселое, приятное, нежное, ищущее ласки, позволяло догадываться о характере этой сокровенной, загадочной работы где-то в недоступных глубинах мозга. После события обычное настроение — каковы бы ни были явные мысли — оставалось неизменно печальным, сурово безнадежным; и каждый раз, очнувшись от глубокой думы, он чувствовал так, как будто пережил он в эти часы бесконечно долгую и бесконечно черную ночь. Однажды в молодости он утопал в быстрой и глубокой реке; и долго потом он сохранял в душе бесформенный образ удушающего мрака, бессилия и втягивающей в себя, засасывающей глубины. И теперь было что-то похожее.

Через два дня после отъезда сына, в солнечное, безветренное утро он также ходил по аллее и думал. С аллеи уже успели смести напавший за ночь желтый лист, и на бороздках от метлы отчетливо ложились следы больших ног, с высоким каблуком и широкой-четырехугольной подошвой — вдавленные следы, точно к

268

тяжести человека прибавилась тяжесть его мыслей и вдавливала его в землю. Минутами он останавливался, и тогда где-то над головой в путанице освещенных солнцем ветвей слышался отчетливый рабочий стук дятла. Раз в одну из остановок аллею перебежала белка, точно красноватый комок на колесиках перекатился с одного дерева на другое.

«Убьют меня, наверное, из револьвера, теперь есть хорошие револьверы, — думал он. — А бомб в нашем городишке и делать не умеют, да и вообще бомбы для государственных деятелей, которые прячутся. Вот Алешу, когда он будет губернатором, убьют бомбой, — придумал Петр Ильич, и левый ус его приподнялся легкой насмешливой улыбкой, хотя глаза оставались по-прежнему хмуры и серьезны. — А прятаться не стану, нет, довольно уже того, что я сделал».

Он остановился и снял с тужурки паутинку.

«Жаль только, что никто не узнает вот этих моих честных и храбрых мыслей. Все другое знают, а это так и останется. Убьют, как негодяя. Очень жаль, но ничего не поделаешь. И говорить не стану. Зачем разжалобливать судью? Судью разжалобливать нечестно. Ему и так трудно, а тут еще перед ним будут хныкать: я честный, честный».

Он впервые подумал о каком-то судье и удивился, откуда его взял, и, главное, взял так, как будто это вопрос давно уже решенный. Словно он уже крепко спал, и во сне кто-то разъяснил ему все, что нужно, про судью и убедил его; потом он проснулся, сон позабыл, объяснения позабыл, а знает только, что есть судья, вполне законный судья, облеченный •огромными и грозными полномочиями. И теперь, после минутного удивления, он принял этого неведомого судью спокойно и просто, как встречают хорошего и старого знакомого.

«Вот Алеша этого не понимает. По его — все государственная необходимость. Только какая же это государственная необходимость — стрелять в голодных. Государственная необходимость — кормить голодных, а не стрелять. Молод он еще, глуп, увлекается».

И вдруг, еще не закончив этой самодовольной мысли, он понял, что ведь это не Алеша стрелял, а он. И точно раскалился воздух и захватил дыхание, и одно огромное, чудовищно жестокое, бессмысленное:

— Поздно!

Он не знал, была ли это мысль, или чувство, или он вслух произнес его, как слово; оно прозвучало громко и отовсюду и удалилось быстро, как удар грома над головой. И наступили долгие минуты путаницы мыслей, их поспешного, разрозненного бегства, болючих столкновений — и мертвенное спокойствие, почти отдых.

Блеснули на солнце, сквозь деревья, стекла оранжереи, треугольник белой стены, как кровью окрапленный красными листьями дикого винограда; и, подчиняясь привычке, губернатор пробрался по тропинке между опустошенных уже парников и вошел в оранжерею. Там был рабочий Егор, старик.

— А садовника нет?

— Нету, ваше превосходительство. В город уехал, за прививками — нынче пятница.

— Ага! Хорошо идет все?

— Слава Богу.

Стекла были только что подняты, и свободные лучи солнца заливали оранжерею, выгоняя из нее душную, тяжелую влагу; и чувствовалось, как горячо солнце, как оно сильно, как оно ласково и добро. Губернатор сел, сверкая на солнце огоньками пуговиц, распахнул тужурку и внимательно взглянул на Егора.

— Ну как, брат Егор?

Старик вежливо улыбнулся на ласковый, но неопределенный вопрос; он стоял свободно, руки его были в свежей земле, и тихонько он потирал их одна о другую.

— Слышал я, Егор, будто хотят меня убить. За рабочих, знаешь, тогда…

Егор все так же вежливо улыбался, но перестал потирать руки — спрятал их за спину и молчал.

— Так как же думаешь, старик, убьют или нет? Ты грамотный? Да говори, чего там, наше дело стариковское.

Егор мотнул головой, рассыпав по лбу сизые курчавые волосы, поглядел на губернатора и ответил:

— Кто их знает. Пожалуй что убьют, Петр Ильич.

— А кто же убьет-то?

— Да народ! Общество — по-нашему, по-деревенскому.

— А садовник что говорит?

— Не знаю, Петр Ильич, не слыхал. Оба вздохнули.

— Плохо, значит, дело, старик? Ты бы сел.

Но Егор не обратил внимания на предложение и молчал.

— А я так думал, что надо, то есть, стрелять. Бросают камни, ругаются, чуть в меня не попали…

— От тоски это. Намедни на базаре один пьяный, мастеровой, что ли, кто его знает, плакал-плакал, а потом поднял каменюгу, да как бацнет. От тоски это, не иначе как.

— Убьют, а потом сами пожалеют, — задумчиво сказал губернатор, представляя себе лицо сына Алексея Петровича.

— Пожалеют, это верно. Да еще как и пожалеют-то: горькие слезы прольют.

271

Вспыхнула надежда:

— Так зачем же тогда убивать? Ведь это же вздор, старик!

Взор рабочего быстро ушел в какую-то неизмеримую глубину, оделся мглою, словно затвердел. И весь он на мгновенье показался высеченным из камня; и мягкость складок кумачовой заношенной рубахи, и пушистость волос, и эти руки, испачканные землею и совсем как живые, — все это было словно обман со стороны безмерно талантливого художника, облекшего твердый камень видом пушистых и легких тканей.

— Кто их знает, — ответил Егор, не глядя. — Народ, стало быть, желает. Да вы не задумывайтесь, ваше превосходительство, мало ли болтают зря. Поговорят-поговорят, а там и сами забудут.

Надежда погасла. Ничего нового и особенно умного Егор не сказал; но была в его словах страшная убедительность, как в тех полуснах, что грезились губернатору в его долгие одинокие прогулки. Одна фраза: «Народ желает» — очень точно выразила то, что чувствовал сам Петр Ильич, и была особенно убедительной, неопровержимой; но, быть может, даже не в словах Егора была эта странная убедительность, а во взгляде, в завитках сизых волос, в широких, как лопаты, руках, покрытых свежею землею. А солнце светило.

— Ну, прощай, Егор. Дети есть?

—Будьте здоровы, Петр Ильич. Губернатор застегнулся наглухо, выправил плечи и достал из кармана серебряный рубль. — На-ка, старик, купишь там себе чего-нибудь.

Егор протянул дощатую ладонь, с которой монета должна была, казалось, скатиться, как с крыши, и поблагодарил.

«Странные эти люди, — подумал губернатор, рассекая блики и тени пронизанной солнцем аллеи и сам дробясь на светлые и темные кусочки. — Очень странные люди: у них нет обручальных колец, и никогда не поймешь, — женат он или холост. Впрочем, нет, есть кольца: серебряные. Или даже оловянные. Как это странно: оловянные. Человек женится и не может купить золотого кольца в три рубля. Какая бедность. Я не посмотрел: у них в сарае тоже были, вероятно, оловянные кольца. Оловянные с тоненьким пояском посередине, теперь я помню».

Все ниже и ниже, кружась, как ястреб над замеченным кустом, и суживая круги, опускалась мысль в глубину; и солнце погасло, и исчезла аллея — стукнул дятел, лист проплыл, и исчезло все; и сам он словно утонул в одном из своих жутких и мучительных полуснов.

Рабочий. Лицо у него молодое, красивое, но под глазами во всех углублениях и морщинках чернеет въевшаяся металлическая пыль, точно заранее намечая череп; рот открыт широко и страшно — он кричит. Что-то кричит. Рубаха у него разорвалась на груди, и он рвет ее дальше, легко, без треска, как мягкую бумагу, и обнажает грудь. Грудь белая, и половина шеи белая, а с половины к лицу она темная — как будто туловище у него общее со всеми людьми, а голова наставлена другая, откуда-то со стороны.

— Зачем ты рвешь рубашку? На твое тело неприятно смотреть.

Но белая обнаженная грудь слепо лезет на него.

— На, возьми! Вот она! А правду отдай. Правду отдай.

— Но где же я возьму правду? Какой ты странный. Женщина говорит:

— Детки все перемерли. Детки все перемерли. Детки-

детки-детки все перемерли.

— Оттого так и пусто у вас на улице.

— Детки-детки-детки все перемерли. Детки.

— Но этого не может быть, чтобы ребенок умер от голода. Ребенок, маленький человек, который сам не умеет открыть дверей. Вы не любите своих детей. Если бы у меня ребенок был голоден, я накормил бы его. Да, но ведь у вас оловянные кольца.

— На нас железные кольца. Тело сковано, душа скована. На нас железные кольца.

На черном крыльце, в тени, горничная чистит платье Марьи Петровны; окна кухни открыты, и за ними мелькает повар в белом. Пахнет помоями, грязно.

«Куда я пришел! — удивляется губернатор. — Ведь это кухня! О чем я думал? Вот о чем: нужно посмотреть час, чтобы узнать, скоро ли будет завтрак. Еще рано, десять. Им, однако, неловко, что я сюда пришел. Нужно уходить».

И еще долго ходил он по аллеям и все думал. И в том, как он думал, был похож на человека, переходящего вброд широкую и незнакомую реку; то идет он по колено, то надолго исчезает под водою и возвращается оттуда бледный, полузадохшийся. Думал он о сыне Алексее Петровиче, пробовал думать о службе, о делах, но отовсюду, где бы его мысль ни начиналась, она незаметно прибегала к событию, роясь в нем, как в неистощимом руднике. И даже странно было, о чем он мог думать раньше — до несчастья: все помимо его казалось таким пустым, ничтожным, совершенно неспособным вызвать мысль.

Зензивеевских крестьян он выпорол около пяти лет тому назад, на второй год своего губернаторства, и тоже тогда получил одобрение от министра; и с этого, собственно, случая началась быстрая и блестящая карьера Алексея Петровича, на которого обратили тогда внимание, как на сына очень энергичного и распорядительного человека. Он смутно, за давностью времени, помнит, что мужики насильственно забрали у помещика какой-то хлеб, а он приехал с солдатами и полицией и отобрал хлеб у мужиков. Не было ничего ни страшного, ни угрожающего — скорее что-то нелепо-веселое. Солдаты тащили мешки с зерном, а мужики ложились грудью на эти самые мешки и волоклись вместе с ними под шутки и смех развеселившихся полицейских и солдат. Потом они вскрикивали, дико взмахивали руками и, словно слепые, тыкались в загорожи, в стены, в солдат. Один мужик, оторванный от мешка, молча, трясущимися руками шарил по траве, разыскивая камень, чтобы бросить. На версту кругом нельзя было найти ни одного камня, а он все шарил, и, по знаку исправника, полицейский презрительно толкнул его коленом в приподнятый зад, так что он стал на четвереньки и так, на четвереньках, куда-то пополз. И как будто все они, и этот мужик и другие, были сделаны из дерева — так тяжелы, чуть ли не скрипучи были они в своих движениях: чтобы повернуть мужика лицом, куда надо, его ворочали двое. И уже став как следует, он все еще не догадывался, куда надо смотреть, а когда находил, то уже не мог оторваться, и опять двое людей с усилием поворачивали его.

— Ну-ка, дядя, скидавай портки. Купаться будешь.

— Чего? — недоумевал мужик, хотя дело было ясно. Чужая рука расстегивала единственную пуговицу, портки спадали, и мужицкая тощая задница бесстыдно выходила на свет. Пороли легко, единственно для острастки, и настроение было смешливое. Уходя, солдаты затянули лихую песню, и те, что ближе были к телегам с арестованными мужиками, подмаргивали им. Было это осенью, и тучи низко ползли над черным жнивьем. И все они ушли в город, к свету, а деревня осталась все там же, под низким небом, среди темных, размытых, глинистых полей с коротким и редким жнивьем.

— Детки все перемерли. Детки-детки все перемерли. Детки.

Ударили в гонг к завтраку. Быстрые веселые удары звонко разнеслись по парку. Губернатор резко повернулся назад, строго взглянул на часы — было без десяти минут двенадцать. Спрятал часы и остановился.

— Позорно! — гулко и гневно произнес он, скривив рот. — Позорно. Боюсь, что я негодяй.

После завтрака он разбирал в кабинете доставленную из города корреспонденцию. Хмуро и рассеянно, поблескивая очками, он разбирал конверты, одни откладывая в сторону, другие обрезая ножницами и невнимательно прочитывая. Одно письмо в узком конверте из дешевой тонкой бумаги, сплошь залепленное копеечными желтыми марками, подвернулось под руку и, как другие, было тщательно обрезано по краю. Отложив конверт, он развернул тонкий, промокший от чернил лист и прочел:

«Убийца детей».

Все белее и белее становится лицо; вот оно почти такое же белое, как волосы. И расширенный зрачок сквозь толстые выпуклые стекла видит:

«Убийца детей».

Буквы огромны, кривы и остры и страшно черны; и они колышутся на лохматой, как дерюга, бумаге:

«Убийца детей».

V

Уже на следующее утро после убийства рабочих весь город, проснувшись, знал, что губернатор будет убит. Никто еще не говорил, а все уже знали: как будто в эту ночь, когда живые тревожно спали, а убитые все в том же удивительном порядке, ногою к ноге, спокойно лежали в пожарном сарае, над городом пронесся кто-то темный и весь его осенил своими черными крыльями.

И когда люди заговорили об убийстве губернатора, одни раньше, другие — сдержанные — позже, то как о вещи уже давно и бесповоротно кем-то решенной. И одни, очень многие, говорили равнодушно, как о деле, их не касающемся, как о солнечном затмении, которое будет видимо только на другой стороне земли и интересно только жителям той стороны; другие, меньшинство, волновались и спорили о том, заслуживает ли губернатор такого жестокого наказания, и есть ли смысл в убийстве отдельных лиц, хотя бы и очень вредных, когда общий уклад жизни остается неизменным. Мнения разделялись; но в спорах, самых непримиримых, не было особенной горячности: как будто речь шла не о событии, которое еще только может совершиться, а о факте случившемся, в котором никакие взгляды ничего изменить не могут. И у людей образованных спор вследствие этого очень быстро переходил на широкую теоретическую почву, а о самом губернаторе они забывали, как о мертвом.

В спорах выяснилось, что у губернатора больше друзей, чем врагов, и даже многие из тех, кто в теории стоял за политические убийства, для него находили извинения; и если бы произвести в городе голосование, то, вероятно, огромное большинство, руководясь различными практическими и теоретическими соображениями, высказалось бы против убийства, или казни, как называли ее некоторые. И только женщины, обычно жалостливые и боящиеся крови, в этом случае обнаруживали странную жестокость и непобедимое упрямство: почти все они стояли за смерть, и, сколько им не доказывали, как ни бились над ними, они твердо и даже как будто тупо стояли на своем. Случалось, что женщина сдавалась и признавала ненужность убийства, — а наутро, как ни в чем не бывало, точно заспав вчерашнее свое согласие, она снова твердила о том, что убить нужно.

И в общем была все та же путаница мыслей и жестокая разноголосица; и если бы кто-нибудь свежий со стороны послушал, что говорят, он никогда не понял бы, следует убивать губернатора или нет. И, удивленный, спросил бы:

— Но почему же вы думаете, что он будет убит? И кто убьет его?

И не получил бы ответа; а через некоторое время знал бы, как и все, черпая знание свое из того же неведомого источника, как и все, — что губернатор будет убит и смерть неотвратима. Ибо все, и друзья губернатора и враги, и оправдывающие его и обвиняющие, — все подчинялись одной и той же непоколебимой уверенности в его смерти. Мысли были разные, и слова были разные, а чувство было одно — огромное, властное, всепроникающее, всепобеждающее чувство, в силе своей и равнодушии к словам подобное самой смерти. Рожденное во тьме, само по себе неисследимая тьма, оно царило торжественно и грозно, и тщетно пытались люди осветить его свечами своего разума. Как будто сам древний, седой закон, смерть карающий смертью, давно уснувший, чуть ли не мертвый в глазах невидящих —

278

открыл свои холодные очи, увидел убитых мужчин, женщин и детей и властно простер свою беспощадную руку над головой убившего. И, неосмысленно лживые в своем сопротивлении, люди подчинились велению и отошли от человека, и стал он доступен всем смертям, какие есть на свете; и отовсюду, изо всех темных углов, из поля, из леса, из оврага, двинулись они к человеку, пошатываясь, ковыляя, тупые, покорные, даже не жадные.

Так, вероятно, в далекие, глухие времена, когда были пророки, когда меньше было мыслей и слов и молод был сам грозный закон, за смерть платящий смертью, и звери дружили с человеком, и молния протягивала ему руку — так в те далекие и странные времена становился доступен смертям преступивший: его жалила пчела, и бодал остророгий бык, и камень ждал часа падения своего, чтобы раздробить непокрытую голову; и болезнь терзала его на виду у людей, как шакал терзает падаль; и все стрелы, ломая свой полет, искали черного сердца и опущенных глаз; и реки меняли свое течение, подмывая песок у ног его, и сам владыка-океан бросал на землю свои косматые валы и ревом своим гнал его в пустыню. Тысячи смертей, тысячи могил. В мягком песке своем хоронила его пустыня и свистом ветра своего плакала и смеялась над ним; тяжкие громады гор ложились на его грудь и в вековом молчании хранили тайну великого возмездия — и само солнце, дающее жизнь всему, с беспечным смехом выжигало его мозг и ласково согревало мух в провалах несчастных глаз его. Давно это было, и молод, как юноша, был великий закон, за смерть платящий смертью, и редко в забытии смежал он свои холодные орлиные очи.

Скоро в городе смолкли и разговоры, отравленные бесплодностью. Нужно было или принимать убийство, как святой факт, на все возражения и доводы приводя, подобно женщинам, одно непоколебимое: «нельзя же убивать детей», или же безнадежно запутываться в противоречиях, колебаться, терять свою мысль, обмениваться ею с другими, как иногда пьяные обмениваются шапками, и все же ни на йоту не подвигаться с места. Говорить стало скучно, и говорить перестали, и на поверхности не осталось ничего, что напоминало бы о событии; и среди наступившего молчания и спокойствия грозовой тучей нарастало великое и страшное ожидание. И те, кто был равнодушен к событию и странным выводам из него, и те, кто радовался предстоящей казни, и те, кто глубоко возмущался ею, — все одним огромным ожиданием, напряженным и грозным, ожидали неизбежного. Умри в это время губернатор от лихорадки, от тифа, от случайно разрядившегося охотничьего ружья, никто не счел бы это случайностью и за видимой причиной нашли бы другую, невидимую, даже несознаваемую, но настоящую. И по мере того как нарастало ожидание, все больше и больше думали о Канатной.

А на Канатной было спокойно и тихо, как и в самом городе, и многочисленные сыщики тщетно доискивались признаков нового бунта или какого-нибудь преступного и страшного замысла. Как и в городе, они наткнулись на слух о предстоящем убийстве губернатора, но источника также найти не могли: говорили все, но так неопределенно, даже нелепо, что нельзя было ни о чем догадаться. Кто-то очень сильный, даже могущественный, бьющий без промаха, должен на днях убить губернатора — вот и все, что можно было понять из разговоров. Сыщик Григорьев, притворяясь пьяным, подслушал в воскресенье в пивной лавке один из таких таинственных разговоров. Два рабочих, сильно выпивших, почти пьяных, сидели за бутылкой пива и, перегибаясь друг к другу через стол, задевая бутылки неосторожными движениями, таинственно вполголоса разговаривали.

— Бомбой убьют, — говорил один, видимо, более осведомленный.

— Н-ну, бомбой? — удивлялся другой.

— Ну да, бомбой, а то как же, — он затянулся папиросой, выпустил дым прямо в глаза собеседнику и строго и положительно добавил: — На клочки разнесет.

— Говорили, что на девятый день.

— Нет, — сморщился рабочий, выражая высшую степень отрицания, — зачем на девятый день. Это суеверие, девятый день. Убьют просто утром.

— Когда?

Рабочий отгородился от залы пятью растопыренными пальцами, нагнулся, покачиваясь, вплотную к собеседнику и громким шепотом сказал:

— В то воскресенье, через неделю. Оба, покачиваясь и странно расплываясь в глазах друг друга, таинственно помолчали. Потом первый таинственно поднял палец и погрозил.

— Понимаешь?

— Они уж маху не дадут, нет, не таковские.

— Нет, — поморщился первый. — Какой там мах! Дело чистое, четыре туза.

— Хлюст козырей, — подтвердил второй.

— Понимаешь?

— Ну да, понимаю.

— А если понимаешь, так выпьем еще? Уважаешь ты меня, Ваня?

И долго с величайшей таинственностью они шептались, переглядывались, жмурили глаза и тянулись друг к другу, роняя пустые бутылки. В ту же ночь их арестовали, но ничего подозрительного не нашли, а на первом же допросе выяснилось, что оба они решительно ничего не знают и по-вторяли только какие-то слухи.

— Но почему же ты даже день назначил, воскресенье? — сердито говорил жандармский подполковник, производивший допрос.

— Не могу знать, — отвечал встревоженный, три дня не куривший рабочий. — Пьян был.

— Всех бы вас, ссс...— кричал подполковник, но ничего добиться не мог.

Но и трезвые были не лучше. В мастерских, на улице они открыто перекидывались замечаниями относительно губернатора, бранили его и радовались, что он скоро умрет. Но положительного не сообщали ничего, а вскоре и говорить перестали и терпеливо ждали. Иногда за работой один бросал другому:

— Вчера опять проезжал. Без солдат.

— Сам лезет.

И опять работали. А на следующее утро в другом конце слышалось:

— Вчера опять проезжал.

— Пускай поездит.

Точно отсчитывали каждый лишний день его жизни. И уже два раза было так, что внезапно, почти одновременно во всех концах Канатной и на заводе создавалась уверенность, что губернатор сейчас только убит. Кто первый приносил весть, доискаться было невозможно, но собравшись в кучку, передавали подробности убийства — улицу, час, число убийц, оружие. Находились почти очевидцы, слышавшие гул взрыва. И стояли все бледные, решительные, не выражая ни радости, ни горя, пока уже через несколько минут не приходило опровержение слуха. И тогда так же спокойно расходились, без разочарования — как будто не стоило огорчаться из-за дела, которое отложено на несколько дней — быть может, часов — быть может, минут.

Как и в городе, женщины на Канатной были самыми неумолимыми и беспощадными судьями. Они не рассуждали, не доказывали, они просто ждали — и в ожидание свое вносили весь пламень непоколебимой веры, всю тоску своей несчастной жизни, всю жестокость обнищавшей, голодной, задушенной мысли. У них в жизни был свой особенный враг, которого не знали мужчины, — печка, вечно голодная, вечно вопрошающая своей открытой пастью маленькая печка, более страшная, чем все раскаленные печи ада. С утра и до ночи, каждый день, всю жизнь она держала их в своей власти; убивая душу, она вытравляла из головы все мысли, кроме тех, которые служат ей и нужны ей самой. Мужчины этого не знали: когда женщина утром, проснувшись, взглядывала на печь, плохо прикрытую железной заслонкой, она поражала ее воображение, как призрак, доводила ее почти до судорог отвращения и страха, тупого, животного страха. Ограбленная в мыслях своих, женщина даже не умела назвать своего врага и грабителя; оглушенная, она вновь и вновь покорно отдавала ему душу, и только смертельная, черная тоска окутывала ее непроницаемым туманом. И от этого все женщины Канатной казались злыми: они били детей, забивая их чуть не насмерть, ругались друг с другом и с мужьями; и их уста были полны упреков, жалоб и злобы.

И во время страшной трехнедельной голодовки, когда по нескольку дней не топилась печь, женщины отдыхали — странным отдыхом умирающего, у которого за несколько минут до смерти прекратились боли. Мысль, на минуту вырвавшаяся из железного круга, со всею своей страстью и силой прилепилась к призраку новой жизни — точно борьба шла не из-за лишних пяти рублей в месяц, о которых толковали мужчины, а из-за полного и радостного освобождения от всех вековых пут. И хороня детей, умиравших от истощения, и оплакивая их кровавыми слезами, темнея от горя, усталости и голода — женщины в эти тяжелые дни были кротки и дружественны, как никогда: они верили, что не может даром пройти такой ужас, что за великими страданиями идет великая награда. И когда 17 августа на площади, сверкая в солнечных лучах, к ним вышел губернатор, они приняли его за самого седого бога. А он сказал:

— Нужно стать на работу. Прежде чем вы станете на работу, я не могу с вами разговаривать.

Потом:

— Я постараюсь что-нибудь сделать для вас. Становитесь на работу, и я напишу в Петербург.

Потом:

— Хозяева ваши не грабители, а честные люди, и я приказываю вам так не называть их. А если вы завтра же не станете на работу, я прикажу закрыть завод и разошлю вас.

Потом:

— Дети мрут по вашей вине. Становитесь на работу. Потом:

— Если вы будете так вести себя и не разойдетесь, я прикажу разогнать вас силой. Становитесь на работу.

Потом хаос криков, плач детей — трескотня выстрелов, давка — и ужасное бегство, когда человек не знает, куда бежит, падает, снова бежит, теряет детей, дом. И снова быстро, так быстро, как будто и мгновения одного не прошло — проклятая печь, тупая, ненасытная, вечно раскрывающая свою пасть. И то же, все то же, от чего они ушли навсегда и к чему вернулись — навсегда.

Быть может, именно в женской голове зародилась мысль о том, что губернатор должен быть убит. Все старые слова, которыми определяются чувства вражды человека к человеку, ненависть, гнев, презрение, не подходили к тому, что испытывали женщины. Это было новое чувство — чувство спокойного и бесповоротного осуждения; если бы топор в руке палача мог чувствовать, он, вероятно, чувствовал бы себя так же — холодный, острый, блестящий и спокойный топор. Женщины ждали спокойно, не колеблясь ни на минуту, не сомневаясь, и ожиданием своим наполняли воздух, которым дышали все, которым дышал губернатор. Они были наивны. Стоило где-нибудь громко хлопнуть дверью, стоило кому-нибудь, топая ногами, пробежать по улице, — они выбегали наружу, простоволосые, почти уже удовлетворенные.

— Убит?

— Нет, так. Сенька за водкой пробежал.

И так до нового стука и нового топота ног по притихшей, омертвевшей улице. Когда проезжал губернатор, они жадно из-за занавесок глядели на него; губернатор проезжал, и они снова возвращались к печке. Их не удивило, когда губернатор, всегда ездивший со стражниками, вдруг стал ездить один, без охраны — как топор, если б он мог чувствовать, не удивился бы, увидав голую шею. Так нужно, чтоб она была голая. Из серых нитей действительности они сплетали пышную легенду. И это они, серые женщины серой жизни, разбудили старый седой закон, за смерть платящий смертью.

Горе об убитых выражалось сдержанно и глухо: оно было только частицей общего великого горя и поглощалось им бесследно — как соленая слеза соленым океаном. Но в пятницу, к концу третьей недели после убийства, внезапно сошла с ума Настасья Сазонова, у которой была убита дочь, семилетняя девочка Таня. Три недели она работала, как и все, у своей печки, ссорилась с соседками, кричала на двоих оставшихся детей и внезапно, когда никто этого не ожидал, потеряла рассудок. Еще с утра у нее стали дрожать руки, и она разбила чашку; потом словно туман нашел на нее, и она начала забывать, что хочет делать, бросалась от одной вещи к другой и бессмысленно повторяла:

— Господи! Что это я!

И наконец замолчала совсем и молча, с дикой покорностью совалась из угла в угол, перенося с места на место одну и ту же вещь, ставя ее, снова беря — бессильная и в начавшемся бреду оторваться от печки. Дети были на огороде, пускали змея, и, когда мальчишка Петька пришел домой за куском хлеба, мать его, молчаливая и дикая, засовывала в потухшую печь разные вещи: башмаки, ватную рваную кофту, Петькин картуз. Сперва мальчик засмеялся, а потом увидел лицо матери и с криком побежал на улицу.

— А-а-а-й! — бежал он и кричал, полоша улицу. Собрались женщины и стали выть над нею, как собаки, охваченные тоской и ужасом. А она, ускоряя движения и отпихивая протянутые руки, порывисто кружилась на трех аршинах пространства, задыхалась и бормотала что-то. По-немногу резкими короткими движениями она разорвала на себе платье, и верхняя часть туловища оголилась, желтая, худая, с отвислыми, болтающимися грудями. И завыла она страшным тягучим воем, повторяя, бесконечно растягивая одни и те же слова:

— Не могу-у, го-о-лубчики, не мо-о-г-у-у-у.

И выбежала на улицу, а за нею все. И тогда, на

мгновенье, вся Канатная превратилась в один сплошной бабий вой, и уже нельзя было разобрать, кто сумасшедший и кто нет. И только тогда прекратился он, когда приказчики из заводской лавки поймали сумасшедшую и веревками скрутили ей руки и ноги и облили ее несколькими ведрами воды. Она лежала на дороге, среди свежей лужи от воды, плотно прилегая голой грудью к земле и выставляя кулаки скрученных и посиневших рук. Лицо она отвернула в сторону и смотрела дико, не мигая; седоватые мокрые волосы облипали голову, делая ее странно маленькой, и вся она изредка вздрагивала. С завода прибежал муж, испуганный, не успевший отмыть закопченного лица; блуза у него была также закопченная, лоснящаяся от масла, и промасленной грязной тряпкой был завязан обожженный палец на левой руке.

— Настя! — хмуро и сурово сказал он, наклонившись. — Что это ты? Ну чего?

Она молчала, вздрагивала и смотрела дико, не мигая. Посмотрел на затекшие, побагровевшие руки, стянутые веревкой безжалостно, и развязал их, тронул пальцами голое желтое плечо. Уже ехал на извозчике городовой.

Когда толпа расходилась, двое из нее пошли не к заводу, как все, и не остались на Канатной, а медленно направились к городу. Шли они, задумавшись, в ногу, и молчали. В конце Канатной они простились.

— Какой случай! — сказал один. — Зайдешь ко мне?

— Нет, — коротко ответил второй и зашагал. У него была молодая загорелая шея, и из-под картуза вились белокурые волосы.

VI

В губернаторском доме узнали о предстоящей смерти губернатора не раньше и не позже, чем в других местах, и отнеслись к ней со странным равнодушием. Как будто близость к живому, здоровому и крепкому человеку мешала понять, что такое смерть — его смерть; чем-то вроде временного отъезда представлялась она. В половине сентября, по настоянию полицеймейстера, убедившего Марию Петровну, что жизнь на даче становится опасной, переехали в город, и жизнь потекла обычным, много лет не меняющимся порядком. Чиновник Козлов, сам не любивший грязь и казенщину губернаторского жилища, почти самовольно приказал оклеить новыми обоями зал и гостиную и побелить потолки и заказал новую декадентскую мебель из зеленого дуба. Вообще он присвоил себе права домашнего диктатора, и все были этим довольны: и прислуга, почувствовавшая оживление, и сама Мария Петровна, ненавидевшая хозяйство и домостроительство. При всей своей огромности губернаторский дом был очень неудобен: отхожие места и ванная были чуть ли не рядом с гостиной, а кушанья из кухни лакеи должны были носить через стеклянный холодный коридор, мимо окон столовой, и часто видно было, как они ругаются и толкают друг друга под локоть. И это все хотел переделать Козлов, но приходилось отложить до будущего лета.

«Доволен будет», — думал он про губернатора, но почему-то представлял себе не Петра Ильича, а кого-то другого; но не замечал этого, охваченный порывом реформаторства.

По-прежнему Петр Ильич представлял центр дома и

его жизни, и слова: «его превосходительство желает», «его превосходительство будет сердиться» — не сходили с языка; но если бы вместо него подставить куклу, одеть ее в губернаторский мундир и заставить говорить несколько слов, никто бы не заметил подмены: такою пустотою формы, потерявшей содержание, веяло от губернатора. Когда он действительно сердился и кричал на кого-нибудь и кто-нибудь пугался, то казалось, что все это нарочно, и крики и испуг, а на самом деле ничего этого нет. И убей он кого-нибудь в это время, то и сама смерть не показалась бы настоящей. Еще живой для себя, он уже умер для всех, и они вяло возились с мертвецом, чувствуя холод и пустоту, но не понимая, что это значит. Мысль изо дня в день убивала человека. Черпая силу во всеобщности, она становилась более могущественной, чем машины, орудия и порох; она лишала человека воли и ослепляла самый инстинкт самосохранения; она расчищала вокруг него свободное пространство для удара, как в лесу очищают пространство вокруг дерева, которое должно срубить. Мысль убивала его. Повелительная, она вызывала из тьмы тех, кто должен нанести удар, — создавала их, как творец. И незаметно для себя люди отходили от обреченного и лишали его той невидимой, но огромной защиты, какую для жизни одного человека представляет собой жизнь всех людей.

После первого анонимного письма, где губернатор назывался «убийцею детей», прошло несколько дней без писем, а потом, точно по молчаливому уговору, они посыпались как из разорвавшегося почтового мешка, и каждое утро на столе губернатора вырастала кучка конвертов. Как выходит из чрева созревший плод, так эта убийственная повелительная мысль, дотоле слышная только по глухому биению сердца, неудержимо стремилась наружу и начинала жить своей особенной, самостоятельной жизнью. В разных концах города, из разных почтовых ящиков, разными людьми выбирались рассеянные письма, затерянные в груде других; потом они собирались в однородную кучку и одним человеком приносились к тому, кто был их единственной целью. И раньше приходилось губернатору получать анонимные письма, редко с бранью и неопределенными угрозами, большею частью с доносами и жалобами, и он никогда не читал их; но теперь чтение их стало повелительной необходимостью, такою же, как неумирающая мысль о событии и о смерти. И читать их, как и думать, нужно было одному, когда никто не мешает.

Редко днем, а чаще вечером он крепко усаживался в кресло перед столом с разбросанными бумагами и стаканом остывающего чая, расправлял плечи, надевал золотые, сильно увеличивающие очки и, внимательно оглядев конверт, обрезал его по краю. Теперь уже по одному виду он научился узнавать эти письма, ибо при всем разнообразии почерков, бумаг и марок было в них что-то общее, как у тех мертвых в сарае; и не только он, но и швейцар, принимавший личную корреспонденцию Петра Ильича, безошибочно узнавал их. Читал он внимательно, серьезно, с начала до конца каждое письмо, и если какое-нибудь слово было неразборчиво, то долго вглядывался и соображал, пока не разберет. Письма неинтересные или наполненные одной сплошной и неприличной бранью он рвал; также уничтожал он письма, в которых неизвестные доброжелатели предупреждали его о готовящемся убийстве; но другие он помечал номером и откладывал для какой-то смутно им чувствуемой цели.

В общем, при всем внешнем различии в языке и

290

степени грамотности, содержание писем было утомительно однообразно: друзья предупреждали, враги грозили, и выходило что-то вроде коротких и бездоказательных «да» и «нет». К словам: «убийца», с одной стороны, и «доблестный защитник порядка» — с другой, он привык, так часто, почти неизменно повторялись они в письмах; как будто привык он и к тому, что все, и друзья и враги, одинаково верили в неизбежность смерти. И только холодно становилось и хотелось согреться, но нечем было: чай был холодный — теперь всегда почему-то ему подавался холодный чай, и холодна была высокая, казенная кафельная печка. Уже давно, с самого поселения своего в этом доме, он хотел сделать камин, но так и не устроил, а старая печь плохо прогревалась при самой усиленной топке. Безнадежно потершись спиной о холодные кафли, только внизу чуть-чуть теплевшие, он прохаживался раза два по холодному кабинету, согревал руку о руку и говорил своим великолепным, командующим басом:

— Однако как я стал зябок!

И снова садился за письма, доискиваясь в них чего-то самого важного и самого главного.

«Ваше превосходительство! Вы генерал, но и генералы смертны. Одни генералы умирают своею смертью, другие же насильственной. Вы, ваше превосходительство, умрете смертью насильственной. Имею честь остаться вашим покорнейшим слугою».

Улыбнувшись, — он тогда еще улыбался, — губернатор хотел разорвать тщательно выписанное письмо, но раздумал, пометил на широком поле номер: 43,22 сентября 190... г., и отложил.

«Г. губернатор, или, по-настоящему, турецкий паша! Вы вор и наемный убийца, и я мог бы доказать перед всем светом, что за убийство рабочих вы содрали с акционеров кругленькую сумму...»

Губернатор побагровел, скомкал письмо, сорвал с покрасневшего большого носа очки и громко произнес, точно ударил в бубен:

— Болван!

Потом, заложив руки в карман и оттопырив локти, заходил по комнате сердитыми, отбивающими такт шагами. Так — ходят — губернаторы. Так — ходят — губернаторы. Успокоившись, расправил письмо, прочел его до конца, пометил слегка дрожащей рукой номер и бережно отложил. «Пусть почитает», — подумал он про сына.

Но в тот же вечер судьба послала ему другое письмо, подписанное «Рабочий». Впрочем, кроме этой подписи ничто не говорило о человеке мускульного труда, малообразованном и жалком, каким привык представлять их себе губернатор.

«На заводе и в городе говорят, что вы будете скоро убиты. Мне в точности неизвестно, кем это будет сделано, но не думаю, чтобы представителями какой-нибудь организации, а скорее кем-нибудь из добровольцев-граждан, глубоко возмущенных вашей зверской расправой над рабочими 17 августа. Сознаюсь откровенно, что я и некоторые мои товарищи против этого решения, не потому, конечно, чтобы мне было вас жаль, — ведь вы сами не пожалели же даже детей и женщин, — и думаю, никто во всем городе вас не пожалеет, но просто потому, что по взглядам моим я против убийства, как против войны, так против смертной казни, политических убийств и вообще всяких убийств. В борьбе за свой идеал, который состоит в „свободе, равенстве и братстве", граждане должны пользоваться такими средствами, которые не противоречат этому идеалу. Убивать же — это значит пользоваться обычным средством людей старого мира, у которых девизом служит „рабство, привилегии, вражда". Из плохого ничего хорошего выйти не может, ив борьбе, которая ведется оружием, победителем всегда будет не тот, который лучше, а тот, который хуже, то есть который жесточе, меньше жалеет и уважает человеческую личность, неразборчив в средствах, одним словом, иезуит. Хороший человек, если будет стрелять, так непременно либо промахнется, либо устроит какую-нибудь глупость, от которой попадется, потому что душа его стоит против того, что делает его рука. По этой именно причине, я думаю, так мало в известной нам истории удачных политических убийств, потому что те господа, которых хотят убить, подлецы, знающие всякие тонкости, а убивающие их — честные люди, и влопываются. Поверьте, г. губернатор, что если бы покушающиеся на вашего брата были подлецы, так они нашли бы такие лазейки и способы, которые и в голову не могут прийти людям честным, и давно бы всех поукокошили. Я и революцию, по моим взглядам, признаю только как пропаганду идей, в том смысле, в каком были христианские мученики, потому что когда рабочие даже как будто победят, то подлецы только притворяются побежденными, а сами сейчас же и придумают какое-нибудь жульничество и облапошат своих победителей. Побеждать нужно головой, а не руками, потому что на голову подлецы слабы; по этой-то причине они и прячут книги от бедного человека и держат его во тьме невежества, что боятся за себя. Вы думаете, почему хозяева не хотят дать восьмичасового дня? Вы думаете, они и сами не знают, что при восьми часах производительность будет не меньше, чем при одиннадцати, а только дело в том, что при восьми часах рабочие станут умнее хозяев и отберут у них дела. Они ведь и умными считаются только потому, что всех задурили, а против настоящего умного человека им грош цена. Извините, что я ударился в рассуждения о таких материях, но это затем, чтобы по первым моим словам против вашего убийства вы не приняли меня за отступника от общего дела всех честных людей. Должен еще к этому добавить, что 17-го числа я и другие мои товарищи, которые разделяют мои убеждения, на площадь не ходили, потому что хорошо знали, чем это кончится, и не хотели разыгрывать из себя дураков, которые верят, что у вашего брата есть справедливость. Теперь и остальные, конечно, товарищи согласились и говорят: „Теперь уж если пойдем, так не просить, а разносить", а по-моему, и это глупость, и я говорю: зачем ходить, скоро к нам сами придут с поклоном и ласковыми словами, вот тогда мы и покажем. Милостивый государь! Извините, что я имел дерзость обратиться к вам с моим словом рабочего-самоучки, но мне все-таки удивительно, что человек образованный и не такой подлец, как другие, мог так обойтись с несчастными, доверившимися ему рабочими, чтобы стрелять в них. Может быть, вы окружите себя казаками, нагоните шпионов или уедете куда-нибудь и таким образом спасете свою жизнь, и тогда мои слова могут вам принести пользу и привести вас на путь истинного служения интересам народа. У нас на заводе говорят, что вы были подкуплены хозяевами, но я этому не верю, потому что хозяева наши не дураки и не станут даром бросать денег, а кроме того, я знаю, что вы не взяточник и не вор, как другие ваши коллеги, которым нужны деньги на арфисток и шампанское с трюфелями. Скажу даже, что вы вообще честный человек...»

Губернатор бережно положил на стол письмо, торжественно снял с носа затуманившиеся очки, торжественно и медленно протер их кончиком платка и с уважением и гордостью сказал:

— Благодарю, молодой человек.

Прошелся неторопливо по комнате и, обращаясь к холодной печке, веско добавил:

— Жизнь мою вы берите, она ваша, но моя честь...

Он не договорил и, закинув голову, несколько смешной в своей важности, вернулся к столу.

«...Скажу даже, что вы вообще честный человек — вообще честный человек — вообще честный человек — и сами не обидите и курицы, если вам не прикажут ее обидеть. Но как вы, честный человек, можете подчиняться таким приказаниям, вот в чем для меня вопрос. Милостивый государь! Народ не курица. Народ — дело святое, и если бы вы понимали, что такое народ с его страданьями, вы вышли бы на ту самую площадь, поклонились бы земно и попросили бы прощенья. Вы подумайте только: из рода в род, из поколения в поколение, от тех самых первых рабов, которые строили пирамиды по прихоти тирана-царя, ведем мы свое существование, и как есть среди вас потомственные дворяне, то есть угнетатели, так среди нас есть потомственные рабочие, потомственные рабы. И вы подумайте, что во все эти тысячи лет нас только били и угнетали, и как бы далеко ни заглянул я в прошлое моих предков, я ничего не вижу там, кроме слез, отчаяния и дикости. И все это ложилось на душу, и все это в сохранности, как единственный капитал, передавалось от отца к сыну, от матери к дочери, и вы разверните душу настоящего рабочего или мужика — ведь это же ужас! Еще не родившись, мы уже тысячекратно обижены, а когда мы вылезаем в жизнь, так сразу попадаем в какую-то нору и пьем обиду, и едим обиду, и одеваемся обидой. Вот рассказывают, что в третьем году вы пороли каких-то мужиков, понимаете ли вы, что вы сделали? Вы думаете, что вы только их зад оголили, а вы их тысячелетнюю душу рабскую оголили, вы и покойников, и будущих, еще не родившихся людей розгами хлестали. И хоть вы и генерал и превосходительство, а скажу вам грубо, недостойны губами приложиться к мужицкому заду, как к святыне, а не только что хлестать его розгами. А когда пришли к вам рабочие, вы думаете, это кто пришел? Это пришли рабы воскресшие, которые строили пирамиды, пришли со своими тысячелетними мозолями в слезах за любовью, за советом и помощью, как к образованному и гуманному человеку XX века, а вы как с ними поступили? Эх, вы! Подумать, так ваш дедушка был надсмотрщиком над этими рабами и хлестал их плеткой и вам передал эту глупую ненависть к рабочему классу. Милостивый государь! Народ просыпается! Пока он только еще во сне ворочается, а у вашего дома подпорки уже трещат, а вы погодите, как он совсем проснется! Вам новы эти мои слова, подумайте над ними. А засим прошу прощения, что обеспокоил, и во имя „братства" желаю, чтобы вас не убили».

«Убьют!» — подумал губернатор, складывая письмо. Вспомнился на миг рабочий Егор с его сизыми завитками и утонул в чем-то бесформенном и огромном, как ночь. Мыслей не было, ни возражений, ни согласия. Он стоял у холодной печки — горела лампа на столе за зеленым матерчатым зонтиком — где-то далеко играла дочь Зизи на рояле — лаял губернаторшин мопс, которого, очевидно, дразнили — лампа горела. Лампа горела.

VII

Несколько следующих дней прошло без писем. Точно по уговору, письма прекратились сразу, и наступившее безмолвие было необычно и жутко. Во внезапности безмолвия не чувствовалось конца, что-то еще продолжалось там, в тишине — как будто в новую фазу вступила мысль и таинственно творила что-то. И быстро шли дни, как взмахи огромных крыльев: вверх взмахнет — день, вниз повеет — ночь.

Два раза в необычные часы был принят губернаторшей полицеймейстер Судак. В прихожей, подставляя руки швейцару, чтобы тот стащил с них пальто, он вполоборота энергичным шепотом бранил его, как своего городового или извозчика. И, уже раздевшись и натягивая свежую перчатку, он наклонял прилизанную голову к пушистым бакам швейцара, скалил гнилые, прокопченные табаком зубы и в самый нос совал полуодетую перчаткою руку с болтающимися плоскими пальцами. То же, хотя в меньших размерах, проделал он с лакеем. Потом принял великосветский вид и поднялся по лестнице наверх. Раньше он ни в каком случае не осмелился бы бранить прислугу губернатора, но теперь выходило как-то так, что бранить можно, даже необходимо. Вчера у самого губернаторского подъезда вечером был арестован выслеженный агентами очень подозрительный человек: утром он издалека провожал губернатора в его пешей прогулке, а потом весь день шатался у дома, заглядывал в нижние окна, прятался за деревьями и вообще вел себя крайне подозрительно. При аресте ни оружия, ни каких-либо подозрительных предметов и бумаг у него не нашли, и оказался он мещанином Ипатиковым, по профессиии скорняком; но объяснения он давал запутанные и лживые, уверял, что только раз прошел мимо дома, и вообще, видимо, что-то скрывал. При обыске в мастерской ничего, кроме обыкновенных обрезков меха, начатого гимназического мехового пальто и других предметов мастерства, а также домашнего хозяйства, у него не нашли; ни оружия, ни бумаг — но случай оставался очень темным и неразъясненным. И никто из губернаторской прислуги — ни швейцар, ни другие — не заметили подозрительного субъекта, хотя он десятки раз прошел мимо парадного; а ночью один из агентов для опыта подергал дверь, и она оказалась незапертой, так что он походил по швейцарской, для доказательства сделал царапину на стене и незамеченный ушел. То, что дверь была не заперта, швейцар объяснил забывчивостью, но в такое время, когда все ждут преступления, подобное ротозейство было непростительно.

— Я в невозможном положении, ваше превосходительство, — жаловался губернаторше Судак, прижимая к надушенной груди белую перчатку. — От охраны их превосходительство решительно отказываются и даже не позволяют ни об чем говорить; агенты, извините за выражение, с ног сбились, ходивши за их превосходительством, и все без результатов, так как любой мерзавец из-за угла или даже через забор камнем может ушибить их превосходительство. В случае не дай Бог чего скажут: полицеймейстер виноват, полицеймейстер не уследил, а что же я могу поделать против священной воли их превосходительства? Войдите в мое положение, ваше превосходительство, прямо, извините за выражение, хоть в отставку подавать, ваше превосходительство.

Оказалось, что у Судака готов уже и план: пусть

губернатор возьмет двух- или трехмесячный отпуск и уедет за границу на воды на предмет поправления здоровья; в городе все снаружи спокойно, к губернатору в Петербурге благоволят и никакой задержки не сделают.

— Иначе я ни за что не ручаюсь, ваше превосходительство, — с чувством закончил полицеймейстер. — Есть мера сил человеческих, ваше превосходительство, и со всей откровенностью говорю: иначе ни за что не ручаюсь. А пройдет два-три месяца, и все прекраснейшим манером позабудется, И тогда пожалуйте к нам, ваше превосходительство. К тому времени сюда и итальянская опера прибудет: мы будем Слушать, а их превосходительство пусть себе гуляют на здоровье!

— Ну уж, какая это опера! — сказала губернаторша, но на предложение полицеймейстера согласилась, так как была очень обеспокоена.

Внизу полицеймейстер снова разнес швейцара, но на этот раз уже громко, не стесняясь:

— Я тебе покажу! Я тебе баки-то подрежу, жирная морда! Распустил баки, как тайный с-советник, сукин сын, и думает, что дверь можно не закрывать! Ты мне попляшешь! Ты...

В тот же вечер Мария Петровна попросила мужа ехать с нею и детьми за границу.

— Я прошу тебя, Pierre, — говорила она томно и закрывала глаза большими коричневыми веками, и желтая напудренная кожа обвисала на щеках, как у легавой собаки. — Ты знаешь, как у меня плохи почки, и мне положительно необходим Карлсбад.

— Но разве ты не можешь поехать с детьми, без меня?

— Ах, нет, Pierre, что ты говоришь. Без тебя я буду так беспокоиться. Я прошу тебя.

Она не сказала, отчего будет беспокоиться, да и так понятно было. К ее удивлению, Петр Ильич охотно согласился на поездку, хотя для возражений и спора, помимо даже исключительности обстоятельств, досчачно было того, что просила его она. Так у них бывало.

«Это не будет трусость, нет, — думал губернатор. — Я не сам придумал эту поездку, и, может, ей действительно необходимо полечиться: желта она, как лимон. У них еще* достаточно времени, чтобы меня убить, а если они ничего не сделают, то, значит, прав буду я, а не они. И тогда я выйду в отставку, и уеду совсем, и устрою хорошую оранжерею».

Но, думая так, он не верил ни в заграницу, ни в оранжерею — быть может, только поэтому он и согласился ехать. И, согласившись, тотчас же забыл об этом, как будто дело касалось кого-то другого, постороннего, непонятно медлил с написанием бумаги, назначал день, когда написать, и вспоминал о нем два дня спустя. И снова назначал, и снова настойчиво забывал. Успокоенная решением уехать, губернаторша вяло торопила его — она как-то запоздала в этот раз с своим осенним туалетом, и нужно было время, чтобы покончить с портнихами. Не была готова и Зизи.

В молчаливой пустоте, охватившей губернатора с внезапным прекращением писем, ему чувствовалось что-то неокончательное — словно намек на тихий голос, звучащий где-то вдалеке. Так чувствуется в пустой комнате, когда за стеною говорят и голосов не слышно. И когда получилось письмо — последнее запоздалое письмо, — он взял его, как будто только его и ждал, и только удивился тому, что было оно в нежно окрашенном узком конверте с изображением незабудки на обратной стороне. И пришло оно не днем, как другие, которые опускаются в ящик вечером или ночью, а с вечерней почтой, следовательно, было опущено несколько часов тому назад. Небольшой листок был также нежно окрашен, и наверху была голубая незабудка; почерк был четкий, старательный, но к обрезу строчки часто загибались вниз, как будто писавшая не совсем верила в свое уменье правильно переносить слова и предпочитала дописывать их маленькими сползающими буквочками. Иногда, еще задолго до обреза, предвидя, что слова не упишутся, она уже начинала сгибать строчку, и похоже было на снежную горку, с которой гуськом катятся на санках дети, самые маленькие спереди. Подписано было: «Гимназистка».

«Вчера мне приснились ваши похороны, и я решила писать вам, хотя это нехорошо и оскорбляет тех несчастных рабочих и девочек, которых вы убили. Но вы тоже несчастный человек, достойный сожаления, и поэтому я пишу вам это письмо. Мне приснилось, что хоронили вас не в черном гробу, как стариков и вообще пожилых людей, а в белом, как хоронят девушек, и несли ваш гроб по Московской улице городовые, но не на руках, а на головах. И за гробом шли одни только городовые, а родственников ваших не было, и вообще не было никого из публики, так что даже окна и калитки, где вас проносили, были все закрыты ставнями, как ночью. Мне сделалось так страшно, что я проснулась и стала думать, о чем теперь и напишу вам. И я подумала: вероятно, у вас и вправду нет никого, кто мог бы о вас поплакать, когда вы умрете. Те люди, которые вас окружают, черствые эгоисты и думают только о себе, и когда вас убьют, то они будут, мне кажется, даже рады, потому что сами думают о месте губернатора. Вашей жены я не знаю, но не думаю, чтобы в этой среде, заеденной тщеславием и погоней за наслаждениями, могли встретиться чуткие и хорошие женщины. Из честных же людей вас никто провожать не пойдет, потому что все возмущены вашим поступком с рабочими, а от одного человека я даже слышала, что вас хотели исключить из клуба, но только боятся правительства. Панихиды же ничего не стоят, потому что наш архиерей, как вы сами знаете, готов отслужить панихиду и по собаке, только бы ему хорошо заплатили за это. И когда я подумала, что, вероятно, вы сами все это хорошо знаете и без моих слов, то мне сделалось страшно жаль вас, как будто бы я знала вас лично. Видела я вас только два раза: один раз очень давно, на Московской улице, а другой раз на нашем акте, когда вы приезжали с архиереем, но вы меня, конечно, не помните. И клянусь, что буду молиться о вас и буду плакать о вас, как будто я была ваша дочь, потому что мне очень, очень жаль вас.

P. S. Пожалуйста, сожгите это письмо. Мне очень жаль вас, очень».

Гимназисточку он полюбил. Поздно вечером, уже перед сном, он прошел через темную залу и вышел на балкон, тот самый, откуда он подал знак белым платком. Уже началось осеннее ненастье и слякоть, и ночь темнела густым осенним мраком; и в тяжести этого мрака чувствовалось, как далеко солнце — как давно оно ушло и как еще не скоро вернется. Далеко налево, у подъезда, горели два яркие фонаря с рефлекторами; белый свет их вонзался во тьму, но не разгонял ее: тут же она и стояла, спокойная, густая, тяжелая. Город, вероятно, уже спал, так как, кроме редких фонарей на улицах, не видно было ни одного освещенного окна и езды не слышно было. Под одним фонарем смутно блестело что-то — вероятно, лужа. В гимназии давно учатся, и она, вероятно, уже приготовила уроки и спит — где-то в этом черном пространстве, полном безмолвия. Оттуда шлют ему письма и угрозы, оттуда придет к нему смерть...— но там есть девочка, которая спит и которая будет о нем плакать.

Как спокойно, как темно — как тихо!

VIII

За две недели до смерти губернатора в губернаторский дом была доставлена посылка, обшитая полотном и оцененная в три рубля. Когда раскрыли ее, то оказалась она адской машиной — снарядом, начиненным порохом и устроенным так, чтобы взорваться при открытии. Но устроена она была плохо, неопытными руками какого-то любителя, только слыхавшего о существовании подобных вещей, и взорваться никаким образом не могла. И в этой наивности снаряда было что-то тупо-жестокое и устрашающее: точно слепая смерть выпускала щупальцы и шарила ими в потемках. Полицеймейстер поднял тревогу, а губернаторша настояла, чтобы Петр Ильич в тот же день отправил заявление в Петербург о болезни, сама съездила к своей портнихе и, кроме того, от себя послала сыну французское письмо, полное ужасов.

И никто не заметил, когда это случилось, в тот же день, или немного раньше, или немного позже — с губернатором произошла странная и решительная перемена, давшая новый образ на месте знакомого и привычного человека. Все тот же он был, но стал он правдив лицом и игрою его, и от этого казалось, что лицо у него новое. Оно улыбалось там, где раньше было спокойно, хмурилось, где прежде улыбалось, было равнодушно и скучно, когда раньше выражало интерес и внимание. И так же страшно правдив стал в чувствах своих и их выражении: молчал, когда молчалось, уходил,

303

когда хотелось уйти, спокойно отворачивался от собеседника, когда тот становился скучен. И те, кто много лет были спокойно уверены в его любви и расположении, знали все его чувства и настроения, вдруг почувствовали себя покинутыми, отброшенными куда-то в сторону и совершенно не знающими ни его чувств, ни настроений. Вдруг исчезли куда-то все улыбки, поклоны, пожатия руки и ласковые взгляды, пропали все эти мимолетные вставки в речи: «Пожалуйста — голубчик — вы сделаете большое одолжение — дорогой», — все то, что составляло привычный и знакомый облик. — И люди были изумлены странной и даже страшной новизной явившегося. Так, вероятно, звери, привыкшие думать, что платье человека составляет самого человека, бывают поражены, увидев его голым.

Только вежливым перестал он быть, и сразу распалась связь, соединявшая его много лет с женою, детьми, окружающими, — как будто только улыбками и поклонами держалась она и исчезла вместе с поцелуями рук. Не осудил их, не возненавидел, даже чего-нибудь нового, отталкивающего в них не заметил, — они просто выпали из его души, как выпадают зубы изо рта, как вылезают волосы, как отпадает умершая кожа: безболезненно, нечувствительно, спокойно. Смертельно одинок он был, сбросивший покров вежливости и привычки, и даже не почувствовал этого — словно всегда, во все дни его долгой и разнообразной жизни одиночество было естественным, ненарушимым его состоянием, как сама жизнь.

Утром он забывал поздороваться, вечером — проститься, и когда жена подставляла свою руку, а дочь Зизи — свой гладкий лоб, он как-то не понимал, что нужно делать с рукой и гладким лбом. Когда являлись к завтраку гости, вице-губернатор с женой или Козлов, то он не поднимался к ним навстречу, не делал обрадованного лица, а спокойно продолжал есть. И, кончив еду, не спрашивал у Марии Петровны позволения встать, а просто вставал и уходил.

— Куда же ты, Pierre? Побудь с нами, нам скучно. И сейчас же будет кофе.

Он спокойно отвечал:

— Нет, лучше я пойду к себе. А кофе не хочу. И невежливость ответа исчезала в его искренности и простоте. Отказывался смотреть новые платья Зизи, не выходил к гостям, предоставляя губернаторше выдумывать предлоги, и совершенно перестал заниматься делами и отказывался, без объяснения причин, выслушивать доклады. Но просителей раз в неделю он принимал и внимательно выслушивал каждого, с интересом, несколько даже невежливым, оглядывая его с ног до головы.

— Вы уверены, что так будет лучше? — спрашивал он, выслушав.

И, получив удивленный, но утвердительный ответ, обещал просьбу исполнить. Вероятно, он не думал в это время о пределах своей власти или имел о ней преувеличенное представление, но часто разрешал дела ему неподведомственные; и впоследствии новому губернатору пришлось долго возиться с создавшейся путаницей, тем более что много дел было непозволительно кляузного характера.

Вечерами, чтобы несколько рассеять дурное настроение мужа, Мария Петровна приходила к нему в кабинет, пробовала ему голову рукой, не горячая ли, и начинала говорить о загранице. Но он просто и невежливо удалял ее:

— Ну хорошо, ступай. Мне хочется побыть одному. У тебя же есть свои комнаты, и я к тебе не хожу.

— Как ты изменился, Pierre!

— Вздор, вздор! — говорил он своим гулким командующим басом и прижимался спиной к холодной, негреющей печке. — Пойди, пойди, да уйми своего мопса, только и слышно в доме, что его лай.

От прежних привычек у Петра Ильича остались только карты; играл он два раза в неделю в винт, по маленькой, и играл с видимым удовольствием, серьезно, деловито и, когда партнер ошибался, подвергал его громовому разносу.

— Вы о чем же, сударь, думаете? Ведь я же показывал вам буб-ны? — гулко грохотал он, выговаривая «бубны» так, точно ударял в бубен, и Мария Петровна из гостиной с улыбкой ловила слова мужа и с томной снисходительностью покачивала головой. Желтые щеки у нее обвисали, как у легавой собаки, сыпалась пудра с лица, и коричневые, большие шарообразные веки спускались из-под лба, как железный ставень в магазине, и снова поднимались. И ей и другим казалось в этот миг невозможным, чтобы кто-нибудь решился убить человека, который так играет в карты.

И все две недели, до самой смерти, он ждал. Вероятно, были в его голове другие мысли — об обычном, о житейском, о прошлом, привычные старые мысли человека, у которого давно закостенели мышцы и мозг; вероятно, думал он о рабочих и о том печальном и страшном дне — но все эти размышления, тусклые и неглубокие, проходили быстро и исчезали из сознания мгновенно, как легкая зыбь на реке, поднятая пробежавшим ветром. И снова и всегда спокойною, черною водою омута стояло бездонное, молчаливое ожидание. Казалось, что и с мыслями, как и с людьми, его соединяла только вежливость и привычки, и, когда привычка и вежливость отпали, исчезли куда-то мысли. И в голове своей он был так же одинок, как и в доме.

Он ждал. Как и всегда, он вставал в семь, обливался ледяной водой, пил молоко и в восемь уже выходил на обычную прогулку; и каждый раз, переступая порог своего дома, ожидал, что обратно его уже не перешагнет и двухчасовая прогулка превратится в бесконечное паденье куда-то. Одетый в генеральское пальто с красной подкладкой, высокий, широкоплечий, воинственный, несущий седую голову немного назад, он два часа величавым призраком кружился по городу — вдоль почерневших от дождя деревянных домишек, вдоль бесконечных заборов и пустырей, мимо магазинов и лавок с продрогшими, низко кланяющимися приказчиками. Светило ли подслеповатое октябрьское солнце, моросил ли настойчивый, тоскливый дождь, он неизменно появлялся на улицах — величавый и печальный призрак с размеренными и твердыми шагами, мертвец, церемониальным маршем ищущий могилы. Прямо по грязи и по лужам шагал он, блестя в них красной подкладкой расстегнутого пальто, прямо пересекал улицы, не замечая ни козырявших городовых, ни экипажей и останавливая их движение; и если бы сверху проследить его ежедневный путь ожидания, то представился бы он причудливым сцеплением прямых и коротких линий, вонзающихся друг в друга, спутывающихся в колючий, болезненно изломанный клубок.

Он мало смотрел по сторонам и никогда не оглядывался назад; но едва ли впереди себя видел он что-нибудь, поглощенный бездонным черным ожиданием —

много поклонов оставил он без ответа, и много испуганных глаз встретил и пропустил сквозь себя его скользящий, невидящий взор, прямой, как его шаги. И когда он был уже убит и давно похоронен и новый губернатор, молодой, вежливый, окруженный казаками, быстро и весело носился по городу в коляске, — многие вспоминали этот двухнедельный странный призрак, рожденный старым законом: седого человека в генеральском пальто, шагающего прямо по грязи, его закинутую голову и незрячий взор — и красную шелковую подкладку, остро блистающую в молчаливых лужах.

Многолюдие главных улиц с его назойливым любопытством его утомляло, и чаще углублялся он в грязные глухие переулки, с их трехоконными домишками, заборами и узкими, деревянными, скользкими мостками вместо тротуаров. Было у него во все эти дни постоянное желание: заглянуть на Канатную и пройти всю, взад и вперед, с одного конца до другого, но осуществить его он так и не решился: казалось неловко и страшно, страшнее, чем смерть. И он смутно удивлялся, как это раньше, в сентябре, он так просто и безбоязненно ездил по этой улице и даже хотел кого-нибудь встретить, чтобы поклониться.

Но на одну улицу он заглядывал ежедневно и проходил ее неторопливо, и был похож на спокойно гуляющего старого генерала, добродушного и немного чудаковатого. Эта улица вела к женской гимназии, и по утрам, в девятом часу, по ней проходило много гимназисток; и первый он почтительно и серьезно кланялся девочкам, самым маленьким из них, у которых были коротенькие по колена коричневые платьица, тоненькие ножки и огромные ранцы, и они конфузливо отвечали. Его близорукие глаза не различали лиц, и все они, и у девочек и у взрослых, стройных девушек, казались ему одинаковыми розовыми лепестками в шапочках. Пропустив последнюю, он тихонько улыбался левым усом и смотрел хитро, а за поворотом снова превращался в мертвеца, церемониальным маршем ищущего могилы.

В первые дни, по тайному приказу полицеймейстера, за ним в некотором отдалении следовали два агента, которых он не замечал, так как не оглядывался назад. Вначале они добросовестно ходили за ним, подчиняясь всем его капризным движениям, но вскоре начали отставать: казалось, глупо ходить и смотреть в спину человека, который бестолково вертится в самых опасных местах. И то они останавливались у знакомых лиц, то болтали с городовыми, то на четверть часа забегали в трактир и, случалось, на целый час теряли губернатора из виду.

— Все равно ничего не поделаешь, — говорил, оправдываясь, один, похожий на консисторского чиновника, бритый, благообразный и в высшей степени трезвый. Он торопливо прожевывал горячий пирожок и, еще не доев, левой рукой поднимал металлическую крышку с ящика, чтобы достать новый. — Если человек от старости из ума выжил и сам на рожон лезет, то что же с ним поделаешь, скажите, пожалуйста?

— Одна форма, — сказал буфетчик.

— А Судак? — спросил второй, усатый, мрачный, похожий на пропившегося помещика, но в действительности бывший мелкий шулер-неудачник.

Он мрачно, большими собачьими глотками, глотал колбасу, селедку, все, что попадало под руку, и казалось, ест медленно, но на самом деле поглощал быстро и много.

И водку он пил так же, но никогда не бывал пьян, как не бывал и сыт.

— Ну что ж Судак? Сам понимает, что мы не ангелы с небеси.

— Это как лошадь на пожаре: ее тащат, а она упирается. Так и сгорит, а не пойдет, — сказал буфетчик.

— Не ангелы мы, — вздохнув, повторил первый. Правда, они не были похожи на ангелов, эти два приниженные человека, и не их рукам было отстранить гору, падавшую на человека.

Возвращаясь домой и перешагивая порог, губернатор не ощущал радости и даже не думал, что вот еще на один день он остался жив; он принимал это без размышлений, как будто забыв даже значение своей прогулки, — и ждал следующего дня огромным, темным ожиданием. И пустые, бездеятельные дни проходили страшно быстро, но время не подвигалось вперед: словно испортился механизм, подающий новые дни, и вместо следующего дня подавал старый, все один и тот же. И календарь на письменном столе, который он всегда переворачивал сам, чаще с вечера, точно призывая следующий день, — замер неподвижно на каком-то из старых, давно минувших дней; и, взглядывая иногда на эту застывшую черную цифру и даже не догадываясь, в чем дело, он ощущал жжение в груди, что-то вроде легкой тошноты, и быстро отводил глаза.

— Вздор! — говорил он сердито; теперь, оставаясь один, он часто вслух произносил отрывочные слова, не связанные ни с какой определенной мыслью, и особенно часто повторял два слова: «вздор!» и «позорно!».

Смерти он не боялся и представлял ее себе только с внешней стороны: вот в него выстрелят, а он упадет; потом похороны, музыка, несут ордена, и это все.

Встретить ее он хотел мужественно. Не думал он совсем и о том, будет за гробом какая-нибудь жизнь и суд или нет; для него все кончалось здесь. И ел он хорошо, с обычным аппетитом, и спал крепко, без сновидений. Но однажды ночью — это было за три дня до убийства — ему, вероятно, приснилось что-нибудь очень тяжелое, и проснулся он от собственного глухого и хриплого стона. И, услышав этот свой необыкновенный и страшный голос, встретив перед глазами тьму, почувствовал смертельный ужас и истому. Укрылся одеялом с головой, сжался в узловатый комок, подтянув костлявые колени к лицу, и, точно в одно мгновение пройдя весь обратный путь от старости к детству, — заплакал тихо и горько и стал просить мокрую, теплую, мягкую подушку:

— Пожалейте меня! Придите же ко мне кто-нибудь, придите. Пожалейте же меня! О-о-о!..

Но у него оставалось большое старое тело и гулкий грубый голос, и скоро сквозь слезы он почувствовал всего себя, всю свою странную позу, и смолк.

И долго лежал молча все в той же странной позе и широко открытыми глазами глядел в тьму под одеялом.

А наутро снова надел он генеральское пальто; и еще два дня мелькала, отражаясь в лужах, красная подкладка и крутился по улицам величавый призрак, мертвец, церемониальным маршем ищущий могилы.

Произошло это просто и быстро, точно картина передвинулась в панораме. На перекрестке, при выходе на маленькую грязную площадь, где по пятницам продавалось сено, — чей-то нерешительный голос окликнул губернатора.

— Ваше превосходительство?

— А?

Он остановился и повернул голову: к нему через

дорогу, от глухого забора, расползаясь ногами в грязи, торопливо подходили два человека, один в высоких сапогах, другой в ботинках, без калош, но с подвернутыми брюками. Вероятно, ему было холодно от промоченных ног: лицо у него было зелено-бледное, и белокурые волосы точно отделялись от кожи. В левой руке он держал свернутый четырехугольник бумаги, а правую глубоко запустил в карман.

И сразу стало понятно все: ему — что пришла смерть, им — что он знает об этом.

— Извините! — сказал один, и лицо его быстро передернулось.

— Прошение? О чем? — так же ненужно, но точно обязанный поддерживать игру, спросил губернатор. Но руки за бумагой не протянул.

А тот, все еще держа в левой руке никого не обманывающую бумагу и не отдавая ее губернатору, правой тащил запутавшийся в подкладке револьвер, морщась от усилий.

Губернатор быстро, искоса, огляделся: грязная пустыня площади, с втоптанными в грязь соломинками сена, глухой забор. Все равно уже поздно. Он вздохнул коротким, но страшно глубоким вздохом и выпрямился — без страха, но и без вызова; но была в чем-то, быть может в тонких морщинах на большом, старчески мясистом носу, неуловимая, тихая и покорная мольба о пощаде и тоска. Но сам он не знал о ней, не увидали ее и люди. Убит он был тремя непрерывными выстрелами, слившимися в один сплошной и громкий треск.

Минуты через три прибежал городовой, за ним сыщики и народ — как будто все они где-то поблизости, за углом, ожидали конца. И труп закрыли. А еще через десять минут ехала уже лазаретная фура с красным крестом — и по всему городу стучали, как камни, перекрестные вопросы и ответы:

— Убит?

— Наповал.

— А кто? Поймали?

— Нет, убежали. Неизвестные какие-то. Трое.

И весь день возбужденно говорили об убийстве, одни — порицая, другие — одобряя его и радуясь. Но за всеми речами, каковы они ни были, чувствовался легкий трепет большого страха: что-то огромное и всесокрушающее, подобно циклону, пронеслось над жизнью, и за нудными мелочами ее, за самоварами, постелями и калачами, выступил в тумане грозный образ Закона Мстителя.

Гимназисточка плакала.

Август 1905 г.

Защита (*История одного дня*)

По коридору суда прохаживался высокий, худощавый блондин, одетый во фраке. Звали его Андреем Павловичем Колосовым, и он третий уже год состоял в звании помощника присяжного поверенного. Перед каждым крупным делом Андрей Павлович сильно волновался, но на этот раз его дурное состояние переходило границы обычного. Причин на то было много. Главнейшей из них были больные нервы. Последний год они прямо-таки отказывались служить, и водяные души, принимаемые Колосовым, помогали очень мало. Нужно было бросить курить, но он не мог решиться на это, так сильна была привычка. И теперь ему захотелось покурить, хотя во рту у него уже образовался тот неприятный осадок, который так знаком всем курящим запоем. Колосов отправился в докторскую комнату, оказавшуюся свободной, лег на клеенчатый диван и закурил. Ох, как он устал! Целую неделю не вылезает он из фрака. Да какое неделю! То у мировых судей, то в съезде, вчера целый день до девяти часов вечера промаялся в окружном суде по пустейшему гражданскому делу. Товарищи завидуют, что он так много зарабатывает, ставят примером неутомимости, а куда все это идет? Три тысячи рублей в год, которые он с таким трудом выколачивает, плывут между пальцами. Жизнь все дорожает, дети требуют на себя все больше и больше. Долги растут. Послезавтра срок за квартиру, нужно платить пятьдесят рублей, а у него в наличности всего десять. Опять выворачиваться, значит. Жена…

При воспоминании о долгах и жене Колосов поморщился и вздохнул.

— Послушай, куда ты запропастился? Я тебя искал-

искал! — влетел в комнату товарищ Колосова по сегодняшней защите, Померанцев, тоже помощник присяжного поверенного, успевший приобрести репутацию талантливого криминалиста.

Красивый брюнет, подвижной, говорливый и жизнерадостный, но несколько шумный и надоедливый, Померанцев был редким баловнем судьбы. Дома, в богатой семье, его боготворили, счастье сопутствовало ему во всех делах, — как по рельсам катился он к славе и деньгам.

— Нам нужно условиться относительно защиты, — быстро говорил Померанцев.

— Отвяжись, Бога ради, потом, — ответил вздрогнувший Колосов.

— Да как же потом?

Колосов устало махнул рукой, и Померанцев, передернув плечами, торопливо вышел.

Дело, по которому выступали Колосов и Померанцев, было по фабуле несложно. На одной из окраин Москвы, там, где кабак сменяет закусочную, чайную и снова сменяется кабаком и где ютятся подонки столичного населения" произошло убийство. Какой-то заезжий молодец, по видимости приказчик или прасол, кутил ночь в сопровождении двух оборванцев и гулящей девки «Таньки-Белоручки», показывал кошель с деньгами, а на другое утро был найден на огородах задушенным и ограбленным. Через неделю Танька и оборванцы были задержаны и сознались в убийстве. Колосов должен был защищать Таньку-Белоручку. В тюрьме, куда он отправился на свидание с обвиняемой, его встретило нечто неожиданное. Танька, или Таня, как он начал называть ее, была молоденькая, хорошенькая девушка с гладко зачесанными русыми волосами, скромная и пугливая. Одиночное ли заключение смыло с ее лица грязь позорного ремесла, или жестокие душевные страдания одухотворили его, но ни в чем не было видно того презренного и жалкого создания, о каких привык слышать Андрей Павлович. Только голос, несколько охрипший и грубый, говорил о ночах разврата и пьянства.

После первого же свидания Колосов понял, что Танька ни душой, ни телом не повинна в убийстве. Страх погубил ее. Страх существа, находящегося внизу общественной лестницы и придавленного всеми, кто находится выше. Всякий был сильнее Тани и всякий обижал ее, был ли то ее любовник, драчливый и жестокий, или городовой, сияющий всеми своими значками и бляхами и одним своим юпитеровским видом приводивший в панический ужас обладательницу желтого билета. Из страстной и порывистой речи Тани, когда ее глаза горели и худенькое тело вздрагивало от накопившейся ненависти к гонителям, Колосов увидел, что Таня способна и на самозащиту. Так защищается заспанный зверек, запрокинувшийся на спину и яростно скалящий зубы на поднятую руку, но в самой этой напускной ярости более ужаса и смертельной тоски, чем в самом отчаянном вопле. Со слезами и сомнением в том, что кто-нибудь может поверить ее словам, Таня рассказывала, как произошло убийство. Когда все они вышли из последнего кабака и проходили пустырем, Иван Горошкин, ее любовник, и Василий Хоботьев накинулись на незнакомца и стали душить его.

— Испугалась я, барин, до смерти. Закричала на них: «Что вы, душегубы, делаете?» Ванька на меня только цыкнул, а тот уж хрипеть начинает. Бросилась к ним, а Ванька, злодей, как ударит меня ногой по животу. «Молчи, говорит, а то тебе то же будет!» Пустилась я от них бежать по огородам, сама не знаю, как у Марфушки до постели довалилась... Платок, как бежала, потеряла...

На другой день Таня упрекнула Ивана в содеянном, но тот двумя ударами кулака убедил ее в непреложности совершившего факта, а через полтора часа Таня пела песни, плакала и пила водку, купленную на награбленные деньги.

Колосов еще раза два был у Тани, и после каждого посещения предстоящая защита казалась ему все труднее. Ну, что он скажет на суде? Ведь надо рассказать все, что есть горького и несправедливого на свете, рассказать о вечной, неумолкающей борьбе за жизнь, о стонах побежденных и победителей, одной грудой валяющихся на кровавом поле... Но разве об этих стонах можно рассказать тому, кто сам их не слышал и не слышит?

Вчера ночью (днем он был занят) Андрей Павлович готовился к защите. Сперва работа не клеилась, но после нескольких стаканов крепкого чаю и десятка папирос разбросанные мысли стали складываться в систему. Все более возбуждаясь, взвинчивая себя удачными выражениями, красивыми фразами, Колосов наконец составил горячую, убедительную речь, прежде всех убедившую его самого. На минуту в нем исчез страх, который как бы передался ему от Тани, и он лег спать, уверенный в себе и победе. Но бессонница сделала свое дело. Сегодня у него голова тяжела и пуста. Отдельные фразы из речи, которые он набросал на бумаге, кажутся искусственными и слишком громкими. Вся надежда на то, что нервы приподнимутся, и в нужную минуту он овладеет собой.

Он сегодня уже виделся с Таней и был неприятно поражен той одеревенелостью, которая сквозила в ее голосе.

Смотрите же, Таня, вы передавайте все так, как и мне говорили. Хорошо?

— Хорошо, — ответила покорно Таня, но в этой покорности звучал тот одному ему понятный страх, которым было проникнуто все ее существо.

Дело началось.

Когда отворилась дверь, ведущая из коридора за решетку, за которой помещаются подсудимые, и они начали входить один за другим, публика, наскучившая ожиданием, всколыхнулась. Звякнули шпоры жандармов, блеснули их обнаженные тесаки, и зрители поняли, что драма начинается. Пронесшийся по залу шорох и шепот показали, что происходит обмен впечатлений. Ординарная наружность Ивана Горошкина и Хоботьева вызвала нелестные замечания, зато Таня понравилась — настоящая героиня драмы.

После обычного допроса подсудимых об их имени и звании Таня, на вопрос председателя об ее занятии, ответила:

— Проститутка!

И это слово, брошенное в середину расфранченных чистых женщин, сытых и довольных мужчин, прозвучало, как похоронный колокол, как грозный упрек умершего всем живым. Но ничья не опустилась голова, ничьи не потупились глаза. Еще более жадным любопытством засветились они — подсудимая так хорошо ведет свою роль.

Первым начал объяснения Горошкин, представлявший собою смуглого, довольно красивого мужчину с самодовольными манерами признанного сутенера. Говорил он не торопясь, выбирая выражения и имея такой вид, как будто он хорошо сознает свое превосходство над окружающими и стесняется особенно

318

ярко обнаруживать его. По его словам выходило, что все трое имели одинаковую долю в совершении убийства. Он держал неизвестного за руки, Танька набросила ему петлю на шею, а Хоботьев душил. Хоботьев, во всех отношениях безличный субъект, повторил ту же историю, расходясь с Горошкиным лишь в неважных подробностях относительно дележа денег. Спокойный перед ожидающей его каторгой, он не мог примириться с тем, что Ивану досталась львиная доля награбленного. Наступила очередь Тани.

Колосов со страхом ожидал ее слов, и после первых звуков ломающегося голоса понял, что дело плохо. Куда-то исчезла та искренность и простота, которые так подкупали; его и были, в сущности, единственным оружием Тани. Путаясь в ненужных подробностях и отступлениях, оскорбляя слух вульгарностью и резкостью выражений, Таня слишком заметно старалась оправдаться и сваливать вину на других, и чем больше старалась, тем худшее производила впечатление. «Лучше совсем бы уж молчала!»— со злобой на Таню подумал Колосов, мучительно улавливая каждую неверную нотку. Он не глядел на присяжных и публику, но всем телом чувствовал, что растут неприязнь и недоверие.

— Если вы не виновны в убийстве, то почему же вы сознались в нем в полиции и у следователя? — спросил председатель.

Таня замялась и потом ответила, что в полиции ее били. В этом ответе чувствовалась прямая и «наглая» ложь. Да и действительно Таня ничего не говорила об этом своему защитнику. Но чем иным, кроме битья, могла она объяснить всем этим важным господам свой страх перед приставом, который на нее только глазом повел, а ей Бог знает что почудилось! Разве этот барин с золотыми пуговицами поймет, что можно бояться даже одних только светлых пуговиц? На этот раз не только барин, но и Колосов не понял Тани. Сжав со злостью зубы, он уткнулся в пюпитр, чтобы не видеть недоверчивых улыбок.

— А следователь вас тоже бил? — с легкой иронией продолжал председатель.

В задних рядах публики пронесся подленький смешок.

Таня молчала.

— А не судились ли вы за кражу портмоне у пьяного? Мировой судья приговорил вас к двум месяцам тюремного заключения?

Таня молчала. К чему она будет говорить? Жаль только, что она рассердила Андрея Павловича, не сумевши как следует рассказать.

Начался бесконечный допрос свидетелей. Перед все более туманившимися глазами Колосова проходили вежливые, многоречивые и благообразные содержатели кабаков, заспанные и как будто чем-нибудь оглушенные прислуживающие. Одни загромождали свою речь тысячью мелких подробностей, и их нельзя было заставить замолчать; из других приходилось вытягивать каждое слово. Появился свидетель — симпатичный, чисто одетый мальчик, худенький и застенчивый. После нескольких одобрительных слов председатель спросил, что делали Белоручка и другие, когда заходили к его бабушке в хату.

— Калтошку чистили, — ответил мальчик и, взглянув исподлобья на председателя, улыбнулся.

Улыбнулся суд, улыбнулись присяжные, улыбнулась и тихо плакавшая Таня, и слезинки блеснули на ее глазах. Колосов заметил эту любовную улыбку матери, похоронившей своего ребенка, и подумал: «Ради одной этой улыбки нужно оправдать ее». Часы шли за часами, и Андрей Павлович чувствовал себя все хуже и хуже. Перед утомленными глазами его протягивались блестящие нити; слух с трудом воспринимал звуки; смысл речей терялся для него, и раз он вызвал уже замечание председателя по поводу вторично предложенного одного и того же вопроса. Апатия,, и скука затягивали его. Он пытался расшевелить себя, в перерывах курил до головокружения, выпил рюмку коньяку, но минутное возбуждение сменялось полным упадком энергии. «Боже, что со мной?» — приходила минутами мысль, и где-то ощущался страх, а по спине поднимался холодок. Померанцев, смелый, бойкий, настойчивый, вел следствие прекрасно: выматывал душу из свидетелей, вступал в ожесточенные схватки с председателем и прокурором и вызывал в публике одобрительные отзывы.

Речи начались только в одиннадцатом часу вечера Прокурор, пожилой сутуловатый человек, с умным, но мало выразительным лицом, с тихой, спокойной и красивой речью, был грозен и неумолим, как сама логика, — эта логика, лживее которой нет ничего на свете, когда ею меряют человеческую душу. Оставаясь на почве фактов, и только фактов, без трескучих фраз и деланных эффектов, прокурор петлю за петлей нанизывал на сеть, опутавшую Таню. Бесстрастно, эпически начертав картину среды, в которой жили преступники, он приступил к описанию самого злодеяния.

Колосову, нервно перебиравшему холодными руками свои заметки, казалось, что с каждым словом обвинителя в зале тухнет лампочка и становится темнее. Он чувствовал сзади себя притихшую Таню; ее глаза расширяются при каждом слове, которое, как тяжелый молот, гвоздит ее голову. Впервые со всей ужасающей ясностью и подавляющей силой Колосов понял, какая безмерно тяжелая лежит на нем ответственность. Сердце замирало у него, руки тряслись, а грозный голос твердил: «Ты убийца! ты убийца!..» Колосов боялся оглянуться назад: вдруг он встретит глаза Тани и прочтет в них мольбу о спасении и слепую веру в него? Зачем он в тюрьме успокаивал ее и говорил о возможности оправдания?..

...Все более чернеет грозная туча обвинения, нависшая над головой Тани. С тем же жестоким спокойствием прокурор говорит о позорном прошлом «Таньки-Белоручки», запятнавшей свои белые ручки в неповинной крови. Вспоминает о краже, добавляя, что, быть может, она была уже не первой...

В притихшей зале не хватает воздуха. Колосов задыхается. Он закрывает глаза и, как преступник перед казнью, видит в глубокой дали солнце, зеленые луга, голубое чистое небо. Как тихо и спокойно сейчас у него дома! Дети спят в своих кроватках. Хорошо бы пойти к ним. Стать на колена и припасть головой, ища защиты, к их чистенькому тельцу. Бежать от этого ужаса! Бежать!.. Бежать? Но ведь у нее тоже был ребенок? Только в одном крике, продолжительном, отчаянном, диком, мог выразить Колосов свое чувство. О, если бы у него был язык богов! Какая громовая, безумная речь пронеслась бы над этой толпой! Растворились бы жестокие сердца, рыдания огласили бы залу, свечи потухли бы от ужаса, и сами стены содрогнулись бы от жалости и горя! Как тяжело быть человеком, только человеком!..

Прокурор кончил свою речь. После минутного перерыва, наполненного кашлем, сморканием и шумом передвигаемых ног, начал говорить Померанцев. Его плавная, красивая речь льется, как ручеек. Здоровый, мягко вибрирующий голос как бы рассеевает тьму. Вот послышался легкий смех — Померанцев вскользь бросил остроту по адресу прокурора. Колосов смотрит на полное, красивое лицо товарища, следит за его округленными жестами и вздыхает: «Хорошо тебе; не знаешь ты горя и не понимаешь его!..» Когда наконец Колосов начал говорить, он не узнал своего голоса: глухой, надтреснутый, неприятный ему самому. Присяжные, сперва насторожившиеся, после первых фраз начали двигаться, смотреть на часы, позевывать. Фразы деланные, неестественные идут одна за другой, навдя скуку на утомленных судей. Шаблонное, опротивевшее повторение сотен речей, слышанных ими. Председатель перестает следить за речью и о чем-то перешептывается с членом суда. «Хотя бы кончить поскорее!»— думает Колосов.

Присяжные заседатели отправились в совещательную комнату. Как мучительно тянутся эти полчаса! Колосов старается избегать товарищей и разговоров, но один, молодой, веселый, толстый и не понимающий, что можно говорить и чего нельзя, настигает его:

— Что это вы, батенька, так плохо нынче? А мы нарочно пришли вас послушать.

Колосов любезно улыбается, бормочет что-то, но тот, увидев Померанцева, устремляется к нему, издалека крича:

— Здорово, Сергей Васильевич! Здорово!

Вот и звонок. Болтавшая, гулявшая и курившая публика толпой валит в залу, толкаясь в дверях. Из совещательной комнаты выходят гуськом присяжные заседатели, и зала замирает в ожидании. Рты полураскрыты, глаза с жадным любопытством устремлены на бумагу, которую спокойно берет председатель от старшины присяжных, равнодушно прочитывает и подписывает. Колосов стоит в дверях и смотрит, не отрываясь, на бледный профиль Тани.

Старшина читает, с трудом разбирая нечеткий почерк:

— Виновна ли крестьянка Московской губернии, Бронницкого уезда, Татьяна Никанорова Палашова, двадцати одного года, в том, что в ночь с восьмого на девятое декабря… с целью воспользоваться имуществом… в сообществе с другими лицами… удушила…

— Да, виновна.

Показалось ли это Колосову, или Таня действительно покачнулась? Или покачнулся он сам?

Нужно ждать еще полчаса, пока суд вынесет приговор. Андрей Павлович не в состоянии оставаться среди этой оживленной толпы и уходит в дальние, пустынные и слабо освещенные коридоры. Медленно ходит он взад и вперед, и шаги его гулко раздаются под сводами. Вот со стороны залы слышится топот ног, шум, голоса — все кончилось. Колосов поспешно идет вразрез толпе, слышит громкие, как бы ликующие возгласы: «Десять лет каторги!»… и останавливается у дверей, из которых выходят преступники. Когда Таня проходит мимо него, он берет ее безжизненно опущенную руку, наклоняется и говорит:

— Таня! Прости меня!

Таня поднимает на него тусклые без выражения глаза и молча проходит дальше.

Колосов и Померанцев живут по соседству и поэтому ехали домой на одном извозчике. Дорогой Померанцев очень много говорил о сегодняшнем деле, жалел Таню и радовался снисхождению, которое дано Хоботьеву. Колосов отвечал односложно и неохотно. Дома Колосов, не торопясь, разделся, спросил, спит ли жена, и, проходя мимо, детской, машинально взялся за ручку двери, чтобы, по обыкновению, зайти поцеловать детей, но раздумал и прошел прямо к себе в спальню.

Мысль

Одиннадцатого декабря 1900 года доктор медицины Антон Игнатьевич Керженцев совершил убийство. Как вся совокупность данных, при которых совершилось преступление, так и некоторые предшествовавшие ему обстоятельства давали повод заподозрить Керженцева в ненормальности его умственных способностей.

Положенный на испытание в Елисаветинскую психиатрическую больницу, Керженцев был подвергнут строгому и внимательному надзору нескольких опытных психиатров, среди которых находился профессор Држембицкий, недавно умерший. Вот письменные объяснения, которые даны были по поводу происшедшего самим доктором Керженцевым через месяц после начала испытания; вместе с другими материалами, добытыми следствием, они легли в основу судебной экспертизы.

Лист первый

До сих пор, гг. эксперты, я скрывал истину, но теперь обстоятельства вынуждают меня открыть ее. И, узнав ее, вы поймете, что дело вовсе не так просто, как это может показаться профанам: или горячечная рубашка, или кандалы. Тут есть третье — не кандалы и не рубашка, а, пожалуй, более страшное, чем то и другое, вместе взятое.

Убитый мною Алексей Константинович Савелов был моим товарищем по гимназии и университету, хотя по специальностям мы разошлись: я, как вам известно, врач, а он окончил курс по юридическому факультету. Нельзя сказать, чтобы я не любил покойного; он всегда был мне симпатичен, и более близких друзей, чем он, я никогда не имел. Но при всех симпатичных свойствах, он не принадлежал к тем людям, которые могут внушить мне уважение. Удивительная мягкость и податливость его натуры, странное непостоянство в области мысли и чувства, резкая крайность и необоснованность его постоянно менявшихся суждений заставляли меня смотреть на него, как на ребенка или женщину. Близкие ему люди, нередко страдавшие от его выходок и вместе с тем, по нелогичности человеческой натуры, очень его любившие, старались найти оправдание его недостаткам и своему чувству и называли его «художником». И действительно, выходило так, будто это ничтожное слово совсем оправдывает его и то, что для всякого нормального человека было бы дурным, делает безразличным и даже хорошим. Такова была сила придуманного слова, что даже я одно время поддался общему настроению и охотно извинял Алексею его мелкие недостатки. Мелкие — потому, что к большим, как ко всему крупному, он был неспособен. Об этом достаточно свидетельствуют и его литературные произведения, в которых все мелко и ничтожно, что бы ни говорила близорукая критика, падкая на открытие новых талантов. Красивы и ничтожны были его произведения, красив и ничтожен был он сам.

Когда Алексей умер, ему было тридцать один год,— на один с немногим год моложе меня.

Алексей был женат. Если вы видели его жену теперь, после его смерти, когда на ней траур, вы не можете составить представления о том, какой красивой была она когда-то: так сильно, сильно она подурнела. Щеки серые, и кожа на лице такая дряблая, старая-старая, как поношенная перчатка. И морщинки. Это сейчас морщинки, а еще год пройдет — и это будут глубокие борозды и канавы: ведь она так его любила! И глаза ее теперь уже не сверкают и не смеются, а прежде они всегда смеялись, даже в то время, когда им нужно было плакать. Всего одну минуту видел я ее, случайно столкнувшись с нею у следователя, и был поражен переменой. Даже гневно взглянуть на меня она не могла. Такая жалкая!

Только трое — Алексей, я и Татьяна Николаевна — знали, что пять лет тому назад, за два года до женитьбы Алексея, я делал Татьяне Николаевне предложение, и оно было отвергнуто. Конечно, это только предполагается, что трое, а, наверное, у Татьяны Николаевны есть еще десяток подруг и друзей, подробно осведомленных о том, как однажды доктор Керженцев возмечтал о браке и получил унизительный отказ. Не знаю, помнит ли она, что она тогда засмеялась; вероятно, не помнит,— ей так часто приходилось смеяться. И тогда напомните ей: пятого сентября она засмеялась. Если она будет отказываться,— а она будет отказываться,— то напомните, как это было. Я, этот сильный человек, который никогда не плакал, который никогда ничего не боялся,— я стоял перед нею и дрожал. Я дрожал и видел, как кусает она губы, и уже протянул руку, чтобы обнять ее, когда она подняла глаза, и в них был смех. Рука моя осталась в воздухе, она засмеялась, и долго смеялась. Столько, сколько ей хотелось. Но потом она все-таки извинилась.

— Извините, пожалуйста,— сказала она, а глаза ее смеялись.

И я тоже улыбнулся, и если бы я мог простить ей ее смех, то никогда не прощу этой своей улыбки. Это было пятого сентября, в шесть часов вечера, по петербургскому времени. По петербургскому, добавляю я, потому что мы находились тогда на вокзальной платформе, и я сейчас ясно вижу большой белый циферблат и такое положение черных стрелок: вверх и вниз. Алексей Константинович был убит также ровно в шесть часов. Совпадение странное, но могущее открыть многое догадливому человеку.

Одним из оснований к тому, чтобы посадить меня сюда, было отсутствие мотива к преступлению. Теперь вы видите, что мотив существовал. Конечно, это не было ревностью. Последняя предполагает в человеке пылкий темперамент и слабость мыслительных способностей, то есть нечто прямо противоположное мне, человеку холодному и рассудочному. Месть? Да, скорее месть, если уж так необходимо старое слово для определения нового и незнакомого чувства. Дело в том, что Татьяна Николаевна еще раз заставила меня ошибиться, и это всегда злило меня. Хорошо зная Алексея, я был уверен, что в браке с ним Татьяна Николаевна будет очень несчастна и пожалеет обо мне, и поэтому я так настаивал, чтобы Алексей, тогда еще просто влюбленный, женился на ней. Еще только за месяц до своей трагической смерти он говорил мне:

— Это тебе я обязан своим счастьем. Правда, Таня?

А она смотрела на меня, говорила: «правда», и глаза ее улыбались. Я тоже улыбался. И потом мы все рассмеялись, когда он обнял Татьяну Николаевну — при мне они не стеснялись — и добавил:

— Да, брат, дал ты маху!

Эта неуместная и нетактичная шутка сократила его жизнь на целую неделю: первоначально я решил убить его восемнадцатого декабря.

Да, брак их оказался счастливым, и счастлива была именно она. Он любил Татьяну Николаевну не сильно, да и вообще он не был способен к глубокой любви. Было у него свое любимое дело — литература,— выводившее его интересы за пределы спальни. А она любила его и только им одним жила. Потом он был нездоровый человек: частые головные боли, бессонница, и это, конечно, мучило его. А ей даже ухаживать за ним, больным, и выполнять его капризы было счастьем. Ведь когда женщина полюбит, она становится невменяемой.

И вот изо дня в день я видел ее улыбающееся лицо, ее счастливое лицо, молодое, красивое, беззаботное. И думал: это устроил я. Хотел дать ей беспутного мужа и лишить ее себя, а вместо того и мужа дал такого, которого она любит, и сам остался при ней. Вы поймете эту странность: она умнее своего мужа и беседовать любила со мной, а, побеседовав, спать шла с ним — и была счастлива.

Я не помню, когда впервые пришла мне мысль убить Алексея. Как-то незаметно она явилась, но уже с первой минуты стала такой старой, как будто я с нею родился. Я знаю, что мне хотелось сделать Татьяну Николаевну несчастной, и что сперва я придумывал много других планов, менее гибельных для Алексея,— я всегда был врагом ненужной жестокости. Пользуясь своим влиянием на Алексея, я думал влюбить его в другую женщину или сделать его пьяницей (у него была к этому наклонность), но все эти способы не годились. Дело в том, что Татьяна Николаевна ухитрилась бы остаться счастливой, даже отдавая его другой женщине, слушая его пьяную болтовню или принимая его пьяные ласки. Ей нужно было, чтобы этот человек жил, а она так или иначе служила ему. Бывают такие рабские натуры. И, как рабы, они не могут понять и оценить чужой силы, не силы их господина. Были на свете женщины умные, хорошие и талантливые, но справедливой женщины мир еще не видал и не увидит.

Признаюсь искренно, не для того чтобы добиться ненужного мне снисхождения, а чтобы показать, каким правильным, нормальным путем создавалось мое решение, что мне довольно долго пришлось бороться с жалостью к человеку, которого я осудил на смерть. Жаль его было за предсмертный ужас и те секунды страдания, пока будет проламываться его череп. Жаль было — не знаю, поймете ли вы это — самого черепа. В стройно работающем живом организме есть особенная красота, и смерть, как и болезнь, как и старость, прежде всего — безобразие. Помню, как давно еще, когда я только что кончил университет, мне попалась в руки красивая молодая собака с стройными сильными членами, и мне стоило большого усилия над собой содрать с нее кожу, как требовал того опыт. И долго потом было неприятно вспоминать ее.

И если б Алексей не был таким болезненным, хилым, не знаю, быть может, я и не убил бы его. Но красивую его голову мне и до сих пор жаль. Передайте, пожалуйста, Татьяне Николаевне и это. Красивая, красивая была голова. Плохи у него были одни глаза — бледные, без огня и энергии.

Не убил бы я Алексея и в том случае, если бы критика была права и он действительно был бы таким крупным литературным дарованием. В жизни так много темного и она так нуждается в освещающих ее путь талантах, что каждый из них нужно беречь, как драгоценнейший алмаз, как то, что оправдывает в человечестве существование тысяч негодяев и пошляков. Но Алексей не был талантом.

Здесь не место для критической статьи, но вчитайтесь в наиболее нашумевшие произведения покойного, и вы увидите, что они не были нужны для жизни. Они нужны были и интересны для сотни ожиревших людей, нуждающихся в развлечении, но не для жизни, но не для нас, пытающихся разгадать ее. В то время как писатель силою своей мысли и таланта должен творить новую жизнь, Савелов только описывал старую, не пытаясь даже разгадать ее сокровенный смысл. Единственный его рассказ, который мне нравится, в котором он близко подходит к области неразведанного, это рассказ «Тайна», но он — исключение. Самое, однако, дурное было то, что Алексей, видимо, начал исписываться и от счастливой жизни растерял последние зубы, которыми нужно впиваться в жизнь и грызть ее. Он сам нередко говорил мне о своих сомнениях, и я видел, что они основательны; я точно и подробно выпытал планы его будущих работ,— и пусть утешатся горюющие поклонники: в них не было ничего нового и крупного. Из близких Алексею людей одна жена не видела упадка его таланта и никогда не увидела бы. И знаете почему? Она не всегда читала произведения своего мужа. Но, когда я попробовал как-то немного раскрыть ей глаза, она попросту сочла меня за негодяя. И, убедившись, что мы одни, сказала:

— Вы не можете ему простить другого.

— Чего?

— Того, что он мой муж и я люблю его. Если бы Алексей не чувствовал к вам такого пристрастия...

Она запнулась, и я предупредительно закончил ее мысль:

— Вы меня выгнали бы?

В ее глазах блеснул смех. И, невинно улыбаясь, она медленно проговорила:

— Нет, оставила бы.

А я никогда ведь ни одним словом и жестом не показал, что продолжаю любить ее. Но тут подумал: тем лучше, если она догадывается.

Самый факт отнятия жизни у человека не

останавливал меня. Я знал, что это преступление, строго караемое законом, но ведь почти все, что мы делаем, преступление, и только слепой не видит этого. Для тех, кто верит в Бога,— преступление перед Богом; для других — преступление перед людьми; для таких, как я,— преступление перед самим собой. Было бы большим преступлением, если б, признав необходимым убить Алексея, я не выполнил этого решения. А то, что люди делят преступления на большие и маленькие и убийство называют большим преступлением, мне и всегда казалось обычной и жалкой людской ложью перед самим собой, старанием спрятаться от ответа за собственной спиной.

Не боялся я и самого себя, и это было важнее всего. Для убийцы, для преступника самое страшное не полиция, не суд, а он сам, его нервы, мощный протест его тела, воспитанного в известных традициях. Вспомните Раскольникова, этого так жалко и так нелепо погибшего человека, и тьму ему подобных. И я очень долго, очень внимательно останавливался на этом вопросе, представляя себя, каким я буду после убийства. Не скажу, чтобы я пришел к полной уверенности в своем спокойствии,— подобной уверенности не могло создаться у мыслящего человека, предвидящего все случайности. Но, собрав тщательно все данные из своего прошлого, приняв в расчет силу моей воли, крепость неистощенной нервной системы, глубокое и искреннее презрение к ходячей морали, я мог питать относительную уверенность в благополучном исходе предприятия. Здесь не лишнее будет рассказать вам один интересный факт из моей жизни.

Когда-то, еще будучи студентом пятого семестра, я украл пятнадцать рублей из доверенных мне товарищеских денег, сказал, что кассир ошибся в счете, и все мне поверили. Это было больше чем простая кража, когда нуждающийся крадет у богатого: тут и нарушенное доверие, и отнятие денег именно у голодного, да еще товарища, да еще студента, и притом человеком со средствами (почему мне и поверили). Вам, вероятно, этот поступок кажется более противным, чем даже совершенное мною убийство друга,— не так ли? А мне, помню, было весело, что я сумел это сделать так хорошо и ловко, и я смотрел в глаза, прямо в глаза тем, кому смело и свободно лгал. Глаза у меня черные, красивые, прямые,— и им верили. Но более всего я был горд тем, что совершенно не испытываю угрызений совести, что мне и нужно было самому себе доказать. И до настоящего дня я с особенным удовольствием вспоминаю menu ненужно роскошного обеда, который я задал себе на украденные деньги и с аппетитом съел.

И разве теперь я испытываю угрызения совести? Раскаяние в содеянном? Ничуть.

Мне тяжело. Мне безумно тяжело, как ни одному в мире человеку, и волосы мои седеют,— но это другое. Другое. Страшное, неожиданное, невероятное в своей ужасной простоте.

Лист второй

Моя задача была такова. Нужно, чтобы я убил Алексея; нужно, чтобы Татьяна Николаевна видела, что это именно я убил ее мужа, и чтобы вместе с тем законная кара не коснулась меня. Не говоря уже о том, что наказание дало бы Татьяне Николаевне лишний повод посмеяться, я вообще совершенно не хотел каторги. Я очень люблю жизнь.

Я люблю, когда в тонком стакане играет золотистое

вино; я люблю, усталый, протянуться в чистой постели; мне нравится весной дышать чистым воздухом, видеть красивый закат, читать интересные и умные книги. Я люблю себя, силу своих мышц, силу своей мысли, ясной и точной. Я люблю то, что я одинок и ни один любопытный взгляд не проник в глубину моей души с ее темными провалами и безднами, на краю которых кружится голова. Никогда я не понимал и не знал того, что люди называют скукою жизни. Жизнь интересна, и я люблю ее за ту великую тайну, что в ней заключена, я люблю ее даже за ее жестокости, за свирепую мстительность и сатанински веселую игру людьми и событиями.

Я был единственный человек, которого я уважал,— как же мог я рисковать отправить этого человека в каторгу, где его лишат возможности вести необходимое ему разнообразное, полное и глубокое существование!.. Да и с вашей точки зрения я был прав, желая уклониться от каторги. Я очень удачно врачую; не нуждаясь в средствах, я лечу много бедняков. Я полезен. Наверное, полезнее, чем убитый Савелов.

И безнаказанности можно было добиться легко. Существуют тысячи способов незаметно убить человека, и мне, как врачу, было особенно легко прибегнуть к одному из них. И среди придуманных мною и отброшенных планов долгое время занимал меня такой: привить Алексею неизлечимую и отвратительную болезнь. Но неудобства этого плана были очевидны: длительные страдания для самого объекта, нечто некрасивое во всем этом, глубокое и как-то слишком уж... неумное; и наконец, и в болезни мужа Татьяна Николаевна нашла бы для себя радость. Особенно осложнялась моя задача обязательным требованием, чтобы Татьяна Николаевна знала руку, поразившую ее мужа. Но только трусы боятся препятствий: таких, как я, они привлекают.

Случайность, этот великий союзник умных, пришла мне на помощь. И я позволю себе обратить особенное внимание, гг. эксперты, на эту подробность: именно случайность, то есть нечто внешнее, не зависящее от меня, послужило основой и поводом для дальнейшего. В одной газете я нашел заметку про кассира, не то приказчика (вырезка из газеты, вероятно, осталась у меня дома или находится у следователя), который симулировал припадок падучей и якобы во время него потерял деньги, а в действительности, конечно, украл. Приказчик оказался трусом и сознался, указав даже место украденных денег, но самая мысль была недурна и осуществима. Симулировать сумасшествие, убить Алексея в состоянии якобы умоисступления и потом «выздороветь»— вот план, создавшийся у меня в одну минуту, но потребовавший много времени и труда, чтобы принять вполне определенную конкретную форму. С психиатрией я в то время был знаком поверхностно, как всякий врач-неспециалист, и около года ушло у меня на чтение всякого рода источников и размышление. К концу этого времени я убедился, что план мой вполне осуществим.

Первое, на что должны будут устремить внимание эксперты, это наследственные влияния,— и моя наследственность, к великой моей радости, оказалась вполне подходящей. Отец был алкоголиком; один дядя, его брат, кончил свою жизнь в больнице для умалишенных и, наконец, единственная сестра моя, Анна, уже умершая, страдала эпилепсией. Правда, со стороны матери у нас в роду все были здоровяки, но ведь достаточно одной капли яда безумия, чтобы отравить целый ряд поколений. По своему мощному здоровью я пошел в род матери, но кое-какие безобидные странности у меня существовали и могли сослужить мне службу. Моя относительная нелюдимость, которая есть просто признак здорового ума, предпочитающего проводить время наедине с самим собою и книгами, чем тратить его на праздную и пустую болтовню, могла сойти за болезненную мизантропию; холодность темперамента, не ищущего грубых чувственных наслаждений,— за выражение дегенерации. Самое упорство в достижении раз поставленных целей — а примеров ему можно было найти немало в моей богатой жизни — на языке господ экспертов получило бы страшное название мономании, господства навязчивых идей.

Почва для симуляции была, таким образом, необыкновенно благоприятна: статика безумия была налицо, дело оставалось за динамикой. По ненамеренной подмалевке природы нужно было провести два-три удачных штриха, и картина сумасшествия готова. И я очень ясно представил себе, как это будет, не программными мыслями, а живыми образами: хоть я и не пишу плохих рассказов, но я далеко не лишен художественного чутья и фантазии.

Я увидел, что провести свою роль я буду в состоянии. Наклонность к притворству всегда лежала в моем характере и была одною из форм, в которых стремился я к внутренней свободе. Еще в гимназии я часто симулировал дружбу: ходил по коридору обнявшись, как это делают настоящие друзья, искусно подделывал дружески-откровенную речь и незаметно выпытывал. А когда разнеженный приятель выкладывал всего себя, я отбрасывал от себя его душонку и уходил прочь с гордым сознанием своей силы и внутренней свободы. Тем же двойственником оставался я и дома, среди родных; как в староверческом доме существует особая посуда для чужих, так и у меня было все особое для людей: особая улыбка, особые разговоры и откровенность. Я видел, что люди делают много глупого, вредного для себя и ненужного, и мне казалось, что если я стану говорить правду о себе, то я стану, как и все, и это глупое и ненужное овладеет мною.

Мне всегда нравилось быть почтительным с теми, кого я презирал, и целовать людей, которых я ненавидел, что делало меня свободным и господином над другими. Зато никогда не знал я лжи перед самим собою — этой наиболее распространенной и самой низкой формы порабощения человека жизнью. И чем больше я лгал людям, тем беспощадно-правдивее становился перед самим собой — достоинство, которым немногие могут похвалиться.

Вообще, мне думается, во мне скрывался недюжинный актер, способный сочетать естественность игры, доходившую временами до полного слияния с олицетворяемым лицом, с неослабевающим холодным контролем разума. Даже при обыкновенном книжном чтении я целиком входил в психику изображаемого лица и,— поверите ли?— уже взрослый, горькими слезами плакал над «Хижиной дяди Тома»[1]. Какое это дивное свойство гибкого, изощренного культурою ума — перевоплощаться! Живешь словно тысячью жизней, то опускаешься в адскую тьму, то поднимаешься на горные светлые высоты, одним взором окидываешь бесконечный мир. Если человеку суждено стать Богом, то престолом его будет книга...

Да. Это так. Кстати, я хочу вам пожаловаться на

---

1 Роман американской писательницы Гарриет Бичер-Стоу — поборницы освобождения от рабства американских негров.

здешние порядки. То меня укладывают спать, когда мне хочется писать, когда мне нужно писать. То не закрывают дверей, и я должен слушать, как орет какой-то сумасшедший. Орет, орет,— это прямо нестерпимо. Так действительно можно свести человека с ума и сказать, что он и раньше был сумасшедшим. И неужели у них нет лишней свечки и я должен портить себе глаза электричеством?

Ну вот. И когда-то я подумывал даже о сцене, но бросил эту глупую мысль: притворство, когда все знают, что это притворство, уже теряет свою цену. Да и дешевые лавры присяжного лицедея на казенном жалованьи мало привлекали меня. О степени моего искусства можете судить по тому, что многие ослы и до сих пор считают меня искреннейшим и правдивейшим человеком. И что странно: мне всегда удавалось проводить не ослов,— это я так сказал, сгоряча,— а именно умных людей; и наоборот, существуют две категории существ низшего порядка, у которых я никогда не мог добиться доверия: это — женщины и собаки.

Вы знаете, что достопочтенная Татьяна Николаевна никогда не верила моей любви и не верит, я думаю, даже теперь, когда я убил ее мужа? По ее логике выходит так: я ее не любил, а Алексея убил за то, что она его любит. И эта бессмыслица, наверное, кажется ей осмысленной и убедительной. И ведь умная женщина!

Провести роль сумасшедшего мне казалось не очень трудным. Часть необходимых указаний дали мне книги; часть я должен был, как всякий настоящий актер во всякой роли, восполнить собственным творчеством, а остальное воссоздаст сама публика, давно изощрившая свои чувства книгами и театром, где по двум-трем неясным контурам ее приучили воссоздавать живые лица.

Конечно, неминуемо должны были остаться некоторые проблемы — и это было особенно опасно ввиду строгой научной экспертизы, которой меня подвергнут, но и здесь серьезной опасности не предвиделось. Обширная область психопатологии настолько еще мало разработана, в ней так еще много темного и случайного, так велик простор для фантазерства и субъективизма, что я смело вручал свою судьбу в ваши руки, гг. эксперты. Надеюсь, что я не обидел вас. Я не покушаюсь на ваш научный авторитет и уверен, что вы согласитесь со мною, как люди, привыкшие к добросовестному научному мышлению.

...Наконец-таки перестал орать. Это просто нестерпимо.

И еще в то время, когда мой план находился только в проекте, у меня явилась мысль, которая едва ли могла прийти в безумную голову. Эта мысль о грозной опасности моего опыта. Вы понимаете, о чем я говорю? Сумасшествие — это такой огонь, с которым шутить опасно. Разведя костер в середине порохового погреба, вы можете чувствовать себя в большей безопасности, нежели тогда, если хоть малейшая мысль о безумии закрадется в вашу голову. И я это знал, знал, знал,— но разве опасность значит что-нибудь для храброго человека?

И разве я не чувствовал своей мысли, твердой, светлой, точно выкованной из стали и безусловно мне послушной? Словно остро отточенная рапира, она извивалась, жалила, кусала, разделяла ткани событий; точно змея, бесшумно вползала в неизведанные и мрачные глубины, что навеки сокрыты от дневного света, а рукоять ее была в моей руке, железной руке искусного и опытного фехтовальщика. Как она была послушна, исполнительна и быстра, моя мысль, и как я любил ее, мою рабу, мою грозную силу, мое единственное сокровище!

...Он опять орет, и я не могу больше писать. Как ужасно, когда человек воет. Я слышал много страшных звуков, но этот всех страшнее, всех ужаснее. Он не похож ни на что другое, этот голос зверя, проходящий через гортань человека. Что-то свирепое и трусливое; свободное и жалкое до подлости. Рот кривится на сторону, мышцы лица напрягаются, как веревки, зубы по-собачьи оскаливаются, и из темного отверстия рта идет этот отвратительный, ревущий, свистящий, хохочущий, воющий звук...

Да. Да. Такова была моя мысль. Кстати: вы обратите, конечно, внимание на мой почерк, и я прошу вас не придавать значения тому, что он иногда дрожит и как будто меняется. Я давно уже не писал, события последнего времени и бессонница сильно ослабили меня, и вот рука иногда вздрагивает. Это и раньше случалось со мной.

Лист третий

Теперь вы понимаете, что это за страшный припадок случился со мною на вечере у Каргановых. Это был мой первый опыт, удавшийся даже сверх ожиданий. Точно уже все заранее знали, что так это со мной и будет, точно внезапное сумасшествие вполне здорового человека в их глазах кажется чем-то естественным, таким, чего можно всегда ожидать. Никто не удивился, и все наперебой расцвечивали мою игру игрой собственной фантазии,— у редкого гастролера подбирается такая прекрасная труппа, как эти наивные, глупые и доверчивые люди. Рассказывали они вам, как я был бледен и страшен? Как холодный,— да, именно холодный пот покрывал мое чело? Каким безумным огнем горели мои черные глаза? Когда они передавали мне все эти свои наблюдения, я был с виду мрачен и подавлен, а вся душа моя трепетала от гордости, счастья и насмешки.

Татьяны Николаевны и ее мужа на вечере не было,— не знаю, обратили ли вы на это внимание. И это не было случайностью: я боялся запугать ее, или, еще хуже, внушить ей подозрение. Если существовал человек, который мог проникнуть в мою игру, так это только она.

И вообще тут ничего не было случайного. Наоборот, каждая мелочь, самая ничтожная, была строго продумана. Момент припадка — за ужином — я выбрал потому, что все будут в сборе и будут несколько возбуждены вином. Сел я у края стола, подальше от канделябров со свечами, так как вовсе не хотел устроить пожара или обжечь себе нос. Рядом с собою я посадил Павла Петровича Поспелова, эту жирную свинью, которой мне давно хотелось сделать какую-нибудь неприятность. Особенно противен он, когда ест. Когда первый раз я увидел его за этим занятием, мне пришло в голову, что еда есть дело безнравственное. Тут все это приходилось кстати. И, наверное, ни одна душа не заметила, что тарелка, разлетевшаяся под моим кулаком, была сверху покрыта салфеткой, чтобы не порезать руки.

Самый фокус был поразительно груб, даже глуп, но на это именно я и рассчитывал. Более тонкой штуки они не поняли бы. Сперва я размахивал руками и «возбужденно» разговаривал с Павлом Петровичем, пока тот не начал в удивлении таращить свои глазенки; потом я впал в «сосредоточенную задумчивость», дождавшись вопроса со стороны обязательной Ирины Павловны:

— Что с вами, Антон Игнатьевич? Отчего вы такой мрачный?

И, когда все взоры обратились на меня, я трагически

улыбнулся.

— Вы нездоровы?

— Да. Немного. Кружится голова. Но не беспокойтесь, пожалуйста. Это сейчас пройдет.

Хозяйка успокоилась, а Павел Петрович подозрительно, с неодобрением покосился на меня. И в следующую минуту, когда он с блаженным видом поднес к губам рюмку портвейна, я — раз!— выбил рюмку из-под самого его носа, два!— трахнул кулаком по тарелке. Осколки летят, Павел Петрович барахтается и хрюкает, барыни визжат, а я, оскалив зубы, тащу со стола скатерть со всем, что на ней есть,— это была преуморительная картина!

Да. Ну вот меня обступили, схватили: кто воды несет, кто усаживает меня в кресло, а я рычу, как тигр в Зоологическом, и глазами выделываю. И все это было так нелепо, и все они были так глупы, что мне, ей-Богу, не на шутку захотелось разбить несколько этих морд, пользуясь привилегированностью моего положения. Но я, конечно, воздержался.

Дальше картина медленного успокоения, с бурным вздыманием груди, закатыванием глаз, поскрипыванием зубами и слабыми вопросами:

— Где я? Что со мною?

Даже это нелепо французское: «Где я?»— имело успех у этих господ, и не меньше трех дураков немедленно отрапортовали:

— У Каргановых.— Сладким голосом:— Вы знаете, дорогой доктор, кто такая Ирина Павловна Карганова?

Положительно они были слишком мелки для хорошей игры!

Через день,— я дал время дойти слухам до Савеловых, — разговор с Татьяной Николаевной и Алексеем.

343

Последний как-то не осмыслил происшедшего и ограничился вопросом:

— Что это ты, брат, натворил у Каргановых?

Повертел своим пиджачком и ушел в кабинет заниматься. Этак, сойди я действительно с ума, он и не поперхнулся бы. Зато особенно многоречиво, бурно и, конечно, неискренно было сочувствие его супруги. И тут... не то чтобы мне стало жаль начатого, а просто явился вопрос: да стоит ли?

— Вы сильно любите мужа?— сказал я Татьяне Николаевне, провожавшей взором Алексея.

Она быстро обернулась.

— Да. А что?

— Да ничего, так.— И после минутного молчания, осторожного, полного невысказанных мыслей, я добавил: — Почему вы не доверяете мне?

Она быстро и прямо посмотрела мне в глаза, но не ответила. И в эту минуту я забыл, что когда-то давно она засмеялась, и не было у меня зла на нее, и то, что я делаю, показалось мне ненужным и странным. Это была усталость, естественная после сильного подъема нервов, и длилась она всего одно мгновение.

— А разве вам можно верить?— спросила Татьяна Николаевна после долгого молчания.

— Конечно, нельзя,— шутливо ответил я, а внутри меня уже снова разгорался потухший огонь.

Силу, смелость, ни перед чем не останавливающуюся решимость ощутил я в себе. Гордый уже достигнутым успехом, я смело решил идти до конца. Борьба — вот радость жизни.

Второй припадок случился через месяц после первого. Здесь не все было так продуманно, да это и излишне при существовании общего плана. У меня не было намерения устраивать его именно в этот вечер, но, раз обстоятельства складывались так благоприятно, глупо было бы не воспользоваться ими. И я ясно помню, как все это произошло. Мы сидели в гостиной и болтали, когда мне стало очень грустно. Мне живо представилось — вообще это редко бывает,— как я чужд всем этим людям и одинок в мире, я, навеки заключенный в эту голову, в эту тюрьму. И тогда все они стали противны мне. И с яростью я ударил кулаком и закричал что-то грубое и с радостью увидел испуг на их побледневших лицах.

— Негодяи!— кричал я.— Поганые, довольные негодяи! Лжецы, лицемеры, ехидны. Ненавижу вас!

И правда, что я боролся с ними, потом с лакеями и кучерами. Но ведь я знал, что борюсь, и знал, что это нарочно. Просто мне было приятно бить их, сказать прямо в глаза правду о том, какие они. Разве всякий, кто говорит правду, сумасшедший? Уверяю вас, гг. эксперты, что я все сознавал, что, ударяя, я чувствовал под рукою живое тело, которому больно. А дома, оставшись один, я смеялся и думал, какой я удивительный, прекрасный актер. Потом я лег спать и на ночь читал книжку; даже могу вам сказать, какую: Гюи де Мопассана; как всегда, наслаждался ею и заснул, как младенец. А разве сумасшедшие читают книги и наслаждаются ими? Разве они спят, как младенцы?

Сумасшедшие не спят. Они страдают, и в голове у них все мутится. Да. Мутится и падает... И им хочется выть, царапать себя руками. Им хочется стать вот так, на четвереньки, и ползти тихо-тихо, и потом разом вскочить и закричать: «Ага!»— и засмеяться. И выть. Так поднять голову и долго-долго, протяжно-протяжно, жалко-жалко.

Да. Да.

А я спал, как младенец. Разве сумасшедшие спят, как младенцы?

Лист четвертый

Вчера вечером сиделка Маша спросила меня:

— Антон Игнатьевич! Вы никогда не молитесь Богу?

Она была серьезна и верила, что я отвечу ей искренно и серьезно. И я ответил ей без улыбки, как она хотела:

— Нет, Маша, никогда. Но, если это доставит вам удовольствие, вы можете перекрестить меня.

И все так же серьезно она трижды перекрестила меня; и я был очень рад, что доставил минуту удовольствия этой превосходной женщине. Как все высоко стоящие и свободные люди, вы, гг. эксперты, не обращаете внимания на прислугу, но нам, арестантам и «сумасшедшим», приходится видеть ее близко и подчас совершать удивительные открытия. Так, вам, вероятно, не приходило и в голову, что сиделка Маша, приставленная вами наблюдать за сумасшедшими,— сама сумасшедшая? А это так.

Приглядитесь к ее походке, бесшумной, скользящей, немного пугливой и удивительно осторожной и ловкой, точно она ходит между невидимыми обнаженными мечами. Всмотритесь в ее лицо, но сделайте это как-нибудь незаметно для нее, чтобы она не знала о вашем присутствии. Когда приходит кто-нибудь из вас, лицо Маши становится серьезным, важным, но снисходительно улыбающимся — как раз то выражение, которое в этот момент господствует на вашем лице. Дело в том, что Маша обладает странною и многозначительною способностью непроизвольно отражать на своем лице выражение всех других лиц. Иногда она смотрит на меня и улыбается. Этакая бледная, отраженная, словно чуждая улыбка. И я догадываюсь, что я улыбался. когда она взглянула на меня. Иногда лицо Маши становится страдальческим, угрюмым, брови сходятся к переносью, углы рта опускаются; все лицо стареет на десяток лет и темнеет,— вероятно, таково же иногда мое лицо. Случается, что я ее пугаю своим взглядом. Вы знаете, как странен и немного страшен взгляд всякого глубоко задумавшегося человека. И глаза Маши расширяются, зрачок темнеет, и, слегка приподняв руки, она бесшумно идет ко мне и что-нибудь со мной делает, дружеское и неожиданное: приглаживает мне волосы или поправляет халат.

— Пояс у вас развяжется!— говорит она, а лицо ее все такое же испуганное.

Но мне случается видеть ее одну. И когда она одна, на лице ее странно отсутствует всякое выражение. Оно бледно, красиво и загадочно, как лицо мертвеца. Крикнешь ей:

«Маша!»— она быстро обернется, улыбнется своею нежною и пугливою улыбкою и спросит:

— Вам подать что-нибудь?

Она всегда что-нибудь подает, принимает и, если ей нечего подавать, принимать и убирать, видимо, беспокоится. И всегда она бесшумная. Я ни разу не замечал, чтобы она что-нибудь уронила или стукнула. Я пробовал говорить с нею о жизни, и она странно равнодушна ко всему, даже к убийствам, пожарам и всякому другому ужасу, который так действует на малоразвитых людей.

— Вы понимаете: их убивают, ранят, и у них остаются маленькие голодные дети,— говорил я ей про войну.

— Да, понимаю,— ответила она и задумчиво спросила:— Вам не дать ли молока, вы сегодня мало кушали?

Я смеюсь, и она отвечает немного испуганным смехом. Она ни разу не была в театре, не знает, что Россия —

государство и что есть другие государства; она неграмотна и Евангелие слышала только то, которое отрывками читают в церкви. И каждый вечер она становится на колени и подолгу молится.

Я долго считал ее просто ограниченным, тупым существом, рожденным для рабства, но один случай заставил меня изменить взгляд. Вы, вероятно, знаете, вам, вероятно, сказали, что я пережил здесь одну скверную минуту, которая ничего, конечно, не доказывает, кроме усталости и временного упадка сил. Это было полотенце. Конечно, я сильнее Маши и мог убить ее, так как мы были только вдвоем, и если б она крикнула или схватила меня за руку... Но она ничего этого не сделала. Она только сказала:

— Не надо, голубчик.

Я часто потом думал над этим «не надо» и до сих пор не могу понять той удивительной силы, которая в нем заключена и которую я чувствую. Она не в самом слове, бессмысленном и пустом; она где-то в неизвестной мне и недоступной глубине Машиной души. Она знает что-то. Да, она знает, но не может или не хочет сказать. Потом я много раз добивался от Маши объяснения этого «не надо», и она не могла объяснить.

— Вы думаете, что самоубийство — грех? Что его запретил Бог?

— Нет.

— Почему же не надо?

— Так. Не надо.— И она улыбается и спрашивает:— Вам не принести чего-нибудь?

Положительно, она сумасшедшая, но тихая и полезная, как многие сумасшедшие. И вы не трогайте ее.

Я позволил себе уклониться от повествования, так как вчерашний Машин поступок бросил меня к воспоминаниям о детстве. Матери я не помню, но у меня была тетя Анфиса, которая всегда крестила меня на ночь. Она была молчаливая старая дева, с прыщами на лице, и очень стыдилась, когда отец шутил с ней о женихах. Я был еще маленький, лет одиннадцати, когда она удавилась в маленьком сарайчике, где у нас складывали уголья. Отцу она потом все представлялась, и этот веселый атеист заказывал обедни и панихиды.

Он был очень умный и талантливый, мой отец, и его речи в суде заставляли плакать не только нервных дам, но и серьезных, уравновешенных людей. Только я не плакал, слушая его, потому что знал его и знал, что сам он ничего не понимает из того, что говорит. У него много было знаний, много мыслей и еще больше слов; и слова, и мысли, и знания часто комбинировались очень удачно и красиво, но он сам ничего в этом не понимал. Я часто сомневался даже, существует ли он,— до того весь он был вовне, в звуках и жестах, и мне часто казалось, что это не человек, а мелькающий в синематографе образ, соединенный с граммофоном. Он не понимал, что он человек, что сейчас он живет, а потом умрет, и ничего не искал. И когда он ложился в постель, переставал двигаться и засыпал, он, наверное, не видел никаких снов и переставал существовать. Своим языком — он был адвокатом — он зарабатывал тысяч тридцать в год, и ни разу он не удивился и не задумался над этим обстоятельством. Помню, мы поехали с ним в только что купленное имение, и я сказал, указывая на деревья парка:

— Клиенты?

Он улыбнулся, польщенный, и ответил:

— Да, брат, талант — великое дело.

Он много пил, и опьянение выражалось только в том, что все у него начинало быстрее двигаться, а потом сразу останавливалось — это он засыпал. И все считали его необыкновенно даровитым, а он постоянно говорил, что если б он не сделался знаменитым адвокатом, то был бы знаменитым художником или писателем. К сожалению, это правда.

И менее всего понимал он меня. Однажды случилось так, что нам грозила потеря всего состояния. И для меня это было ужасно. В наши дни, когда только богатство дает свободу, я не знаю, чем бы я стал, если б судьба поставила меня в ряды пролетариата. Я и сейчас без гнева не могу себе представить, что кто-нибудь осмеливается наложить на меня свою руку, заставляет меня делать то, чего я не хочу, покупает за гроши мой труд, мою кровь, мои нервы, мою жизнь. Но этот ужас я испытал только на одну минуту, а в следующую я понял, что такие, как я, никогда не бывают бедны. А отец не понимал этого. Он искренно считал меня тупым юношей и со страхом смотрел на мою мнимую беспомощность.

— Ах, Антон, Антон, что будешь ты делать?..— говорил он.

Сам он совсем раскис: длинные, нечесаные волосы свисли на лоб, лицо было желто. Я ответил:

— За меня, папаша, не беспокойся. Так как я не талантлив, то я убью Ротшильда или ограблю банк.

Отец рассердился, так как принял мой ответ за неуместную и плоскую шутку. Он видел мое лицо, он слышал мой голос и все-таки принял это за шутку. Жалкий, картонный паяц, по недоразумению считавшийся человеком!

Души моей он не знал, а весь внешний распорядок моей жизни возмущал его, ибо не вкладывался в его понимание. В гимназии я хорошо учился, и это его огорчало. Когда приходили гости — адвокаты, литераторы и художники,— он тыкал в меня пальцем и говорил:

— А сын-то у меня первый ученик. Чем прогневал я Бога?

И все смеялись надо мною, и я смеялся над всеми. Но еще более, чем мои успехи, огорчало его мое поведение и костюм. Он нарочно приходил в мою комнату, с тем чтобы незаметно для меня переложить книги на столе и произвести хоть какой-нибудь беспорядок. Моя аккуратная прическа лишала его аппетита.

— Инспектор приказывает коротко стричься,— говорил я серьезно и почтительно.

Он крупно ругался, а внутри меня все дрожало от презрительного хохота, и не без основания делил я тогда весь мир на инспекторов просто и инспекторов наизнанку. И все они тянулись к моей голове: одни — чтобы остричь ее, другие — чтобы вытянуть из нее волосы.

Хуже всего для отца были мои тетрадки. Иногда, пьяный, он рассматривал их с безнадежным и комическим отчаянием.

— Случалось ли тебе хоть раз поставить кляксу?— спрашивал он.

— Да, случалось, папаша. Третьего дня я капнул на тригонометрию.

— Вылизал?

— То есть как вылизал?

— Ну да, вылизал кляксу?

— Нет, я приложил пропускной бумаги.

Отец пьяным жестом отмахивался рукой и ворчал, поднимаясь:

— Нет, ты не сын мне. Нет, нет!

Среди ненавистных ему тетрадок была одна, которая

могла, однако, доставить ему удовольствие. В ней также не было ни одной кривой строчки, ни кляксы, ни помарки. И стояло в ней приблизительно следующее: «Мой отец — пьяница, вор и трус».

Далее следовали некоторые подробности, которые, из уважения к памяти отца, а также и к закону, я не считаю нужным передавать.

Здесь мне приходит на память один забытый мною факт, который, как я вижу теперь, не будет лишен для вас, гг. эксперты, крупного интереса. Я очень рад, что вспомнил его, очень, очень рад. Как я мог его забыть?

У нас в доме жила горничная Катя, которая была любовницею отца и одновременно любовницею моею. Отца она любила потому, что он давал ей деньги, а меня за то, что я был молод, имел красивые черные глаза и не давал денег. И в ту ночь, когда труп моего отца стоял в зале, я отправился в комнату Кати. Она была недалеко от залы, и в ней явственно слышно было чтение дьячка.

Думаю, что бессмертный дух моего отца получил полное удовлетворение!

Нет, это действительно интересный факт, и я не понимаю, как мог я забыть его. Вам, гг. эксперты, это может показаться мальчишеством, детской выходкой, не имеющей серьезного значения, но это неправда. Это, гг. эксперты, была жестокая битва, и победа в ней недешево досталась мне. Ставкою была моя жизнь. Струсь я, поверни назад, окажись неспособным к любви — я убил бы себя. Это было решено, я помню.

И то, что я делал, для юноши моих лет было не так-то легко. Теперь я знаю, что я боролся с ветряной мельницей, но тогда все дело представлялось мне в ином свете. Сейчас мне уже трудно воспроизвести в памяти пережитое, но чувство, помнится, у меня было такое, будто одним поступком я нарушаю все законы, божеские и человеческие. И я ужасно трусил, до смешного, но все-таки справился с собою, и когда вошел к Кате, то был готов к поцелуям, как Ромео.

Да, тогда я был еще, как кажется, романтиком. Счастливая пора, как она далека! Помню, гг. эксперты, что, возвращаясь от Кати, я остановился перед трупом, сложил руки на груди, как Наполеон, и с комической гордостью посмотрел на него. И тут же вздрогнул, испугавшись шевельнувшегося покрывала. Счастливая, далекая пора!

Боюсь думать, но, кажется, я никогда не переставал быть романтиком. И чуть ли я не был идеалистом. Я верил в человеческую мысль и в ее безграничную мощь. Вся история человечества представлялась мне шествием одной торжествующей мысли, и это было еще так недавно. И мне страшно подумать, что вся моя жизнь была обманом, что всю жизнь я был безумцем, как тот сумасшедший актер, которого я видел на днях в соседней палате. Он набирал отовсюду синих и красных бумажек и каждую из них называл миллионом; он выпрашивал их у посетителей, крал и таскал их из клозета, и сторожа грубо шутили, а он искренно и глубоко презирал их. Я ему понравился, и на прощание он дал мне миллион.

— Это небольшой миллиончик,— сказал он,— но вы меня извините: у меня сейчас такие расходы, такие расходы.

И, отведя меня в сторону, шепотом пояснил:

— Сейчас я присматриваюсь к Италии. Хочу прогнать папу и ввести там новые деньги, вот эти. И потом в воскресенье, объявлю себя святым. Итальянцы будут рады: они всегда очень радуются, когда им дают нового святого.

Не с этим ли миллионом я жил?

Мне страшно подумать, что мои книги, мои товарищи и друзья, все так же стоят в своих шкалах и молчаливо хранят то, что я считал мудростью земли, ее надеждой и счастьем. Я знаю, гг. эксперты, что сумасшедший ли я, или нет, но с вашей точки зрения я негодяй,— посмотрели бы вы на этого негодяя, когда он входит в свою библиотеку?!

Сходите, гг. эксперты, осмотрите мою квартиру,— это будет для вас интересно. В левом верхнем ящике письменного стола вы найдете подробный каталог книг, картин и безделушек; там же вы найдете ключи от шкапов. Вы сами — люди науки, и я верю, что вы с должным уважением и аккуратностью отнесетесь к моим вещам. Также прошу вас следить, чтобы не коптили лампы. Нет ничего ужаснее этой копоти: она забирается всюду, и потом стоит большого труда удалить ее.

На клочке

Сейчас фельдшер Петров отказался дать мне Chloralamid'y в той дозе, в какой я требую. Прежде всего я врач и знаю, что делаю, и затем, если мне будет отказано, я приму решительные меры. Я две ночи не спал и вовсе не желаю сходить с ума. Я требую, чтобы мне дали хлораламиду. Я этого требую. Это бесчестно — сводить с ума.

Лист пятый

После второго припадка меня начали бояться. Во многих домах передо мною поспешно захлопывались двери; при случайной встрече знакомые ежились, подло улыбались и многозначительно спрашивали:

— Ну как, голубчик, здоровье?

Положение было как раз такое, при котором я мог совершить любое беззаконие и не потерять уважения

354

окружающих. Я смотрел на людей и думал: если я захочу, я могу убить этого и этого, и ничего мне за то не будет. И то, что я испытывал при этой мысли, было ново, приятно и немного страшно. Человек перестал быть чем-то строго защищаемым, до чего боязно прикоснуться; словно шелуха какая-то спала с него, он был словно голый, и убить его казалось легко и соблазнительно.

Страх такой плотной стеной ограждал меня от пытливых взоров, что сама собою упразднялась необходимость в третьем подготовительном припадке. Только в этом отношении отступал я от начертанного плана, но в том-то и сила таланта, что он не сковывает себя рамками и в сообразности с изменившимися обстоятельствами меняет и весь ход битвы. Но нужно было еще получить официальное отпущение грехов бывших и разрешение на грехи будущие — научно-медицинское удостоверение моей болезни.

И здесь я дождался такого стечения обстоятельств, при котором мое обращение к психиатру могло казаться случайностью или даже чем-то вынужденным. Это была, быть может, и излишняя тонкость в отделке моей роли. Послали меня к психиатру Татьяна Николаевна и ее муж.

— Пожалуйста, сходите к доктору, дорогой Антон Игнатьевич,— говорила Татьяна Николаевна.

Она никогда раньше не называла меня «дорогим», и нужно мне было прослыть сумасшедшим, чтобы получить эту ничтожную ласку.

— Хорошо, дорогая Татьяна Николаевна, я схожу,— покорно ответил я.

Мы втроем — Алексей был тут же — сидели в кабинете, где впоследствии произошло убийство.

— Да, Антон, обязательно сходи,— авторитетно подтвердил Алексей.— А то наделаешь чего-нибудь такого.

— Но что же я могу «наделать»?— робко оправдывался я перед своим строгим другом.

— Мало ли чего. Голову кому-нибудь прошибешь.

Я поворачивал в руках тяжелое чугунное пресс-папье, смотрел то на него, то на Алексея, и спрашивал:

— Голову? Ты говоришь — голову?

— Ну да, голову. Хватишь вот такой штукой, как эта, и готово.

Это становилось интересно. Именно голову и именно этой штукой намеревался я просадить, а теперь эта самая голова рассуждала, как это выйдет. Рассуждала и беззаботно улыбалась. А есть люди, которые верят в предчувствие, в то, что смерть заранее посылает каких-то своих незримых вестников,— какая чепуха!

— Ну, едва ли можно сделать что-нибудь этой вещью, — сказал я.— Она слишком легка.

— Что ты говоришь: легка!— возмутился Алексей, выдернул у меня из рук пресс-папье и, взяв за тонкую ручку, несколько раз взмахнул.— Попробуй!

— Да я же знаю…

— Нет, ты возьми вот так и увидишь.

Нехотя, улыбаясь, я взял тяжелую вещь, но тут вмешалась Татьяна Николаевна. Бледная, с трясущимися губами, она сказала, скорее закричала:

— Алексей, оставь! Алексей, оставь!

— Что ты, Таня? Что с тобой?— изумился он.

— Оставь! Ты знаешь, как я не люблю такие штуки.

Мы рассмеялись, и пресс-папье было поставлено на стол.

У профессора Т. все произошло так, как я и ожидал. Он был очень осторожен, сдержан в выражениях, но серьезен; спрашивал, есть ли у меня родные, уходу которых я могу поручить себя, советовал посидеть дома, поотдохнуть и успокоиться. Опираясь на свое знание врача, я слегка поспорил с ним, и если у него и оставались какие-нибудь сомнения, то тут, когда я осмелился возражать ему, он бесповоротно зачислил меня в сумасшедшие. Конечно, гг. эксперты, вы не придадите серьезного значения этой безобидной шутке над одним из наших собратьев: как ученый, профессор Т., несомненно, достоин уважения и почета.

Следующие несколько дней были одними из самых счастливых дней моей жизни. Меня жалели, как признанного больного, ко мне делали визиты, со мной говорили каким-то ломаным, нелепым языком, и только один я знал, что я здоров, как никто, и наслаждался отчетливой, могучей работой своей мысли. Из всего удивительного, непостижимого, чем богата жизнь, самое удивительное и непостижимое — это человеческая мысль. В ней божественность, в ней залог бессмертия и могучая сила, не знающая преград. Люди поражаются восторгом и изумлением, когда глядят на снежные вершины горных громад; если бы они понимали самих себя, то больше, чем горами, больше, чем всеми чудесами и красотами мира, они были бы поражены своей способностью мыслить. Простая мысль чернорабочего о том, как целесообразнее положить один кирпич на другой,— вот величайшее чудо и глубочайшая тайна.

И я наслаждался своею мыслью. Невинная в своей красоте, она отдавалась мне со всей страстью, как любовница, служила мне, как раба, и поддерживала меня, как друг. Не думайте, что все эти дни, проведенные дома в четырех стенах, я размышлял только о своем плане. Нет, там все было ясно и все продумано. Я размышлял обо всем. Я и моя мысль — мы словно играли с жизнью и смертью и высоковысоко парили над ними. Между прочим, я решил в те дни две очень интересные шахматные задачи, над которыми трудился давно, но безуспешно. Вы знаете, конечно, что три года назад я участвовал в международном шахматном турнире и занял второе место после Ласкера[2]. Если б я не был врагом всякой публичности и продолжал участвовать в состязаниях, Ласкеру пришлось бы уступить насиженное место.

И с той минуты, как жизнь Алексея была отдана в мои руки, я почувствовал к нему особенное расположение. Мне приятно было думать, что он живет, пьет, ест и радуется, и все это потому, что я позволяю. Чувство, схожее с чувством отца к сыну. И что меня тревожило, так это его здоровье. При всей своей хилости он непростительно неосторожен: отказывается носить фуфайку и в самую опасную, сырую погоду выходит без калош. Успокоила меня Татьяна Николаевна. Она заехала навестить меня и рассказала, что Алексей совершенно здоров и даже спит хорошо, что с ним редко бывает. Обрадованный, я попросил Татьяну Николаевну передать Алексею книгу — редкий экземпляр, случайно попавший мне в руки и давно нравившийся Алексею. Быть может, с точки зрения моего плана, этот подарок был ошибкой: могли заподозрить в этом преднамеренную подтасовку, но мне так хотелось доставить Алексею удовольствие, что я решил немного рискнуть. Я пренебрег даже тем обстоятельством, что в смысле художественности моей игры подарок был уже шаржем.

С Татьяной Николаевной в этот раз я был очень мил и прост и произвел на нее хорошее впечатление. Ни она, ни

---

2 Речь идет о немецком шахматисте Эмануэле Ласкере (1868—1941) — в 1894—1921 гг. чемпионе мира.

Алексей не видели ни одного моего припадка, и им, очевидно, трудно, даже невозможно было представить меня сумасшедшим.

— Заезжайте же к нам,— просила Татьяна Николаевна при прощании.

— Нельзя,— улыбнулся я.— Доктор не велел.

— Ну вот еще пустяки. К нам можно,— это все равно, что дома. И Алеша скучает без вас.

Я обещал, и ни одно обещание не давалось с такою уверенностью в исполнении, как это. Не кажется ли вам, гг. эксперты, когда вы узнаете обо всех этих счастливых совпадениях, не кажется ли вам, что уже не мною только был осужден на смерть Алексей, а и кем-то другим? А, в сущности, никакого «другого» нет, и все так просто и логично.

Чугунное пресс-папье стояло на своем месте, когда одиннадцатого декабря, в пять часов вечера, я вошел в кабинет к Алексею. Этот час, перед обедом,— обедают они в семь часов,— и Алексей и Татьяна Николаевна проводят в отдыхе. Моему приходу очень обрадовались.

— Спасибо за книгу, дружище,— сказал Алексей, тряся мою руку.— Я и сам собирался к тебе, да Таня сказала, что ты совсем поправился. Мы нынче в театр — едем с нами?

Начался разговор. В этот день я решил совсем не притворяться; в этом отсутствии притворства было свое тонкое притворство, и, находясь под впечатлением пережитого подъема мысли, говорил много и интересно. Если б почитатели таланта Савелова знали, сколько лучших «его» мыслей зародилось и было выношено в голове никому не известного доктора Керженцева!

Я говорил ясно, точно, отделывая фразы; я смотрел в то же время на стрелку часов и думал, что, когда она будет на шести, я стану убийцей. И я говорил что-то смешное, и они смеялись, а я старался запомнить ощущение человека, который еще не убийца, но скоро станет убийцей. Уже не в отвлеченном представлении, а совсем просто понимал я процесс жизни в Алексее, биение его сердца, переливание в висках крови, бесшумную вибрацию мозга и то — как процесс этот прервется, сердце перестанет гнать кровь, и замрет мозг.

На какой мысли он замрет?

Никогда ясность моего сознания не достигала такой высоты и силы; никогда не было так полно ощущение многогранного, стройно работающего «я». Точно Бог: не видя — я видел, не слушая — я слышал, не думая — я сознавал.

Оставалось семь минут, когда Алексей лениво поднялся с дивана, потянулся и вышел.

— Я сейчас,— сказал он, выходя.

Мне не хотелось смотреть на Татьяну Николаевну, и я отошел к окну, раздвинул драпри и стал. И, не глядя, я почувствовал, как Татьяна Николаевна торопливо прошла комнату и стала рядом со мною. Я слышал ее дыхание, знал, что она смотрит не в окно, а на меня, и молчал.

— Как славно блестит снег,— сказала Татьяна Николаевна, но я не отозвался. Дыхание ее стало чаще, потом прервалось.

— Антон Игнатьевич!— сказала она и остановилась.

Я молчал.

— Антон Игнатьевич!— повторила она так же нерешительно, и тут я взглянул на нее.

Она быстро отшатнулась, чуть не упала, точно ее отбросило той страшной силой, которая была в моем взгляде. Отшатнулась и бросилась к вошедшему мужу.

— Алексей!— бормотала она.— Алексей… Он…

— Ну, что он?

Не улыбаясь, но голосом оттеняя шутку, я сказал:

— Она думает, что я хочу убить тебя этой штукой.

И совсем спокойно, не скрываясь, я взял пресс-папье, приподнял его в руке и спокойно подошел к Алексею. Он не мигая смотрел на меня своими бледными глазами и повторял:

— Она думает...

— Да, она думает.

Медленно, плавно я стал приподнимать свою руку, и Алексей так же медленно стал приподнимать свою, все не спуская с меня глаз.

— Погоди!— строго сказал я.

Рука Алексея остановилась, и, все не спуская с меня глаз, он недоверчиво улыбнулся, бледно, одними губами. Татьяна Николаевна что-то страшно крикнула, но было поздно. Я ударил острым концом в висок, ближе к темени, чем к глазу. И когда он упал, я нагнулся и еще два раза ударил его. Следователь говорил мне, что я бил его много раз, потому что голова его вся раздроблена. Но это неправда. Я ударил его всего-навсего три раза: раз, когда он стоял, и два раза потом, на полу.

Правда, что удары были очень сильны, но их было всего три. Это я помню наверное. Три удара.

Лист шестой

Не старайтесь разобрать зачеркнутое в конце четвертого листа и вообще не придавайте излишнего значения моим помаркам, как мнимым признакам расстроенного мышления. В том странном положении, в котором я очутился, я должен быть страшно осторожен, чего я не скрываю и что вы прекрасно понимаете.

Ночной мрак всегда сильно действует на утомленную

нервную систему, и потому так часто приходят ночью страшные мысли. А в ту ночь, первую за убийством, мои нервы были, конечно, в особенном напряжении. Как я ни владел собою, но убить человека не шутка. За чаем, уже приведя себя в порядок, отмывши ногти и переменив платье, я позвал посидеть с собою Марию Васильевну. Это моя экономка и отчасти жена. У нее, кажется, есть на стороне любовник, но женщина она красивая, тихая и не жадная, и я легко помирился с этим маленьким недостатком, который почти неизбежен в положении человека, приобретающего любовь за деньги. И вот эта глупая женщина первая нанесла мне удар.

— Поцелуй меня,— сказал я.

Она глупо улыбнулась и застыла на своем месте.

— Ну же!

Она вздрогнула, покраснела и, сделав испуганные глаза, моляще протянулась ко мне через стол, говоря:

— Антон Игнатьевич, душечка, сходите к доктору!

— Чего еще?— рассердился я.

— Ой, не кричите, боюсь! Ой, боюсь вас, душечка, ангельчик!

А она ведь ничего не знала ни о моих припадках, ни об убийстве, и я всегда был с нею ласков и ровен. «Значит, было во мне что-то такое, чего нет у других людей и что пугает»,— мелькнула у меня мысль и тотчас исчезла, оставив странное ощущение холода в ногах и спине. Я понял, что Мария Васильевна узнала что-нибудь на стороне, от прислуги, или наткнулась на сброшенное мною испорченное платье, и этим совершенно естественно объяснялся ее страх.

— Ступайте,— приказал я.

Потом я лежал на диване в своей библиотеке. Читать не хотелось, во всем теле чувствовалась усталость, и состояние в общем было такое, как у актера после блестяще сыгранной роли. Мне приятно было смотреть на книги и приятно было думать, что когда-нибудь потом я буду их читать. Нравилась мне вся моя квартира, и диван, и Марья Васильевна. Мелькали в голове отрывки фраз из моей роли, мысленно воспроизводились движения, которые я делал, и изредка лениво проползали критические мысли: а вот тут лучше можно было сказать или сделать. Но своим импровизированным «погоди!» я был очень доволен. Действительно, это редкий и для тех, кто не испытал сам, невероятный образчик силы внушения.

— «Погоди!» — повторял я, закрыв глаза, и улыбался.

И веки мои стали тяжелеть, и мне захотелось спать, когда лениво, просто, как все другие, в мою голову вошла новая мысль, обладающая всеми свойствами моей мысли: ясностью, точностью и простотой. Лениво вошла и остановилась. Вот она дословно и в третьем, как было почему-то лице:

«А весьма возможно, что доктор Керженцев действительно сумасшедший. Он думал, что он притворяется, а он действительно сумасшедший. И сейчас сумасшедший».

Три, четыре раза повторялась эта мысль, а я все еще улыбался, не понимая:

«Он думал, что он притворяется, а он действительно сумасшедший. И сейчас сумасшедший».

Но когда я понял... Сперва я подумал, что эту фразу сказала Мария Васильевна, потому что как будто был голос, и голос этот как будто был ее. Потом я подумал на Алексея. Да, на Алексея, на убитого. Потом я понял, что это подумал я,— и это был ужас. Взяв себя за волосы, уже стоя почему-то на середине комнаты, я сказал:

— Так. Все кончено. Случилось то, чего я опасался.

Я слишком близко подошел к границе, и теперь мне остается впереди только одно — сумасшествие.

Когда приехали арестовать меня, я оказался, по их словам, в ужасном виде — взлохмаченный, в разорванном платье, бледный и страшный. Но, господи! Разве пережить такую ночь и все-таки не сойти с ума не значит обладать несокрушимым мозгом? А ведь я только платье разорвал и разбил зеркало. Кстати: позвольте дать вам один совет. Если когда-нибудь одному из вас придется пережить то, что пережил я в эту ночь, завесьте зеркала в той комнате, где вы будете метаться. Завесьте так же, как вы завешиваете их тогда, когда в доме стоит покойник. Завесьте!

Мне страшно об этом писать. Я боюсь того, что мне нужно вспомнить и сказать. Но дальше откладывать нельзя, и, быть может, полусловами я только увеличиваю ужас.

Этот вечер.

Вообразите себе пьяную змею, да, да, именно пьяную змею: она сохранила свою злость; ловкость и быстрота ее еще усилились, а зубы все так же остры и ядовиты. И она пьяна, и она в запертой комнате, где много дрожащих от ужаса людей. И, холодно-свирепая, она скользит между ними, обвивает ноги, жалит в самое лицо, в губы, и вьется клубком, и впивается в собственное тело. И кажется, будто не одна, а тысячи змей вьются, и жалят, и пожирают сами себя. Такова была моя мысль, та самая, в которую я верил и в остроте и ядовитости зубов которой я видел спасение свое и защиту.

Единая мысль разбилась на тысячу мыслей, и каждая из них была сильна, и все они были враждебны. Они кружились в диком танце, а музыкою им был чудовищный голос, гулкий, как труба, и несся он откуда-то из неведомой мне глубины. Это была бежавшая мысль, самая страшная из змей, ибо она пряталась во мраке. Из головы, где я крепко держал ее, она ушла в тайники тела, в черную и неизведанную его глубину. И оттуда она кричала, как посторонний, как бежавший раб, наглый и дерзкий в сознании своей безопасности.

«Ты думал, что ты притворяешься, а ты был сумасшедшим. Ты маленький, ты злой, ты глупый, ты доктор Керженцев. Какой-то доктор Керженцев, сумасшедший доктор Керженцев!..»

Так она кричала, и я не знал, откуда исходит ее чудовищный голос. Я даже не знаю, кто это был; я называю это мыслью, но, может быть, это была не мысль. Мысли — те, как голуби над пожаром, кружились в голове, а она кричала откуда-то снизу, сверху, с боков, где я не мог ни увидеть ее, ни поймать.

И самое страшное, что я испытал,— это было сознание, что я не знаю себя и никогда не знал. Пока мое «я» находилось в моей ярко освещенной голове, где все движется и живет в закономерном порядке, я понимал и знал себя, размышлял о своем характере и планах, и был, как думал, господином. Теперь же я увидел, что я не господин, а раб, жалкий и бессильный. Представьте, что вы жили в доме, где много комнат, занимали одну только комнату и думали, что владеете всем домом. И вдруг вы узнали, что там, в других комнатах, живут. Да, живут. Живут какие-то загадочные существа, быть может люди, быть может что-нибудь другое, и дом принадлежит им. Вы хотите узнать, кто они, но дверь заперта, и не слышно за нею ни звука, ни голоса. И в то же время вы знаете, что именно там, за этой молчаливой дверью, решается ваша судьба.

Я подошел к зеркалу… Завесьте зеркала. Завесьте!

Потом я ничего не помню до тех пор, пока пришла судебная власть и полиция. Я спросил, который час, и мне сказали: девять. И я долго не мог понять, что со времени моего возвращения домой прошло только два часа, а с момента убийства Алексея — около трех.

Простите, гг. эксперты, что такой важный для экспертизы момент, как это ужасное состояние после убийства, я описал в таких общих и неопределенных выражениях. Но это все, что я помню и что могу передать человеческим языком. Например, не могу я передать человеческим языком того ужаса, который я все время тогда испытывал. Кроме того, я не могу сказать с положительною уверенностью, что все так слабо мною намеченное было в действительности. Быть может, этого не было, а было что-нибудь другое. Одно только я твердо помню — это мысль, или голос, или еще что-то:

«Доктор Керженцев думал, что он притворяется сумасшедшим, а он действительно сумасшедший».

Сейчас я пробовал свой пульс: 180! Это сейчас, только при одном воспоминании!

Лист седьмой

Прошлый раз я написал много ненужного и жалкого вздора, и, к сожалению, вы теперь уже получили и прочли его. Боюсь, что он даст вам ложное представление о моей личности, а также о действительном состоянии моих умственных способностей. Впрочем, я верю в ваши знания и в ваш ясный ум, гг. эксперты.

Вы понимаете, что только серьезные причины могли заставить меня, доктора Керженцева, открыть всю истину об убийстве Савелова. И вы легко поймете и оцените их, когда я скажу, что я не знаю и сейчас, притворялся ли я сумасшедшим, чтобы безнаказанно убить, или убил потому, что был сумасшедшим; и навсегда, вероятно, лишен возможности узнать это. Кошмар того вечера исчез, но он оставил огненный след. Нет вздорных страхов, но есть ужас человека, который потерял все, есть холодное сознание падения, гибели, обмана и неразрешимости.

Вы, ученые, будете спорить обо мне. Одни из вас скажут, что я сумасшедший, другие будут доказывать, что я здоровый, и допустят только некоторые ограничения в пользу дегенерации. Но, со всею вашею ученостью, вы не докажете так ясно ни того, что я сумасшедший, ни того, что я здоровый, как докажу это я. Моя мысль вернулась ко мне, и, как вы убедитесь, ей нельзя отказать ни в силе, ни в остроте. Превосходная, энергичная мысль — ведь и врагам следует отдавать должное!

Я — сумасшедший. Не угодно ли выслушать: почему?

Первою осуждает меня наследственность, та самая наследственность, которой я так обрадовался, обдумывая свой план. Припадки, которые были у меня в детстве... Виноват, господа. Я хотел утаить от вас эту подробность о припадках и писал, что с детства я был здоровяком. Это не значит, что в факте существования каких-то вздорных, скоро кончившихся припадков я видел какую-нибудь опасность для себя. Просто я не хотел загромождать рассказа неважными подробностями. Теперь эта подробность понадобилась мне для строго логического построения, и, как видите, я, не обинуясь, передаю ее.

Так вот. Наследственность и припадки свидетельствуют о моем предрасположении к психической болезни. И она началась, незаметно для самого меня, много раньше, чем я придумал план убийства. Но, обладая, как все сумасшедшие, бессознательной хитростью и способностью приноравливать безумные поступки к нормам здравого мышления, я стал обманывать, но не других, как я думал, а себя. Увлекаемый чуждой мне силой, я делал вид, что иду сам. Из остального доказательства можно лепить, как из воска. Не так ли?

Ничего не стоит доказать, что Татьяну Николаевну я не любил, что мотива истинного к преступлению не было, а был только выдуманный. В странности моего плана, в хладнокровии, с каким я его осуществлял, в массе мелочей очень легко усмотреть все ту же безумную волю. Даже самая острота и подъем моей мысли перед преступлением доказывают мою ненормальность.

Так, раненный насмерть, я в цирке играл,
Гладиатора смерть представляя...[3]

Ни одной мелочи в своей жизни не оставил я неисследованной. Я проследил всю свою жизнь. К каждому своему шагу, к каждой своей мысли, слову я прилагал мерку безумия, и она подходила к каждому слову, к каждой мысли. Оказалось, и это было самым удивительным, что и до этой ночи мне уже приходила мысль: уж не сумасшедший ли я действительно? Но я как-то отделывался от этой мысли, забывал о ней.

И, доказав, что я сумасшедший, знаете вы, что я увидел? Что я не сумасшедший — вот что я увидел. Извольте выслушать.

Самое большое, в чем уличают меня наследственность и припадки — это дегенерация. Я один из вырождающихся, каких много, какого можно найти, если поискать повнимательнее, даже среди вас, гг. эксперты.

---

3 Из стихотворения Генриха Гейне «Довольно! Пора мне забыть этот вздор!» в переводе А. К. Толстого. Перевод цитируется неточно.

Это дает прекрасный ключ ко всему остальному. Мои нравственные воззрения вы можете объяснить не сознательной продуманностью, а дегенерацией. Действительно, нравственные инстинкты заложены так глубоко, что только при некотором уклонении от нормального типа возможно полное от них освобождение. И наука, все еще слишком смелая в своих обобщениях, все такие уклонения относит в область дегенерации, хотя бы физически человек был сложен, как Аполлон, и здоров, как последний идиот. Но пусть будет так. Я ничего не имею против дегенерации,— она вводит меня в славную компанию.

Не стану я отстаивать и своего мотива к преступлению. Говорю вам совершенно искренно, что Татьяна Николаевна действительно оскорбила меня своим смехом, и обида залегла очень глубоко, как это бывает у таких скрытых, одиноких натур, как я. Но пусть это неправда. Пусть даже любви у меня не было. Но разве нельзя допустить, что убийством Алексея я просто хотел попытать свои силы? Ведь вы свободно допускаете существование людей, которые взлезают, рискуя жизнью, на неприступные горы только потому, что они неприступны, и не называете их сумасшедшими? Не осмелитесь же вы назвать сумасшедшим Нансена[4], этого величайшего человека истекающего столетия! В нравственной жизни есть свои полюсы, и одного из них пытался я достичь.

Вас смущает отсутствие ревности, мести, корысти и

---

4 Нансен Фритьоф (1861—1930) — знаменитый норвежский путешественник, исследователь Арктики. Портрет Нансена, выполненный Андреевым, Горький с другими картинами подарил Нижегородскому художественному музею (см. «Нижегородский листок», 1910, № 88, 1 апреля). В настоящее время местонахождение этого портрета неизвестно.

других нелепых мотивов, которые вы привыкли считать единственно настоящими и здоровыми. Но тогда вы, люди науки, осудите Нансена, осудите его вместе с глупцами и невеждами, которые и его предприятие считают безумием.

Мой план… Он необычен, он оригинален, он смел до дерзости,— но разве он не разумен с точки зрения поставленной мною цели? И именно моя наклонность к притворству, вполне разумно вам объясненная, могла подсказать мне этот план. Подъем мысли,— но разве гениальность и вправду умопомешательство? Хладнокровие,— но почему убийца непременно должен дрожать, бледнеть и колебаться? Трусы всегда дрожат, даже когда обнимают своих горничных, и храбрость — разве безумие?

А как просто объясняются мои собственные сомнения в том, что я здоровый! Как настоящий художник, артист, я слишком глубоко вошел в роль, временно отожествился с изображаемым лицом и на минуту потерял способность самоотчета. Скажете ли вы, что даже среди присяжных, ежедневно ломающихся лицедеев нет таких, которые, играя Отелло, чувствуют действительную потребность убить?

Довольно убедительно, не правда ли, гг. ученые? Но не чувствуете ли вы одной странной вещи: когда я доказываю, что я сумасшедший, вам кажется, что я здоровый, а когда я доказываю, что я здоровый, вы слышите сумасшедшего.

Да. Это потому, что вы не верите мне… Но и я не верю себе, ибо кому в себе я буду верить? Подлой и ничтожной мысли, лживому холопу, который служит всякому? Он годен лишь на то, чтобы чистить сапоги, а я сделал его своим другом, своим богом. Долой с трона, жалкая, бессильная мысль!

Кто же я, гг. эксперты, сумасшедший или нет?

Маша, милая женщина, вы знаете что-то, чего не знаю я. Скажите, кого просить мне о помощи?

Я знаю ваш ответ, Маша. Нет, это не то. Вы добрая и славная женщина, Маша, но вы не знаете ни физики, ни химии, вы ни разу не были в театре и даже не подозреваете, что та штука, на которой вы живете, принимая, подавая и убирая, вертится. А она вертится, Маша, вертится, и с нею вертимся и мы. Вы дитя, Маша, вы тупое существо, почти растение, и я очень завидую вам, почти столько же, сколько презираю вас.

Нет, Маша, не вы ответите мне. И вы ничего не знаете, это неправда. В одной из темных каморок вашего нехитрого дома живет кто-то, очень вам полезный, но у меня эта комната пуста. Он давно умер, тот, кто там жил, и на могиле его я воздвиг пышный памятник. Он умер. Маша, умер — и не воскреснет.

Кто же я, гг. эксперты, сумасшедший или нет? Простите, что я с такой невежливой настойчивостью привязываюсь к вам с этим вопросом, но ведь вы «люди науки», как называл вас мой отец, когда хотел польстить вам, у вас есть книги, и вы обладаете ясной, точной и непогрешимой человеческой мыслью. Конечно, половина вас останется при одном мнении, другая — при другом, но я вам поверю, гг. ученые,— и первым поверю и вторым поверю. Скажите же... А в помощь вашему просвещенному уму я приведу интересный, очень интересный фактик.

В один тихий и мирный вечер, проведенный мною среди этих белых стен, на лице Маши, когда оно попадало мне на глаза, я замечал выражение ужаса, растерянности и подчиненности чему-то сильному и страшному. Потом она ушла, а я сел на приготовленной постели и продолжал думать о том, чего мне хочется. А хотелось мне странных вещей. Мне, д-ру Керженцеву, хотелось выть. Не кричать, а именно выть, как вон тот. Хотелось рвать на себе платье и царапать себя ногтями. Взять рубашку у ворота, сперва немного, совсем немного потянуть, а там — раз!— и до самого низа. И хотелось мне, д-ру Керженцеву, стать на четвереньки и ползать. А кругом было тихо, и снег стучал в окна, и где-то неподалеку беззвучно молилась Маша. И я долго обдуманно выбирал, что мне сделать. Если выть, то выйдет громко, и получится скандал. Если разодрать рубашку, то завтра заметят. И вполне разумно я выбрал третье: ползать. Никто не услышит, а если увидят, то скажу, что оторвалась пуговица, и я ищу ее.

И пока я выбирал и решал, было хорошо, не страшно и даже приятно, так что, помнится, я болтал ногой. Но вот я подумал:

«Да зачем же ползать? Разве я действительно сумасшедший?»

И стало страшно, и сразу захотелось всего: ползать, выть, царапаться. И я обозлился.

— Ты хочешь ползать?— спросил я.

Но оно молчало, оно уже не хотело.

— Нет, ведь ты хочешь ползать?— настаивал я.

И оно молчало.

— Ну, ползай же!

И, засучив рукава, я стал на четвереньки и пополз. И когда я обошел еще только половину комнаты, мне стало так смешно от этой нелепости, что я уселся тут же на полу и хохотал, хохотал, хохотал.

С привычной и неугасшей еще верой в то, что можно что-то знать, я думал, что нашел источник своих безумных желаний. Очевидно, желание ползать и другие были результатом самовнушения. Настойчивая мысль о том, что я сумасшедший, вызывала и сумасшедшие желания, а как только я выполнил их, оказалось, что и желаний-то никаких нет, и я не безумный. Рассуждение, как видите, весьма простое и логическое. Но...

Но ведь все-таки я ползал? Я ползал? Кто же я — оправдывающийся сумасшедший или здоровый, сводящий себя с ума?

Помогите же мне вы, высокоученые мужи! Пусть ваше авторитетное слово склонит весы в ту или другую сторону и решит этот ужасный, дикий вопрос. Итак, я жду!..

Напрасно я жду. О мои милые головастики — разве вы не я? Разве в ваших лысых головах работает не та же подлая, человеческая мысль, вечно лгущая, изменчивая, призрачная, как у меня? И чем моя хуже вашей? Вы станете доказывать, что я сумасшедший,— я докажу вам, что я здоров; вы станете доказывать, что я здоров,— я докажу вам, что я сумасшедший. Вы скажете, что нельзя красть, убивать и обманывать, потому что это безнравственность и преступление, а я вам докажу, что можно убивать и грабить, и что это очень нравственно И вы будете мыслить и говорить, и я буду мыслить и говорить, и все мы будем правы, и никто из нас не будет прав. Где судья, который может рассудить нас и найти правду?

У вас есть громадное преимущество, которое дает одним вам знание истины: вы не совершили преступления, не находитесь под судом и приглашены за приличную плату исследовать состояние моей психики. И потому я сумасшедший. А если бы сюда посадили вас, профессор Држембицкий, и меня пригласили бы наблюдать за вами, то сумасшедшим были бы вы, а я был бы важной птицей — экспертом, лгуном, который отличается от других лгунов только тем, что лжет не иначе как под присягой.

Правда, вы никого не убивали, не совершали кражи ради кражи, и когда нанимаете извозчика, то обязательно выторговываете у него гривенник, что доказывает полное ваше душевное здоровье. Вы не сумасшедший. Но может случиться совсем неожиданная вещь...

Вдруг завтра, сейчас, сию минуту, когда вы читаете эти строки, вам пришла ужасно глупая, но неосторожная мысль: а не сумасшедший ли и я? Кем вы будете тогда, г. профессор? Этакая глупая, вздорная мысль — ибо отчего вам сходить с ума? Но попробуйте прогнать ее. Вы пили молоко и думали, что оно цельное, пока кто-то не сказал, что оно смешано с водой. И кончено — нет более цельного молока.

Вы сумасшедший. Не хотите ли проползти на четвереньках? Конечно, не хотите, ибо какой же здоровый человек захочет ползать! Ну, а все-таки? Не является ли у вас такого легонького желания, совсем легонького, совсем пустячного, над которым смеяться хочется,— соскользнуть со стула и немного, совсем немного, проползти? Конечно, не является, откуда ему явиться у здорового человека, который сейчас только пил чай и разговаривал с женой. Но не чувствуете ли вы ваших ног, хотя раньше вы их не чувствовали, и не кажется ли вам, что в коленах происходит что-то странное: тяжелое онемение борется с желанием согнуть колени, а потом... Ведь в самом деле, г. Држембицкий, разве кто-нибудь может вас удержать, если вы захотите крошечку проползти?

Никто.

Но погодите ползать. Вы еще нужны мне. Борьба моя еще не кончена.

Лист восьмой

Одно из проявлений парадоксальности моей натуры: я очень люблю детей, совсем маленьких детей, когда они только что начинают лепетать и бывают похожи на всех маленьких животных: щенят, котят и змеенышей. Даже змеи в детстве бывают привлекательны. И нынешней осенью, в погожий солнечный день, мне довелось видеть такую картинку. Крохотная девочка в ватном пальтеце и капюшоне, из-под которого только и видны были розовые щечки и носик, хотела подойти к совсем уже крохотной собачонке на тонких ножках, с тоненькой мордочкой и трусливо зажатым между ногами хвостом. И вдруг ей стало страшно, она повернулась и, как маленький белый клубочек, покатилась к тут же стоявшей няньке и молча, без слез и крика, спрятала лицо у нее в коленах. А крохотная собачонка ласково моргала и пугливо поджимала хвост, и лицо няньки было такое доброе, простое.

— Не бойся,— говорила нянька и улыбалась мне, и лицо у нее было такое доброе, простое.

Не знаю почему, но мне часто вспоминалась эта девочка и на воле, когда я осуществлял план убийства Савелова, и здесь. Тогда же еще, при взгляде на эту милую группу под ясным осенним солнцем, у меня явилось странное чувство, как будто разгадка чего-то, и задуманное мною убийство показалось мне холодною ложью из какого-то другого, совсем особого мира. И то, что обе они, и девочка и собачонка, были такие маленькие и милые, и что они смешно боялись друг друга, и что солнце так тепло светило — все это было так просто и так полно кроткой и глубокой мудростью, будто здесь именно, в этой группе, заключается разгадка бытия. Такое было чувство. И я сказал себе: «Надо об этом как следует подумать»,— но так и не подумал.

А теперь я не помню, что же было тогда такое, и мучительно стараюсь понять, но не могу. И я не знаю, зачем я рассказал вам эту смешную, ненужную историйку, когда еще так много нужно мне рассказать серьезного и важного. Необходимо кончить.

Оставим в покое мертвецов. Алексей убит, он давно уже начал разлагаться; его нет — черт с ним! В положении мертвецов есть кое-что приятное.

Не будем говорить и о Татьяне Николаевне. Она несчастна, и я охотно присоединяюсь к общим сожалениям, но что значит это несчастье, все несчастья в мире в сравнении с тем, что переживаю сейчас я, д-р Керженцев! Мало ли жен на свете теряют любимых мужей, и мало ли они будут их терять. Оставим их — пусть плачут.

Но вот тут, в этой голове...

Вы понимаете, гг. эксперты, как это ужасно сложилось. Никого в мире не любил я, кроме себя, а в себе я любил не это гнусное тело, которое любят и пошляки,— я любил свою человеческую мысль, свою свободу. Я ничего не знал и не знаю выше своей мысли, я боготворил ее — и разве она не стоила этого? Разве, как исполин, не боролась она со всем миром и его заблуждениями? На вершину высокой горы взнесла она меня, и я видел, как глубоко внизу копошились людишки с их мелкими животными страстями, с их вечным страхом перед жизнью и смертью, с их церквами, обеднями и молебнами.

Разве я не был и велик, и свободен, и счастлив? Как средневековый барон, засевший, словно в орлином гнезде, в своем неприступном замке, гордо и властно смотрит на лежащие внизу долины,— так непобедим и горд был я в своем замке, за этими черными костями. Царь над самим собой, я был царем и над миром.

И мне изменили. Подло, коварно, как изменяют женщины, холопы и — мысли. Мой замок стал моей тюрьмой. В моем замке напали на меня враги. Где же спасение? В неприступности замка, в толщине его стен — моя гибель. Голос не проходит наружу. И кто сильный спасет меня? Никто. Ибо никого нет сильнее меня, а я — я и есть единственный враг моего «я».

Подлая мысль изменила мне, тому, кто так верил в нее и ее любил. Она не стала хуже: та же светлая, острая, упругая, как рапира, но рукоять ее уж не в моей руке. И меня, ее творца, ее господина, она убивает с тем же тупым равнодушием, как я убивал ею других.

Наступает ночь, и меня охватывает бешеный ужас. Я был тверд на земле, и крепко стояли на ней мои ноги,— а теперь я брошен в пустоту бесконечного пространства. Великое и грозное одиночество, когда я, тот, который живет, чувствует, мыслит, который так дорог и есть единственный, когда я так мал, бесконечно ничтожен и слаб и каждую секунду готов потухнуть. Зловещее одиночество, когда самого себя я составляю лишь ничтожную частицу, когда в самом себе я окружен и задушен угрюмо молчащими, таинственными врагами. Куда ни иду я — я всюду несу их с собою; одинокий в пустоте вселенной, и в самом себе не имею я друга. Безумное одиночество, когда я не знаю, кто я, одинокий, когда моими устами, моей мыслью, моим голосом говорят неведомые они.

Так жить нельзя. А мир спокойно спит: и мужья целуют своих жен, и ученые читают лекции, и нищий радуется брошенной копейке. Безумный, счастливый в своем безумии мир, ужасно будет твое пробуждение!

Кто сильный даст мне руку помощи? Никто. Никто. Где найду я то вечное, к чему я мог бы прилепиться со своим жалким, бессильным, до ужаса одиноким «я»? Нигде. Нигде. О милая, милая девочка, почему к тебе тянутся сейчас мои окровавленные руки — ведь ты также человек и так же ничтожна, и одинока, и подвержена смерти. Жалею ли я тебя, или хочу, чтобы ты меня пожалела, но, как за щитом, укрылся бы я за твоим беспомощным тельцем от безнадежной пустоты веков и пространства. Но нет, нет, все это ложь!

О большой, громадной услуге я попрошу вас, гг. эксперты, и, если вы чувствуете в себе хоть немного человека, вы не откажете в ней. Надеюсь, мы достаточно поняли друг друга, настолько, чтобы не верить друг другу. И если я попрошу вас сказать на суде, что я человек здоровый, то менее всего поверю вашим словам я. Для себя вы можете решать, но для меня никто не решит этого вопроса:

Притворялся ли я сумасшедшим, чтобы убить, или убил потому, что был сумасшедшим?

Но судьи поверят вам и дадут мне то, чего я хочу: каторгу. Прошу вас не придавать ложного толкования моим намерениям. Я не раскаиваюсь, что убил Савелова, я не ищу в каре искупления грехов, и если для доказательства того, что я здоров, вам понадобится, чтобы я кого-нибудь убил с целью грабежа,— я с удовольствием убью и ограблю. Но в каторге я ищу другого, чего, я не знаю еще и сам.

Меня тянет к этим людям какая-то смутная надежда, что среди них, нарушивших ваши законы, убийц, грабителей, я найду неведомые мне источники жизни и снова стану себе другом. Но пусть это неправда, пусть надежда обманет меня, я все-таки хочу быть с ними. О, я знаю вас! Вы трусы и лицемеры, вы больше всего любите ваш покой, и вы с радостью всякого вора, стащившего калач, запрятали бы в сумасшедший дом,— вы охотнее весь мир и самих себя признаете сумасшедшими, нежели осмелитесь коснуться ваших любимых выдумок. Я знаю вас. Преступник и преступление — это вечная ваша тревога, это грозный голос неизведанной бездны, это неумолимое осуждение всей вашей разумной и нравственной жизни, и как бы плотно вы ни затыкали ватой уши, оно проходит, оно проходит! И я хочу к ним. Я, доктор Керженцев, стану в ряды этой страшной для вас армии, как вечный укор, как тот, кто спрашивает и ждет ответа.

Не униженно прошу я вас, а требую: скажите, что я здоров. Солгите, если не верите этому. Но если вы малодушно умоете ваши ученые руки и посадите меня в сумасшедший дом или отпустите на свободу, дружески предупреждаю вас: я наделаю вам крупных неприятностей.

Для меня нет судьи, нет закона, нет недозволенного. Все можно. Вы можете представить себе мир, в котором нет законов притяжения, в котором нет верха, низа, в котором все повинуется только прихоти и случаю? Я, доктор Керженцев, этот новый мир. Все можно. И я, доктор Керженцев, докажу вам это. Я притворюсь здоровым. Я добьюсь свободы. И всю остальную жизнь я буду учиться. Я окружу себя вашими книгами, я возьму от вас всю мощь вашего знания, которой вы гордитесь, и найду одну вещь, в которой давно назрела необходимость. Это будет взрывчатое вещество. Такое сильное, какого не видали еще люди: сильнее динамита, сильнее нитроглицерина, сильнее самой мысли о нем. Я талантлив, настойчив, и я найду его. И когда я найду его, я взорву на воздух вашу проклятую землю, у которой так много богов и нет единого вечного Бога.

На суде доктор Керженцев держался очень спокойно и во все время заседания оставался в одной и той же, ничего не говорящей позе. На вопросы он отвечал равнодушно и безучастно, иногда заставляя дважды повторять их. Один раз он насмешил избранную публику, в огромном количестве наполнившую зал суда. Председатель обратился с каким-то приказанием к судебному приставу, и подсудимый, очевидно недослышав или по рассеянности, встал и громко спросил:

— Что, нужно выходить?

— Куда выходить?— удивился председатель.

— Не знаю. Вы что-то сказали.

В публике засмеялись, и председатель пояснил Керженцеву, в чем дело.

Экспертов-психиатров было вызвано четверо, и мнения их разделились поровну. После речи прокурора председатель обратился к обвиняемому, отказавшемуся от защитника:

— Обвиняемый! Что вы имеете сказать в свое оправдание?

Доктор Керженцев встал. Тусклыми, словно незрячими глазами он медленно обвел судей и взглянул на публику. И те, на кого упал этот тяжелый, невидящий взгляд, испытали странное и мучительное чувство: будто из пустых орбит черепа на них взглянула самая равнодушная и немая смерть.

— Ничего,— ответил обвиняемый.

И еще раз окинул он взором людей, собравшихся судить его, и повторил:

— Ничего.

Апрель 1902 г.

www.ingramcontent.com/pod-product-compliance
Lightning Source LLC
Chambersburg PA
CBHW050908250626
47155CB00001B/148